천룡팔부 8

천룡팔부 8 – 인생무상

1판 1쇄 인쇄 2020. 5. 13.
1판 1쇄 발행 2020. 5. 25.

지은이 김용
옮긴이 이정원
발행인 고세규
편집 봉정하 디자인 지은혜 마케팅 김용환 홍보 반재서
발행처 김영사
등록 1979년 5월 17일 (제406-2003-036호)
주소 경기도 파주시 문발로 197(문발동) 우편번호 10881
전화 마케팅부 031)955-3100, 편집부 031)955-3200 | 팩스 031)955-3111

값은 뒤표지에 있습니다.
ISBN 978-89-349-9122-9 04820
978-89-349-9114-4 (세트)

홈페이지 www.gimmyoung.com 블로그 blog.naver.com/gybook
페이스북 facebook.com/gybooks 이메일 bestbook@gimmyoung.com

좋은 독자가 좋은 책을 만듭니다.
김영사는 독자 여러분의 의견에 항상 귀 기울이고 있습니다.

이 도서의 국립중앙도서관 출판시도서목록(CIP)은 서지정보유통지원시스템 홈페이지
(http://seoji.nl.go.kr)와 국가자료공동목록시스템(http://www.nl.go.kr/kolisnet)에서
이용하실 수 있습니다.(CIP제어번호 : CIP2020018342)

일러두기

본문의 미주는 옮긴이의 주이다. 작품의 이해를 돕기 위한 김용 선생님의 작가 주는 •로 표기하고 미주 뒤에 수록한다.
단, 전체 내용에 대한 주일 경우 • 없이 장만 표기한다. 원서 편집자 주도 장별로 작가 주 뒤에 수록한다.

천룡팔부

天 龍 八 部

김용 대하역사무협 — 이정원 옮김

인생무상

8

8권 차례 | 인생무상

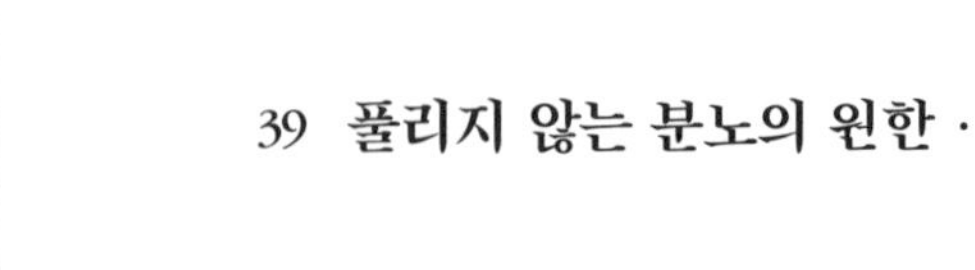

天龍八部

주신의 〈인물〉 여섯 폭

주신이 그린 장권 속 인물인 도사, 화상, 중년 부인, 젊은 부인, 강호 인물 등으로 형상이 매우 생동감 넘치고, 사의寫意(외형보다 내재적인 정신이나 의중을 표현하는 방식)와 사실寫實(사물을 있는 그대로 그리는 방식)의 장점을 겸비해 중국 회화의 진품으로 꼽힌다. 과거 인문화를 중시하던 시대에는 그다지 주목받지 못했지만 근대에는 높은 평가를 받고 있다. 이 책에는 총 여섯 점을 실었다.

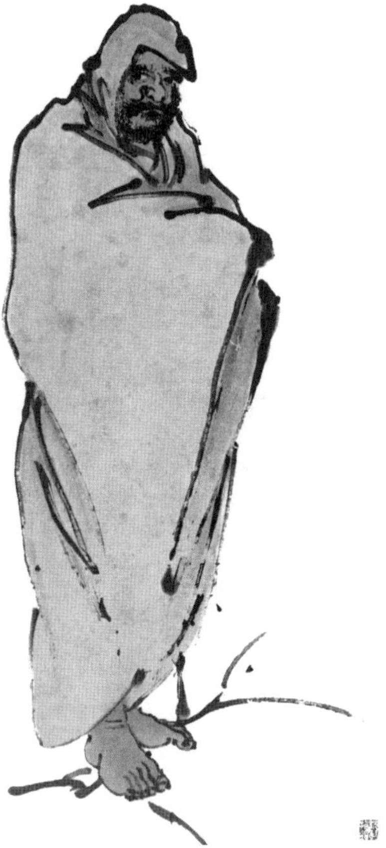

소육붕蘇六朋의 〈달마도達磨圖〉

소육붕의 호는 즘도인怎道人이다. 장련의 붓 아래 탄생한 달마가 선오禪悟(교의에 대한 깨달음)의 일면을 대표한다면 소육붕이 그린 달마는 전설 속의 일위도강一葦渡江(달마가 갈댓잎 하나에 몸을 실어 강을 건넜다는 고사에서 나온 말로 경공의 경지를 이르는 용어로 쓰임), 무공기술武功奇術의 일면을 표현한 것이다.

조맹부趙孟頫의 〈홍의천축승권紅衣天竺僧卷〉

조맹부는 송나라 말기 원나라 초기의 대서화가로 이 두루마리 그림의 머리말에 이런 글을 남겼다. "당나라 시기 화가들은 서역인들을 자주 접했기 때문에 천축 나한의 모습을 득해 그릴 수 있었다. 그 후 화가들이 그린 그림은 한승漢僧과 다를 바가 없다. 난 경성에서 천축 승려들과 교류를 한 적이 있기 때문에 스스로 얻어냈다고 할 수 있다."

장련蔣蓮의 〈달마도達磨圖〉

장련은 청나라 가경嘉慶 연간 시기의 광동廣東 향산香山 사람으로 평생 진노련陳老蓮을 흠모해 이름을 '련蓮'으로 지었다.

36

꿈인지 환상인지 모를 현실

높은 망루가 하늘 높이 솟아 있고 건물 지붕은 하나같이 유리 기와로 만들어져 있어 휘황찬란하기 이를 데 없었다.

허죽이 나지막이 말했다.

"아미타불, 이런 곳에 이렇게 큰 사찰이 있다니…."

허죽은 깜짝 놀라 앞을 향해 두 걸음 나아갔다. 동모가 놀라서 날카로운 비명을 지르며 그를 향해 달려왔다. 그 흰옷을 입은 사람이 나지막이 말했다.

"사저, 여기서 아주 잘 지내고 계시네요!"

아주 부드럽고 감미로운 여자 목소리였다. 허죽이 다시 두 걸음 더 나아가서 살펴봤다. 그 백삼인白衫人은 신형이 호리호리하고 나긋나긋한 것으로 보아 여자가 틀림없었지만 얼굴을 흰색 비단 조각으로 가리고 있어 자세히 볼 수가 없었다. 동모에게 사저라는 호칭을 쓴다는 것은 두 사람이 같은 문파 사람이라는 것이며 그럼 동모에게 도움을 주러 온 사람일 테니 더 이상 자기를 귀찮게 붙잡지 않겠다는 생각이 들었다. 그러나 동모를 힐끗 쳐다보니 그녀는 인상이 극도로 찌그러져 놀라움과 분노 속에 경멸의 눈초리마저 섞여 있었다.

동모는 허죽 옆으로 몸을 날리며 소리쳤다.

"어서 날 업고 산꼭대기로 올라가라."

"그건, 소승이 마음속으로 한 결심을 아직 풀지 못…."

동모가 크게 화를 내며 손을 들어 그의 따귀를 후려치고 소리쳤다.

"저 천한 년이 날 해치려 하는 걸 보지 못했단 말이냐?"

그때 동모가 후려친 출수는 가볍지가 않았다. 허죽은 따귀를 맞아

한쪽 빰이 벌겋게 부어올랐다.

백삼인이 말했다.

"사저, 그 성미는 아직까지 그대로네요. 남이 원치 않는 일을 억지로 시키고 때리고 욕하는 게 뭐 재미있다 그래요? 이 소매小妹가 충고하건대 남한테 예의를 좀 갖추세요."

허죽은 속으로 호감이 느껴졌다.

'저 사람은 동모와 무애자 노선생의 동문이지만 성격은 그들과 전혀 달라 아주 부드럽고 점잖으며 합리적인 것 같다.'

동모가 허죽에게 끊임없이 재촉했다.

"어서 날 업고 가라! 저 천한 년으로부터 멀리 떨어질수록 좋다. 이 할머니가 네 호의를 잊지 않고 필히 후사할 것이다."

백삼인은 아주 차분하고 느긋하게 한쪽에 서 있었는데 가벼운 바람에 옷자락이 날려 마치 선녀처럼 보였다. 허죽은 저렇게 우아한 낭자를 동모가 어찌 그리 싫어하고 두려워하는 것인지 이해가 되지 않았다. 그때 백삼인이 말했다.

"사저, 우리 사자매가 못 본 지도 몇 년 됐잖아요? 한데 오늘 이렇게 만나 기뻐하지는 못할망정 어찌 그리 급히 떠나려 하는 거죠? 계산을 해보니 요 며칠이 사저가 반로환동하는 경삿날이더군요. 최근에 적지 않은 요마귀괴들을 수하로 거두었다는 말을 듣고 그자들이 기회를 틈타 반란을 일으킬까 두려워 소매가 표묘봉 영취궁으로 직접 찾아갔었어요. 보잘것없지만 사저를 도와 외부의 적에 맞서 싸우려고 말이에요. 한데 사저를 도저히 찾을 수가 없더군요."

동모는 허죽이 자기를 업고 도망갈 생각을 하지 않자 화가 머리끝까지 나서 그 백삼인을 향해 말했다.

"내 산기환공散氣還功 시일을 예견하고 표묘봉으로 찾아온 것인데 네가 어찌 좋은 마음을 품고 왔겠느냐? 하지만 귀신이 조화를 부리듯 누군가 날 업고 봉우리 밑으로 내려오리라고는 생각지도 못했을 것이다. 허탕을 치는 바람에 실망했겠지. 안 그러냐? 이추수李秋水, 오늘 이렇게 너한테 발견되긴 했지만 이미 때는 늦었다. 물론 내가 네 적수가 되지는 않겠지만 내가 평생 쌓은 신공을 거저 훔쳐가는 건 절대 불가능할 것이다."

백삼인이 말했다.

"사저, 무슨 말을 그렇게 하세요? 소매는 사저와 헤어진 뒤로 매일같이 사저를 그리워했어요. 영취궁에 가서 사저를 보고 싶다는 생각을 늘 했단 말이에요. 다만 수십 년 전부터 언니는 이 동생에게 오해를 품어 매번 만날 때마다 덮어놓고 꾸짖기만 했어요. 전 언니의 화를 돋우고 호되게 맞을까 두려워 감히 찾아오지 못했던 건데. 이 동생이 무슨 불손한 생각이라도 가졌다고 말한다면 그건 너무 민감하게 반응하는 거예요."

그녀는 아주 공손하고 친밀한 태도로 말했다.

허죽은 동모가 괴팍하고 난폭한 여자이니 선하고 악한 두 여자가 만나 과거에 원수를 맺었다면 당연히 동모의 잘못일 것이라 생각했다.

동모가 대로해서 말했다.

"이추수, 일이 이리된 이상 네가 아무리 그럴듯한 거짓말로 날 비웃어봐야 소용없다. 봐라, 이게 무엇이냐?"

그녀는 이 말을 하면서 왼손을 뻗어 무지에 끼운 보석반지를 내보였다.

이추수가 몸을 부르르 떨며 자기도 모르게 큰 소리로 외쳤다.

"장문 칠보반지! 그… 그걸 어디서 났죠?"

동모가 냉소를 머금었다.

"당연히 그 사람이 줬지. 잘 알면서 어찌 묻는 것이냐?"

이추수가 살짝 멍한 표정으로 말했다.

"흥, 그 사람이… 어찌 그걸 사저한테 줬겠어요? 사저가 훔쳐오지 않았다면 뺏어왔겠지."

동모가 큰 소리로 외쳤다.

"이추수, 소요파 장문인의 명이다. 어서 무릎을 꿇고 분부를 받들어라!"

이추수가 말했다.

"장문인을 스스로 봉하는 법이 있나요? 보나마나… 사저가 그 사람한테 암수를 가해 칠보반지를 훔쳤을 테죠."

그녀는 줄곧 우아한 태도를 보여왔지만 그 보석반지를 본 다음부터는 말투에 매우 초조한 기색이 서려 있었다.

동모가 매서운 목소리로 호통을 쳤다.

"장문인의 호령을 받들지 않겠다는 건 본문을 배반하겠다는 의도로구나. 그러하냐?"

"펑!"

별안간 백광이 번뜩하는가 싶더니 엄청난 굉음과 함께 동모의 몸이 하늘로 날아올라 멀찌감치 나동그라졌다. 허죽이 깜짝 놀라 부르짖었다.

"뭐지?"

눈밭 위에 한 가닥 검붉은 핏줄기와 함께 동모의 잘려나간 무지가 땅바닥에 떨어져 있고 보석반지는 이미 이추수 수중에 들어가 있었다. 그녀가 전광석화처럼 동모의 무지를 베어 반지를 뺏은 다음, 다시 한번 일장을 펼쳐 동모의 몸을 날려버린 것으로 보였다. 그러나 손가락을 자를 때 어떤 무기를 사용했고 어떤 수법을 펼쳤는지에 대해선 출수가 너무 빨라 허죽도 볼 수 없었다.

이추수가 말했다.

"사저, 도대체 그 사람을 어떻게 해쳤는지 이 소매한테 말해보세요. 소매가 사저와의 깊은 정과 의리를 생각해 힘들게 만들진 않겠어요."

그녀는 보석반지를 가져가자 말투가 바뀌어 다시 우아하고 부드럽게 변했다.

허죽이 참다못해 말했다.

"이 낭자, 두 분이 동문 사자매라면서 어찌 그렇게 흉악한 수를 펼치는 겁니까? 무애자 노선생은 동모한테 죽임을 당한 것이 아닙니다. 출가인은 거짓을 말하지 않습니다. 있는 그대로 말하는 겁니다."

이추수는 허죽을 바라보고 말했다.

"한데 대사는 법명이 어찌 되시는지요? 어느 보찰에 출가를 하셨나요? 우리 사형 이름은 어찌 알죠?"

허죽이 말했다.

"소승의 법명은 허죽이며 소림사 제자입니다. 무애자 노선생은… 에이, 그 얘기는 말하자면 깁니다…."

이추수가 느닷없이 소맷자락을 가볍게 펄럭였다. 그러자 허죽은 두 무릎이 구부러져 이내 마비가 되고 전신의 기혈이 역류하며 바닥에 쓰러져버렸다. 그는 놀라서 소리쳤다.

"이봐요! 무슨 짓입니까? 당신한테 아무 짓도 안 했는데 어… 어찌 나한테까지… 이… 이런…."

이추수가 빙그레 웃었다.

"소사부가 소림파 고승이라니 공력을 시험해본 것뿐이에요. 흠. 소림파 명성이 자자하던데 거기서 가르침을 받은 제자는 그저 그렇군요. 내가 실례했네요. 정말 미안해요!"

허죽은 땅바닥에 누워 그녀의 얼굴에 가려진 흰 비단 조각을 통해 어슴푸레하게 그녀의 얼굴을 볼 수 있었다. 마흔 살 정도 되는 나이에 아름다운 용모를 지닌 그녀의 얼굴에는 뜻밖에도 혈흔 몇 가닥과 무슨 상처 자국 같은 게 희미하게 보였다. 그는 자기도 모르게 한기가 느껴졌다.

"난 소림사에서 가장 변변치 못한 소화상입니다. 소승 한 사람이 무능하다고 소림파를 우습게 보지 마십시오."

이추수는 그 말에 신경도 쓰지 않고 천천히 동모 앞으로 걸어갔다.

"사저, 몇 년 동안 이 소매가 사저를 애타게 그리워했어요. 하늘이 보우하시어 드디어 소매가 사저 얼굴을 다시 볼 수 있게 됐네요. 사저, 과거에 저에게 베풀어주신 은혜를 이 소매가 밤낮으로 가슴에 새겨두고 있었어요."

돌연 다시 한번 백광이 번뜩이더니 동모가 참혹한 비명을 지르며 새하얀 눈밭 위에 선혈 한 무더기를 또 쏟아냈다. 동모의 왼쪽 다리가 몸에서 잘려나간 것이다.

허죽은 순간 기겁을 하며 분노의 호통을 내질렀다.

"동문 사자매 간에 어찌 이리 모질게 독수를 쓸 수 있단 말입니까? 다… 당신은 정말 금수만도 못한 사람이오!"

이추수가 천천히 고개를 돌리더니 왼손을 뻗어 자신의 얼굴에 덮어쓴 흰색 비단 조각을 걷어 눈처럼 하얀 얼굴을 드러냈다. 허죽은 깜짝 놀라 비명을 터뜨렸다. 그녀의 얼굴에는 종횡으로 교차된 네 줄의 매우 기다란 검상이 우물 정 자 모양으로 그어져 있었다. 이 네 줄의 검상으로 인해 오른쪽 눈은 돌출되어 있고 왼쪽 입술은 비뚤어져 있어 말로 할 수 없을 정도로 추악하게 보였다. 이추수가 말했다.

"아주 오래전 누군가 검으로 내 얼굴을 그어 이 모양으로 만들었어요. 소림사의 대법사는 말해봐요. 내가 이 원수를 갚는 게 당연하지 않나요?"

그녀는 이 말을 하면서 천천히 면막을 덮었다.

"도… 동모가 그런 건가요?"

"직접 물어봐도 무방해요."

동모는 잘린 다리에서 피가 콸콸 쏟아지고 있었지만 아직 기절하지는 않은 상태였다.

"그래, 저년 얼굴은 내가 그은 것이다. 내가 연공을 완성한 스물여섯 살 되던 그해, 난 보통 사람과 다름없이 몸이 자랄 수 있었지만 저년이 출수를 가해 날 주화입마에 들게 만들었어. 그때부터 난 이런 난쟁이가 돼버린 거야. 한데 그런 철천지원수한테 복수를 하지 말아야 한단 말이냐?"

허죽은 이추수를 바라보며 생각했다.

'그 말이 거짓이 아니라면 저 여시주가 먼저 못된 짓을 한 게로구나.'

동모가 다시 말했다.

"오늘 네 수중에 들어간 이상 무슨 말이 필요하겠느냐? 이 소화상은 그 사람의 망년지교忘年之交다. 만일 네가 털끝 하나라도 건드린다면 그 사람이 절대 가만두지 않을 것이다."

이 말을 하면서 두 눈을 감은 채 그녀에게 처분을 맡기겠다는 뜻을 표했다.

이추수는 한숨을 내쉬며 담담하게 입을 열었다.

"언니, 언니는 나보다 나이도 많고 머리도 훨씬 더 좋긴 하지만 오늘 이 소매를 속이기는 쉽지 않을 거예요. 언니가 말한 그 사람… 그 사람이 아직 살아 있다면 이 칠보반지가 어찌 언니 손에 들어갔겠어요? 좋아요! 소매는 이 소화상과 아무 원한도 없어요. 더구나 소매는 천생 소심한 사람이라 감히 무림의 태산북두인 소림파와 원한을 맺지 못해요. 이 소사부는 해치지 않겠어요. 언니, 소매한테 구전웅사환이 두 알 있으니까 어서 드세요. 그럼 다리에서 흘러내리는 피가 멎을 거예요."

허죽은 그녀가 말끝마다 언니, 언니 하며 매우 다정하게 부르는 소리를 듣고 얼마 전에 동모가 오노대한테 구전웅사환 두 알을 먹이던 상황이 생각나 자기도 모르게 등에서 식은땀이 흘러내렸다.

동모가 화를 벌컥 내며 말했다.

"죽이려면 어서 죽여라! 단근부골환을 먹여 네 말을 따르게 만들겠다는 수작을 내가 모를 줄 아느냐? 그런 식으로 날 능욕할 생각은 마라!"

"소매가 이렇게 호의를 보이는데 어찌 언니는 늘 그렇게 곡해를 하는 거죠? 그렇게 피를 너무 많이 흘리면 언니 몸에 아주 해로워요. 언니, 그냥 이 약 드세요."

허죽이 그녀의 손을 바라보니 백옥처럼 뽀얀 손바닥 안에 누르스름한 알약 두 알이 놓여 있었다. 그는 동모가 오노대에게 먹인 약과 똑같은 모양인 것을 보고 생각했다.

'동모의 업보가 빨리도 찾아왔구나.'

동모가 외쳤다.

"소화상, 어서 내 천령개에 일장을 내리쳐 이 할머니를 황천길로 보내줘라. 저 천한 년한테 능욕을 당하기 전에!"

이추수가 깔깔대고 웃었다.

"소사부는 좀 피곤해서 땅바닥에 좀 더 누워 있어야 해요."

동모가 마음속으로 조급해하자 입에서 선혈이 뿜어져 나왔다. 이추수가 말했다.

"언니, 다리가 하나는 길고 하나는 짧은 모습을 그 사람한테 보여주면 그리 우아하게 보이진 않을 거예요. 멀쩡했던 난쟁이 미인이 한쪽은 높고 한쪽은 낮은 비뚤어진 어깨를 가진 미인으로 변하면 그 사람에게는 한이 될 게 아니겠어요? 그런 뜻에서 언니 원대로 두 다리를 모두 잘라드릴게요."

이 말을 하자 순간 백광이 번뜩였다. 그녀의 손에는 이내 1척이 채 넘지 않는 길이의 비수가 들려 있었다. 그 비수는 마치 수정으로 만든 것처럼 투명했다. 이추수는 동모를 더 놀라고 두렵게 만들려는 듯 이번엔 신속하게 출수를 하지 않고 비수를 든 채 아직 잘리지 않은 오른쪽 다리 앞을 이리저리 살폈다.

허죽이 대로해서는 말했다.

"여시주께서는 너무 잔인하시오!"

마음속으로 격동을 하자 체내의 북명진기가 각 경맥 속에서 신속하게 돌면서 돌연 두 다리의 혈도가 풀리고 마비도 멈추었다. 그는 더 생각할 겨를이 없었다. 당장 앞으로 달려가 동모를 안고 산꼭대기를 향해 내달리기 시작했다.

이추수가 한수불혈寒袖拂穴이란 기술로 허죽을 쓰러뜨릴 때만 해도 그의 무공이 평범하다 느끼고 신경도 쓰지 않았다. 그저 동모를 천천히 요리하는 모습을 그가 옆에서 지켜보게 만들려고만 했던 것이다. 그 자리에 한 명이라도 더 있으면 원수를 괴롭힐 때 즐거움이 배가되기 때문이었다. 그러다 마지막에 지켜보던 사람까지 죽여 입을 봉하게 할 생각이었는데 그가 스스로 진기를 돋우어 자기가 봉쇄한 혈도를 풀어버릴 줄은 예상치 못했다. 그렇게 허를 찔렸다고 느끼는 순간 허죽이 순식간에 동모를 안고 5, 6장을 내달려가버리는 것이 아닌가? 이추수는 걸음을 옮겨 그 뒤를 쫓아가다 씨익 웃었다.

"소사부, 우리 사저한테 반한 건가요? 사저의 화용월태를 보고 그러는 거예요? 하지만 사저는 열일고여덟 살 낭자가 아니라 아흔여섯 먹은 할망구예요."

그녀는 믿는 게 있는 듯 두려움이란 전혀 없었고 그저 단번에 따라잡을 수 있을 것이라 생각했다. 그 소화상이 뛰어봤자 벼룩이라고 여긴 것이다. 그런데 허죽이 한차례 내달리자 혈맥의 흐름에 가속도가 붙어 북명진기의 힘이 발휘되고 속도가 점점 빨라지면서 5, 6장 정도에 불과한 거리를 시종 따라잡을 수가 없으리라고 어찌 생각했겠는가?

순식간에 비탈진 언덕을 따라 세 마장 넘게 쫓고 쫓기는 추격전이 계속되었다. 이추수는 놀라면서도 화가 치밀어올라 소리쳤다.

"소사부, 당장 멈추지 않으면 장력을 펼쳐 가만 안 둘 테다!"

동모는 이추수의 장력이 날아오면 허죽이 살아남지 못할 것이며 자신 역시 그녀 수중에 들어가고 말 것이라는 걸 알고 있었다.

"소화상, 날 구해준 건 고맙다만 저 천한 년한테는 당할 수가 없다. 어서 날 산골짜기에 던져버려라. 그럼 혹시라도 널 해치지 않을지도 모른다."

허죽이 말했다.

"그건, 절대 안 됩니다. 소승은 절대 그럴 수 없습니…."

단 두 마디를 했을 뿐이지만 진기가 빠져나가 이추수에게 추격을 허용하고 말았다. 별안간 등골이 오싹해지더니 마치 커다란 얼음 덩어리가 살갗을 타고 올라오는 느낌이 들었다. 곧이어 몸이 붕 뜨며 자기도 모르게 산골짜기 아래로 떨어져 버렸다. 그는 이미 이추수의 음한한 장력에 당했다는 사실을 깨달았지만 두 손으로는 여전히 동모를 꽉 껴안고 벼랑 밑으로 추락하며 생각했다.

'이번에는 온몸이 산산조각 나서 육장이 되겠구나. 아미타불!'

어렴풋이 이추수가 내지르는 호통 소리가 위쪽에서 들려왔다.

"아유! 내가 너무 심하게 손을 썼구나. 이러면 너무 쉽게…."

산봉우리 위에는 원래 중간에 끊어진 절벽이 있고 그 위에 눈이 쌓여 있었다. 이추수는 일장을 후려쳐 허죽을 쓰러뜨린 뒤 다시 동모를 잡아다 갖가지 악랄한 수법을 이용해 천천히 고통을 가하려 했지만 단 일장 만에 허죽이 절벽 틈의 쌓인 눈 위를 밟아 동모와 함께 떨어질 줄은 생각지 못했던 것이다.

허죽은 몸이 허공에 붕 떠 있는 느낌만 들 뿐 어찌할 바를 몰라 그대로 추락할 수밖에 없었다. 귓전에서 바람이 쉭쉭 지나가는데 비록 순식간에 벌어진 일이지만 마치 무궁무진한 시간처럼 느껴져 영원히 떨어져 내릴 것만 같았다. 눈앞에 흰 눈으로 가득 쌓인 산비탈이 얼굴을 덮쳐오고 눈이 침침해지면서 다시 눈밭 위에 검은 점이 천천히 움직이는 것처럼 보였다. 그러나 자세히 볼 겨를도 없이 이미 산비탈을 향해 급강하하고 있었다.

별안간 누군가 호통치는 소리가 들렸다.

"누구냐?"

한 줄기 기운이 옆에서 밀려들어오더니 허죽의 허리춤을 때렸다. 허죽은 몸이 땅바닥에 닿기 전에 비스듬히 날아가는 형세가 됐다. 힐끗 쳐다보니 출수를 해서 그의 몸을 민 사람은 다름 아닌 모용복이었다. 그는 너무도 기쁜 마음에 경력을 운용해 동모를 던지려 했다. 모용복이 받게 만들어 그녀의 목숨을 구하기 위함이었다.

모용복은 산봉우리 위에서 사람 둘이 추락하는 것을 보고 순간 누군지 알 수 없어 가전 절기인 두전성이를 펼쳐냈다. 두 사람의 추락하는 힘을 수직에서 횡으로 바꿔 두 사람을 옆으로 날아가도록 만들었던 것이다. 이 두전성이 기술을 자력으로 펼쳐내는 경우가 그리 흔하지 않았고 허죽과 동모가 고공에서 추락하는 힘이 너무 컸던 나머지 모용복은 순간 머리가 어지럽고 눈이 가물거려 하마터면 주저앉을 뻔했다. 허죽은 그 거대한 힘에 밀리다 보니 수중에 있던 동모를 던질 수가 없었다. 오히려 몸이 두전성이로 인해 10여 장 정도 횡으로 날아가다 밑으로 떨어지기 시작했다. 그때 두 다리가 돌연 부드럽고도 극히 질긴 물체에 닿아 퍽 소리와 함께 몸이 다시 튕겨져 올라갔다. 허죽이 힐끔 보니 눈밭 위에 아주 작고 뚱뚱한 공처럼 생긴 사람이 누워 있었다. 그건 삼십육동 중 벽린동 동주인 상토공이었는데 그의 몸은 마치 커다란 정鼎처럼 뚱뚱하고 컸다. 그는 허죽과 동모가 횡으로 날아오는 것을 보고 그 기세를 감당 못해 그대로 드러누웠는데 공교롭기 그지없게도 허죽이 바닥에 떨어질 때 마침 그의 배 위를 밟게 됐다. 허죽이 재빨리 북명진기를 운용해 추락하는 힘을 감소시키긴 했지만 그래도 그의 배가 터지고 창자가 튀어나오도록 밟는 바람에 그는 그 자리에서 목숨을 잃고 말았다. 다행히 그의 뱃가죽에 튕겨 허죽의 두 다리는 부러지지 않고 안전하게 보전할 수 있었다. 다만 그 탄력으로 인해 허죽은 다시 자기도 모르게 횡으로 날아가 또 누군가를 향해 돌진했는데 어렴풋이 바라보니 바로 단예였다. 허죽이 소리쳤다.

"단 상공, 어서 피하시오! 부딪치겠소!"

단예는 자신을 향해 달려오는 허죽의 기세가 심상치 않아 자신이 어찌한다 해도 받아내기는 힘들다 여기고 소리쳤다.

"내가 멈추게 해주겠소."

그는 몸을 돌려 등으로 받아드는 동시에 능파미보를 펼쳐 재빨리 내달렸다. 찰나의 순간에 등에 태산과 같은 압력이 전해지며 숨조차 쉬지 못할 정도로 압박해 들어왔지만 한 걸음 내딛을 때마다 등에 전해지는 힘은 조금씩 사라졌다. 단숨에 30여 걸음을 내달리자 허죽은 천천히 그의 등에서 미끄러져 내려올 수 있었다.

두 사람은 수백 장 높이에서 추락했지만 때마침 모용복이 한 번 힘을 일소시키고 상토공의 배에 한 번 튕긴 다음 마지막에 단예가 등에 업고 내달리는 세 번의 방향 전환을 거치면서 놀랍게도 다친 데라고는 하나도 없이 무사히 내려올 수 있었다. 허죽이 몸을 곧추세운 후 말했다.

"아미타불! 구해주신 여러 분들께 감사드립니다!"

그는 상토공이 그에게 밟혀 죽었다는 사실을 아직 모르고 있었다. 그렇지 않았다면 양심의 가책을 받고 심히 난감해했을 것이다. 별안간 산비탈 위에서 큰 소리로 고함치는 소리가 들려왔다. 동모는 다리가 잘리고 난 후 피를 많이 흘리긴 했지만 아직 정신을 잃지 않은 상황이었다. 그녀가 깜짝 놀라 소리쳤다.

"저 천한 년이 쫓아 내려왔구나. 어서 가자, 어서 가!"

허죽은 이추수의 악랄한 수법이 떠올라 자기도 모르게 몸서리가 쳐졌다. 그는 재빨리 동모를 안고 숲속으로 달려들어갔다.

이추수가 산비탈 위에서 황급히 내려오긴 했지만 동작이 아무리 민첩하다 해도 벼랑에서 추락해 내려오는 허죽의 속도에는 비할 바가 못 되었다. 사실 거리가 상당히 있었지만 허죽은 너무 두려웠던 나머지 잠시도 더 머물 수 없었다. 그가 수 마장을 내달려가자 동모가 말했다.

"날 내려놓고 옷자락을 찢어 다리에 난 상처를 잘 싸매도록 해라. 혈흔을 남기지 않아야 저 천한 년이 쫓아오지 못할 것이다. 내 환도와 기문 두 혈도를 몇 번 찍어 지혈을 하고 피를 천천히 흐르게 만들어라."

허죽이 말했다.

"네!"

그는 그녀의 말대로 행하면서도 한편으로는 이추수의 동정을 유의깊게 살폈다. 동모는 품 안에서 노란색 알약 한 알을 꺼내 먹었다.

"저 천한 년은 나한테 뼈에 사무친 원한을 품고 있어 절대 날 가만두지 않을 것이다. 하지만 난 아직 79일이 더 지나야 신공을 환원할 수 있다. 그때가 되면 저 천한 년도 두렵지 않아. 한데 그 79일 동안 어디 숨어 있어야 하지?"

허죽은 이맛살을 찌푸리며 곰곰이 생각했다.

'반나절 숨는 것도 어려운 시점에 79일을 어디 가서 숨어 있지?'

동모가 혼자 중얼거렸다.

"너희 소림사로 가서 숨어 있을 수 있다면 아주 절묘할 텐데…."

허죽이 놀라서 펄쩍 뛰며 경기를 일으켰다. 동모가 노해 말했다.

"이런 죽일 놈의 화상, 뭐가 그리 두려워 그러느냐? 소림사는 여기서 천 리 먼 길인데 우리가 어찌 갈 수 있다고?"

그녀는 고개를 돌려 말했다.

"여기서 서쪽으로 백여 리를 가면 서하국이다. 그 천한 년은 서하국과 깊은 연원이 있으니 그년이 서하국 일품당 고수들에게 명해 수색을 펼친다면 그년의 독수를 피하기 어려울 것이다. 소화상, 어디로 숨어야 좋겠느냐?"

"깊은 산속 인적이 드문 동굴 속에 70~80일 정도 숨어 있으면 아마 할머니 사매도 찾아내지 못할 겁니다."

"네가 뭘 안다 그러느냐? 그 천한 년은 날 찾다 못 찾으면 서하국에 가서 개 떼를 데려올 거야. 예민하기 이를 데 없는 코를 가진 사냥개 수백 마리를 출동시키면 우리가 꼭꼭 숨어 있어도 분명 찾아내고 말 것이다."

"그럼 동남쪽으로 도망가야겠군요. 서하국에서 멀면 멀수록 좋을 테니 말입니다."

동모가 비웃으며 한심하다는 듯 말했다.

"그 천한 년에게는 첩자들이 많아 이미 동남쪽으로 가는 길목에도 인마들을 배치해놨을 것이다."

동모는 한참을 주저하다 갑자기 손뼉을 치며 말했다.

"그거야! 소화상, 네가 무애자의 진룡 기국을 풀 때 가장 먼저 착수한 곳이 어디더냐?"

허죽은 이런 위급하기 짝이 없는 시점에 무슨 의도로 기국을 논할까 생각했지만 그래도 그 질문에 답은 했다.

"소승이 눈을 감고 아무 곳에나 착수를 했지만 그게 절묘하게도 자기 집을 막아버려 상대가 공활 위치에 있던 제 돌을 대거 죽이는 결과를 가져오게 됐지요."

동모가 뛸 듯이 기뻐했다.

"그래, 수십 년 동안 너보다 백배는 더 총명하고 재기를 지닌 수많은 사람들도 그 진룡을 풀지 못했다. 그건 죽음을 자처하는 일이기에 누구도 하지 못했던 것이다. 묘하구나, 묘해! 소화상, 날 업고 나무 위로 올라가 속히 서쪽으로 가도록 해라."

"어디로 갑니까?"

"그 누구도 상상하지 못하는 곳으로 가는 거야. 약간 위험하긴 하지만 '자신을 사지에 몰아넣어야 승리할 수 있다'란 말처럼 우리도 모험을 하는 수밖에 없다."

허죽은 그녀의 잘린 다리를 보고 한숨을 내쉬며 속으로 생각했다.

'당신이 걷질 못하니 내가 모험을 하기 싫다고 해도 그럴 수가 없겠소.'

그는 그녀가 중상을 입은 모습을 보고 남녀가 유별하다는 관념은 더 이상 마음에 담아두지 않게 되었다. 곧바로 그녀를 등에 업고 나무 꼭대기 위로 뛰어올라 동모가 지시한 대로 서쪽을 향해 질풍처럼 내달려갔다.

단숨에 10여 리를 내달려가자 돌연 저 멀리에서 부드럽고 나긋나긋한 목소리로 부르짖는 소리가 들려왔다.

"소화상, 떨어져 죽었느냐? 언니, 어디 있어요? 이 동생이 보고 싶어 죽겠어요, 어서 나오세요!"

허죽은 이추수의 목소리를 듣자 두 다리에 맥이 풀려 하마터면 나무 꼭대기에서 떨어질 뻔했다.

동모가 욕을 해댔다.

"정말 쓸모없는 화상이로구나. 뭘 겁내는 것이냐? 소리가 점점 멀어지는 걸 봐라. 동쪽을 향해 쫓아가고 있지 않느냐?"

과연 그녀의 부르짖는 소리는 점점 멀어져갔다. 허죽은 동모의 지략을 탄복해하며 말했다.

"한데, 그 여시주는 우리가 수백 장 높이의 산봉우리 위에서 떨어졌음에도 아직 죽지 않았다는 걸 어찌 알았을까요?"

"당연히 누군가 안 할 말을 했겠지."

그녀는 한참 동안 곰곰이 생각하다 말했다.

"이 할머니가 수십 년 동안 표묘봉 밑으로 내려오지를 않아서인지 세상 무학이 그렇게 빠르게 진전됐으리라고는 생각지 못했구나. 우리가 추락하는 기세를 와해시킨 그 젊은 공자가 차력타력 일초를 펼쳐 적은 힘으로 문제를 해결하는 능력은 정말 입신의 경지에 이른 것으로 보였다. 또 다른 젊은 공자는 대체 누구지? 어찌 우리 소요파의 능파미보를 구사할 줄 안단 말이냐?"

그녀는 허죽에게 질문을 하는 것이 아니라 자문자답을 하고 있었다. 허죽은 이추수가 쫓아올까 두려워 단숨에 진기를 끌어올려 황급히 내달려갈 뿐 동모가 하는 말을 귀담아듣지 않았다.

평지를 걷게 된 이후에도 그는 여전히 작은 오솔길을 택해 걸어갔다. 그날 밤은 밀림 속의 긴 풀이 자란 곳에서 하룻밤 묵고 다음 날 새벽 다시 길을 나서게 되었다. 동모가 여전히 서쪽을 가리키며 가자고 하자 허죽이 말했다.

"선배님, 서쪽으로 조금만 가면 서하국이라 하지 않았습니까? 더 이상 서쪽으로 가면 안 될 것 같습니다."

동모가 냉소를 머금었다.

"서쪽으로 가면 어찌 안 된다는 거지?"

"서하국 국경에 함부로 들어가는 건 스스로 그물에 뛰어드는 격이 아니고 무엇이겠습니까?"

"네가 밟고 있는 땅이 바로 서하국이다!"

허죽이 깜짝 놀라 부르짖었다.

"네? 여기가 서하 땅이란 말씀입니까? 아니, 선배님 사매가 서하국에 굉장한 세력을 가지고 있다 하지 않았습니까?"

동모가 빙그레 웃었다.

"그래! 서하는 그 천한 년이 제멋대로 날뛰고 있는 곳이다. 그년이 원하는 건 뭐든지 할 수 있는 곳이지. 우리가 굳이 그년의 본거지로 뛰어들 것이라고는 죽어도 생각지 못할 것이다. 그년이 도처를 죽어라고 뒤지는 동안 내가 자기 소굴 안에 들어와 유유히 수련을 하고 있으리라고 어찌 짐작하겠느냐? 하하!"

이 말을 하면서 득의양양해서는 다시 말했다.

"소화상, 이건 네가 쓴 방법을 보고 배운 것이다. 극히 멍청하고 이치에 맞지 않는 한 수가 오히려 대단한 묘책이 된 게야."

허죽은 감탄을 금치 못했다.

"선배님의 신묘한 계책은 과연 예측 불가로군요. 다만, 다만…."

"다만 뭐?"

"그 이추수 여시주의 본거지 안에는 필시 또 다른 능력자가 있을 겁니다. 만일 그들에게 우리 종적이 발각되기라도 한다면…."

"흥, 아무 위험도 없는 곳이라면 어찌 모험이라 할 수 있겠느냐? 어떤 고난을 겪더라도 험한 곳에 뛰어드는 것이야말로 영웅호한의 행동인 것이다."

허죽이 생각했다.

'사람과 세상을 구하기 위해 고난을 겪는다면 가치가 있겠지만 당신이나 이추수는 그 나물에 그 밥이라 둘 다 호인으로 보이지 않는데 내가 어찌 당신을 위해 그런 위험을 감내해야 한단 말이오?'

동모는 그가 주저하는 기색을 보이자 그의 심사를 알아챘다.

"네가 위험을 감내하게 만드는 이상 당연히 쓸 만한 것으로 보답을 할 것이며 헛고생은 시키지 않을 것이다. 이제 내가 3로의 장법과 3로의 금나법을 가르쳐줄 것이다. 그 6로의 무공을 합쳐서 '천산절매수'라고 한다."

"중상을 입은 몸이 아직 완쾌도 되지 않았는데 괜한 무리를 해선 안 됩니다. 좀 더 쉬셔야 합니다."

동모가 눈을 부릅뜨고 말했다.

"내 무공이 방문좌도인 것이 싫어 배울 만한 가치가 없다 여기는 것이냐?"

"그… 그건… 절대 그런 뜻이 아니니 오해 마십시오."

"넌 소요파의 적파전인嫡派傳人이고 이 천산절매수는 바로 본문의 상승무공이다. 무애자가 너한테 무량산으로 가서 이추수 그 천한 년한테 무공을 배우라고 했지? 흥! 그 천한 년은 심지가 고약해서 전심전력으로 너한테 전수해줄 리가 없어. 오늘 내가 알아서 전수해준다는 건 너에게는 다시없는 큰 복인 데다 거저 얻는 것이나 마찬가지인데 어찌 배우지 않겠다는 것이냐?"

"소승은 소림파 사람이며 소요파와는 아무 상관 없습니다."

"퉤! 온몸에 소요파 내공을 지니고 있으면서 아직도 소요파와 아무 상관이 없다고 말하다니 정말 터무니없는 소리로다! 나 천산동모는 여태껏 남을 이롭게 하고 자신을 이롭게 하지 않는 일은 한 적이 없다. 내가 너한테 무공을 가르치는 건 나 자신에게 이득이 되기 때문이야. 네 손을 빌려 강적을 저지해야 하기 때문이다. 네가 이 천산절매수 6로를 배우지 않는다면 이 서하국에 뼈를 묻게 될 것이다. 너 같은 소화상 따위가 서하에서 죽는 건 아무 상관 없지만 이 할머니마저 너와 함께 살아남지 못하게 된단 말이다."

"네…."

그는 동모라는 사람의 마음 씀씀이가 불량하긴 하지만 무슨 말이든 솔직하게 하는 것을 보고 오히려 정정당당한 '진정한 소인배'처럼 느껴졌다.

동모는 곧바로 천산절매수 제1로 장법의 구결을 그에게 전수해주었다. 그 구결은 한 구절이 일곱 글자로 총 열두 구절의 84개 글자였다. 허죽은 기억력이 매우 좋은 편이라 동모가 딱 세 번 말했을 뿐인데 모두 외울 수 있었다. 그 84개의 글자는 발음이 매우 어려운 일곱 개의 평성平聲 글자가 연달아 이어져 있고, 계속해서 측성仄聲 일곱 개가 붙어 있어 음운音韵이 조화롭지 못해 마치 잰말 놀이[1]를 하는 것 같았다. 다행히 허죽은 평소 '실탄다悉坦多, 발탄라鉢坦囉'니 '게체揭諦, 게체揭諦, 파라승게체波羅僧揭諦'니 하는 경전의 주문들을 외는 데 익숙해 있어 그리 이상하게 여기지는 않았다.

동모가 말했다.

"날 업고 서쪽을 향해 달려가면서 입으로 이 구결을 큰 소리로 외치며 외우도록 해라."

허죽은 그녀의 말에 따라 해봤지만 뜻밖에도 세 번째 글자를 읽고 네 번째 '부浮' 자를 읽을 때 소리가 나지 않아 발걸음을 멈추고 숨을 돌려야 했고 숨을 돌리고 나서야 네 번째 글자를 읽을 수 있었다. 동모가 손바닥을 들어 그의 정수리를 내리치며 욕을 퍼부었다.

"이런 쓸모없는 화상 같으니! 첫 번째 구절도 외우지 못해?"

그녀가 후려친 일장이 비록 중하지는 않았지만 그의 백회혈을 정확히 가격하자 허죽은 몸이 휘청거리며 현기증이 나고 머리가 멍해지는 느낌이 들었다. 그리고 다시 구결을 읽을 때 네 번째 글자에서 또 막히자 동모는 다시 한번 일장을 후려쳤다.

허죽은 속으로 의아하게 생각했다.

'어째서 그 '부' 자를 읽으려고만 하면 제대로 나오질 않는 거지?'

세 번째 다시 읽으면서 자연스럽게 진기를 돋우자 그 '부' 자가 입에서 터져 나왔다. 동모가 웃으며 말했다.

"좋았어, 첫 관문을 통과했구나!"

알고 보니 그 구결의 자구字句는 성모聲母와 운모韻母[2]를 발음하는 이치와 전혀 상반된 것이라 차분한 상태에서 외우면 입 밖으로 내기가 쉽지 않았다. 더구나 빠르게 달리는 상황에서는 더욱 소리를 내기가 어려워 그 구결을 외운다는 건 사실 진기를 조절하는 요령이었던 것이다.

오시가 되자 동모는 허죽에게 자신을 내려놓도록 명하고 손가락으로 돌멩이 하나를 하늘 높이 튕겨 까마귀 한 마리를 잡았다. 그녀는 까마귀 피를 마신 후 곧바로 천장지구불로장춘공을 연마했다. 이때 그녀는 열일곱 살 때의 공력을 회복하긴 했지만 이추수와 비교하면 여전히 미치지 못하는 수준이었다. 다만 탄지공彈指功을 펼쳐 까마귀를 죽이는 일쯤은 간단히 구사할 수 있었다.

동모는 연공을 마치자 허죽에게 자신을 업으라 명한 뒤 다시 구결을 외우도록 했다. 그녀는 허죽이 순방향으로 외우기를 마치자 다시 역방향으로 외우도록 했다. 이 구결은 순방향으로 읽는 것도 발음이 어렵기 짝이 없었지만 역방향으로 읽다 보면 진기가 목구멍으로부터 비집고 나와 혓바닥이 치아에 걸리는 느낌이 들 정도로 어려웠다. 그러나 허죽은 굳건한 의지로 버티며 날이 채 어두워지기도 전에 제1로 장법의 구결을 순방향과 역방향으로 모두 읽을 수 있게 됐을 뿐만 아니라 한 치의 막힘도 없이 또랑또랑하고 유창하게 외울 수 있게 됐다.

동모가 매우 기뻐했다.

"소화상, 아주 잘했다. 아이고! 아이고!"

그녀는 칭찬을 하는 듯하다 갑자기 말투가 급변해 주먹 쥔 두 손으로 허죽의 머리를 세차게 후려치며 욕을 해댔다.

"이런 양심도 없는 좀도적 놈! 네… 네가 그년과 사통을 한 것이 틀림없어. 내가 여태껏 감쪽같이 속아넘어간 거야. 이 좀도적 놈아! 그래도 날 속일 작정이냐? 네가 나한테 어찌 이럴 수 있는 거야?"

허죽이 깜짝 놀라 황급히 그녀를 내려놓고 물었다.

"선배님, 무슨 말입니까?"

동모는 자줏빛으로 빨갛게 달아오른 얼굴로 눈물을 뚝뚝 흘리며 소리쳤다.

"이추수 그 천한 년하고 사통을 한 거야, 아니야? 그래도 발뺌을 할 생각이냐? 그래도 인정 못하겠어? 그게 아니라면 그년이 소무상공을 어찌 너한테 전수할 수 있었단 말이야? 이 좀도적 같은 놈, 네가 날 속이다니!"

허죽은 영문을 알 수 없어 물었다.

"선배님, 소무상공이 뭐죠?"

동모는 멍하니 있다가 곧바로 정신을 차리고 눈물을 닦아내며 탄식을 했다.

"아무것도 아니다. 네 사부가 나한테 잘못한 게 있어서 그래."

알고 보니 동모는 허죽이 구결을 외울 때 수많은 난관을 신속하게 통과하는 데다 역방향으로 외울 때도 유창하게 해내는 것을 보자 필시 소무상공을 연마했기 때문이라는 생각을 했던 것이다. 그녀와 무애자, 이추수 세 사람은 같은 사부로부터 무공을 전수받았지만 세 사람이 배운 것들은 전혀 달랐다. 무애자가 가장 많은 무공을 연성하고 공력도 최강이었기 때문에 사부의 뒤를 이어 소요파 장문인이 되긴 했지만 그 소무상공은 사부가 이추수 한 사람에게만 전수한 것으로 극강의 위력을 지닌 호신용 신공이었다. 이추수가 동모로부터 수차에 걸쳐 위협을 당할 때마다 번번이 소무상공에 의지해 목숨을 유지해왔기에 동모는 그 무공을 구사할 줄은 몰라도 내력에 대해서는 익히 알고 있었다. 한데 지금 허죽이 그 무공을 지니고 있을 뿐만 아니라 공력이 매우 심후하다고 느껴지자 깜짝 놀라 허죽을 무애자로 생각해 한 행동이었다. 정신을 차리고 난 후에도 무애자가 자신을 배반하고 이추수와 사통했다는 생각이 들어 이미 울화가 치민 상태에서 다시 또 자책을 했던 것이다. 사실 그 일은 수십 년 전에 이미 알아차렸지만 지금에서야 확증을 잡았다. 소요파 사남매 세 사람은 하나같이 내력이 심후하고 무공이 고강하긴 했지만 동모를 제외한 나머지 두 사람은 연정에 관심을 두지 않았다. 무애자와 동모는 서로 사랑했지만 후에 동모가 연공 도중 이추수의 의도적인 방해로 신체가 영원히 자라지 않고 외모 또한 보잘것없어지자 무애자의 마음이 이추수에게 넘어가버리고 말았다. 그러나 동모는 끝까지 이런 현실을 부인해왔다.

그날 밤 동모는 끊임없이 무애자와 이추수에게 욕설을 퍼부었다. 허죽은 그녀가 매우 악독한 말로 욕하는 소리를 들으면서도 연정으로 인한 고통은 분노를 능가하는 법이라는 걸 알기에 그녀 못지않게 괴로워했다. 그는 동모를 설득하며 말했다.

"선배님, 인생은 무상하며 무상은 곧 고통이라 했습니다. 일체의 번뇌는 모두 탐진치에서 비롯되는 것이니 선배님께서는 반드시 그 삼독에서 벗어나셔야 합니다. 따라서 더 이상 사제를 그리워하지 말고 사매 역시 미워하지 말아야 마음속의 번뇌도 사라지게 될 것입니다."

동모가 버럭 화를 냈다.

"난 양심도 없이 네 사부를 그리워하는 그 못된 심보를 가진 천한 년을 악착같이 미워할 것이다. 난 마음속의 번뇌가 많을수록 즐거움도 커진단 말이다."

허죽이 고개를 가로저으며 감히 더 이상 설득할 수 없었다.

다음 날 동모는 또다시 그에게 제2로 장법의 요결을 가르쳐주었다. 이렇게 두 사람은 한편으로는 길을 가면서 한편으로는 무공 연마를 지속했다. 닷새째 저녁 무렵쯤이 되자 인가가 빽빽이 들어차 있는 한 커다란 성에 당도했다.

동모가 말했다.

"이곳은 서하의 도성인 흥주興州다. 넌 아직 구결 제1로를 완벽하게 숙지하지 못했으니 오늘은 흥주 서쪽에서 묵어가도록 하고, 내일 다시 서쪽으로 200리쯤 내달려갔다 다시 돌아오는 게 좋겠다."

"우리가 흥주로 가야 합니까?"

"당연히 흥주로 가야지 흥주에 가지 않으면 어찌 호랑이 굴에 들어갔다 말할 수 있겠느냐?"

다시 하루가 지나자 허죽은 6로의 천산절매수 구결을 줄줄 외울 수 있는 정도가 되었다. 동모는 광야로 나가 구결의 응용법을 전수해주었다. 그녀는 다리 하나가 잘린 상태라 땅바닥에 앉은 채 허죽과 대련을 할 수밖에 없었다. 천산절매수는 비록 6로뿐이었지만 소요파 무학의 정수가 담겨 있어 장법과 금나수 안에 검법과 도법, 편법鞭法, 창법, 조법抓法, 부법斧法 등등 제반 무기들의 절초가 함축되어 있고 초식이 절묘하면서도 변화무쌍했다. 그 때문에 허죽이 그 많은 것을 단번에 배우기는 어려웠다. 동모가 말했다.

"내 천산절매수는 죽을 때까지 완벽하게 배울 수가 없다. 장차 네 내공이 점점 고강해지고 견식도 쌓이게 되면 천하의 그 어떤 무공 초식도 이 6로의 절매수 안에 자연스럽게 녹아들어가게 될 것이다. 다행히 넌 이미 구결을 모두 외운 상태이니 앞으로 어느 정도까지 배울지는 오롯이 너 자신에 달려 있는 것이다."

"소승이 이 무공을 배우는 것은 선배님을 보호하기 위함일 뿐입니다. 선배님께서 공력을 회복하면 소승은 소림사로 돌아가 선배님께 전수받은 것들을 모두 잊고 다시 소림사 본문 무공을 연마해야 합니다."

동모는 그를 이리 보고 저리 보며 마치 뭐 이런 기이하기 짝이 없는 괴물이 있느냐는 듯 의아해하는 표정을 짓다가 한참 후에 한숨을 길게 내쉬었다.

"내 천산절매수를 어찌 소림파 무공 따위에 비할 수 있단 말이냐? 옥석을 가릴 줄 모르니 정말 우매하기 짝이 없구나. 사실 너 같은 소화상이 본분을 잊는다는 건 그리 쉽지 않은 일이긴 하다. 어서 눈 좀 붙이도록 해라. 날이 어두워지면 홍주성으로 들어갈 것이다."

이경二更이 되자 동모는 허죽에게 자신을 업고 흥주성 외곽으로 달려가라 명했다. 허죽은 해자를 건넌 다음 성벽을 훌쩍 뛰어넘어 천천히 땅바닥으로 내려왔다. 그때 철갑 기병 한 무리가 횃불을 치켜들고 순찰을 도는데 병마가 무척이나 강성하고 위엄 있어 보였다.

동모가 소리를 낮춰 몸을 담벼락 밑에 붙이고 서북쪽을 향해 나아가라 명했다. 세 마장 넘게 걸어나가니 높은 망루가 하늘 높이 솟아 있고 망루 뒤에는 웅장한 건물들이 겹겹이 늘어서 있었다. 건물 지붕은 하나같이 유리 기와로 만들어져 있어 휘황찬란하기 이를 데 없었다. 허죽은 그 건물 지붕들이 소림사와 약간 비슷해 보였지만 웅장하고 화려한 면에 있어서는 비교가 되지 않는다는 생각이 들어 나지막이 말했다.

"아미타불, 이런 곳에 이렇게 큰 사찰이 있다니…."

동모가 터져 나오는 웃음을 참지 못해 가볍게 미소를 지었다.

"정말 견식이라고는 없는 화상이로구나. 여기는 서하국 황궁이거늘 어찌 사찰이라 하느냐?"

허죽이 놀라서 펄쩍 뛰었다.

"여기가 황궁이란 말입니까? 여긴 어찌 온 겁니까?"

"황제한테 보호해달라고 부탁하러 왔다. 이추수는 내 시신을 찾지 못하면 내가 죽지 않았다는 걸 알고 땅바닥을 파내서라도 내 행방을 찾으려 할 것이다. 반경 2천 리 안에서 그년이 수색하지 않을 곳은 아마 자기 집뿐일 것이야."

"정말 훌륭한 생각입니다. 우리가 하루를 끌면 선배님의 공력이 1년 증강하지 않습니까? 선배님 사매 집으로 가는 게 좋겠습니다."

"여기가 바로 그년 집이다… 조심해라. 누가 온다."

허죽이 몸을 움츠려 재빨리 담장 구석으로 숨었다. 그때 인영 네 개가 동쪽에서 서쪽으로 스쳐 지나가는 게 보였다. 곧이어 다시 인영 네 개가 서쪽에서 다가오는데 여덟 명이 교차하면서 가볍게 손을 마주치며 돌아나갔다. 그 여덟 명의 신형은 민첩하기 이를 데 없었다. 그것만 봐도 무공 실력이 약하지 않은 듯했다. 동모가 말했다.

"어전 호위들이 순찰을 돈 것이니 어서 황궁 담장을 넘어가자. 잠시 후면 또 순찰을 돌 것이다."

허죽은 이런 위세를 보자 자기도 모르게 덜컥 겁이 났다.

"황궁 안에 고수가 이렇게 많다면 그들한테 발각이라도 되는 날에는 끝장입니다. 아무래도 선배님 사매 집으로 가는 게 좋겠습니다."

동모가 화를 내며 말했다.

"말했지 않느냐? 여기가 그년 집이라고."

"여기가 황궁이라는 말씀도 하셨지 않습니까?"

"그 천한 년은 바로 서하 국왕의 모친이야. 그년이 황태비이니 황궁이 자기 집 아니더냐?"

그 말에 허죽은 의외라는 듯한 표정을 지으며 어리둥절해했다. 그때 다시 네 개의 인영이 북쪽에서 남쪽으로 스쳐 지나왔다. 그 네 사람이 지나갈 때까지 기다리다 허죽이 말했다.

"앞…."

'앞'이란 말이 입에서 나오자마자 동모가 손을 뻗어 그의 입을 막았다. 그때 높은 담장 뒤에서 다시 네 사람이 돌아나왔는데 은밀하게 순찰을 하며 지나갔다. 네 사람이 별안간 나타날 때까지 그 어둠 속에 누군가 숨어 있으리라고는 전혀 생각할 수 없었다. 그 네 사람이 멀어질 때까지 기다리다 동모가 그의 등짝을 후려쳤다.

"저 작은 골목 안으로 들어가라."

허죽은 조금 전 그 열여섯 명의 호위가 황궁을 순찰하는 위세를 보고 이미 극히 위험한 곳에 들어왔다는 사실을 알게 되었다. 만일 동모의 지시가 없다면 지금 당장 물러나려 해도 그 수많은 어전 호위에게 발견되지 않을 수는 없을 것이기에 당장 그녀 말대로 그녀를 업고 작은 골목 안으로 걸어갔다. 작은 골목 양쪽은 모두 높은 담장이었는데 실제로는 두 궁전 사이의 작은 틈이었다.

좁은 통로를 뚫고 들어가 모란꽃 숲 안에 잠시 숨어 있다가 어전 호위 여덟 명이 순찰을 돌고 간 뒤 다시 대규모 가산假山[3]을 뚫고 안으로 들어갔다. 이 가산은 구불구불 북쪽을 향해 50~60장 가까이 길게 이어져 있었다. 허죽은 한번 나아갈 때마다 수 장씩 걸어가면서 동모의 지시대로 걸음을 멈추고 몸을 숨기기를 반복했다. 이상하게도 매번 몸을 숨기고 난 이후 얼마 지나지 않아 반드시 어전 호위가 순찰을 돌고 갔다. 마치 동모가 어전 호위의 총관이라도 되는 양 어느 곳에 누가 순찰을 돌고 언제 호위가 지나가는지 손금을 보듯 한 치의 오차도 없었다. 그렇게 요리조리 피해 걸어가길 반 시진쯤 됐을까, 전후좌우에 작고 허름한 집들로 들어차 있는 곳에 이르자 어전 호위들 역시 자취를 감추었다.

동모는 왼쪽 전방에 있는 커다란 석옥 하나를 가리켰다.

"저쪽으로 가자!"

허죽이 바라보니 그 석옥 앞에는 커다란 공터가 있었다. 밝게 빛나는 달빛이 공터 위를 비추고 있어 사방에 숨을 곳이라고는 없었다. 그는 숨을 크게 들이쉬고 단숨에 앞으로 내달려갔다. 석옥의 담장은 4~5척가량 되는 정방형 바위를 쌓아 만든 것으로 그 두께가 예사롭지 않았고, 대문은 소나무 원목 여덟 개를 반으로 잘라 일렬로 못을 박은 것이었다. 동모가 말했다.

"대문을 잡아당기고 들어가라!"

허죽은 심장이 쿵쾅쿵쾅 뛰기 시작해 떨리는 목소리로 말했다.

"서… 선배님 사매가… 여기 사십니까?"

그는 이추수의 악랄한 수법이 떠오르자 감히 안으로 들어갈 수 없었다.

"아니야. 어서 대문을 잡아당겨!"

허죽은 대문에 붙은 커다란 쇠고리를 움켜잡고 대문을 잡아당겼다. 선문扇門이 매우 무겁게 느껴졌다. 대문 뒤에는 또 하나의 문이 바짝 붙어 있었는데 문 안쪽에서 한기가 빠져나오고 있었다. 이때는 날이 점점 따뜻해지고 있던 시기라 고봉에 여전히 눈이 쌓여 있다 해도 평지에는 이미 얼음과 눈이 모두 녹아 꽃이 만발해 있는 상태였다. 그러나 그 내문內門의 문짝 위에는 아주 얇게 하얀 서리가 한 층 쌓여 있었다. 동모가 말했다.

"안쪽으로 밀어라!"

허죽이 손을 뻗어 밀자 문이 서서히 열렸다. 1척가량 틈이 벌어졌을 뿐인데 한 줄기 한기가 얼굴을 향해 덮쳐들었다. 문을 열고 들어가자 안에는 쌀과 보리를 담은 마대 자루가 천장에 맞닿을 정도 높이로 한가득 쌓여 있었다. 양곡 창고로 보였는데 왼쪽 편에는 아주 좁은 통로가 하나 있었다.

그는 의아한 생각이 들어 나지막이 물었다.

"양곡 창고 안이 어찌 이리 추운 겁니까?"

동모가 빙그레 웃었다.

"문을 닫아라. 빙고氷庫 안에 들어왔으니 별일 없을 것이다."

허죽이 의아해하며 말했다.

"빙고? 양곡 창고가 아니던가요?"

그는 이 말을 하면서 이중으로 된 문을 닫았다. 동모는 기분이 매우 좋은 듯 얼굴에 미소를 띠었다.

"들어가보자!"

이중문을 닫자 창고 안은 어두컴컴해졌다. 허죽은 손을 더듬어 왼쪽에 붙어서 들어갔다. 안으로 들어가면 갈수록 한기는 점점 더 심해졌다. 왼손을 앞으로 뻗자 차갑고 딱딱하며 축축하게 젖은 물건이 만져졌는데 커다란 얼음 덩어리로 보였다. 그가 희한하다는 생각을 하는 순간 동모가 화절자를 밝히자 순식간에 허죽의 눈앞에는 기이한 광경이 펼쳐졌다. 전후좌우에 모두 커다랗게 잘린 네모반듯한 대형 얼음 덩어리들이 보이고 그 얼음 위로 밝게 빛나는 불빛이 비치자 푸른색으로 보였다가 남색으로 보이는 환상적인 장면이 나타났던 것이다.

동모가 말했다.

"끝까지 들어가보자."

그녀는 얼음 덩어리에 기대 오른쪽 다리로 폴짝폴짝 뛰어 앞서서 걸어가며 얼음 덩어리 사이를 몇 번 돌아 석옥 모퉁이의 커다란 구멍 안으로 걸어내려갔다. 허죽이 그 뒤를 따라가자 구멍 밑에는 돌계단이나 있고 계단이 끝나는 지점의 실내가 온통 얼음 덩어리로 가득했다. 동모가 말했다.

"이 빙고에는 분명 또 한 층이 있을 것이다."

과연 첫 번째 지하층 밑에 다시 또 하나의 커다란 석실이 있었는데 그곳 역시 얼음 덩어리로 가득했다.

동모는 화절자를 불어서 끄고 자리에 앉았다.

"우린 지하 2층 깊은 곳까지 들어왔다. 그 천한 년이 아무리 영악하다 해도 우리를 찾아내진 못할 것이다."

그녀는 이 말을 하면서 길게 한숨을 내쉬었다. 요 며칠 동안 얼굴이 매우 침착해 보였지만 속으로는 무척이나 초조했던 모양이었다. 서하국 고수들이 운집해 있는 황궁 내원 깊이 들어와 고수들의 이목을 피하려면 무척이나 기민하고 신중해야 하기도 하지만 궁내의 지리와 호위 상황도 숙지하고 있어야만 가능한 일이었다. 그 때문에 미리 생각해놓은 곳까지 들어온 뒤에야 약간 안심을 할 수 있었던 것이다.

허죽이 한숨을 쉬었다.

"이상합니다. 이상해요!"

"뭐가 이상하다는 거냐?"

"이 서하국 황궁에 이 아무 가치도 없는 수많은 얼음 덩어리를 숨겨놓고 어디 쓰려고 그러는 거죠?"

동모가 빙긋 웃으며 설명을 했다.

"이 얼음 덩어리들이 겨울에는 가치가 없지만 뜨거운 여름이 되면 매우 진귀해진다. 생각해봐라. 거리에서, 또 논과 밭에서 태양이 숯불을 피워놓은 것처럼 뜨거워 사람들이 비지땀을 흘리고 있을 때 옆에 커다란 얼음 두 덩어리를 놔두고 연자녹두탕蓮子錄豆湯이나 박하백합탕薄荷百合湯을 먹으면서 얼음 구슬 몇 개를 동동 띄워놓으면 그 맛이 어떠하겠느냐?"

허죽이 불현듯 깨닫는 것이 있었다.

"묘하군요, 아주 묘합니다! 하지만 이 많은 얼음 덩어리를 옮겨 저장하려면 실로 어마어마한 시간과 노력을 쏟아부어야 할 텐데 그건 너무 번거로운 일 아닙니까?"

동모가 더욱 크게 웃으며 말했다.

"황제가 손가락만 까딱하면 뭐든 원하는 걸 대령하는 마당에 번거로운 일이 뭐가 겁이 난단 말이냐? 황제 늙은이가 이런 커다란 얼음 덩어리를 제 손으로 빙고에 옮겨넣기라도 할까 봐서?"

허죽이 고개를 끄덕였다.

"황제는 큰 복을 누리는군요. 다만 현세에서 복을 너무 많이 누려 그 복이 다하게 되면 내세에서는 그리 좋지 못할 것입니다. 아이고, 황제한테 얼음이 필요하면 이곳에 사람을 보내 가져오라고 할 텐데 그때는 우리가 발각될 거 아니겠습니까?"

"황궁 안에는 '천지현황天地玄黃, 우주홍황宇宙洪荒'이라는 8호號의 빙고가 있는데 이곳은 '황荒'호다. 그들은 앞의 일곱 개 빙고의 얼음을 모두 가져가고 없으면 그다음에 '황'호 빙고에 올 것이다. 석 달 안에는 이곳에 가지러 오지 않을 것이야. 시간이 많이 남았으니 염려하지 않아도 된다!"

"선배님, 선배님께서는 모르시는 게 없군요. 예전에 여기 와보신 적이 있으신가요? 아까 어전 호위들이 언제 어디로 순찰을 도는지 완전히 꿰고 계시는 것 같던데요?"

"당연히 와봤지. 그 천한 년을 혼내주러 찾아왔으니 어디 한 번만 왔겠느냐? 어전 호위들은 호흡 소리가 거칠어 10장 밖에서도 들을 수 있거늘 뭐가 대단하다 그러느냐?"

"그랬었군요. 선배님, 신묘한 청력을 타고나셨으니 보통 사람은 정말 흉내도 내지 못할 겁니다."

"신묘한 청력은 무슨 신묘한 청력이냐? 내공이 심후하면 그 무공을 연마할 수 있다. 아주 간단하지. 내가 가르쳐주겠다."

허죽은 '무공을 연마할 수 있다'는 그녀의 말을 듣고 불현듯 떠오른 생각이 있었다. 빙고 안에 날짐승이라고는 없어 생피를 구하기 쉽지 않을 텐데 어찌 연공을 한다는 말인가? 또 창고 안에 양식이 아무리 많다고는 해도 빙고 안에서 불을 피울 수가 없는데 어찌 생쌀과 보리로 끼니를 때운다는 말인가?

동모는 그가 한동안 아무 소리도 내지 않자 물었다.

"무슨 생각을 하고 있느냐?"

허죽이 생각했던 말을 하자 동모가 깔깔대고 웃었다.

"저 마대 자루 안에 든 것이 양식인 줄 아느냐? 저건 다 면화棉花야. 외부에서 열기가 들어와 얼음이 녹는 걸 방지하기 위해 만들어놓은 것이지. 흐흐, 면화를 먹을 테냐?"

"그렇다면 밖에 나가 먹을 것을 구해와야 합니까?"

"어선방御膳房에 살아 있는 닭과 오리들이 있는데 그걸로 부족하겠느냐? 허나 닭이나 오리, 돼지, 양 피는 영기靈氣가 없어 설산 봉우리 위의 꽃사슴이나 영양에 미치지 못한다. 어화원御花園으로 가서 백학이

나 공작, 원앙, 앵무새 같은 걸 잡아다 난 피를 마시고 넌 고기를 먹으면 아쉬운 대로 해결이 될 것이다."

허죽이 다급하게 소리쳤다.

"안 됩니다, 안 됩니다! 소승이 어찌 살생을 하고 육식을 할 수 있겠습니까?"

그는 동모가 이미 안전한 곳에 왔으니 자신이 더 이상 곁에 있을 필요가 없겠다 생각했다.

"소승은 불문 제자라 중생을 잔인하게 죽이는 모습을 볼 수 없습니다. 저… 전 이만 물러가보겠습니다."

"어딜 간다는 것이냐?"

"소승은 소림사로 돌아갈 것입니다."

동모가 대로하며 말했다.

"못 간다! 여기 남아 내 시중을 들어라! 내가 신공을 연성한 다음 그 천한 년 목숨을 취하고 나면 그때 보내줄 것이다."

허죽은 신공을 연성한 후 이추수를 죽일 것이라는 그녀의 말을 듣자 악업을 짓는 일을 함께하는 건 더더욱 안 될 말이라 여겨 몸을 벌떡 일으켰다.

"선배님, 소승이 권유하는 것이니 선배님께서는 꼭 듣지 않으셔도 됩니다. 더구나 소승은 지식이 짧고 말주변이 없어 어떤 말로 권유를 해야 할지 모르겠습니다. 제 생각에 원한은 품고 있어야 좋을 것이 없는 법이니 포기해야 할 때는 포기를 하는 게 맞습니다."

그는 이 말을 하면서 돌계단을 향해 걸어갔다.

동모가 큰 소리로 호통을 쳤다.

"거기 서라! 가는 건 용납 못한다!"

"소승은 가야겠습니다!"

그는 본래 '신공을 연성하기 바랍니다' 하고 말하고 싶었으나 곧 그녀가 신공을 완성하면 이추수의 목숨이 위험해질 뿐만 아니라 오노대를 비롯한 삼십육동 동주들과 칠십이도 도주 그리고 모용복과 단예 등등도 하나같이 비명에 목숨을 잃을지도 모른다는 생각이 들었다. 그는 생각하면 할수록 두려움이 느껴져 발을 뻗어 돌계단 위에 올려놓았다.

돌연 두 무릎이 마비되면서 몸이 뒤로 벌러덩 넘어가 쓰러져버렸다. 이어서 옆구리가 다시 시큰해지더니 온몸을 꼼짝도 할 수 없었다. 그는 그제야 동모에게 혈도를 찍혔다는 사실을 알게 되었다. 어둠 속에서 그녀는 몸을 조금도 움직이지 않은 채 허공을 격하며 점혈해 자신의 요혈을 봉쇄했던 것이다. 아무래도 이 고수 앞에서 자신은 하라는 대로 할 수밖에 없으며 반항의 여지가 전혀 없는 것으로 보였다. 그는 마음을 가라앉히고 불경을 외기 시작했다.

"수도를 할 때 고난이 닥친다면 이를 염두에 두어야 한다. 영겁의 세월 동안 구한 것들로 인해 무수히 많은 탐욕과 증오를 일으켰을 것이다. 현세의 수행으로 악업이 없다 하나 이는 영겁의 세월 동안 행한 악업의 결과일 뿐이다. 따라서 이를 기꺼이 받아들이고 일체의 고난에 원한을 품지 말아야 하느니라. 경전에 이르길 고난이 닥친다 해도 고뇌하지 않을 수 있는 것은 고난이 생성되는 근원을 알기 때문이다…."

동모가 그의 말을 끊었다.

"네가 외는 것이 대체 무슨 괴상한 경전이더냐?"

"선재로다, 선재로다! 이는 보리달마의 《입도사행경入道四行經》입니다."

"달마는 너희 소림사의 창시자가 아니더냐? 난 달마를 아주 굉장한 능력을 지닌 사람으로 알았는데 그렇게 나약하고 기개라고는 없는 땡중일 줄은 몰랐구나."

"조사님의 자비가 있기를… 선배님, 망언은 거두십시오."

"그 괴상한 경전에서도 말하지 않았더냐? '수도를 할 때 고난이 닥친다면 영겁의 세월 동안 구한 것들로 인한 것이니 이를 기꺼이 받아들이고 일체의 고난에 원한을 품지 말라'고 말이다. 그럼 남들이 널 어찌 괴롭힌다고 해도 무조건 기꺼이 받아들이고 원한을 품지 말아야 한다는 것 아니냐?"

"소승은 아직 수련이 부족하여 외마外魔가 침입하고 내마內魔가 움틀 때는 아마 저항이 힘들 것입니다."

"지금 너에게는 너희 소림파 무공은 조금도 남아 있지 않고 소요파 무공의 일부만 배웠을 뿐이라 득보다는 실이 더 많은 상황이다. 한마디로 엉망진창이라는 뜻이다. 내 말 들어라! 내가 소요파 신공을 모조리 너에게 전수해준다면 그때 넌 천하무적이 될 것인데 이 어찌 영광스럽지 않겠느냐?"

허죽은 두 손으로 합장을 하고 다시 불경을 외었다.

"중생의 육신은 허상이고 진정한 내가 아니며 모든 업력은 윤회에서 이루어지는 것이다. 기꺼이 받아들여야 하는 고난과 쾌락은 인연이 만든 업보일 뿐이다. 명예를 비롯한 쾌락이 있다면 이 역시 과거에 한 선행에 대한 업보다. 인연이 다한 이후에는 아무것도 없는 곳으로 돌아가는데 쾌락이 무슨 의미가 있겠는가? 득과 실은 모두 인연에 따르는 것이라 희희낙락할 일이 없느니라."

동모가 호통을 쳤다.

"퉤퉤! 허튼소리! 넌 무공이 보잘것없어 가는 곳마다 수모를 당하지 않더냐? 지금처럼 나한테 혈도를 봉쇄당하고 내가 널 때리고 욕해도 반항조차 못하지 않느냐? 또 신공을 아직 연성 못한 나처럼 여기 숨어 이추수 그 천한 년이 밖에서 함부로 날뛰게 놔둘 수밖에 없지 않느냔 말이다. 네 사부가 너한테 그림을 준 건 너더러 무공을 전수할 사람을 찾아가 정춘추 그 인간을 해치우라고 한 것 아니더냐? 이 세상에서 강한 자는 남을 업신여기고 약한 자는 남에게 수모를 당하는 법이다. 네가 편안하고 즐겁게 살려면 천하제일 강자가 돼야 하는 것이야."

허죽은 계속해서 불경을 외었다.

"세인들은 항상 미혹에 빠져 오욕에 연연하며 이를 구하는 데 힘쓴다. 지혜가 있는 사람은 진상을 깨닫기에 이지적으로 자신을 이끌어가 세속과 상반된 행위를 보여주고 내적인 안녕을 꾀하며 애써 뭔가를 구하려 하지 않아 자연에 순응해 살아간다. 삼계三界[4]는 모든 것이 고난이거늘 그 누가 편안함을 얻을 수 있겠는가? 경전에 이르길, 구하는 것은 모든 것이 고난이니 구하지 않는 것이 즐거움이다."

허죽이 비록 말주변은 없었지만 경문을 외는 데는 매우 익숙해 있었다. 《입도사행경》은 고승인 담림曇琳이 기록한 것으로 담림은 달마가 남천축으로부터 중원에 와서 거둔 제자였다. 경전 속에 기재된 것은 달마대사의 미언微言[5]이 담긴 법어로 모두 합쳐야 수백 장에 불과한 소림사 승려들의 필독 경전이었다. 그는 입에서 나오는 대로 외었지만 오히려 동모의 말을 일일이 반박하는 결과를 낳게 되었다.

동모는 승부욕이 무척이나 강한 성격이라 수십 년 동안 그녀가 일단 말을 내뱉으면 누구든 그 말에 그대로 따라야만 했다. 수하의 시녀와 몸종은 물론 그녀의 말에 감히 토를 다는 이가 없었고 거만하기 짝이 없는 삼십육동과 칠십이도의 수많은 기인마저 하나같이 그녀를 천신처럼 떠받들었다. 그런데 오늘 이런 소화상의 반박에 벙어리처럼 말을 못하고 있지 않은가? 그녀는 대로해서 오른손을 들어 허죽의 정수리를 향해 내리쳐갔다. 손바닥이 그의 이마에 위치한 백회혈에 닿으려 할 때 문득 생각이 났다.

'내가 이 소화상을 일장에 때려죽이면 이 녀석은 아무것도 모르고 느끼지도 못하는 상황에서 여전히 자기 궤변이 맞고 난 틀렸다고 생각한 채 죽을 것이 아닌가? 흐흠! 그렇게 할 순 없지!'

그녀는 손을 거두고 운기조식을 하기 시작했다.

잠시 후 동모는 돌계단으로 뛰어올라 문을 열고 나갔다. 그녀는 나뭇가지 하나에 몸을 지탱해 어화원 안으로 뛰어들어갔다. 그때 그녀의 공력은 이미 뛰어난 경지에 이르러 있어 비록 다리 한쪽이 없긴 했지만 여전히 몸이 나뭇잎처럼 가벼웠다. 그러니 어전 호위 무리가 어찌 알아차릴 수 있겠는가? 그녀는 정원 안에서 백학 두 마리와 공작 두 마리를 잡아 빙고로 되돌아왔다. 허죽은 동모가 밖으로 나가는가 싶더니 다시 돌아올 때는 잡아온 새들의 울음소리가 함께 들리자 연신 아미타불을 외쳤다. 하지만 그녀가 하는 대로 내버려둘 수밖에는 없었다.

다음 날 오시가 됐지만 빙고 안은 밤낮을 구별할 수 없을 정도로 칠흑같이 어두웠다. 동모는 체내 진기가 용솟음치자 연공할 때가 왔음을 알아차리고 백학 한 마리의 목을 깨물어 생피를 빨아 마셨다. 그녀는 무공 연마를 마친 후 다시 백학 한 마리의 목을 깨물었다.

허죽이 그 소리를 듣고 정중하게 권유하며 말했다.

"선배님, 그 새는 남겨뒀다 내일 다시 쓰십시오. 괜한 생명 하나를 굳이 더 해칠 필요 있습니까?"

동모가 빙그레 웃었다.

"호의로 그러는 게다. 너 먹이려고!"

허죽이 깜짝 놀라 말했다.

"아니, 아닙니다! 소승은 절대 먹을 수 없습니다."

동모가 왼손을 뻗어 그의 턱을 부여잡자 허죽은 저항을 할 수 없어 자연스럽게 입이 벌어졌다. 동모는 백학을 거꾸로 잡고 백학 피를 그의 입안에 쏟아부었다. 허죽은 뜨끈한 혈액이 목을 타고 내려가자 죽을힘을 다해 목구멍을 닫았지만 혈도가 봉쇄되어 있어 뜻대로 되지 않았다. 그는 속으로 화가 나면서도 매우 다급한 마음에 두 줄기 뜨거운 눈물이 쏟아졌다.

동모가 백학 피를 쏟아붓고는 오른손으로 그의 등에 있는 영대혈 위에 대고 진기 운행을 도왔다. 그러고는 곧바로 그의 관원과 천돌 두 혈도를 찍어 그가 백학 피를 토해내지 못하게 만든 다음 깔깔대고 웃었다.

"소화상, 너희 불문 계율은 육식을 하지 않는 것인데 이제 그 계율을 깨버린 셈 아니냐? 한 번 파계를 했는데 두 번째 파계야 무슨 상관 있겠느냐? 흥, 세상에 그 누구든 나한테 대적을 하면 난 그자와 끝까지 대적하는 성미다. 어찌 됐건 난 네가 화상이 되지 못하게 만들 것이다."

허죽은 화가 나기도 하고 고통스럽기도 한 마음에 아무 말도 하지 못했다.

동모가 다시 웃으며 말했다.

"경전에 이르길 '구하는 것은 모든 것이 고난이니 구하지 않는 것이 즐거움이다'라고 했지 않느냐? 네가 불계를 준수해야 한다는 것이 바로 그 '구하는 것'이며 구하려 하나 구하지 못하면 마음속에는 고통만 남게 된다. 마음의 안정을 찾아 구하는 데 힘쓰지 말고 자연에 순응해 살아가야 하니 불계 역시 준수할 수 있는 것은 준수하고 준수할 수 없는 것은 준수하지 않아야 하며 그것이야말로 '구하지 않는 것'이라 할 수 있다. 하하하!"

그렇게 한 달 넘는 시간이 지나자 동모는 이미 60세 때 공력을 회복하게 됐고 빙고와 어화원을 출입할 때에도 마치 무형의 귀매처럼 자유롭게 오갔다. 아마 이추수에게 두려움을 느끼지만 않았어도 이미 궁을 떠났을 것이다. 그녀는 매일 피를 마시고 연공을 한 후에 언제나 허죽의 혈도를 찍어 짐승들의 선혈과 생고기를 그의 배 속에 집어넣었고 두 시진이 지날 때까지 기다려 허죽의 배 속에 있는 음식물이 모조리 소화되고 토해낼 수 없다 싶으면 그제야 그의 혈도를 풀어주었다. 허죽은 빙고 안에서 강제로 생피와 날고기를 먹을 수밖에 없는 암담한 나날을 보내야 했기에 그 고뇌는 이루 말할 수 없을 정도였다. 그는 오로지 경문 속의 '경전에 이르길 고난이 닥친다 해도 고뇌하지 않을 수 있는 것은 고난이 생성되는 근원을 알기 때문이다'란 구절을 외며 억지로 자위를 해봤지만 실정은 고난이 닥치면 반드시 고뇌가 오고 고난이 생성되는 근원을 알기 어려워 고난에 고난이 더해질 뿐이었다.

이날 동모는 다시 그가 '수도를 할 때 고난이 닥친다면 이를 염두에 두어야 한다'는 둥 '따라서 이를 기꺼이 받아들이고 일체의 고난에 원한을 품지 말아야 하느니라'라는 둥 끊임없이 되풀이하며 경전을 외는 소리에 냉소를 머금고 말했다.

"넌 토끼와 사슴, 학, 공작 등 안 먹은 고기가 없는데 어찌 화상이 될 수 있다고 경전을 외고 있는 것이냐?"

"소승은 선배님의 강요에 의해 먹은 것이지 스스로 원한 것이 아니니 파계라 할 수 없습니다."

동모가 차갑게 웃었다.

"강요하는 사람이 없었다면 너 스스로는 절대 파계하지 않았을 거라는 말이냐?"

"소승은 세속에 물들지 않고 스스로를 아껴왔기 때문에 결코 불문의 규칙을 더럽히지 않았습니다."

"좋아, 그럼 시험해보자."

이날은 동모가 허죽에게 피와 고기를 억지로 먹이지 않자 허죽은 크게 기뻐하며 연신 큰 소리로 고맙다고 외쳤다.

다음 날에도 동모는 여전히 피와 고기를 강제로 먹이지 않았다. 허죽은 배가 고파 배에서 꼬르륵 소리가 나자 입을 열었다.

"선배님, 이제 선배님 신공도 거의 연성되어가니 소승이 시중들 필요가 없어진 듯합니다. 소승은 이만 물러가보겠습니다."

"못 간다!"

"사실 배가 많이 고픕니다. 그럼 귀찮으시더라도 선배님께서 허기를 채울 채소와 밥을 구해다 주십시오."

"그건 가능하지."

동모는 곧 그의 혈도를 찍어 도망가지 못하게 만들고 밖으로 나갔다가 얼마 지나지 않아 다시 빙고로 돌아왔다.

맛있는 냄새가 코에 진동하자 허죽은 입안 가득 침이 고였다. 턱턱턱 하는 세 번의 소리와 함께 동모가 커다란 그릇 세 개를 그의 얼굴 앞에 내려놓고 말했다.

"하나는 홍소육이고 하나는 닭찜, 하나는 탕수잉어다. 어서 먹어라!"

허죽이 깜짝 놀라 말했다.

"아미타불, 소승은 죽어도 안 먹습니다."

닭고기와 잉어, 돼지고기 요리 냄새가 끊임없이 콧속으로 밀려들어왔지만 그는 억지로 참고 독경에만 몰두했다. 동모는 그릇 안에 든 닭고기를 집어들어 맛있게 먹으며 연신 찬탄을 금치 못했지만 허죽은 염불만 욀 따름이었다.

사흘째 되는 날 동모는 다시 어선방에 가서 육류 요리를 몇 그릇 가져왔는데 화퇴와 해삼, 곰 발바닥, 구운 오리 등 냄새가 더욱 진한 것들이었다. 허죽은 허기가 져서 기력이라고는 전혀 없었지만 시종 꿋꿋이 버티며 먹지 않았다. 동모가 생각했다.

'내가 앞에 있으면 끝까지 이겨보겠다고 절대 먹지 않을 거야.'

동모는 빙고 밖으로 나가 반나절 동안 돌아오지 않았다. 그녀는 생각했다.

'네가 몰래 먹지 않고는 못 배길 것이다.'

그러나 빙고로 다시 돌아와 음식이 담긴 그릇들을 불빛 아래 살펴보니 놀랍게도 국물 한 방울 건드린 흔적이 없었다.

아흐레째 되는 날 허죽은 염불을 욀 기력조차 없어 얼음 덩어리를 갉아먹으며 갈증만 해소할 뿐 눈앞에 놔둔 고기붙이에는 손도 대지 않았다. 동모는 화가 치밀어올라 그의 가슴을 움켜쥐고 홍소주자紅燒肘子[6] 요리를 조각내 그의 입속에 욱여넣었다. 그녀는 허죽에게 억지로 고기를 먹이긴 했지만 이번 대결에서 결국 자신이 졌다는 걸 알고 미친 듯이 화가 나서 따귀를 철썩철썩 연이어 30~40대를 후려치며 소리쳤다.

"이 죽일 놈의 화상아, 네가 이 할머니한테 대항을 했으니 뜨거운 맛을 보여주마!"

허죽은 이에 전혀 화를 내지 않고 조용히 염불만 욀 뿐이었다.

그 후로 며칠 동안 동모는 갖가지 고기 요리를 가져다 그의 목 안에 집어넣었다. 허죽은 견디기 힘든 상황에서도 묵묵히 참고 견디며 염불을 외거나 그렇지 않으면 누워서 잠만 잤다.

이날 꿈속에서 허죽은 돌연 달콤하면서도 은은한 향기가 콧속으로 들어왔다. 이 향기는 불상 앞에서 타는 단향도 아니고 생선과 고기 냄새도 아니었다. 온몸이 뻥 뚫리는 듯 말할 수 없이 편안한 기분이 들었다. 정신이 혼미한 가운데 뭔지 모르지만 부들부들한 물체가 자기 가슴 앞에 기대는 느낌이 들어 깜짝 놀라 정신을 차렸다. 손을 뻗어 더듬어보자 손이 닿는 곳은 매우 부드럽고 따뜻했다. 놀랍게도 그건 실오라기 하나 걸치지 않은 사람의 몸이 아닌가? 그는 깜짝 놀라 말했다.

"선배님, 어… 어찌 된 겁니까?"

그 사람이 말했다.

"내… 내가 어디 있는 거죠? 왜 이렇게 추워요?"

가냘픈 목소리로 보아 그건 동모가 아니라 처음 듣는 웬 소녀의 음성이었다. 허죽은 더욱 놀라 어리둥절해하다 떨리는 목소리로 물었다.

"다… 당신은… 누구시오?"

그 소녀가 말했다.

"너… 너무… 추워요, 당신은 누구죠?"

이 말을 하면서 허죽 몸에 기댔다.

허죽은 이를 피하기 위해 몸을 일으켜 지탱하려다 왼손으로는 그녀의 어깨를, 오른손으로는 그녀의 부드럽고 가녀린 허리를 끌어안고 말았다. 허죽은 벌써 스물네 살이나 됐지만 평생 말을 나눠본 여자라곤 아자와 동모, 이추수 세 명뿐이었다. 24년이란 시간 동안 그는 소림사에서 염불을 외며 참선에만 전념해왔던 것이다. 그러나 여색을 좋아할 때가 되면 여자를 따르는 것이 사람의 천성이 아니던가? 허죽이 비록 계율을 엄수해오기는 했지만 매년 꽃피고 따뜻한 봄날이 오면 설레는 마음을 감출 수 없어 남녀지사를 상상해보고는 했었다. 다만 그는 여인의 몸이 어떤 모습인지 알지 못해 그의 모든 상상은 당연히 해괴망측하기만 할 뿐 뭐가 옳은 것인지 전혀 알 수 없었으며 감히 그런 생각을 사형제들과 거론해본 적조차 없었다. 그런데 지금 그의 두 손이 이름 모를 소녀의 부드럽고 가녀린 살갗에 닿자 심장이 당장이라도 입 밖으로 튀어나올 것 같아 손을 움직일 수 없었다.

그 소녀가 흐응 하는 콧소리를 내며 몸을 돌리더니 손을 뻗어 그의 목을 끌어안았다. 허죽은 그 소녀의 입에서 마치 난초 꽃과도 같은 향기가 느껴지는 동시에 연지향이 밀려들어 하늘이 빙빙 도는 듯 어지럽고 온몸이 부르르 떨렸다. 그는 떨리는 목소리로 말했다.

"아니, 당신…."

소녀가 말했다.

"너무 추운데 가슴은 너무 뜨거워요."

허죽은 스스로를 주체 못하고 두 손에 살짝 힘을 주어 그녀를 품에 안았다. 그 소녀가 음, 음 하는 두 번의 신음 소리를 내며 입술을 들이밀자 두 사람 입술은 하나가 되었다.

허죽이 지니고 있던 소림파 선공禪功은 이미 무애자에게 깡그리 제거돼 정력定力[7]을 모두 상실한 상태였다. 그는 아직 세상사에 경험이 없는 건장한 남자였다. 이렇듯 난생처음 엄청난 유혹이 엄습해오자 추호의 저항도 할 수 없어 그 소녀를 점점 더 세게 끌어안을 수밖에 없었다. 순간 그의 영혼은 몸 밖으로 빠져나와 자신이 어디 있는지 모르는 듯 느껴졌다. 그 소녀는 더욱더 불같이 타올라 허죽을 마치 정인처럼 대했다.

얼마나 시간이 흘렀을까? 허죽은 불같은 욕정이 점차 식어가자 큰 소리로 비명을 질렀다.

"아이쿠!"

당장 몸을 일으키려 했지만 그 소녀가 여전히 그를 꼭 껴안고 교태어린 목소리로 말했다.

"저… 절 떠나지 말아요."

허죽의 정신이 되돌아온 건 찰나의 순간뿐이었다. 곧바로 그 소녀를 다시 품에 안고 너무도 사랑스러운 마음에 잠시도 떨어지려 하지 않았다.

두 사람은 한데 엉킨 채 다시 반 시진을 더 보냈다. 그때 그 소녀가 말했다.

"오라버니, 그대는 누구시죠?"

그녀의 이 한마디는 교태가 넘치고 나긋나긋했지만 허죽이 듣기에는 청천벽력과도 같은 소리였던 터라 대답을 하면서도 목소리가 가늘게 떨렸다.

"내… 내가 큰 실수를 했소."

그 소녀가 말했다.

"어찌 큰 실수라 하시는 거예요?"

허죽은 말을 더듬으며 답을 하지 못했다.

"나… 나는…."

느닷없이 옆구리가 마비되는 느낌이 들면서 누군가에게 혈도를 찍혔다. 곧이어 담요 하나가 덮이며 알몸 상태의 소녀가 그의 품에서 떨어졌다. 허죽이 소리쳤다.

"가… 가지 마시오. 가지 말아요!"

어둠 속에서 누군가 호호호 하고 차갑게 웃는데 다름 아닌 동모의 웃음소리였다. 허죽은 너무 놀라 하마터면 그 자리에 기절할 뻔할 정도로 전신에 맥이 풀리고 머릿속이 하얘졌다. 그 소녀를 안고 빙고를 빠져나가는 동모의 발소리가 들려왔다.

얼마 지나지 않아 동모가 다시 돌아와 헤죽헤죽 웃었다.

"소화상, 속세의 염복을 마음껏 누리게 해줬는데 어찌 고맙다는 말 한 마디 없는 게냐?"

허죽이 말했다.

"전…."

그는 머릿속이 여전히 혼란스러워 아무 말도 할 수 없었다. 동모가 그의 혈도를 풀어주고 비아냥거리며 말했다.

"불문 제자가 음계를 지켜야 하는 것 아니더냐? 지금 이게 너 스스로 계율을 어긴 것이더냐? 아니면 이 할머니가 강제로 어기게 만든 것이더냐? 이 겉과 속이 다른 천하의 호색한 소화상아! 말해봐라, 이 할머니가 이겼느냐, 아니면 네가 이겼느냐? 하하, 하하!"

그녀의 웃음소리는 득의양양한 듯 점점 더 크게 울려퍼졌다.

허죽은 문득 깨달았다. 자신이 죽어도 육식을 하지 않겠다고 버티는 데 화가 난 동모가 어디서 소녀 하나를 잡아다 음계를 어기도록 유혹한 것이 틀림없었다. 그는 순간 회한과 수치심을 이기지 못하고 몸을 벌떡 일으켜 딱딱한 얼음에 자신의 머리를 가져다 박았다. 퍽 소리와 함께 허죽은 그 자리에 쓰러져버렸다.

동모는 깜짝 놀랐다. 이 소화상이 이토록 강직한 성격인 줄은 생각지 못했던 것이다. 조금 전까지만 해도 여색에 푹 빠져 있던 그가 정신이 들자 다짜고짜 자결을 도모할지 누가 알았으랴? 그녀는 재빨리 손을 뻗어 그를 일으킨 다음 살펴봤다. 다행히도 숨은 남아 있었지만 머리가 깨져 피를 줄줄 흘리고 있었다. 그녀는 재빨리 상처 부위를 싸매주고 구전웅사환 한 알을 먹이며 욕을 퍼부었다.

"미친 게냐? 네 체내에 북명진기가 있어 망정이지 안 그랬다면 벌써 저세상으로 가버렸을 게다."

허죽이 고개를 숙인 채 말했다.

"소승의 죄업이 심중하여 자신은 물론 남까지 해쳤으니 다시는 사람 노릇을 할 수 없게 됐습니다."

"흐흐, 계율을 어긴 모든 화상이 자결을 도모한다면 천하에 살아남을 화상이 몇이나 되겠느냐?"

허죽이 멍하니 있다가 문득 자결로 목숨을 끊는 것 역시 불문의 대계인데 자신이 분노를 참지 못해 또 다른 일계를 범할 뻔했다는 생각이 들었다.

그는 얼음 덩어리 위에 기대앉았지만 아무 생각도 들지 않고 그저 스스로를 원망하고 자책할 뿐이었다. 그러나 자기도 모르게 다시 그 소녀가 떠올라 조금 전의 그 부드럽고 달콤했던 순간들이 끊임없이 가슴을 뒤흔들고 있었다. 그는 동모에게 대뜸 물었다.

"그 낭자는… 그 낭자는 누구죠?"

동모가 깔깔대고 웃었다.

"그 아가씨는 올해 열일곱 살이다. 단아하고 수려하기로는 천하에 둘도 없는 소녀라 할 수 있지."

조금 전에는 어둠이 짙어 그 소녀의 용모를 전혀 볼 수 없었다. 서로 맞닿은 살갗과 귀에 전해지는 부드러운 음성만 가지고 상상해보면 필시 자색이 매우 뛰어난 미녀였을 것이다. 동모가 그녀를 '단아하고 수려하기로 천하에 둘도 없는 소녀'라고 칭하는 말을 듣자 자기도 모르게 긴 한숨이 새어나왔다. 동모가 미소를 지으며 말했다.

"그 아가씨가 보고 싶으냐?"

허죽은 감히 거짓말을 할 수 없었지만 그렇다고 그 일을 그대로 인정할 수도 없어 다시 한번 길게 한숨만 내쉴 뿐이었다.

그 후 몇 시진 동안 그는 얼이 빠져 혼미한 상태로 있을 수밖에 없었다. 동모가 다시 닭과 오리, 생선, 고기 등 육류 요리를 눈앞에 내려 놓자 허죽은 자포자기 상태에 빠져 곰곰이 고민할 수밖에 없었다.

'난 이미 불문의 죄인이 되어 다른 문하에 들어가게 됐고 또, 살계와 음계를 범했지 않았나? 이러고도 내가 어찌 불문 제자라 할 수 있겠는가?'

그는 곧 닭고기를 들고 먹기 시작했다. 물론 먹으면서도 그 맛을 느끼지 못하고 넋을 잃은 채 다시 눈물만 흘릴 따름이었다. 동모가 웃으며 말했다.

"그렇게 마음이 가는 대로 행해야 이른바 진인眞人이라 할 수 있는 것이다. 그래야 착한 녀석이지!"

다시 두 시진이 지나자 동모는 뜻밖에도 그 나체 소녀를 또 담요에 싸들고 와서 그의 품 안에 안겨주고 두 사람을 지하 2층 빙고에 남겨둔 채 자신은 지하 1층 빙고로 올라갔다.

그 소녀가 느긋하게 한숨을 쉬며 말했다.

"제가 또 이상한 꿈을 꾸고 있군요. 정말 두렵기도 하면서 또… 또 한편으로는…."

허죽이 말했다.

"또 어떻다는 것이오?"

그 소녀는 그의 목을 끌어안고 부드러운 목소리로 속삭였다.

"또 한편으로는 기뻐요."

이 말을 하면서 오른쪽 뺨을 그의 왼쪽 뺨 위에 가져다 댔다. 허죽은 후끈 달아오른 그녀의 뺨이 느껴지자 자기도 모르게 격정이 밀려와 손을 뻗어 그녀의 가녀린 허리를 감싸안았다. 소녀가 말했다.

"오라버니, 제가 지금 꿈을 꾸고 있나요? 꿈이라면 오라버니가 절 안고 있는 게 왜 이리 생생하게 느껴지죠? 그대 얼굴을 만질 수 있고 그대 가슴과 팔도 만질 수 있으니 말이에요."

이 말을 하면서 한편으로 허죽의 뺨과 가슴을 어루만지다 다시 말했다.

"꿈을 꾸는 게 아니라면 침상에서 멀쩡히 자고 있던 제가 어찌 갑자기 이렇게, 실오라기 하나 걸치지 않고 이 춥고 어두운 곳에 올 수가 있죠? 이토록 춥고 어두운 곳에 오라버니 혼자만 있고 오라버니가 절 기다리고, 아끼고, 예뻐해주고 있잖아요?"

허죽이 생각했다.

'이제 보니 동모에게 잡혀온 것조차 정신이 혼미해 정확히 모르는구나.'

그 소녀가 다시 부드러운 음성으로 속삭였다.

"평소에는 처음 본 남자 목소리만 들어도 부끄러워 어쩔 줄 몰라 했는데 어찌 이곳에만 오면 제 심장이 요동을 치며 주체하지를 못하는 거죠? 아, 꿈이라고 하기엔 꿈같지 않고 꿈같지 않다고 하기엔 또 꿈같아요. 어젯밤에 이 이상한 꿈을 꾸었는데 오늘 밤에 다시 꾸다니 혹시 제가 정말 당신과 전생에 인연이 있었던 걸까요? 오라버니, 도대체 오라버니는 누구세요?"

허죽은 넋이 나간 상태로 더듬거리며 말했다.

"나… 난…."

그는 '난 소화상이오'라고 말하려 했지만 그 말이 차마 입 밖으로 나오지 않았다.

그 소녀는 손을 뻗어 그의 입술에 대고 나지막이 말했다.

"아무 말 말아요. 너… 너무 두려워요."

허죽이 그녀를 두 팔로 꼭 껴안으며 물었다.

"뭐가 두렵소?"

"당신이 말을 하면 이 꿈이 깰까 봐 두려워요. 오라버니는 제 꿈속의 정랑情郎이에요. 이제부터 당신을 몽랑夢郎이라 부르겠어요. 몽랑, 몽랑! 이 이름 어떠세요?"

그녀는 허죽의 입을 막고 있던 손바닥을 떼서 그의 눈과 코를 어루만졌다. 마치 너무도 사랑스러워 눈 대신 손으로라도 그의 생김새를 떠올리려는 것 같았다. 그 부드럽기 이를 데 없는 손바닥이 그의 눈썹과 이마 그리고 그의 머리를 어루만졌다.

허죽은 깜짝 놀랐다.

'이런, 내 중머리를 만졌어.'

하지만 그녀가 만진 건 짧은 단발이었을 줄 어찌 알았겠는가? 허죽은 빙고 안에서 두 달 가까이 머물렀던 데다 그전에 지나온 나날들까지 합쳐 빡빡머리가 3촌 길이까지 자란 상태였다. 그 소녀가 부드러운 음성으로 속삭였다.

"몽랑, 그대 심장이 어찌 이리 심하게 뛰는 거죠? 그리고 왜 아무 말도 안 하세요?"

"나… 나도 당신처럼 한편으론 즐거우면서도 한편으론 두렵소. 내가 당신의 순결한 몸을 욕보였으니 만 번을 고쳐 죽어도 죄를 씻지 못할 것이오."

"그런 말은 말아요. 우린 꿈을 꾸고 있는 것이니 두려워할 필요 없어요. 그대는 절 뭐라고 부를 거예요?"

"음, 당신은 내 꿈속의 선고仙姑[8]이니 몽고夢姑라고 부르면 어떻겠소?"

그 소녀가 손뼉을 치며 웃었다.

"좋아요, 그대는 제 몽랑이고 전 그대의 몽고예요. 이렇게 달콤한 꿈을 우리 둘 다 평생 꾸면서 영원히 깨지 않았으면 좋겠어요."

사랑의 밀어가 깊어지자 두 사람은 다시 아름다운 꿈속으로 빠져들었다. 이것이 과연 현실인지 환상인지, 천상인지 속세인지 알 수가 없었다.

몇 시진이 흐르자 동모가 다시 그녀를 담요로 싸매고는 데리고 나갔다.

다음 날, 동모는 또다시 그 소녀를 데려와 허죽과 함께 있도록 해주었다. 두 사람은 사흘째 만나자 의구심이 사라지고 부끄러운 마음도 줄어들어 끝없는 애정을 쏟아부으며 마음껏 그 순간을 즐겼다. 허죽은 두 사람이 어찌 함께 있게 됐는지에 대한 진상을 감히 토로할 수가 없었고 그 소녀 역시 자신이 환상 속에 들어와 있다고만 생각해 꿈속에 들어오기 전의 정경에 대해서는 단 한 마디도 거론하지 않았다.

사흘간 쌓은 애정의 굴레는 허죽에게 이 어둡고 추운 지하 창고를 극락세계로 느끼도록 만들었다. 그러니 어찌 부처님께 귀의하고 해탈을 구하려 하겠는가?

나흘째 되는 날, 허죽은 동모가 들고 온 곰 발바닥과 사슴 고기 등등의 요리를 먹고 난 뒤 그녀가 또 그 소녀를 데려와 자신과 만나게 해주리라 기대했다. 그러나 아무리 기다려봐도 동모는 시종 아무 말 없이 앉아 꼼짝도 하지 않았다. 허죽은 마치 뜨거운 솥 안에 들어간 개미처럼 안절부절못하며 몇 번이나 물어보고 싶었지만 감히 그럴 수 없었다.

그렇게 두 시진이 넘는 시간이 흘렀지만 동모는 초조해서 안절부절못하는 그의 행동을 일거수일투족 보고 들었음에도 거들떠보지도 않았다. 허죽이 더 이상 참지 못하고 물었다.

"선배님, 그 낭자는 그… 황궁의 궁녀입니까?"

동모가 코웃음을 치고 아무 대답도 하지 않자 허죽이 생각했다.

'대답하지 않는다면 더 이상 물을 수는 없지.'

그러나 그 소녀의 부드러운 정을 떠올리자 마음이 산란해져 도저히 가만있을 수가 없었다. 그는 한참 동안을 억지로 참아내다 동모에게 사정을 할 수밖에 없었다.

"제발 부탁드리겠습니다. 적선하는 셈 치고 말 좀 해주십시오."

"오늘은 나한테 아무 말 말고 내일 물어봐라."

허죽은 조바심이 났지만 감히 더 이상 거론할 수는 없었다.

가까스로 다음 날까지 버티다 끼니를 때우고 난 뒤 허죽이 말했다.

"선배님…."

"그 낭자가 누구인지 알고 싶은 거라면 그리 어렵지 않다. 네가 매일 밤낮으로 그녀와 함께하면서 헤어지고 싶지 않다면 그 역시도 간단하다."

허죽은 좋아서 심장이 두근거렸지만 무슨 말을 해야 할지 몰랐다. 동모가 다시 말했다.

"보고 싶으냐?"

허죽은 당장 대답을 하지 못하고 우물거리다 말했다.

"소생이 어찌 보답해야 할지 모르겠습니다."

"나도 보답 같은 건 바라지 않는다. 다만 내 천장지구불로장춘공은 아직 며칠 더 연마를 해야 연성할 수 있기 때문에 앞으로 며칠 동안이 중요한 고비가 될 것이다. 따라서 조금도 해이해져서는 안 된다. 먹을 것도 밖에 나가 가져올 수 없기에 모든 날짐승과 익힌 음식도 미리 가져다 놨다. 허니 네가 그 아름다운 낭자를 보려면 내가 연성을 할 때까지 기다려야만 할 것이다."

허죽은 크게 실망했지만 동모 말처럼 실상이 그러했고 날짜도 얼마 남지 않았으니 며칠 동안만 그리움을 참으면 될 것 같아 그 즉시 대답했다.

"네! 선배님 분부에 따르겠습니다."

동모가 다시 말했다.

"내가 신공을 완성하면 그 즉시 이추수 그 천한 년을 찾아가 끝장을 내고 말 것이다. 사실 그 천한 년은 내 적수가 되지도 않건만 재수 없게 그년한테 다리 한 짝이 잘리고 진기마저 손상을 입지 않았더냐? 원수를 갚을 수 있을지는 나도 장담할 수가 없구나. 만일 내가 그년 손에 죽는다면 너에게 그 낭자를 데려다줄 방법이 없을 것이다. 그 역시 하늘의 뜻이니 어쩔 도리가 없다. 다만… 다만…."

허죽은 심장이 쿵쾅쿵쾅 요동을 쳤다.

"다만 뭡니까?"

"다만 네가 일조를 해줘야만 한다."

"소생은 무공 실력이 보잘것없는데 어찌 도움이 될 수 있겠습니까?"

"내가 그 천한 년과 결투를 벌이게 되면 승부는 종이 한 장 차이로 갈릴 것이다. 물론 그년이 날 이기는 건 쉽지 않겠지만 내가 그년을 죽이는 것 역시 쉽지 않다. 오늘부터 내가 다시 천산육양장 무공을 가르쳐줄 것이다. 내가 그 천한 년과 대결을 벌이는 긴급한 순간 네가 그 천한 년에게 이 장법을 펼치면 그년은 진기가 모두 쏟아져 끝장이 나고 말 것이다."

허죽은 매우 난감한 마음에 곰곰이 생각해봤다.

'내가 비록 계율을 어겨 더 이상 불문 제자가 될 순 없지만 선배님이 살인하는 걸 어찌 도울 수 있단 말인가? 이런 악한 일은 양심에 거리끼는 일이다. 난 절대 할 수 없다.'

이런 생각을 하고는 말했다.

"선배님께서 저에게 일조를 하라고 하시니 소생 입장에서는 마땅히 해야 하나 그로 인해 그분을 죽인다면 소생의 죄업은 심중해지고 그때부터 타락의 길로 접어들어 만겁이 다해도 환생하지 못할 것입니다."

동모가 버럭 화를 냈다.

"흠, 이 죽일 놈의 화상아, 네놈은 이제 화상이 될 수도 없는 주제에 끝까지 화상 같은 심보를 지니고 있으니 그게 무슨 짓이란 말이냐? 이 추수같이 못된 인간을 죽이는 게 무슨 죄업이라 할 수 있다고?"

"아무리 간악한 사람이라도 응당 깨우쳐주고 감화를 시켜야만 하며 함부로 해쳐서는 아니 됩니다."

동모는 더욱 노발대발하며 매서운 목소리로 소리쳤다.

"내 말을 듣지 않겠다면 그 낭자를 다시 볼 생각은 마라. 잘 생각해봐."

허죽은 우울한 마음에 아무 말도 하지 않고 속으로 염불만 욀 뿐이었다. 동모는 그가 한참 동안 아무 말도 하지 않는 모습을 보고 기뻐하며 말했다.

"넌 그 어린 소녀를 위해서라도 응낙할 수밖에 없을 것이다. 그렇지 않으냐?"

"소생이 자신의 쾌락을 위해 남의 목숨을 해쳐야 한다면 그 명에 따를 수 없습니다. 설사 현세에서 그 낭자를 다시는 못 본다 해도 그 역시 전생에 운명적으로 정해진 인과일 뿐입니다. 전생의 인연이 다했다면 억지로 구할 수 없는 법입니다. 하물며 어찌 악행을 해서 구한단 말입니까? 그건 더더욱 안 되는 말입니다."

이 말을 하고 난 후 다시 염불을 외기 시작했다.

"전생에 맺은 인연은 인연이 다하면 사라져버린다. 득과 실은 인연에 따라야 평상심을 찾을 수 있을 것이다."

말은 비록 그렇게 했지만 이제 다시 그 소녀와 만날 수 없다는 생각이 들자 속으로 우울하기 짝이 없었다.

동모가 말했다.

"다시 한번 묻겠다. 천산육양장을 배우겠느냐? 배우지 않겠느냐?"

"그 명을 따르기는 실로 어렵습니다. 선배님께서 용서해주십시오."

동모가 다시 벌컥 화를 내며 말했다.

"그럼 여기서 당장 꺼져라! 멀리 가면 갈수록 좋다!"

허죽이 몸을 일으켜 깊이 숙이며 말했다.

"선배님, 부디 몸조심하십시오!"

그는 그녀와 함께했던 시간들을 떠올렸다. 비록 그녀가 파계를 하도록 유인해 이제는 화상이 될 수 없지만 그 덕분에 몽고와 만날 수 있었기에 마음 깊은 곳에서 동모가 자신에 대해 손해를 끼치기보다 은혜가 더 많았다는 생각이 들었다. 그 때문에 막상 헤어지려니 난감한 생각이 들지 않을 수 없었다. 그는 그녀가 아직 대적수를 제거하지 못해 위기에서 벗어나지 못한 상황임을 감안해 말했다.

"선배님, 부디 몸조심하십시오. 소생은 더 이상 시중을 들 수 없습니다."

그는 몸을 돌려 돌계단을 올라갔다.

그는 동모가 다시 자신의 혈도를 찍고 못 가게 할까 두려워 돌계단에 발을 딛자마자 재빨리 몸을 날려 올라갔다. 그러고는 가슴에 북명진기를 돋우어 순식간에 지하 1층 빙고까지 달려갔다. 이어서 다시 1층까지 내달려가 문을 밀어젖히려고 손을 뻗었다. 그의 오른손이 문고리에 막 닿으려는 순간 돌연 두 다리와 등짝에서 극심한 통증이 느껴졌다.

"아이쿠!"

또다시 동모의 암수에 당했다는 사실을 알고 몸을 휘청하는 순간 양쪽 어깨 뒤쪽 두 곳에 바늘로 찌르는 듯한 극심한 통증이 느껴져 그대로 나동그라지고 말았다.

동모의 음흉한 목소리가 들려왔다.

"넌 이미 내가 펼쳐낸 암기에 맞았다. 알겠느냐?"

허죽은 상처 부위가 이따금씩 저리고 가렵다가 다시 개미가 물어뜯는 듯 바늘로 콕콕 찌르는 느낌이 들었다.

"당연히 압니다."

동모가 냉랭하게 웃었다.

"그게 무슨 암기인지 아느냐? 그건 바로 생사부다!"

허죽은 귓속에서 웅 하는 소리가 들렸다. 문득 오노대 등 무리가 생사부를 거론하며 혼비백산하던 정경이 떠올랐다. 생사부가 사람의 운명을 제어하는 부적 같은 것으로만 알았지 암기의 일종이라고는 생각지도 못했다. 오노대 무리처럼 흉악하고 악독한 자들이 하나같이 생사부 때문에 고분고분 말을 듣는 걸 보면 그 암기가 얼마나 무서운 것인지 알 수 있었다.

그때 동모가 다시 말했다.

"생사부가 일단 몸 안으로 들어가고 나면 해약은 영원히 없는 것이다. 오노대를 비롯한 그 짐승 같은 녀석들이 표묘봉에 반기를 든 것은 생사부의 통제를 영원히 받고 싶지 않아 영취궁에 가서 생사부의 파해破解 요결을 훔치기 위해서였다. 하지만 그 개 같은 도적들은 허황된 망상에 빠진 것이었어. 말도 안 되는 개소리라는 말이다! 네 할머니의 생사부 파해법을 어찌 훔쳐갈 수 있단 말이냐?"

허죽은 상처 부위의 가려움이 갈수록 심해져 점점 깊이 파고들어가는 느낌이 들었다. 한 식경이 채 되지 않아 오장육부마저 가려워지기 시작해 당장이라도 머리를 담장에 처박고 죽고 싶은 생각마저 들 정도였다. 이런 고통을 받느니 그렇게 죽어버리는 것이 훨씬 나을 것 같았다. 그는 더 이상 참을 수 없어 큰 소리로 신음 소리를 내뱉었다.

동모가 말했다.

"생사부의 '생사'란 두 글자를 생각해봐라. 무슨 뜻이더냐? 이제 이해하겠느냐?"

허죽은 속으로 말했다.

'압니다, 알아요! '살 수도 없고 죽을 수도 없다'는 뜻 아닙니까?'

그러나 신음 소리 외에는 더 이상 아무 말도 할 기력이 없었다. 동모가 다시 말했다.

"조금 전 네가 떠나려 할 때 나더러 두 번씩이나 몸조심하라는 말을 했는데 그 말 속에는 배려의 뜻이 담겨 있었다. 네 녀석이 그래도 양심이 없진 않아. 하물며 넌 이 할머니 목숨을 구해내지 않았더냐? 이 천산동모는 은원을 분명히 하고 상벌을 중시하는 사람이다. 넌 필경 오노대 같은 그 후레자식들하고는 전혀 다른 인간이야. 이 할머니가 네 몸에 생사부를 심은 건 벌이었지만 그걸 제거해주는 것은 상인 줄 알거라."

허죽이 신음 소리를 내며 말했다.

"우선 말을 확실히 해두시지요. 만일 이것으로 협박해 저에게 그 천리를 위배하는 짓을 하라고 하신다면 전… 전 차라리 죽을지언정 절… 절… 절… 절대…."

그는 '차라리 죽을지언정 절대 굴복하지 않겠다'란 말을 하려 했지만 '굴복하지 않겠다'란 말이 더 이상 입에서 나오지 않았다.

동모가 차갑게 웃었다.

"흥, 보기와 달리 그래도 꽤 꿋꿋한 녀석이로구나. 허나 어찌 끙끙대기만 하고 말도 제대로 못하는 것이냐? 그 안 동주란 놈이 어찌 말을 더듬는 건지 알기나 하느냐?"

허죽이 깜짝 놀랐다.

"그럼 그 역시 과거에 선배님의 생… 생… 그거에 맞아 통증 때문에 그… 그… 그…."

"알면 됐다. 그 생사부는 한번 발작하면 하루가 다르게 심해질 것이다. 가려움증과 극심한 통증은 81일이 될 때까지 점점 더해지고 그 후부터 점차 감퇴하게 되지. 그렇게 81일이 지나면 또다시 통증이 점차 심해진다. 그렇게 주기적으로 지속적인 반복을 하게 되고 영원히 끝나지 않는 것이다. 매년 내가 사람을 보내 각 동과 도를 순찰시키고 통증과 가려움증을 그치게 하는 약을 하사하는데 그 약을 먹으면 1년 동안 생사부가 발작하지 않는다."

허죽은 그제야 문득 깨달았다. 수많은 동주와 도주가 동모의 사자들을 신처럼 떠받들고 기꺼이 매를 맞는 이유는 1년 동안 편히 지낼 수 있는 그 약 때문이었다. 그렇다면 그 역시 평생을 소나 말처럼 그녀의 말에 따라 움직일 수밖에 없다는 말이 아닌가?

동모는 그와 석 달 가까이 함께 있으면서 그의 성격을 뻔히 알고 있었다. 외유내강해서 남에게 겸허하지만 속마음은 무척이나 고집스럽기 때문에 절대 남의 위협에 굴복하지 않는 성격이란 것을 말이다.

"내가 말했다시피 넌 오노대 그 짐승 같은 놈들과는 다르기 때문에 이 할머니가 매년 한 차례씩 너에게 진통약을 주는 방법을 사용하지는 않을 것이다. 그 방법을 쓰면 넌 온종일 밥을 먹어도 맛이 없고 잠자리에 들어도 편히 잠들 수 없을 테니 말이다. 난 네 몸에 심어놓은 생사부 아홉 장을 일거에 뿌리까지 제거해 영원토록 후환 없이 만들어줄 수가 있다."

"그렇다면 가… 감… 감…."

그는 '감사합니다'라는 말을 하고 싶었지만 시종 입에서 나오질 않았다.

동모가 곧 그에게 알약 한 알을 먹이자 순식간에 통증과 가려움증이 멈췄다.

"그 생사부의 화근 덩어리를 제거하려면 손바닥 내력을 써야만 한다. 난 며칠 동안 신공을 연성해야 하기 때문에 널 위해 원기를 소모할 수 없으니 운공을 해서 출장하는 요결을 내가 가르쳐주면 네가 알아서 풀어보도록 해라."

"네!"

동모는 즉시 그에게 북명진기를 단전으로부터 천추天樞와 태을太乙, 양문梁門, 신봉, 신장神藏 등의 혈도를 경유해, 곡지曲池, 대릉大陵, 양활을 통과한 다음 손바닥에 이르게 만드는 방법을 전수해줬다. 그 진기는 발에 있는 경맥을 손바닥에 이르게 만드는 요결로 소요파만의 독보적인 기공奇功이었다. 그녀는 다시 그 진기를 토납하는 법, 회전시키는 법, 흩뿌리는 법, 제어하는 법 등 제반 요결을 가르쳐줬다. 허죽은 체내의 진기가 이미 충족한 상태라 이틀을 연마하자 곧 익숙해질 수 있었다.

동모가 말했다.

"오노대 그 짐승 같은 놈들이 인품은 떨어지지만 무공 실력만은 만만치가 않다. 그들이 교류하는 너절한 패거리들 중에 내력이 심후한 자들이 더러 있지만 내 생사부를 내력으로 제거할 수 있는 자는 단 한 명도 없다. 왠지 아느냐?"

동모는 잠시 멈췄다가 허죽이 대답해내지 못할 것을 알고 이어서 말했다.

"그건 내가 놈들 체내에 심어놓은 생사부 종류가 각양각색이고 수법 또한 모두 다르기 때문이다. 만일 양강陽剛[9]한 수법으로 생사부 한 장을 제거한다면 제거되지 않은 태양太陽과 소양少陽, 양명陽明 등 경맥 속에 있는 생사부가 양기를 감지해 그 힘이 급증하고 뿌리가 뒤엉켜 오장육부로 깊이 파고들기 때문에 수습할 수 없는 지경에 이르게 된다. 만일 음유陰柔한 수법으로 제거하게 된다면 태음太陰과 소음少陰, 궐음厥陰 등 경맥 속에 있는 생사부가 다시 말썽을 일으키게 되는 것이지. 더구나 생사부 각 한 장마다 모두 분량이 서로 다른 음양의 기운을 함유시켜놨으니 다른 사람이 어찌 제거할 수 있겠느냐? 그 때문에 네 몸에 있는 아홉 장의 생사부는 각기 다른 아홉 종의 수법으로 제거해야만 한다."

그는 곧 그에게 한 가지 수법을 전수해주고 그가 숙련될 때를 기다렸다 그와 대련을 펼쳤다. 그러고는 여러 가지 악독하고 복잡한 수법들로 공격을 가해 그가 자신에게 배운 수법으로 대처하도록 명했다.

동모가 다시 말했다.

"내 생사부는 무척이나 변화무쌍해서 네가 손을 써서 제거할 때에도 수시로 임기응변으로 대처해야만 한다. 만일 추호의 오차라도 있다면 곧 선혈을 뿜어내고 숨이 막혀 목숨을 잃거나 전신이 마비될 것이며 경맥이 역류해 내력이 모조리 빠져나가게 될 것이다. 따라서 생사부를 대적大敵으로 여기고 최선을 다해야 하며 추호의 해이함이 있어서도 안 될 것이다."

허죽은 그녀의 가르침을 받고 힘겹게 수련을 했다. 동모가 전수한 요결은 그야말로 교묘하기 이를 데 없어 진기가 자기 뜻대로 회전한다는 느낌이 들 정도였다. 그녀가 어떤 악랄한 수법으로 공격을 해와도 그 요결로 능히 제거할 수 있었고 제거하는 과정에서도 맹렬하게 반격을 가하는 초식이 내포되어 있었다. 그는 연마를 하면 할수록 탄복을 금치 못해 그제야 비로소 생사부가 삼십육동 동주들과 칠십이도 도주들을 혼비백산하게 만든 것이 그 무궁무진한 위력에 있음을 확실히 알게 되었다. 만일 동모가 친히 전수해주지 않았다면 천하에 그런 신묘한 제거법이 있으리라 생각이나 했겠는가?

그는 나흘간의 무공 연마를 거쳐 비로소 요결 아홉 종을 숙련했다.

동모가 심히 기뻐하며 말했다.

"네… 네 녀석이 그리 멍청하지는 않구나. 병법에 '지피지기, 백전백승'이란 말이 있다. 네가 생사부를 제압하기 위해서는 반드시 생사부를 심는 방법도 알아야만 한다. 생사부가 어떤 것인지 아느냐?"

허죽이 어리둥절해하다 말했다.

"그건 암기의 일종이겠지요."

"그렇다. 암기다. 그럼 어떤 모양의 암기일 것 같으냐? 수전처럼 생겼을 것 같으냐? 아니면 강표처럼 생겼을 것 같으냐? 그것도 아니면 보리자菩提子[10]나 금침처럼 생겼을 것 같으냐?"

허죽이 곰곰이 생각해봤다.

'내가 몸에 아홉 개의 암기를 맞아 아프고 가렵긴 했지만 손으로 만져봐도 아무 흔적이 없었으니 형태가 어떤지는 나도 알 수가 없지.'

그는 순간 대답하기가 어려웠다.

동모가 말했다.

"이게 바로 생사부다. 가져가서 꼼꼼하게 만져보도록 해라."

천하에서 가장 무서운 암기라는 생각이 들자 허죽은 너무도 두려웠지만 이내 손을 뻗어 받아들었다. 손바닥으로 받아들자 매우 차갑다는 느낌이 들었다. 그 암기는 아주 가볍고 동그란 조각이었는데 소지 끝 정도 크기에 불과할 정도로 조그마했다. 가장자리는 매우 날카롭고 종이처럼 얇아서 허죽이 자세히 만져보려다 돌연 손바닥 가운데가 싸늘한 느낌이 들더니 얼마 지나지 않아 뜻밖에도 종적을 감추어버리고 말았다. 그는 깜짝 놀랐다. 동모가 손을 뻗어 다시 빼앗아간 적도 없는데 암기가 어찌 저절로 사라져버렸을까? 정말 귀신에 홀린 듯 불가사의한 상황이라 허죽은 순간 비명을 질렀다.

"아이고!"

그는 생각했다.

'이런, 큰일 났구나! 생사부가 내 손바닥 안으로 뚫고 들어간 모양이다.'

동모가 말했다.

"이제 알겠느냐?"

허죽이 말했다.

"저… 저…."

동모가 말했다.

"내 생사부는 아주 동그랗고 얇은 얼음 조각이다."

허죽은 아 하고 탄성을 지르며 이내 마음을 놓았다. 그제야 그 얇은 얼음이 손바닥에서 발산하는 열기 때문에 녹아 순식간에 종적을 감췄다는 사실을 알게 되었다. 그의 손바닥 내력이 화로처럼 뜨겁다 보니 얼음을 녹이고 김으로 변화시켜서 놀랍게도 물방울 하나 남기지 않았던 것이다.

"생사부를 제거하는 요결을 배우기 위해서는 반드시 어떻게 쏘아내는지도 배워야 하며 어떻게 쏘아내는지 배우려면 자연히 만들어내는 방법부터 배워야 한다. 하찮은 얼음 조각이라고 우습게 보면 안 된다. 얼음을 이렇게 구멍도 없고 깨진 곳조차 없이 종이처럼 얇게 만들어내는 일은 절대 쉬운 것이 아니다. 손바닥 위에 약간의 물을 올려놓고 내력을 거꾸로 돋우어 손바닥으로 뻗어내는 진기로 차가운 얼음보다 몇 배 더 차갑게 만들어낸다면 맑은 물은 자연히 얼음으로 응결될 것이다."

그녀는 곧 그에게 내력을 어찌 거꾸로 돋우며, 어찌 양강의 진기를 음유한 진기로 전환하는지 가르쳐줬다. 무애자가 그에게 전수한 북명진기는 음양을 겸비하고 있었다. 허죽이 이전까지 연마한 것은 모두 양강한 것들이었지만 이미 내력의 기반이 탄탄했던 터라 모든 것을 그 길의 역으로만 행하면 되었기에 그리 어려운 일은 아니었다.

생사부를 만들어내자 동모는 다시 그에게 쏘아내는 손의 힘과 혈자리를 정확하게 판단하는 방법, 그리고 그 얇은 얼음 조각 안에 양강한 내력을 어찌 싣고 음유한 내력을 어찌 실으며 또한 양과 음의 배분을 어찌 3대 7로, 혹은 4대 6으로 하는지도 가르쳐줬다. 비록 음양 두 가지 기운뿐이지만 앞뒤 순서에 따라 달라지고 배분의 수에 따라 또 달라질 수 있기에 본인이 마음먹은 대로 변화무쌍하게 달라질 수 있는 것이다. 허죽이 다시 사흘이란 시간을 투여하자 비로소 모두 다 배우게 됐고 이제 구사할 수 있는 경지까지 오르게 되었다. 동모가 기뻐하며 말했다.

"네가 아주 멍청한 녀석은 아니로구나. 이렇게 빨리 배우다니 말이다. 생사부의 기본 무공을 이제 모두 할 수 있게 됐다만 정교하고 심오한 변화나 혈 자리를 정확히 판단하는 문제는 아직 요원한 일이다."

나흘째 되는 날 동모는 그에게 내식을 조절하고 두 손에 진기를 모으라고 명했다.

"네 몸에 있는 생사부 중 한 장은 네 오른쪽 무릎 관절 안쪽의 음릉천陰陵泉에 있다. 네 오른손으로 양강한 기운을 돋우어 두 번째 요결로 재빨리 후려치고, 왼손으로는 음유한 기운을 돋우어 일곱 번째 요결로 천천히 뽑아내도록 해라. 연달아 세 차례 뽑아내면 그 생사부 중의 열독과 한독이 동시에 제거될 것이다."

허죽이 그녀의 말대로 시행하자 과연 음릉천 혈도에 꽉 막힌 것 같은 느낌이 어느새 싹 해소되고 관절이 기민해지면서 말할 수 없이 편안해졌다.

동모가 일일이 지시해주자 허죽은 그대로 일일이 제거시켰다. 마침내 생사부 아홉 장이 모두 제거되자 허죽은 기뻐서 어쩔 줄을 몰랐다.

동모가 탄식을 했다.

"내일 오시에 내 신공이 연성될 것이다. 공력을 회복할 때는 모든 것이 얼기설기 뒤엉켜버려 위험하기 짝이 없다. 내일 난 마음을 다잡고 조용히 사색을 해야만 하니 나에게 말을 붙여 심신을 혼란스럽게 만들지 말도록 해라."

"네!"

허죽은 대답과 동시에 생각했다.

'시간이 정말 빨리 가는구나. 부지불식간에 꼬박 석 달이란 시간이 흘렀으니 말이야.'

바로 그때 홀연히 모깃 소리처럼 아주 미미한 소리가 귓전을 파고 들었다.

"사저, 사저! 어디 숨어 있는 거예요? 어찌 이 동생 집에 와놓고 절 보러 나오지도 않는 거예요? 안 그래도 남처럼 대하면서 이러면 주객이 전도된 셈이잖아요. 안 그래요?"

그 목소리는 아주 작고 가늘었지만 한 글자 한 글자가 모두 귀에 똑똑히 들렸는데 다름 아닌 이추수였다.

37

똑같은 웃음, 그러나 공허함뿐인 세상

이추수는 허죽에게 건네받은 그림을 펼쳐 잠시 바라보다 두 손을 끊임없이 떨며 나지막이 외쳤다.

"이 여인은 바로 내 동생이다!"

허죽은 깜짝 놀라 소리쳤다.

"아이고, 큰일 났구나. 그… 그 여시…."

동모가 호통을 쳤다.

"하찮은 일에 뭘 그리 놀라는 게냐?"

허죽이 나지막이 말했다.

"그… 그 여시주가 찾아왔나 봅니다."

"그년은 내가 황궁에 들어왔다는 건 알아도 어디 숨어 있는지는 모른다. 황궁 안의 방은 수백 개야. 그년이 한 칸 한 칸 다 뒤져도 열흘에서 보름은 걸릴 테고 여기를 찾아낸다는 보장도 없어."

허죽이 그제야 안도의 한숨을 내쉬었다.

"내일 오시까지만 시간을 끌면 두려울 것 없겠지요."

과연 이추수의 목소리는 점점 멀어져가고 마침내 아무 소리도 들리지 않았다.

그러나 반 시진이 채 되지 않아 이추수의 그 가느다란 목소리가 다시 빙고 안을 파고들어왔다.

"사저, 무애자 사형 기억하세요? 사형이 소매가 있는 궁에서 사저가 나오기만 기다리고 있어요. 사저한테 긴히 할 말이 있으시대요."

허죽이 나지막이 말했다.

"아닙니다. 아니에요! 무애자 선배님은 이미 상선上仙[11]하셨습니다. 저… 절대 속아넘어가지 마십시오."

"우리가 여기서 고함을 질러도 그년은 듣지 못한다. 그년은 전음수혼대법傳音搜魂大法을 펼쳐 우리를 불러내려는 생각이다. 그년이 무애자니 뭐니 거론하는 것은 내 심신을 교란하려는 것인데 내가 속아넘어갈 리 있겠느냐?"

그러나 이추수의 말은 그칠 줄 모르고 한 시진 또 한 시진이 지나도 계속해서 들려왔다. 얼마 동안은 과거 동문수학할 당시의 정경을 회고하는가 하면 또 얼마 동안은 무애자가 그녀를 얼마나 뼈에 사무치게 사랑했는지에 관해 늘어놨다. 그러다 대뜸 입에 거품을 물고 동모가 음탕하고 악독하며 뻔뻔스럽기로는 천하제일인 천박하기 이를 데 없는 여자라 욕을 퍼부어대기도 했다. 또한 그 모든 것이 무애자가 뒤에서 그녀에게 했던 욕이라고 했다.

허죽은 두 손으로 귀를 막아봤지만 놀랍게도 그 목소리는 손바닥 사이를 뚫고 귓속으로 들어와 무슨 수를 써도 막을 수가 없었다. 허죽은 초조함이 밀려와 소리쳤다.

"다 거짓말이야! 다 거짓말이라고! 난 안 믿어!"

이 말을 하면서 옷자락을 찢어 양쪽 귓속을 막아버렸다.

동모가 담담하게 말했다.

"그 목소리는 막을 수가 없다. 저 천한 년이 고강한 내력으로 보내는 말이라 우리가 지하 2층 빙고 안에 있음에도 그 말소리가 전해지는 것이다. 한데 옷가지로 귀를 막아야 무슨 소용 있겠느냐? 황궁 내에는 빈비들과 호위, 궁녀와 태감 등 수없이 많은 사람이 있지만 소요파 내력을 지니고 있지 않아 저 소리는 단 한 명도 들을 수 없다. 허니 평정심을 유지해 들어도 못 들은 척 저 천한 년이 떠드는 말은 그냥 개가 짖는다고 생각해라."

"네!"

그러나 '보고도 못 본 척, 듣고도 못 듣는 척' 하는 정력에 있어서는 소요파 무공이 소림파 선공과 비교해 큰 차이가 있었다. 허죽은 소림파 무공을 모두 상실했던 터라 이추수의 말을 듣지 않을 수 없었고 동모의 갖가지 악행에 관해 늘어놓는 그녀의 말에 그게 진짜인지 가짜인지 반신반의하지 않을 수 없었다.

한참 후에 그는 뭔가 떠오르는 생각이 있어 말했다.

"선배님, 연공할 시간이 다 되지 않았나요? 공력을 회복하는 최후의 관문이니 무척이나 중요하지 않습니까? 한데 저런 말을 듣고 어찌 마음이 분산되지 않겠습니까?"

동모가 씁쓸한 웃음을 지었다.

"그걸 이제야 알았느냐? 저 천한 년이 시간을 예측해 하는 짓이다. 내 신공이 완성되면 자기는 적수가 못 된다는 사실을 알고 전력으로 훼방을 놓는 거야."

"그럼 잠시 연공을 미루십시오. 안 됩니까? 저렇게 무시무시한 외마가 소요를 일으키는 상황에서 연공을 계속했다가는 아무래도… 위험할 수 있습니다."

동모가 말했다.

"차라리 죽을지언정 내가 저 천한 년과 싸울 때 돕지 않겠다고 해놓고 어찌 내 안위에 관심을 갖는 것이냐?"

허죽이 멍하니 있다 말했다.

"선배님께서 사람을 해한다면 돕고 싶지 않다는 겁니다. 하지만 남이 선배님을 해치는 건 더욱 원치 않습니다."

"심지가 곧은 녀석이로구나. 이 문제는 이미 수천 번 생각해본 것이다. 저 천한 년은 필시 전음수혼대법으로 내 정신을 산란하게 만들면서도 뒤에서는 수하들을 시켜 개를 끌고 내 종적을 수색하도록 했을 것이다. 이미 황궁 주변에 철통같은 방어벽을 쳐놓았을 테니 도망치려 해도 도망칠 수가 없다. 그 때문에 숨어 있는 시간이 길어질수록 더욱 더 위험해질 게야. 우리는 험지 깊숙이 그년의 집 안까지 들어와 있으니 천만다행이다. 그러지 않았다면 아마 두 달 전쯤에 이미 발각됐을 것이다. 그때였다면 내 공력은 보잘것없고 반격할 힘도 전혀 없어 그 년의 전음수혼대법에 말려 제 발로 순순히 걸어나가 속수무책으로 당했을 것이다. 멍청한 녀석아! 오시가 다 됐으니 이 할머니는 연공을 해야겠다."

그녀는 이 말을 하면서 백학 한 마리를 가져다 목을 깨물어 피를 빨아 마신 다음 가부좌를 틀고 앉았다.

이추수의 말소리는 점점 날카롭게 들려왔다. 이추수는 시간을 헤아려보고 오늘 오시가 그들 사자매 두 사람에게 생사존망의 기로라고 생각한 모양이었다. 갑자기 이추수의 목소리가 온유하기 이를 데 없이 변했다.

"사형, 절 안아주세요. 힝, 음… 음… 좀 더 세게 안아주세요. 입 맞춰주세요. 여기에요."

허죽이 어리둥절해하며 생각했다.

'저 여자가 어찌 저런 말을 하는 거지?'

동모가 코웃음을 치더니 화를 내며 욕했다.

"미친년!"

허죽은 깜짝 놀랐다. 동모는 지금 연공에 몰두해야 할 긴박한 순간인데 갑자기 마음이 산란해져 화를 낸다면 위험하기 짝이 없지 않은가? 한번 잘못되면 곧 주화입마에 들어 전신의 경맥이 모조리 파열돼버리고 말 것이다. 이 점이 염려되긴 했지만 그가 도울 방법은 없었다. 그 와중에도 이추수의 부드럽고 친밀한 목소리는 끊임없이 전해져오고 있었다. 하나같이 무애자와 사랑을 속삭이는 말들이었다. 허죽은 자기도 모르게 며칠 전 그 소녀와 사랑을 나누던 정경이 떠올랐다. 그러자 욕망이 불타올라 전신에 뜨거운 피가 요동치고 살갗이 화끈화끈 달아올랐다.

거칠게 숨을 몰아쉬며 욕하는 동모 목소리가 들렸다.

"미친년, 사제는 널 진심으로 좋아한 적이 없건만 뻔뻔스럽게 사제를 유혹해? 얼굴에 철판을 깔아도 유분수지!"

허죽이 깜짝 놀라서 말했다.

"선배님, 그 여시주는 일부러 선배님 화를 돋우는 겁니다. 절대 넘어가시면 안 됩니다."

동모가 다시 욕을 해댔다.

"후안무치하기 짝이 없는 천한 년 같으니! 사제가 네년한테 진심이 있었다면 어찌 죽기 전에 일부러 표묘봉까지 달려와 칠보반지를 나한테 줬겠느냐? 또 어찌 자신이 직접 그린 내 열여덟 살 모습의 초상화를 들고 와 보여줬겠느냐고? 사제가 그랬다. 60여 년 동안 그 초상화를 아침저녁으로 지니고 다니면서 반걸음도 몸 밖에 떼놓은 적이 없다고 말이다. 흥! 아마 듣기가 힘들 것이다."

쉴 새 없이 뱉어내는 그녀의 말에 허죽은 어리둥절했다. 동모가 어찌 그런 거짓말을 하는 것일까? 혹시 주화입마에 들어 정신이 나간 게 아닐까? 더구나 그 말은 마치 전음을 내보내 이추수에게 들리게 만드는 것처럼 보였다.

별안간 쾅 하는 소리와 함께 빙고의 대문이 열리고 이어서 중문이 열리면서 대문이 닫히고, 중문이 다시 닫히는 소리가 들렸다. 그리고 이추수의 쉰 목소리가 들려왔다.

"거짓말, 거짓말이야. 사형 그… 그… 그 사람은 나 하나만 사랑했다. 그 사람이 절대 네 초상을 그렸을 리가 없어. 너 같은 난쟁이를 그 사람이 어찌 사랑할 수 있단 말이냐? 헛소리하지 마라! 감히 누굴 속이려고…."

"쾅! 쾅! 쾅!"

마치 천둥이 내리치듯 연이어 열몇 번의 요란한 소리가 1층 빙고에서 들려왔다. 허죽이 어리둥절해하는 동안 동모의 깔깔대는 웃음소리가 들렸다.

"천한 년! 사제가 너 하나만 사랑한 것 같으냐? 네년이 정말 정신이 나갔구나. 그래, 난 난쟁이다. 네 수려한 미모에 비할 바가 못 되지. 하지만 사제는 이미 모든 것을 알고 있었다. 네년이 평생 준수하고 멋진 젊은 것들을 유혹하는 데 몰두했다는 사실을 말이다. 네년은 그 사람 제자인 정춘추 그 개망나니마저 유혹하지 않았더냐? 사제가 그랬지. 난 늙어도 여전히 처녀의 몸이고 사랑도 영원히 변치 않았다고 말이야. 너도 생각해봐라. 네년한테 그동안 얼마나 많은 정인이 있었더냐? 네가 서하 국왕의 황비로 갔는데 사제가 어찌 널 거들떠볼 수 있단 말이야?"

그 목소리는 놀랍게도 1층에 있는 빙고에서 들렸다. 동모가 언제 지하 2층에서 몸을 날려 1층까지 갔는지는 허죽도 전혀 느끼지 못했다. 동모가 또다시 웃으며 소리쳤다.

"우리 사자매가 수십 년 만에 보는데 좀 다정하게 굴 수 없겠느냐? 빙고 대문은 굳게 닫혀 있어 그 누구도 들어와 소란을 피울 수 없다. 하하, 넌 떼로 덤비는 걸 좋아하니 수하들더러 들어오라 해도 상관없다. 출수를 해서 얼음 덩어리를 옮겨봐라! 전음도 내보내봐!"

삽시간에 허죽은 무수히 많은 생각이 뇌리를 스치고 지나갔다.

'동모가 이추수한테 격노한 나머지 그녀를 빙고 안으로 끌어들여 커다란 얼음 덩어리로 대문을 봉쇄하고 필사의 일전을 벌이기로 결심했나 보다. 그리하면 이추수가 서하국 황궁 안에 막대한 세력이 있다 해도 도울 사람을 끌어들일 방법은 없을 것이다. 한데 이추수는 왜 얼음을 밀어내려 하지 않는 거지? 어째서 동모의 말처럼 전음으로 사람들을 시켜 공격해 들어오지 않는 거지? 아마 얼음을 밀어내거나 전음을 내보내는 행동을 하려면 정신이 분산되고 힘을 써야 하기 때문에 동모가 옆에서 때를 기다렸다가 그 틈에 치명적인 일격을 가하려는 것이 분명하다. 그게 아니라면 이추수가 오만방자한 성격이라 남의 도움을 받길 원치 않는 것이다. 자신이 직접 정적을 끝장내버리기 위해 말이야.'

허죽은 또 이런 생각도 했다.

'과거에 동모가 연공할 때를 생각해보면 말도 하지 않고 움직이지도 않은 채 외부 사물에 대해 지각知覺이 전무한 것처럼 보였다. 한데 오늘은 참지 못하고 소리 높여 이추수와 싸움을 벌이고 있지 않은가? 신공이 연성되기까지는 아직 하루가 남았는데 이 어찌 다 된 밥에 재를 뿌리는 짓이 아니던가? 오늘 이 싸움의 승부는 어찌 될지 모르겠다. 동모가 이긴다면 궁을 빠져나가 내일 다시 연공을 할 수 있을지도 모르지.'

"펑펑! 쾅쾅!"

그때 1층에서 엄청난 굉음이 울려퍼졌다. 동모와 이추수가 서로 거대한 얼음 덩어리를 던지며 공격하는 것으로 보였다. 허죽은 동모와 석 달 동안 함께 지내면서 비록 이 노파가 변덕이 죽 끓듯 하고 모든 일을 마음 내키는 대로 하면서 그에게 적지 않은 고초를 안겨주긴 했지만 조석을 함께하면서 친근감을 느끼고 있었다. 그는 그녀가 이추수의 독수에 당할까 두려워 곧바로 지하 1층으로 올라가 옆에서 지켜보기로 했다.

지하 1층에 막 올라가자마자 이추수의 호통 소리가 들려왔다.

"누구냐?"

이 말과 함께 펑펑대는 요란한 소리도 멈췄다. 허죽은 숨을 죽인 채 감히 아무 대답도 할 수 없었다. 동모가 소리쳤다.

"중원 무림 최고의 풍류남아로 분면낭군粉面郎君 무반안武潘安[12]이라는 별호를 가지고 있는 분이다. 보고 싶지 않으냐?"

허죽이 생각했다.

'나처럼 추한 용모를 가진 사람한테 어찌 분면낭군 무반안이란 별

호를 붙일 수 있단 말인가? 에이, 선배님께서 날 가지고 희롱을 하시는구나.'

이 말을 들은 이추수가 대꾸했다.

"허튼소리! 나같이 나잇살이나 먹은 할망구가 아직까지 젊은 사내를 좋아할 거라 생각하느냐? 분면낭군 무반안 좋아하시네. 보나마나 널 업고 바쁘게 뛰어다니던 그 추팔괴 소화상일 테지."

이렇게 말하고는 다시 목소리를 높여 외쳤다.

"소화상, 네놈이더냐?"

허죽은 심장이 벌렁대 어찌 대답해야 할지 몰랐다. 동모가 부르짖었다.

"몽랑, 네가 소화상이냐? 하하, 몽랑! 준수한 외모의 풍류남아인 젊은 공자더러 누가 소화상이라고 하는구나. 정말 웃겨죽겠다."

'몽랑'이란 단어가 귓속에 전해지자 허죽은 시뻘겋게 달아오른 얼굴로 부끄러워 어쩔 줄 몰라 속으로 이렇게 외칠 뿐이었다.

'이런, 야단났구나. 그 낭자가 나한테 했던 말을 동모가 모두 들었어. 그 말들이 어찌 남의 귀에 들어간 거지? 아이고, 내가 그 낭자와 했던 말들을 아마… 어쩌면… 십중팔구… 동모가 엿들었던 모양이로구나. 그… 그럼….'

동모가 다시 말했다.

"몽랑, 어서 대답해봐라. 네가 소화상이냐?"

허죽이 나지막이 말했다.

"아니요."

그는 이 한 마디를 아주 작은 소리로 말했지만 동모와 이추수는 매우 똑똑히 들을 수 있었다.

동모가 깔깔대고 웃었다.

"몽랑, 초초해할 것 없다. 곧 있으면 네 몽고와 다시 만날 수 있으니까. 그녀도 널 미친 듯이 그리워하고 있다. 며칠 동안 식음을 전폐한 채 좌불안석으로 너만 생각하며 그리워하고 있어. 솔직히 말해봐라. 그녀가 보고 싶지 않으냐?"

허죽은 그 소녀에게 깊이 빠져 있어 며칠 동안 생사부를 쏘아내고 제거하는 무공 연마에 몰두하는 와중에도 줄곧 그녀 생각으로 제정신이 아닌 상태였다. 그런데 동모가 갑자기 그런 질문을 하자 입에서 나오는 대로 내뱉을 수밖에 없었다.

"보고 싶습니다!"

이추수가 중얼거리며 말했다.

"몽랑, 몽랑! 이제 보니 과연 정이 많은 젊은이였구나. 올라와봐라! 중원 무림 최고의 풍류남아가 어떻게 생겼는지 좀 봐야겠다."

이추수가 비록 동모와 무애자보다 젊긴 했지만 어쨌거나 여든 살이 넘은 노파임에 틀림없었다. 그러나 그녀의 말은 무척이나 부드럽고 감미로워서 허죽이 듣고 가슴이 뛰지 않을 수 없을 정도였다. 순간 자신이 정말 중원 무림의 최고 풍류남아가 된 것 같은 느낌이었다. 그는 아무 소리도 내지 않고 혼자 생각했다.

'일개 추한 몰골의 화상을 어찌 풍류남아라 할 수 있겠는가? 정말 우습기 짝이 없는 노릇이구나.'

이어서 이런 생각도 했다.

'동모가 대적을 앞둔 마당에 어찌 이리 한가롭게 날 가지고 장난을 치는지 모르겠구나. 뭔가 깊은 뜻이 있을 것이다. 아, 맞다! 그날 무애자 선배님이 나한테 소요파 장문인을 승계하라고 하면서 내 외모가 추하다며 몇 번씩이나 불만스럽게 말했었지. 후에 소성하 선배님도 그렇게 말했었다. 정춘추를 제압하기 위해서는 필히 사물에 대하여 이해, 분석, 판단하는 능력인 오성悟性이 뛰어나고 준수하고 멋지게 생긴 미소년이어야 하며, 내가 이미 무애자 선배님의 내력 신공을 전수받았지만 무공을 연성하지 못했기 때문에 반드시 누군가를 찾아가 무예를 배워야 하는데 그 사람은 미모의 젊은이를 좋아한다고 말이야. 혹시 그게 이추수가 아닐까?'

이런 생각에 열을 올리는 동안 불빛이 번뜩이며 1층 빙고 안에서 별빛과도 같은 광채가 뻗어나오다 곧이어 휙휙 하는 요란한 소리가 들려왔다. 허죽이 돌계단 위로 달려가 바라보니 허연 그림자 하나와 잿빛 그림자 하나가 급속도로 회전을 하면서 두 그림자가 순식간에 떨어졌다 합치기를 반복하는데 마치 꿰어진 구슬처럼 아주 짧은 간격으로 파파파파팍 하는 엄청난 소리를 내뿜었다. 동모와 이추수가 격렬하게 대결을 펼치는 것으로 보였다. 얼음 덩어리 위에는 화절자 하나가 타들어가며 희미한 빛을 비추고 있었지만 허죽은 두 사람의 몸놀림이 경이에 찰 정도로 신속한 것을 보고 누가 동모이고 누가 이추수인지 도저히 구별할 수 없었다.

화절자가 극히 빠른 속도로 타들어가면서 순식간에 모두 타버리고 순간 치칫 하는 가벼운 소리와 함께 꺼져버렸다. 빙고 안은 다시 칠흑 같은 어둠에 휩싸였지만 여전히 휙휙 하는 장풍 소리가 울려퍼졌다. 허죽은 초조한 마음에 혼자 생각했다.

'동모는 다리가 잘렸기 때문에 싸움이 길어진다면 필시 불리할 것이다. 내가 어찌 도움을 줄 수 있을까? 하지만 동모는 마음이 모질고 악랄해서 승기를 잡으면 분명 자기 사매를 죽여버릴 테니 그 또한 문제다. 더구나 두 사람 무공이 저토록 고강한데 내가 어찌 끼어들어 손을 쓸 수 있단 말인가?'

퍽 소리와 함께 동모가 길게 비명을 질렀다. 부상을 당한 듯했다. 이추수가 깔깔대고 웃었다.

"사저, 이 소매의 일초가 어땠나요? 평가 좀 내려주세요."

이 말을 하다 갑자기 매서운 목소리로 호통을 쳤다.

"어딜 도망가려고!"

한바탕 찬바람이 스쳐 지나가는 느낌이 들더니 돌연 동모가 허죽 곁에 와서 말했다.

"두 번째 요결로 일장을 날려라!"

허죽은 갑자기 무슨 말인지 몰라 입을 열어 '뭐라고요?' 하고 물어보려는 순간 차가운 바람이 얼굴로 덮쳐들며 한 줄기 매서운 장력이 후려쳐오자 더 이상 생각할 겨를이 없었다. 그는 곧 동모가 가르쳐준 생사부를 제거하는 두 번째 수법을 후려쳐갔다. 어둠 속에서 장력이 상충하면서 허죽의 몸은 격렬하게 떨렸다. 가슴속의 기혈이 용솟음쳐 도저히 감당할 수가 없자 그는 손이 가는 대로 일곱 번째 수법으로 풀어냈다.

이추수가 깜짝 놀라 호통을 쳤다.

"넌 누구냐? 천산육양장을 어찌 펼칠 줄 아는 거지? 누가 가르쳐줬더냐?"

허죽이 의아한 듯 물었다.

"천산육양장이라니 무슨 말입니까?"

이추수가 말했다.

"인정을 안 하겠다는 것이냐? 제2초인 양춘백설陽春白雪과 제7초인 양관삼첩陽關三疊은 본문의 부전지비인데 그걸 어디서 배운 것이냐?"

허죽이 다시 말했다.

"양춘백설? 양관삼첩?"

그는 잠시 멍해지면서 무슨 말인지 고민하다 어렴풋이 동모에게 속아넘어갔다는 생각이 들었다.

동모는 그의 뒤에 서서 냉소를 머금었다.

"여기 이 몽랑은 중원 무림 최고의 풍류남아란 명성을 듣고 있는 몸이니 당연히 금기서화와 의복성상은 물론 음주와 노래 솜씨, 수수께끼놀이와 벌주놀이 등 각 방면에 못하는 것이 없고 정통하지 않은 것이 없다. 그 때문에 무애자 사제의 마음에 들어 관문제자가 됐고 네년의 정랑인 정춘추를 없애 우리 문파를 깨끗이 정리하는 임무를 맡게 된 것이다."

이추수가 큰 소리로 물었다.

"몽랑, 저 말이 사실이냐, 아니냐?"

허죽은 이들 두 사람이 자신을 '몽랑'이라 칭하는 것을 듣고 부끄러운 마음에 얼굴이 귀밑까지 빨개졌다. 동모의 말 중 앞부분은 거짓이고 뒷부분은 사실인지라 '사실'이라고 대답하기도 그렇고 또 '거짓'이라고 말할 수도 없었다. 그 무공들은 분명 동모가 그에게 생사부를 제거하는 것이라며 가르쳐준 것인데 이추수가 얘기한 천산육양장이라는 걸 어찌 알 수 있었겠는가? 동모가 자신에게 자기 사매를 대적하기 위해 천산육양장을 배우라고 했을 때 죽어도 배우지 않겠다고 버티지 않았는가? 그런데 그 수법이 바로 천산육양장이었다는 것이 아닌가?

이추수가 날카로운 목소리로 외쳤다.

"이 사고師姑가 묻는데 어찌 아무 대답이 없는 것이냐?"

그녀는 이 말을 하면서 손을 들어 그의 어깨를 움켜쥐려 했다. 허죽과 동모는 상호 간의 초식을 충분히 분석해왔고 또한 어둠 속에서 대련을 해왔기 때문에 바람 소리만 듣고도 형체를 분간해 임기응변으로 대처할 수 있었다. 그는 이추수의 손가락이 자신의 어깨에 닿으려 하자 곧바로 어깨를 낮추고 몸을 비튼 다음 손을 뻗어 그녀의 손등을 찍어 누르려 했다. 이추수가 곧바로 손을 움츠리며 찬사를 보냈다.

"좋아! 그 양가천구陽歌天鉤 초식은 내력이 웅후하고 펼쳐내는 데도 아주 익숙해 있구나. 무애자 사형이 일신의 무공을 모두 너에게 전수해준 거야. 그렇지 않더냐?"

"그… 그분께서 모든 공력을 저에게 전수해주셨습니다."

그는 무애자가 '무공'을 전수한 것이 아니라 '공력'을 전수한 것이라고 말했다. 이 '무공'과 '공력'은 비슷한 것 같지만 내포되어 있는 의미는 전혀 달랐다. 그러나 이추수는 흥분이 돼 있는 상태라 그 두 단어의 차이를 분간하지 못했던지 다시 물었다.

"우리 사형이 널 제자로 거두었다면 어찌 날 사숙이라 부르지 않는 것이냐?"

허죽이 재빨리 설득을 하며 말했다.

"사백, 사숙! 두 분께서는 동문지간인데 무슨 원한이 그리도 깊어 힘들게 싸우시는 겁니까? 과거지사는 서로 덮고 지나가면 되는 것 아닙니까?"

이추수가 말했다.

"몽랑, 넌 나이가 어려 저 도적년 같은 노파의 심보가 얼마나 흉악한지 모를 것이다. 넌 한쪽에 서 있…."

그녀는 말을 채 끝내기도 전에 갑자기 으악 하고 비명을 질렀다. 동모가 허죽 뒤에서 갑자기 기습을 가해 그녀에게 일장을 날린 것이다. 그 일장은 아무 기척도 없는 순전히 음유한 힘이었고 또한 두 사람 거리가 매우 가까웠기 때문에 이추수가 이를 알아차리자마자 막으려 했지만 동모의 장력은 이미 그녀의 가슴팍을 향해 후려쳐가고 있었다. 이추수가 황급히 몸을 뒤로 날려 피하려 했지만 이미 한발 늦은 뒤였다. 이추수는 순간 숨이 막혀오면서 경맥에 손상을 입었다는 느낌이 들었다. 동모가 깔깔대고 웃었다.

"사매, 이 사저의 일초가 어떠하냐? 평가를 내려봐라."

이추수가 재빨리 내력을 돋우어 운기조식을 하며 아무 대답도 하지 못했다.

동모가 급습에 성공하자 이 기세를 틈타 외다리로 훌쩍 뛰어 몸을 날려 덮치더니 장풍을 날리며 공격해 들어갔다. 허죽이 소리쳤다.

"선배님, 독수는 쓰지 마십시오."

그는 동모가 전수한 수법으로 그녀가 이추수를 향해 펼친 삼장을 막아냈다. 동모가 대로하며 욕을 했다.

"못된 놈, 네가 무슨 무공을 가지고 나한테 이러는 것이냐?"

사실 허죽은 곧 죽어도 천산육양장을 배우려 하지 않았지만 동모는 자신에게 곧 어려움이 닥칠 것을 알고 위기의 순간에 도움을 줄 조력자를 만들어놓기 위해 그에게 생사부 파해법을 가르치면서 이 육양장까지 전수해준 것이었다. 또한 그와 수차에 걸쳐 초식 분석을 해가면서 그 안의 정교한 변화와 교묘한 요결들을 일일이 가르쳐오지 않았던가? 그런데 지금 이렇게 자신이 승기를 잡고 있는 시점에 허죽이 오히려 이추수를 도울 줄 누가 알았으랴? 허죽이 말했다.

"선배님, 부디 동문 간의 우의를 생각해서라도 사정을 봐주시기 바랍니다."

동모가 버럭 화를 내며 욕을 했다.

"꺼져라! 어서 비키지 못해?"

이추수는 허죽의 도움 덕에 동모의 공세를 피하게 되자 곧 내식을 조절한 다음 말했다.

"몽랑, 난 이제 괜찮으니 비켜라."

그녀는 왼손을 후려쳐나가며 오른손을 끌고 나가 왼손 힘을 허죽 옆으로 돌리며 동모를 향해 공격해 들어갔다. 동모가 속으로 깜짝 놀랐다.

'저 천한 년이 백홍장력白虹掌力을 연성했을 줄은 몰랐군. 곡선과 직선을 자유자재로 구사하다니 정말 대단하구나.'

동모가 손바닥을 뻗어 이에 맞섰다.

허죽은 그 사이에 서 있다가 자신의 무공에는 한계가 있어 두 사람을 말릴 수 없겠다고 느껴 길게 한숨을 내쉬며 한쪽으로 물러섰다.

두 사람은 한참 동안 싸움을 계속했다. 옆에서 지켜보던 허죽은 마치 칼날처럼 예리한 강풍이 자신의 얼굴을 덮치자 더 이상 안 되겠다

싶어 1층과 지하 1층 빙고 사이의 돌계단 위로 물러나려 했다. 순간 퍽 하는 소리와 함께 동모의 신음 소리가 들려왔다. 이추수에게 밀려 딱딱한 얼음에 부딪힌 것이다. 허죽이 소리쳤다.

"그만하세요, 그만!"

그는 앞으로 달려나가며 연이어 이초의 육양장 초식을 펼쳐 이추수의 공격을 무마시켰다. 동모가 그 틈을 타서 뒤로 몸을 날리다 갑자기 참혹한 비명 소리를 지르며 돌계단 위에서 굴러떨어졌다. 그녀는 그대로 한참을 굴러떨어지다 지하 1층과 2층 사이의 계단에서 멈췄다.

허죽이 깜짝 놀라 말했다.

"선배님, 선배님! 괜찮으세요?"

그는 황급히 달려내려가 어둠을 더듬어 동모의 몸을 부축하고 그녀의 두 손이 얼음처럼 차갑다는 느낌이 들자 재빨리 그녀의 코 밑에 손을 대봤다. 그러나 이미 호흡이 멈춰 있는 것이 아닌가? 허죽은 놀랍고 당황스러운 데다 너무도 상심해 동모를 꽉 껴안고 부르짖었다.

"사숙! 다… 다… 당신이 사백을 죽였어요! 정말 악랄하군요!"

그는 더 이상 참지 못하고 울음을 터뜨렸다.

이추수가 소리쳤다.

"사저는 간교하기 짝이 없는 사람이야. 내 일장에 맞아서는 절대 죽지 않는다!"

허죽이 울부짖으며 말했다.

"어찌 죽지 않았다고 말합니까? 기식조차 없는데! 선배님… 사백, 절대 원한을 가슴에 묻어두지 마십시오…."

이추수가 다시 품 안에서 화절자를 꺼내 불을 밝혔다. 돌계단 위에는 여기저기 선혈이 흩뿌려져 있고 동모의 입가와 가슴팍 여기저기도 온통 피로 물들어 있었다.

천장지구불로장춘공을 수련하려면 매일같이 생피를 마셔야 하지만 만일 기가 역류하고 맥이 끊어지면 오히려 선혈을 토해내게 된다. 술잔으로 반 정도만 토해내도 곧 숨이 끊어져 죽어버리고 마는 것이다. 지금 돌계단 위에 고인 선혈은 적어도 큰 사발로 몇 개나 되는 양이었다. 이추수는 자신이 수십 년 동안 증오해오던 사저가 끝내 죽음에 이른 것을 보자 기쁨에 넘쳤지만 한편으로는 적막하고도 비통한 심정을 감출 수 없었다.

잠시 후 그녀는 화절자를 손에 들고 천천히 돌계단을 내려오며 조용히 말했다.

"사저, 정말 죽었나요? 아직 마음이 놓이질 않아서요."

그녀는 동모와 5척 정도 되는 거리까지 걸어와 화절자에서 깜빡이는 미약한 불빛을 동모의 얼굴에 비추었다. 그녀는 주름으로 가득한 얼굴에 입가의 주름 안이 선혈로 메워져 있어 극히 무시무시한 모습이었다. 이추수는 동모가 오랜 기간 불로장춘공을 연마해 공력이 심후해졌기 때문에 젊은 얼굴을 유지할 수 있으며 공력이 사라져버려야만 얼굴에 주름이 나타난다는 사실을 잘 알고 있었다. 그녀는 여전히 안심이 되질 않는지 나지막이 말했다.

"사저, 난 평생 사저한테 수없이 많은 고초를 당해왔어요. 이런 식으로 죽은 척을 해서 날 속이려 들지 말아요."

그녀는 왼손을 휘둘러 동모의 가슴팍을 향해 후려쳐갔다. 우두둑 하는 몇 번의 소리가 울려퍼지며 동모 시신의 늑골 몇 개가 부러졌다.

허죽이 버럭 화를 내며 부르짖었다.

"이미 당신 손에 목숨을 잃었는데 어찌 유해마저 해치는 것입니까?"

그는 이추수가 또 한 번의 일장을 내뻗으려 하자 손을 휘둘러 막았다. 이추수가 그를 힐끗 쳐다봤다. 중원 무림 최고의 풍류남아라던 그는 눈과 코, 귀, 입이 커다랗고 넓은 이마와 짙은 눈썹을 지닌 촌스럽기 짝이 없는 모습이었다. 이런 모습을 어찌 준수하고 멋진 용모라 말할 수 있겠는가? 그녀는 어리둥절해하다 그가 눈 쌓인 봉우리 위에서 동모를 업고 도망친 그 소화상임을 알아보고 오른손을 내뻗어 허죽의 어깻죽지를 움켜쥐려 했다. 허죽이 몸을 틀어 피하면서 말했다.

"난 당신과 싸우지 않을 겁니다. 부디 당신 사저의 유체만은 건드리지 마십시오."

이추수가 연이어 사초를 펼쳐냈지만 천산육양장을 숙련한 허죽은 뜻밖에도 그의 사초를 일일이 막아냈고 이를 막아내면서 은연중 몸에 축적된 심후한 내력으로 반격을 펼치는 것이 아닌가? 이추수가 느닷없이 물었다.

"어? 네 등 뒤에 있는 건 누구냐?"

허죽은 적을 맞아 싸워본 경험이 거의 없었던 터라 그녀의 말에 깜짝 놀라 고개를 돌렸다. 돌연 가슴팍에 엄청난 고통이 밀려왔다. 이추수에게 이미 혈도를 찍혀버린 것이다. 곧이어 두 어깨와 두 다리의 혈도마저 찍혀버리자 이내 전신이 마비되고 맥이 풀려 동모 옆에 그대로 쓰러져버리고 말았다. 그는 놀라면서도 화가 치밀어올라 소리쳤다.

"손윗사람이 돼 가지고 어찌 그런 속임수를 쓴단 말입니까?"

이추수가 깔깔대고 웃었다.

“싸움에서는 속임수를 마다하지 않는다 했다. 오늘 네 녀석의 버르장머리를 고쳐주고 말겠다.”

그녀는 곧이어 그에게 손가락질을 하고 교태 어린 웃음을 지었다.

“너… 너 같은 추팔괴 소화상이 ‘중원 최고의 풍류남아’를 자처할 줄 몰랐구….”

말이 채 끝나기도 전에 퍽 소리와 함께 이추수가 길게 비명을 내질렀다. 등에 있는 지양혈을 일장에 강타당한 것이다. 그건 바로 동모의 공격이었다. 동모는 이어서 왼 주먹을 맹렬하게 내뻗어 이추수의 가슴에 있는 단중혈을 가격했다. 그 일장과 일권은 서로 지근거리에서 펼쳐낸 것이었다. 이추수는 손을 써서 이를 막거나 피하기는커녕 너무도 창졸간에 벌어진 일이라 운기를 해서 혈도를 보호할 수조차 없었다. 그녀의 몸은 일권에 맞고 날아가 돌계단에 떨어졌고 손에 들고 있던 화절자 또한 손에서 빠져나가 하늘로 날아가버렸다.

동모는 한동안 운기를 통해 힘을 축적하고 있었던 터라 그 일권의 기운이 매섭기 이를 데 없었다. 화절자는 지하 2층 빙고에서 지하 1층을 뚫고 1층까지 날아간 뒤 그제야 바닥에 떨어졌다. 삽시간에 지하 2층 빙고 안은 다시 칠흑 같은 어둠에 휩싸이고 흐흐흐 하는 동모의 냉소만 계속해서 울려퍼졌다. 허죽은 놀랍고도 기쁜 마음에 부르짖었다.

“선배님, 돌아가신 게 아니었습니까? 자… 잘됐습니다.”

원래 동모는 마지막 하루를 버티지 못하고 끝내 신공을 연성할 수 없었다. 게다가 설봉 위에서 이추수에게 다리 하나가 잘리는 중상을 입은 후 공력이 크게 손실된 상태였기에 이추수와 벌인 필사의 결투에서 200초에 이르는 무공을 펼치고 나자 오늘은 승산이 없다는 사실을 깨닫게 되었다. 이추수의 일장에 적중된 후 더욱 패색이 짙어졌음에도 허죽은 끝끝내 도우려 들지 않았다. 그래도 승기를 잡고 추격하려 하는 이추수를 저지해주긴 했지만 자신의 계략대로 되진 않았던 것이다. 그 때문에 이대로 더 싸움을 지속하다가는 필시 참혹하기 이를 데 없는 패배를 당하고 말 것이란 생각에 이를 악물고 일부러 그녀의 일장을 맞고 숨이 끊어져 죽은 척을 했던 것이다. 돌계단 위와 그녀의 가슴, 입가의 선혈은 사실 그녀가 미리 준비해놓은 사슴피였으며 이는 상대를 속이기 위한 미끼였다. 뜻밖에도 눈치 빠른 이추수가 이미 숨이 끊어진 것을 똑똑히 보고도 다시 또 그녀의 가슴에 일장을 후려치는 것이 아닌가! 동모는 일단 속임수를 쓰는 김에 철저히 해야겠다는 생각에 또 한 번 그녀의 일장을 담담하게 받아들일 수밖에 없었다. 허죽이 옆에서 막아주지 않았다면 이추수는 연이은 출장으로 그녀의 '시신'을 산산조각 내버렸을 것이고 그럼 달리 방법이 없었을 것이다. 다행히 허죽이 인의를 발휘해 이를 저지해줬고 이추수는 중원 최고 풍류남아의 진면목을 보고 실망감을 감추지 못한 채 웃느라 경계를 소홀히 할 수밖에 없었다. 이추수는 동모가 매우 교활하다는 걸 알고 있긴 했지만 그 정도까지 꿋꿋이 참으며 기회를 노릴 것이라고는 생각지도 못하고 있었던 것이다.

이추수는 가슴과 등에 중상을 입자 돌연 내력을 제어할 수 없는 상황에 이르러 마치 홍수가 범람해 당장이라도 제방을 무너뜨리고 넘어설 기세로 요동쳤다. 소요파 무공은 천하제일 공력을 지니고 있었지만 내력을 제어하지 못하면 사지 백해를 이리저리 옮겨다니며 충돌하는 탓에 배출이 되지 못하는데 이 산공을 할 때 고통은 말로 형용할 수 없을 정도였다. 순식간에 전신 각 혈도 안에서 마비와 가려움증이 동시에 느껴졌다. 그녀는 그게 절대 치료할 수 없는 상처임을 알고 놀랍고 당황스러운 마음에 큰 소리로 호통을 쳤다.

"몽랑, 적선하는 셈 치고 빨리 내 백회혈을 일장으로 힘껏 후려쳐라!"

그때 위쪽에서 갑자기 어슴푸레하게 희미한 불빛이 비쳐오면서 이추수가 온몸을 부르르 떨며 손을 내뻗어 얼굴에 쓴 흰색 망사를 뜯어내고 손톱으로 자기 뺨을 쥐어뜯는 모습이 보였다. 그녀의 뺨은 이내 혈흔으로 얼룩졌다. 이추수가 부르짖었다.

"몽랑, 어서 일권으로 날 후려치란 말이다!"

동모가 냉소를 머금었다.

"네년이 저 녀석 혈도를 찍어놓고 오히려 저 녀석한테 도움을 청한단 말이냐? 흐흐. 자업자득이야. 악자는 악행에 대한 대가를 누구보다 빨리 받는 법이다."

이추수는 몸을 지탱하며 일으켜 허죽의 혈도를 풀어주려 했지만 전신의 맥이 풀려 소지 끝조차 꼼짝할 수 없었다.

허죽은 이추수를 바라보다 다시 동모를 쳐다봤다. 그녀는 부상이 매우 심각한 듯 돌계단 위에 엎드려 신음 소리를 내고 있었다. 허죽은 돌연 눈앞이 또렷해지기 시작했다. 빙고 안이 점점 밝아지는 느낌이었다. 그는 고개를 돌려 빛이 비치는 곳을 바라봤다. 뜻밖에도 1층 빙고 안에서 불빛이 비치는 걸 보고 그만 소리를 지르고 말았다.

"아이고, 누가 왔구나!"

동모가 깜짝 놀라 생각했다.

'누군가 왔다면 결국 저 천한 년 손에 죽겠구나.'

그녀는 최대한 기를 돋우어 일어서려 했지만 도저히 몸을 일으킬 수 없었다. 그녀는 다리에 맥이 풀린 채 파당 하고 그 자리에 고꾸라져 버렸다. 그녀는 다시 두 손에 힘을 주고 이추수를 향해 천천히 기어갔다. 그녀의 구원병이 당도하기 전에 목을 졸라 죽일 생각이었다.

갑자기 똑, 똑 하는 극히 미약한 소리가 들려왔다. 마치 물방울이 돌계단에서 떨어지는 것 같은 소리였다. 이추수와 허죽 역시 그 물소리를 듣고 동시에 고개를 돌려 바라봤다. 과연 돌계단 위에서 물방울이 떨어지는 게 보였다. 세 사람 모두 이상한 생각이 들었다.

'저 물이 어디서 내려오는 거지?'

빙고 안은 갈수록 밝아지고 졸졸 하는 물소리가 들리는데 물방울이 뜻밖에도 한 가닥 물줄기로 변해 돌계단을 타고 흘러내리기 시작했다. 1층 빙고 안에서 불길이 활활 타오르는 게 보였지만 내려오는 사람은 없었다. 이추수는 뭔가 깨달은 듯 참지 못하고 말했다.

"불이 붙었어… 마대 자루 안… 면화에…."

빙고를 들어오는 입구 앞에 가득 쌓여 있던 마대 자루 안에는 면화가 들어 있었다. 외부의 열기가 들어와 얼음이 녹는 걸 방지하기 위해 만들어놓은 것이었다. 뜻밖에도 이추수가 동모의 일권에 맞아 쓰러져 화절자가 손에서 빠져 날아가면서 마대 자루 위에 떨어졌고 화절자의 불이 면화에 붙었다. 면화에 붙은 불은 곧 주변의 얼음을 녹여버려 점점 물줄기로 변하면서 졸졸 흘러내려왔던 것이다.

불길이 점점 더 세차게 타오르면서 흘러내리는 얼음물도 점점 많아지고 졸졸대던 물소리는 콸콸대는 소리로 커져만 갔다. 얼마 지나지 않아 지하 2층 빙고 안은 물이 1척 넘게 쌓였다. 돌계단 위의 얼음물이 끊이지 않고 계속 흘러내려 빙고 안의 물은 세 사람의 허리까지 찰 정도로 높아졌다.

이추수가 한숨을 쉬었다.

"사저, 우리 서로 양패구상兩敗俱傷이니 누구도 살아남기 힘들겠네요. 사저가 몽랑의 혈도를 풀어 몽랑이라도… 내보내세요."

곧 있으면 빙고 안에 불어난 물로 인해 세 사람 모두 익사할 수밖에 없다는 사실을 모두 똑똑히 알고 있었다.

동모가 냉소를 머금었다.

"나 스스로 할 일을 어찌 네년이 이래라저래라 하는 것이냐? 안 그래도 혈도를 풀어주려 했지만 네년이 좋은 사람이 되겠다고 그런 말을 하니 갑자기 풀어줄 생각이 싹 가셔버렸다. 소화상, 넌 저년 말 한마디 때문에 죽는 거야, 알겠느냐?"

그녀는 몸을 돌려 천천히 돌계단 쪽으로 기어갔다. 몇 계단만 높이 기어가면 이추수가 물속에 빠져 죽는 모습을 직접 볼 수 있기 때문이었다. 자신 역시 목숨을 부지하지 못하겠지만 이추수가 죽는 모습을 직접 볼 수만 있다면 원한을 푸는 셈이라 할 수 있었다.

이추수는 동모가 한 계단 한 계단 기어올라가는 모습을 보고 뼛속까지 스며들 정도로 차가운 얼음물이 자기 가슴까지 차올랐음을 알게 되었다. 그녀는 체내의 진기가 요동쳐 그 고통이 이루 말할 수 없을 정도였기에 오히려 얼음물이 더 빨리 목까지 차올라 물에 빠져 죽기만 바랄 뿐이었다. 수천 마리 벌레가 깨물고 수만 개의 바늘로 찌르는 듯한 산공보다는 차라리 죽어버리는 것이 백배 더 편할 것 같다고 느꼈기 때문이다.

돌연 동모가 비명 소리와 함께 한 바퀴 돌아 계단 밑으로 곤두박질 치더니 풍덩 소리와 함께 물방울을 사방으로 튕기며 차오른 물 안에 빠져버렸다. 중상을 입어 수족에 힘이 빠진 그녀가 계단을 일고여덟 개쯤 기어올라가다 주먹만 한 얼음 조각이 흐르는 물에 떠내려오면서 하필이면 그녀의 오른쪽 무릎과 세차게 부딪쳐버렸고 순간 중심을 잡지 못해 뒤로 벌렁 나자빠진 것이다. 뒤로 나자빠지면서 공교롭게도 허죽의 몸에 부딪히며 이추수의 오른쪽을 향해 튕겨나가게 되었다. 가득 차오른 물속 안의 세 사람이 한곳에 모이게 된 것이다.

동모의 몸은 허죽과 이추수에 비해 왜소했던 터라 이제 막 이추수의 가슴까지 차오른 물에 동모는 목까지 잠겨버렸다. 이때는 동모 역시 산공의 고통을 느끼고 있었다.

'어찌 됐건 이 천한 년이 나보다 먼저 죽어야 한다.'

그녀는 손을 써서 이추수를 해치려 했지만 두 사람 사이에는 허죽이 끼어 있었다. 이때는 팔을 1, 2촌 옮기는 것도 불가능한 상황이었기에 허죽의 어깨가 이추수의 어깨와 나란히 붙어 있는 것을 본 그녀는 마음이 바뀌었다.

"소화상, 절대 기운을 돋우어 저지할 생각은 마라. 그러지 않으면 죽음을 자초하게 될 것이다."

그가 채 대답도 하기 전에 그녀는 내력을 돋우어 허죽을 향해 공격을 가했다. 동모는 이 행동이 자기 명을 재촉하는 것임을 알고 있었다. 내력을 조금이라도 더 소모하면 더 일찍 죽는다는 걸 뻔히 알았지만 이렇게 하지 않으면 물이 불어나 세 사람 중에서 자신이 가장 먼저 죽을 수밖에 없었다.

이추수는 몸을 부르르 떨었다. 동모가 내력으로 공격하려 한다는 걸 알아채고 내력을 돋우어 반격을 가한 것이다.

두 사람 사이에 끼어 있던 허죽은 동모의 몸과 맞닿은 자신의 팔뚝에서 한 가닥 뜨거운 기운이 전해지는 느낌을 받았다. 곧이어 이추수 어깨에 기댄 어깻죽지 위에서도 한 가닥 뜨거운 기운이 스며들어왔다. 삽시간에 두 가닥 뜨거운 기운이 그의 체내에서 요동을 치며 강렬하게 충돌하는 느낌이 들었다. 동모와 이추수의 공력은 서로 비슷한 수준이어서 각자 중상을 입은 후에도 여전히 우열을 가릴 수 없었다. 두 사람의 내력이 서로 충돌하자 곧 대치 국면으로 접어들어 허죽의 몸 안에서 멈춘 채 그 누구의 공격도 상대에 이르지 못했다. 이리되자 고통을 받는 건 허죽이었다. 다행히 그는 동문 세 명의 내력 중 최고였던 무애자로부터 70여 년간의 공력을 전수받았던 터라 좌우로부터 협공을 당했지만 목숨을 잃을 정도는 아니었다.

동모는 얼음물이 점점 높이 차오르면서 자신의 목부터 아래턱에 이르렀다 다시 아래턱에서 아랫입술까지 올라온다는 느낌이 들었다. 그녀는 끊임없이 내력을 돋우어 내뿜으며 한시라도 빨리 정적을 없애버리려 했지만 이추수의 내력 역시 끊이지 않고 뻗어나오고 있어 단시간 내에 소모될 것으로 보이지 않았다. 콸콸대고 내려오는 물소리가 들리며 입속이 차가워지는가 싶더니 순간 입안으로 얼음물이 뚫고 들어왔다. 깜짝 놀라는 것도 잠깐, 동모의 몸은 자연스럽게 위쪽으로 올라갔다. 더 이상 앉아 있지 못하고 물 위에 떠오르기 시작한 것이다. 그녀는 다리 한쪽이 없어 보통 사람보다 물에 뜨기가 훨씬 수월했다.

이리되니 사지를 탈출한 셈이 돼서 아예 하늘을 바라보고 수면에 누워 뒷머리를 물속에 처박은 채로 입과 코만 내밀어 숨을 쉬게 되자 순간 마음의 안정을 찾게 되었다. 물이 불어났을 때는 자신처럼 다리가 없는 사람이 물속에서 오히려 이득이라는 생각을 하며 손으로는 끊임없이 내력을 쏟아냈다.

허죽이 큰 소리로 신음 소리를 내다 소리쳤다.

"아이고! 사백, 사숙! 계속 싸운다 해도 결국 우열을 가리기 힘듭니다. 이 멀쩡한 소질이 두 분한테 당해 죽게 생겼습니다."

그러나 동모와 이추수의 이 대결은 고수들의 비무 중 가장 위험한 내력 대결이었기 때문에 손을 떼는 사람이 먼저 죽게 돼 있었다. 더구나 두 사람 모두 이 싸움의 승패가 어찌 되든 결국 목숨을 부지할 수 없다는 걸 알고 있었기에 누가 먼저 숨이 끊어지느냐가 관건이었다. 두 사람 모두 자존심이 강한 데다 수십 년 동안 쌓인 원한이 있는데 어찌 먼저 손을 놓을 수 있겠는가? 더구나 내력이 몸에서 빠져나가면서 정력은 점점 쇠약해졌지만 오히려 산공의 고통이 해소되는 효과마저 있었다.

다시 한 식경이 지나자 얼음물은 이추수의 입 주변까지 차올랐다. 그녀는 헤엄을 칠 줄 몰라 감히 동모처럼 수면 위에 떠 있을 수가 없었다. 그녀는 당장 호흡을 멈추고 귀식공을 펼쳐 맞섰다. 그러자 얼음물이 눈과 눈썹, 이마까지 차오른 상황에서도 웅후한 내력만은 여전히 내뿜을 수 있었다.

"꼬르륵, 꼬르륵, 꼬르륵!"

허죽이 연달아 세 번 얼음물을 들이켜며 소리쳤다.

"아이고, 난… 난 안 돼… 꼬르륵… 꼬르륵… 나… 꼬르륵…."

이렇게 경황없는 와중에 순간 눈앞이 깜깜해지더니 아무것도 보이질 않았다. 그는 황급히 입을 닫고 코로만 호흡했지만 숨을 들이마실 때 가슴이 답답하다는 느낌이 들었다. 알고 보니 그 빙고는 바람이 통하지 않는 곳이었다. 반나절 동안 면화가 타면서 외부의 신선한 공기가 들어오지 못하자 연소가 되지 않아 불이 꺼져버린 것이다. 허죽과 동모는 호흡에 곤란을 느꼈지만 오히려 이추수는 귀식공을 펼치고 있어 이를 전혀 느낄 수 없었다.

불은 꺼졌지만 얼음물은 끊임없이 흘러내렸다. 허죽은 얼음물이 입술에 닿았다가 다시 인중까지 차올랐고 잠시 후 콧구멍까지 잠겨버리자 생각했다.

'난 이제 죽었구나, 난 죽었어!'

그러나 여전히 동모와 이추수의 내력이 끊임없이 좌우로부터 공격해 들어왔다.

허죽은 가슴이 답답하다는 느낌이 들자 내식이 용솟음쳤다. 마치 오장육부가 뒤틀리는 듯한 느낌이었다. 얼음물의 수위는 콧구멍에 거의 닿을 듯한 높이까지 차올라 조금만 더 올라오면 더 이상 숨을 쉴 수 없을 것으로 보였다. 그러나 혈도를 봉쇄당한 터라 목을 위로 들어 올리는 것조차 불가능한 상황이었다. 그러나 기이하게도 시간이 꽤 흘렀지만 얼음물은 더 이상 불어나지 않았다. 순간 면화에 붙은 불이 꺼지면서 얼음물도 녹지 않는다는 건 생각지도 못했던 것이다. 다시 한참 후에 뭔가 인중을 찌르는 듯한 통증이 느껴지더니 이어서 그 통증이 점점 목덜미 쪽으로 내려왔다. 알고 보니 지하 2층 빙고 안에 가득 쌓여 있던 얼음들이 워낙 차갑다 보니 얼음물이 흐르고 난 뒤 다시 천천히 얼어붙기 시작한 것이다. 뜻밖에도 세 사람 모두 얼음물 속에서 얼어버리고 말았다.

얼음이 얼자 동모와 이추수의 내력은 그대로 차단되고 더 이상 허죽의 몸까지 전해질 수 없었다. 그러나 이로 인해 두 사람이 내뿜은 대부분의 진기 내력이 허죽의 체내에 밀폐된 상태로 서로 강하게 충돌했고, 그 정도는 갈수록 강렬해졌다. 허죽은 온몸의 살갗이 금방이라도 터져 버릴 것 같은 느낌이 들었다. 딱딱한 얼음 속에 있었지만 숯불처럼 뜨겁게 달아오른 것이다.

시간이 얼마나 흘렀을까? 돌연 온몸이 떨리며 두 줄기 열기가 체내에 축적되어 있던 진기와 합쳐져 하나가 된다는 느낌이 들더니 자신의 의지와는 상관없이 합체가 된 진기가 스스로 체내의 각 경맥과 혈도 안에서 신속하게 돌기 시작했다. 동모와 이추수의 진기가 더 이상 대치하지 못하고 빠져나갈 곳이 없자 마침내 무애자가 그에게 전수한 내력에 합쳐진 것이다. 세 사람 내력의 원천은 한 문파에서 파생된 것이라 그 성질이 다르지 않아 아주 쉽게 융합될 수 있었다. 세 사람의 진기가 하나로 합쳐지자 그 힘은 제어하기 힘들 정도로 강력해졌고 그 힘이 이른 곳의 봉쇄된 혈도가 뚫려버리게 되었다.

순식간에 허죽은 온몸이 홀가분해지는 느낌이 들었다. 두 손을 가볍게 떨치자 쩌억 하는 소리와 함께 몸에 얼어붙어 있던 단단한 얼음들이 이내 깨져버렸다. 그는 생각했다.

'사백, 사숙 두 사람은 괜찮을까? 우선 두 사람부터 구하고 보자.'

허죽이 손을 뻗어 만져보자 손에 닿는 것은 딱딱한 얼음뿐이었고 두 사람 역시 모두 얼어붙어 있었다. 그는 당황한 마음에 깊이 생각할 겨를도 없이 한 손에 한 명씩 두 사람을 얼어붙은 얼음과 함께 들어 1층 빙고로 걸어갔다. 이중 나무문을 밀어젖히자 맑고 신선한 공기가 얼굴로 덮쳐왔다. 숨을 크게 한번 들이마시자 이내 말할 수 없이 편안해졌다. 문밖의 하늘 위에 밝은 달이 걸려 있고 꽃 그림자가 드리워져 있는 것으로 보아 깊은 밤인 것 같았다.

그는 너무도 기뻤다.

'어둠을 틈타 황궁을 벗어나는 건 그리 어려운 일이 아니지.'

그는 얼음 덩어리로 변한 두 사람을 들고 담장 옆으로 내달려간 다음, 기운을 돋우어 하늘 높이 몸을 날렸다. 순간 몸이 계속해서 상승하면서 담장 꼭대기보다 1장 넘게 높이 올라갔는데도 그 상승세는 여전히 멈추지를 않았다. 허죽은 체내의 진기가 이 정도로 강력해졌으리라고는 생각지도 못했다가 몸이 점점 높이 올라가자 자기도 모르게 으악 하고 비명을 질렀다.

이 일대의 궁벽 바깥쪽을 순찰 중이던 어전 호위 네 명이 비명 소리를 듣고 잽싸게 달려와 살폈다. 커다란 수정 두 덩어리가 한 잿빛 그림자를 가운데 끼고 담을 넘어가는 모습을 발견했지만 도대체 무슨 괴물인지 알 수가 없었다. 네 사람은 놀라서 멍하니 서서 괴물 세 개가 흔들 하면서 궁벽 바깥에 있는 숲속으로 사라져버리는 모습만 바라볼 따름이었다. 네 사람이 호통을 치며 급히 뒤쫓아갔지만 괴물들은 그림자조차 찾을 길이 없었다. 네 사람은 반신반의하는 표정으로 누구는 산의 요정이라고 하고 누구는 꽃의 요정이라고 주장하며 서로 마구 싸워댔다.

허죽은 황궁을 빠져나오자 큰 걸음으로 성큼성큼 내달려갔다. 발밑에는 청석판으로 된 큰길이고 양옆에는 집들이 겹겹이 들어차 있었다. 그는 조금도 지체하지 않고 끊임없이 발을 놀려 서쪽을 향해 내달려갔다. 한참을 달려가다 성벽 밑에 이르자 다시 진기를 돋우어 성벽 꼭대기 위로 훌쩍 뛰어올라 성을 넘어갔다. 성벽 꼭대기에서 성을 지키던 병사들은 눈앞에 뭔가 번쩍했지만 그게 뭔지 전혀 볼 수가 없었다.

허죽은 성에서 10여 리 떨어진 황량한 교외로 내달려가다 사방에 집들이 보이지 않자 그제야 발걸음을 멈추고 얼음 덩어리 두 개를 바닥에 내려놓았다.

'두 사람 몸에 붙은 얼음을 최대한 빨리 제거해야만 한다.'

그는 한 작은 개울을 찾아 얼음 덩어리 두 개를 개울물 속에 집어넣었다. 달빛 아래 얼음 밖으로 드러난 동모의 입과 코가 보였다. 두 눈이 감겨 있을 뿐 죽었는지 살았는지 알 수가 없었다. 얼음 덩어리 두 개에 붙은 얼음 조각들이 하나씩 물과 함께 씻겨내려가자 허죽도 손으로 잡아 벗겨내며 두 사람 몸에 붙은 얼음들을 하나하나 제거했다. 그다음 두 사람을 개울 안에서 들어내 각자의 이마를 만져봤다. 놀랍게도 둘 다 미온이 남아 있는 것이 아닌가? 그는 크게 기뻐하며 두 사람을 멀찌감치 떨어뜨려놓았다. 정신을 차리고 난 다음 또 싸울까 두려워서였다.

반나절을 바쁘게 움직이다 보니 날이 점점 밝아지기 시작했다. 자리에 앉아 휴식을 취하고 있는데 동쪽 하늘에 해가 떠오르자 나무 꼭대기에 앉은 새들이 시끄럽게 울어대기 시작했다. 북쪽 나무 밑에 있던 동모가 깨어나자 남쪽 나무 밑에 있던 이추수 역시 거의 동시에 정신을 차렸다.

허죽이 기쁜 마음에 벌떡 일어나 두 사람 사이에 서서 연신 합장을 한 채 예를 올렸다.

"사백, 사숙! 우리 세 사람은 이제 사지를 탈출했으니 더 이상 싸우지 마십시오."

동모가 말했다.

"안 돼! 저 천한 년이 아직 살아 있는데 어찌 손을 놓을 수 있단 말이냐?"

이추수가 말했다.

"뼈에 사무친 원한이 남아 있는데 목숨이 붙어 있는 이상 어찌 멈춘단 말이냐?"

허죽은 두 손으로 손사래를 치며 만류했다.

"절대 안 됩니다. 절대 안 됩니다!"

이추수가 손을 뻗어 바닥을 짚고 몸을 솟구쳐 동모를 향해 덮쳐가려 하자 동모 역시 두 손으로 원을 그리더니 힘을 모아 반격 자세를 취했다. 그러나 이추수는 허리를 뻗어 일으키려다 이내 맥없이 쓰러져 버렸다. 동모 역시 두 팔을 들어 원을 그리려 했지만 원으로 보이지도 않았을 뿐만 아니라 나무에 기댄 채 끊임없이 숨을 몰아쉴 뿐이었다.

허죽은 두 사람이 더 이상 싸울 힘이 없는 걸 보고 속으로 크게 기뻤다.

"차라리 잘됐습니다. 두 분께서는 좀 쉬십시오. 전 가서 두 분이 드실 것 좀 구해오겠습니다."

동모와 이추수가 각자 손과 발을 모두 하늘을 향해 뒤집은 채 가부

좌를 틀고 앉았는데 그 자세가 완전히 똑같았다. 동문 사자매인 두 사람이 전력으로 운공을 하고 있음을 알 수 있었다. 먼저 힘을 응집시키는 사람이 앞서 일격을 날릴 수 있기에 상대는 절대 저항할 수 없을 것이다. 이런 정황을 보자 허죽은 자리를 뜰 수가 없었다. 그는 동모를 한번 바라보고 다시 이추수를 한번 바라봤다. 두 사람 모두 얼굴이 주름으로 가득한 마르고 쭈글쭈글한 할머니 모습인 것을 보고 생각했다.

'사백이 올해 아흔여섯이고 사숙은 적어도 여든 살은 넘었을 것이다. 두 사람 모두 적지 않은 나이인데 아직까지 저렇게 서로 못 잡아먹어서 안달인 데다 저리도 화가 많을 줄이야.'

그는 젖어 있는 옷의 물기를 짜기 시작했다. 갑자기 턱 하는 소리와 함께 뭔지 모를 물건이 바닥에 떨어졌다. 그건 다름 아닌 무애자가 그에게 준 그림이었다. 그 족자는 비단에 그려진 것이라 물에 젖었지만 크게 훼손되지는 않았다. 허죽은 그림을 바위 위에 널어 햇볕 아래 말렸다. 그림 속의 단청이 물에 젖어 흐릿해진 것을 보고 애석함을 금할 수 없었다.

이추수가 그 소리에 놀라 눈을 살짝 뜨고 그 그림을 보더니 날카롭게 소리쳤다.

"이리 가져와봐라! 그림 속에 있는 것이 나 아니더냐? 절묘하구나. 사형이 저 천한 노비의 초상을 그렸을 리 없다."

동모 역시 소리쳤다.

"보여주지 마라! 내 손으로 직접 처리해야 한다. 저 천한 년이 그걸 보고 화가 치밀어올라 죽으면 너무 편히 죽어버리는 것 아니겠느냐?"

이추수가 깔깔대고 웃었다.

"난 벌써 봤다. 사형이 그린 건 나야. 내가 그림을 보고 그림 속에 있는 사람이 네가 아니란 걸 알게 될까 두려운 거지? 사형의 단청 필법이 얼마나 빼어난데 어찌 너처럼 사람 같지도 귀신 같지도 않은 난쟁이를 그릴 수 있겠느냐? 사형이 종규鍾馗[13]를 그려 귀신을 잡을 것도 아닌데 널 그려서 뭐 한다고?"

과거 동모는 왜소한 몸에도 불구하고 빼어난 용모를 지니고 있어 사제인 무애자와 서로 사랑에 빠졌었다. 그녀는 천장지구불로장춘공을 연마했기 때문에 젊음을 유지하고 자색을 영원히 보존할 수 있었다. 그러다 스물여섯 살이 되던 해 신공을 역으로 돌울 수 있는 경지에 올라 신체가 왜소한 결점을 보완 중이었다. 그 당시 사매인 이추수는 방년 18세였는데 사형인 무애자를 흠모하게 되자 동모를 질투하기 시작했다. 결국 이추수는 동모가 무공을 연마하는 과정 중 가장 관건이 되는 중요한 순간에 뒤에서 큰 소리를 내지르며 깜짝 놀라게 만들었다. 동모가 주화입마에 들어 진기가 엉뚱한 곳으로 가도록 만든 것이다. 이때부터 동모는 원 상태로 복원되지 않게 됐고 영원히 자랄 수 없는 지경에 이르렀으며 이때부터 두 여인은 철천지원수가 되었다. 그때 이추수가 자신의 평생 한이라고 생각하는 일을 들먹이자 동모는 자기도 모르게 노기가 복받쳐올라 호통을 쳤다.

"이 천한 년! 나… 나… 나…."

말이 채 끝나기도 전에 우욱 하는 소리와 함께 선혈 한 모금을 토해내며 금방이라도 기절할 지경에 이르렀다.

이추수가 냉소를 머금으며 비웃었다.

"패배를 인정하겠지? 역시 손을 써서 싸우는…."

그녀 역시 돌연 기침을 계속 해댔다.

허죽은 두 사람이 심신이 피로하고 기력이 다해 곧 탈진할 듯하자 설득을 하며 말했다.

"사백, 사숙! 아무래도 좀 쉬셔야겠습니다. 괜한 곳에 마음 쓰지 마십시오."

동모가 벌컥 화를 냈다.

"안 된다!"

바로 그때 서남쪽에서 돌연 딸랑, 딸랑 하며 맑고 깨끗한 낙타 방울 소리가 몇 번 들려왔다. 동모가 듣자마자 희색이 만면했다. 그녀는 정신이 번쩍 들었는지 품 안에서 검은색의 짧은 관管을 하나 꺼내 들고 허죽에게 말했다.

"이 관을 하늘로 튕겨 올려라!"

이추수의 기침 소리는 갈수록 심해졌다. 허죽은 연유를 몰라 일단 검은색 관을 중지 위에 올려놓고 하늘을 향해 튕겨냈다. 그러자 한바탕 날카로운 호각 소리가 관을 통해 흘러나왔다. 이때 허죽의 지력은 강력하기 이를 데 없던 터라 그 작은 관은 위로 곧바로 치솟아올라 하늘 끝까지 올라간 듯 거의 보이지 않았고 여전히 웅웅 대는 소리가 끊임없이 울려퍼졌다. 허죽은 깜짝 놀랐다.

'큰일 났다. 사백의 저 관은 신호였어. 사백이 사람들을 불러 이 사숙을 해치려는 거야.'

그는 재빨리 이추수 앞으로 달려가 몸을 숙이고 나지막이 고했다.

"사숙, 사백이 수하들을 불렀습니다. 저한테 업히세요. 제가 업고 도망치겠습니다."

눈을 감은 채 고개를 숙이고 있던 이추수는 기침을 이미 멈춘 상태였다. 다만 몸이 조금도 움직이지 않았다. 허죽이 깜짝 놀라 그녀의 코 밑에 손을 가져다 대보니 숨이 이미 멈춰 있었다. 허죽은 깜짝 놀라 부르짖었다.

"사숙, 사숙!"

그는 그녀의 어깨를 가볍게 밀어 정신을 차리도록 만들려 했다. 하지만 뜻밖에도 이추수는 그 자리에 그대로 쓰러져버리고 바닥에 비스듬히 누워버리고 말았다. 이미 숨을 거둔 것이었다.

동모가 깔깔대고 웃었다.

"좋아, 좋아, 아주 좋아! 저 천한 년이 놀라서 죽었구나. 하하. 드디어 복수를 했다. 저 천한 년이 결국 나보다 먼저 죽었어. 하하하."

그녀는 격동한 나머지 호흡을 잇지 못하고 선혈 한 모금을 뿜어냈다.

웅웅 소리가 하늘 높은 곳에서 서서히 내려오더니 검은색 관이 공중에서 내려왔다. 허죽이 손을 뻗어 받아들고 동모를 바라보려 하는 순간 급박한 말발굽 소리와 함께 딸랑, 딸랑 하는 방울 소리가 섞여서 들려왔다. 허죽이 고개를 돌려 바라보자 수십 필의 낙타가 내달려왔다. 낙타 등에 탄 사람들 모두 담청색 두봉을 걸친 채 멀리서부터 오는데 그 모습은 마치 푸른 구름과도 같았다. 여자 몇 명이 외치는 소리가 들렸다.

"존주尊主, 속하들이 너무 늦게 왔으니 죽어 마땅합니다!"

수십 기의 낙타가 근처까지 내달려왔다. 허죽이 보니 낙타에 탄 사람들은 모두 여자였고 두봉의 가슴 부위마다 수놓아져 있는 검은색 독수리 한 마리의 모습이 무척이나 흉측했다. 여인들은 동모를 마주하자 곧바로 낙타에서 뛰어내려 빠른 걸음으로 다가와 동모 앞에 엎드려 절을 했다. 여인들 무리 가운데 앞장선 사람은 쉰에서 예순 정도 돼 보이는 한 노부인이었다. 그 나머지는 열일고여덟 살 정도의 어린 사람부터 마흔 살이 넘어 보이는 나이 든 사람까지 골고루 섞여 있었는데 다들 동모에 대해 극히 경외시하는 듯 땅바닥에 엎드려 감히 눈도 마주치지 못했다.

동모가 코웃음을 치더니 버럭 화를 냈다.

"너희 모두 내가 죽은 줄 알았구나. 그렇더냐? 이 늙은이를 안중에 둔 것들이 아무도 없단 말이다! 단속하는 사람들이 없으니 다들 아무 거리낌 없이 제멋대로 놀아난 거야!"

그녀의 이 한마디에 그 노부인이 바닥에 머리를 세차게 박으며 큰 절을 했다.

"어찌 감히…."

동모가 말했다.

"뭐가 어찌 감히야? 너희가 정말 이 동모를 생각했다면 어찌 여기 온 사람들이… 이것밖에 안 되는 것이냐?"

노부인이 말했다.

"존주께 아뢰옵니다. 그날 밤 존주께서 궁을 떠나신 후 속하들 모두 보통 초조해한 게 아니니…."

동모가 다시 화를 버럭 내며 말했다.

"헛소리! 헛소리 마라!"

노부인이 말했다.

"네, 네!"

동모가 더욱더 화를 내며 호통을 쳤다.

"헛소리인 줄 알면서 어찌 감히… 감히 내 면전에서 헛소리를 지껄이는 게냐?"

노부인은 감히 아무 말도 못하고 절만 계속해댈 뿐이었다.

동모가 말했다.

"초조해했다면서 그다음 어찌했더냐? 왜 빨리 산을 내려와 찾지 않았던 게야?"

노부인이 말했다.

"네! 저희 구천구부九天九部 속하들은 그 당시 곧바로 하산해 길을 나누어 존주를 찾아나섰습니다. 속하를 비롯한 호천부昊天部는 동쪽으로 존주를 맞이하러 나갔고, 양천부陽天部는 동남쪽, 적천부赤天部는 남쪽, 주천부朱天部는 서남쪽, 성천부成天部는 서쪽, 유천부幽天部는 서북쪽, 현천부玄天部는 북쪽, 난천부鸞天部는 동북쪽으로 달려갔으며, 균천부鈞天部는 본궁을 지키도록 했습니다. 속하가 무능하여 뒤늦게 달려왔으니 죽어 마땅합니다."

그녀는 이 말을 하며 연신 절을 올렸다.

동모가 말했다.

"너희 모두 옷이 찢어지고 해진 것을 보니 지난 석 달 동안 길에서 고생이 심했던 모양이로구나."

그녀의 말에 칭찬의 의미가 담겨 있다고 느낀 노부인은 곧 희색이 만면한 채 말했다.

"존주를 위해 힘이 될 수 있다면 무슨 일이든 물불을 안 가리고 기꺼이 할 것입니다. 이까짓 노고쯤은 속하가 응당 해야 할 본분입니다."

동모가 말했다.

"연공을 아직 완성하지 못한 상황에서 갑작스레 이 천한 년을 만나는 바람에 다리까지 잘려 하마터면 목숨을 부지하지 못할 뻔했다. 다행히 여기 내 사질인 허죽의 도움을 받을 수 있었다. 그 안에 얽힌 갖가지 힘든 위기는 한마디로 다 하기 어렵구나."

청삼을 입은 여인 무리가 일제히 몸을 돌려 허죽에게 감사의 절을 했다.

"선생의 대은대덕은 소녀가 분골쇄신한다 해도 다 갚지 못할 것입니다."

갑자기 수많은 여인이 동시에 그에게 절을 하자 허죽은 자기도 모르게 손사래를 쳤다.

"천만의 말씀입니다, 황송합니다."

그는 황급히 무릎을 꿇고 답례를 했다. 동모가 호통을 쳤다.

"허죽, 일어나라! 저들은 모두 내 노비다. 어찌 그런 본분을 잃는 행동을 한단 말이냐?"

허죽은 다시 '황송합니다'란 말을 몇 번이나 반복하다 그제야 몸을 일으켰다.

동모가 허죽을 향해 말했다.

"저 천한 년한테 빼앗겼던 그 보석반지를 다시 가져와라."

"네!"

그는 이추수 앞으로 걸어가 그녀의 손가락에서 보석반지를 빼냈다. 그 반지는 본래 무애자가 그에게 준 것이라 이추수 손가락에서 빼내는 데 대해서는 크게 개의치 않았다.

동모가 말했다.

"넌 소요파 장문인이다. 또한 내가 이미 생사부와 천산절매수, 천산육양장 등 일련의 무공을 모두 전수했으니 오늘부터 넌 표묘봉 영취궁의 주인이야. 영취궁 구천구부 노비들의 생사를 모두 너에게 일임할 것이다."

허죽이 깜짝 놀라 다급하게 거절했다.

"사백, 사백! 그건 절대 안 됩니다."

동모가 화를 내며 말했다.

"절대 안 되긴 뭐가 안 된다는 게냐? 저 구천구부 노비들은 일처리를 제대로 못해 때맞춰 날 보호하지 못했다. 그 덕분에 내가 포대 자루에 싸여 오노대 그 개 같은 도적놈에게 학대와 모욕을 받게 됐고 결국 다리가 잘리고 목숨마저 잃게 된 것이다."

그 여인들 모두 놀라서 온몸을 부르르 떨며 절을 하면서 애원했다.

"죽을죄를 지었습니다. 존주께서 은혜를 베풀어주십시오."

동모가 허죽을 향해 말했다.

"여기 있는 호천부 노비들은 어쨌든 날 찾아냈으니 저들에게는 특별히 형벌을 경감해주도록 해라. 나머지 8부의 모든 노비는 손을 자르든 다리를 자르든 네가 알아서 처리하도록 하고!"

그 여인들이 일제히 절을 하며 말했다.

"고맙습니다. 존주."

동모가 호통을 쳤다.

"어찌 새 주인님께 고맙다는 인사를 하지 않는 것이냐?"

그 여인들은 재빨리 허죽을 향해 깊은 감사의 뜻을 표했다. 허죽이 두 손으로 손사래를 쳤다.

"됐습니다. 됐습니다! 제가 어찌 여러분 주인일 수 있습니까?"

동모가 말했다.

"내 목숨이 경각에 놓여 있긴 하다만 저 천한 년이 나보다 먼저 죽는 꼴을 직접 봤고 또 내가 평생을 연마한 무학의 전인을 얻었으니 죽어도 편히 눈을 감을 수 있게 됐다. 한데 네가 응낙하지 않겠다는 것이냐?"

허죽이 말했다.

"그게… 전 할 수 없습니다."

동모가 깔깔대고 웃었다.

"그 꿈속의 낭자를 보고 싶지 않은 것이냐? 그래도 영취궁 주인이 되겠다고 응낙하지 않겠느냐?"

허죽은 그녀가 '꿈속의 낭자'를 거론하자 흠칫 놀랐다. 그는 더 이상 거절할 수 없어 얼굴을 붉히며 고개를 끄덕일 수밖에 없었다. 동모가 크게 기뻐했다.

"아주 좋다! 그 그림을 가져오너라. 내가 직접 갈기갈기 찢어놔야겠다. 근심거리를 없애버리고 나서 네 꿈속의 낭자를 찾는 방법을 가르쳐주마."

허죽이 그림을 가져오자 동모는 그림을 받아들고 햇빛 아래 살펴봤다. 순간 동모는 깜짝 놀라더니 얼굴에 놀라움과 기쁨의 기색을 동시에 드러냈다. 그녀는 다시 한참을 유심히 살펴보고는 돌연 하하거리며 큰 소리로 웃다 소리쳤다.

"저년이 아니구나. 저년이 아니야. 저년이 아니야! 하하, 하하, 하하!"

큰 웃음소리와 함께 두 줄기 눈물이 뺨을 타고 흘러내렸다. 곧바로 그녀의 목이 맥없이 구부러져 고개를 숙이더니 더 이상 아무 기척도 없었다.

허죽이 깜짝 놀라 손을 뻗어 그녀를 부축했다. 그녀의 온몸에 있는 골격이 마치 솜처럼 하나로 뭉쳐져 있는 느낌이 들었다. 이미 숨을 거둔 것이다.

청삼을 입은 여인 무리가 동모를 에워싸고 애절한 목소리로 대성통곡했다. 그 여인들은 하나같이 매우 어렵고 힘든 순간에 동모의 출수로 구출된 사람들로 동모에게 엄격한 지배를 당하긴 했지만 모두들 그의 은덕에 감격해하고 있었다.

허죽은 석 달 동안 동모와 잠시도 떨어지지 않고 그녀에게 적지 않은 무공을 전수받았던 사실을 떠올렸다. 비록 괴팍한 성격이긴 해도 자신에게는 아주 잘 대해줬건만 지금 이렇게 그녀가 웃으며 유명을 달리하는 모습을 보자 무척이나 괴로운 마음에 그 역시 바닥에 엎드려 울기 시작했다.

돌연 등 뒤에서 음산한 목소리가 들려왔다.

"흐흐. 사저, 결국에는 사저가 먼저 죽었군요. 이제 사저가 이긴 건가요? 아니면 내가 이긴 건가요?"

허죽은 그게 이추수의 목소리라는 걸 알고 깜짝 놀랐다.

'죽은 사람이 어찌 다시 살아난 거지?'

그는 벌떡 일어나 몸을 돌려 바라봤다. 이추수가 꼿꼿이 앉은 상태로 나무에 등을 기대고 말하는 모습이 보이지 않는가?

"현질, 그 그림을 가져와봐라. 사저가 왜 울다가 웃다가 어이없어하며 죽었는지 좀 봐야겠다."

허죽은 동모의 손가락을 살살 펼쳐 그림을 꺼냈다. 힐끗 보니 그 그림은 물에 젖었다가 다시 햇볕에 말랐던 터라 필획이 약간 흐릿해졌다. 그러나 왕어언을 빼다 박은 그림 속의 궁장 미녀는 여전히 미소를 띠고 있었으며 그 미모는 말로 표현하기 어려울 정도였다. 그는 속으로 생각을 바꾸었다.

'생김새만 보면 이 미녀는 사숙과 많이 닮은 것 같구나.'

그는 이추수를 향해 걸어가 그녀에게 그림을 건네줬다.

이추수는 그림을 받아든 다음 청삼의 여인들을 힐끗 째려보고 가볍게 웃었다.

"여러분 주인은 나와 악전고투를 벌였지만 결국 날 당해내지 못했다. 너희 같은 반딧불이 빛으로 어찌 감히 일월과 겨룰 수 있겠느냐?"

허죽이 고개를 돌리자 손에 검집을 잡은 채 비분강개한 표정을 짓고 있는 여인들의 모습이 보였다. 당장이라도 한꺼번에 달려들어 이추수를 죽이고 동모의 복수를 할 태세였다. 다만 아직 새 주인의 호령이 내리지 않아 감히 함부로 나설 수 없었을 뿐이었다.

허죽이 말했다.

"사숙, 사… 사숙께서…."

이추수가 말했다.

"네 사백은 무공 실력이 뛰어나긴 했다만 정교하지 않을 때도 있었다. 사저의 원군이 당도했는데 내 어찌 막아낼 수 있겠느냐? 죽은 척할 수밖에 없었지. 하하, 결국 사저가 나보다 먼저 죽었다. 온몸의 뼈가 산산조각 나고 진기를 토하며 산공을 했지 않더냐? 그렇게 죽는 건

죽은 척할 수가 없는 것이다."

허죽이 말했다.

"빙고 안에서 싸움을 벌일 때 사백 역시 죽은 척을 해서 사숙이 한 번 속은 적이 있지 않습니까? 서로 비긴 셈이니 우열을 가릴 수 없다 말할 수 있습니다."

이추수가 탄식을 했다.

"넌 마음속으로 늘 네 사백을 두둔하는구나."

이 말을 하면서 그림을 펼쳤다. 그녀는 잠시 바라보다 얼굴색이 돌변하더니 그림까지 부르르르 떨릴 정도로 두 손을 끊임없이 떨었다. 이추수가 나지막이 외쳤다.

"그 계집애였어, 그 계집애, 그 계집애였어! 하하, 하하, 하하하!"

그녀의 웃음소리는 근심과 슬픔으로 가득했다.

허죽은 자기도 모르게 그녀와 슬픔을 함께하다 물었다.

"사숙, 어찌 그러십니까?"

그는 곰곰이 생각해봤다.

'한 사람은 "그년이 아니었어"라고 말했고, 한 사람은 "그 계집애였어"라고 했잖아? 도대체 누구기에 그러는 걸까?'

이추수는 그림 속의 미녀를 한참이나 응시하다 말했다.

"봐라, 입가에 보조개가 있고 코에는 작은 점 하나가 있지 않으냐?"

허죽이 그림 속 미녀를 보고 고개를 끄덕였다.

"네!"

이추수가 우울한 표정으로 말했다.

"이 여인은 바로 내 동생이다!"

허죽이 더욱 의아해하며 말했다.

"사숙의 동생이라고요?"

이추수가 말했다.

"내 동생은 외모가 나와 거의 흡사하다. 다만 그 애한테는 보조개가 있고 난 없다. 또 그 애 코 밑에는 작은 점 하나가 있지만 난 없어."

허죽은 음 하고 고개를 끄덕였다. 이추수가 다시 말했다.

"사저가 그랬었지. 사형이 자기 초상을 그려놓고 밤낮 안 가리고 붙어 있었다고 말이야. 난 그 말을 믿지 않았지. 한데… 한데… 한데… 그게 내 동생일 줄은 생각지도 못했다. 도대체… 도대체… 이 그림은 어디서 난 것이냐?"

허죽은 곧 무애자가 임종을 앞두고 이 그림을 어찌 자신에게 줬으며, 자신에게 대리 무량산으로 가서 사람을 찾아 어찌 무예를 전수받으라 명했으며, 또 동모가 그 그림을 보고 어찌 노했는지를 일일이 설명해줬다.

이추수는 장탄식을 했다.

"사저가 이 그림을 처음 봤을 때는 그림 속의 인물이 난 줄 알았던 거야. 일단 생김새가 매우 비슷했고 사형이 줄곧 나에게 잘해줬으니까. 더구나… 더구나 내가 사저와 다툼을 벌일 때 내 동생은 아직 열한 살밖에 안 됐을 때였으니 사저는 도저히 그 애를 의심할 수 없었을 것이다. 그림 속 인물의 보조개와 점은 유심히 보지 않았을 테니까. 하지만 그 애가 자라 열한 살 소녀 아이에서 열여덟아홉 된 어른이 된 거지. 사저는 죽음을 눈앞에 두자 그제야 그림 속의 인물이 내가 아닌 내 동생이란 걸 알아차린 것이다. 그래서 '그년이 아니었어!'를 연달아 세 번이나 외친 거야. 에이. 동생아, 넌 좋겠다, 좋겠어! 좋겠어!"

그녀는 멍하니 앉아 눈물을 뚝뚝 흘렸다.

허죽이 생각했다.

'이제 보니 사백과 사숙 모두 우리 사부님에 대해 깊은 정을 느끼고 있었지만 사부님 마음속에는 또 다른 사람이 있었던 거야. 하지만 사숙의 동생이란 분은 속세에 살아 있는지 아닌지 모르잖아? 사부님께서 이 그림을 들고 찾아가 무예를 배우라고 명하셨는데 그럼 그분이 마음속으로 생각한 그림 속 인물은 바로 사숙이었나?'

이런 생각을 하고 물었다.

"사숙, 예전에 대리 무량산에 살았던 적이 있었나요?"

이추수는 고개를 끄덕이고 눈을 들어 저 멀리 바라봤다. 마치 과거를 회상하며 넋을 잃은 채 그리워하는 것처럼 보였다. 그녀는 천천히 말했다.

"과거 나와 네 사부는 대리 무량산 검호 기슭에 있는 석동 안에서 살았다. 신선을 능가할 정도로 아주 자유롭고 즐겁게 말이야. 난 그 사람한테 아주 귀여운 딸아이를 낳아줬어. 우리 두 사람은 천하 각 문파의 무공 비급을 널리 모아 각 문파들의 무공을 망라한 특별한 무공을 창안할 생각이었다. 하루는 그 사람이 산중에서 거대한 미옥美玉을 찾아냈는데 그것으로 내 모습과 똑같이 생긴 인물상을 조각했다. 조각을 완성한 후 그 사람은 종종 내가 묻는 말에 동문서답을 하거나 때론 내 말을 들을 생각도 하지 않고 온정신을 그 옥상에만 집중하고 있었어. 네 사부의 솜씨는 정교하기 이를 데 없었기에 그 옥상 역시 무척이나 아름다웠지. 하지만 옥상은 어쨌든 생명이 없는 죽은 것이 아니더냐?

더구나 그 옥상은 내 모습을 보고 조각한 것이고 난 분명 그 사람 곁에 있는데 그 사람은 왜 난 거들떠보지도 않고 그 옥상만 멍하니 바라보고 있었을까? 눈에서 사랑스럽기 이를 데 없는 표정을 번뜩이면서 말이야. 왜 그랬을까? 왜 그랬을까?"

그녀는 혼잣말을 하며 마치 허죽이 옆에 있다는 사실을 잊어버린 듯 스스로에게 물었다.

잠시 후 이추수는 다시 조용히 속삭였다.

"사형, 당신은 뛰어난 머리를 지니고 있음은 물론 무척이나 순수했잖아요? 한데 왜 당신이 조각한 옥상은 사랑하면서 말도 할 수 있고 웃을 수도, 움직일 수도, 사랑할 수도 있는 당신 사매는 사랑하지 않은 거죠? 당신은 마음속으로 그 옥상을 내 동생으로 여겼던 거예요. 안 그래요? 난 옥상한테 질투를 느껴 당신과 사이가 벌어지게 됐고 밖에 나가 준수하게 생긴 수많은 소년 낭군을 데려와 당신 앞에서 보란 듯이 그들과 망측한 짓을 벌였어요. 그러자 당신은 화를 내며 떠났고 다시는 돌아오지 않았어요. 사형, 그때 화를 낼 필요까지는 없었어요. 그 미소년들은 내가 하나하나 다 죽여버리고 호수에 빠뜨려버렸으니까요. 아세요?"

그녀는 그 그림을 들어 다시 잠깐 보다가 말을 이었다.

"사형, 이 그림은 언제 그린 거예요? 당신은 이 그림 속 인물을 나라 여기고 당신 제자한테는 이 그림을 가지고 무량산에 가서 날 찾으라고 했겠지요? 하지만 당신은 부지불식간에 내 동생을 그렸어요. 당신 자신도 몰랐겠죠? 당신은 줄곧 그림 속 인물이 나라고 여기고 있었던 거예요. 사형. 당신이 마음속으로 진정 사랑했던 사람은 내 동생이었어요. 당신이 넋을 잃고 바라보던 그 옥상… 어째서? 어째서? 난 이제야 그걸 알았어요."

허죽이 생각했다.

'부처님 말씀에 사람이 세상을 살아가면서 탐진치 삼독은 피하기 어렵다고 하셨다. 사백과 사부님, 사숙 모두 매우 뛰어난 인물들이었지만 이 삼독 속에 얽혀버린 것이다. 탁월한 무공 실력에도 불구하고 마음속의 번뇌와 고통은 평범한 속세인과 전혀 다를 바가 없었던 거야.'•

이추수가 고개를 돌려 허죽을 바라봤다.

"현질, 내가 정춘추와 사적인 정분을 나눴지만 사형은 전혀 모르고 있었다. 한데 네 사백이 네 사부한테 밀고해서 그 일이 밝혀지게 된 거야. 난 정춘추와 힘을 합쳐 네 사부를 벼랑 아래로 떨어뜨렸지만 당시에는 어쩔 수 없던 일이었다. 네 사부가 악착같이 날 죽여 분풀이를 하려고 했기에 내가 반격을 가하지 않았다면 난 목숨을 부지할 수 없었으니까. 하지만 난 무정하게 독수를 쓰진 않았어. 그 사람 목숨이 경각에 놓였을 때 그래도 난 정춘추를 끌고 돌아갔을 뿐 네 사부의 목숨을 없애려 하지는 않았다. 후에 난 서하에 가서 황비가 되고 평생 부귀영화를 누렸어. 네 사백이 찾아와 내 얼굴에 칼로 우물 정 자를 그었지만 그때 내 아들은 이미 제위에 오른 뒤였지. 네 사부가 널 제자로 거둘 때 나에 대해 거론은 했더냐? 내 생각을 하지 않더냐? 그 사람은 그동안 즐거운 마음으로 살아왔다고 하더냐? 사실 난 정춘추를 진심으로 좋아한 게 아니었어. 조금도 좋아하지 않았다. 내가 그놈을 쫓아버린 걸 네 사부도 알고 있더냐? 내가 무량동 옥상 안에 유서를 남겨 소요파 제자들을 남김없이 죽이라 했는데 그건 정춘추와 그의 모든 제자를 모조리 죽이라는 뜻이었다. 네 사부가 그 사실을 알고 있더냐? 그 사람이 알았다면 속으로 무척이나 기뻐했을 게다. 내가 죽음에 이를 때까지도 마음속에는 여전히 그 사람 하나뿐이었다는 걸 알았을 테니…."

그녀는 여기까지 얘기한 뒤 고개를 가로저으며 긴 한숨을 쉬었다.

"에이. 더 말해야 소용없지. 누구든 자신의 일도 단속하기 힘든 법이니까…."

그녀는 돌연 날카로운 목소리로 외쳤다.

"사저, 우리 둘 다 불쌍한 인간들이에요. 특히 사저는 더요. 죽기 전까지도 그 사람이 사랑하는 사람이 누구인지 몰랐으니 말이에요. 그 사람은 그래도 마음속으로 사랑하는 사람이 나라고 여겼어요. 그건 아주 좋군요! 하하, 하하, 하하하하!"

그녀는 큰 소리로 세 번 웃고 뒤로 벌렁 넘어지더니 그대로 바닥에 나동그라져버렸다.

허죽이 몸을 굽혀 바라보자 그녀의 코와 입에서는 피가 흘러나오고 있었고 이미 숨은 끊어져 있었다. 이번에는 더 이상 죽은 척하는 것으로 보이지 않았다. 그는 시신 두 구를 바라보며 어찌해야 할 바를 몰랐다.

호천부 수령인 노부인이 말했다.

"존주, 노존주의 유체를 영취궁으로 운반해 성대하게 안장하면 어떻겠습니까? 존주께서 지시를 내려주십시오."

허죽이 말했다.

"당연히 그래야겠지요."

그는 이추수의 시신을 가리키며 말했다.

"이분… 이분께서는 여러분 존주의 동문 사매입니다. 비록 이분이 존주와 생전에 원수지간이었지만 도… 돌아가시면서 원한이 풀렸으니 내가 보기에… 내가 보기엔 함께 운반해 안장하는 게 좋겠습니다. 어찌 생각하십니까?"

노부인이 몸을 굽혀 답했다.

"분부에 따르겠습니다."

허죽은 속으로 마음이 놓였다. 저 청삼을 입은 여인들이 이추수에게 원한을 품고 그녀의 시신을 운반해 안장하길 원치 않을 뿐만 아니라 시신을 훼손해 분풀이를 할까 염려됐지만 이렇게 전혀 이견을 달지 않을 줄 어찌 알았겠는가? 그는 동모 치하의 많은 여인이 주인에 대해 이토록 경외심을 가지고 있으며 추호의 거스름도 없으리라고는 생각지 못했다. 사실 허죽이 이미 그들의 새 주인이라 그의 명을 목숨처럼 여기고 따르는 건 당연한 이치였다.

노부인은 수하 여인들을 지휘해 담요로 시신 두 구를 잘 싸서 낙타 위에 올려놓도록 했다. 그러고는 허죽이 낙타에 타도록 공손하게 청했다. 허죽은 겸손하게 몇 마디 한 다음 속으로 일이 이리된 이상 어쨌든 자신이 직접 두 사람 유체가 땅속에 묻히는 걸 보고 나서 소림사로 돌아가 죄를 받는 게 좋겠다고 생각했다. 그 노부인에게 호칭을 어찌하면 좋겠느냐고 묻자 노부인이 답했다.

"노비의 시가媤家 성이 여余라 노존주께서는 절 '소여小余'라고 부르셨습니다. 존주께서도 원하시는 대로 부르시면 됩니다."

동모는 아흔 살이 넘었으니 자연히 그녀에게 '소여'라고 부를 수 있었지만 허죽마저 그렇게 부를 수는 없었다. 그는 노부인에게 말했다.

"여余 파파, 제 법호는 허죽입니다. 모두 같은 항렬로 호칭하는 게 좋겠습니다. 존주니 뭐니 하고 호칭하면 제가 어찌 황송하지 않겠습니까?"

여 파파는 땅바닥에 엎드린 채 눈물을 흘렸다.

"존주, 은혜를 베풀어주십시오! 존주께서 때리고 죽이셔도 이 노비는 기꺼이 감수하겠습니다. 부디 노비를 영취궁에서 쫓아내지만 말아주십시오."

허죽이 깜짝 놀라 말했다.

"어서 일어나십시오. 제가 어찌 때리고 죽이겠습니까?"

그는 황급히 그녀를 부축해 일으켰다. 나머지 여인들도 모두 무릎을 꿇고 애원했다.

"존주, 은혜를 베풀어주십시오."

허죽은 놀랍고도 의아한 마음에 다급하게 원인을 물어봤다. 그는 그제야 과거 동모가 극히 노했을 때 왕왕 반어법으로 말을 하며 상대에게 지나치게 겸손해하면 그 상대는 필히 큰 화를 입고 말할 수 없는 고통을 당했다는 사실을 알게 되었다. 오노대 등 동주들과 도주들이 동모가 파견한 사람에게 질책을 당하면서 맞거나 욕을 먹었을 때 오히려 연회를 열어 더 이상 화를 입지 않을 것을 알고 경축한 것도 바로 이런 연고였던 것이다. 이때도 허죽이 여 파파에게 극히 겸손하고 공손한 태도로 예를 갖추자 모든 여인은 크게 질책을 받게 될 것으로 알았던 것이다. 허죽이 재삼 따뜻한 말로 위로를 해봤지만 모든 여인은 여전히 벌벌 떨며 불안해하고 있었다.

허죽이 낙타에 올라탄 뒤에도 여인들에게 낙타에 타고 갈 것을 권했지만 모두들 뒤에 처진 채 낙타를 끌고 걸어서 따라올 뿐이었다. 허죽이 말했다.

"속히 영취궁으로 가야만 합니다. 그러지 않으면 날이 따뜻해 아마도… 아마도 존주의 유체가 가는 도중 부패하고 말 것입니다."

여러 여인들은 그제야 명을 거스르지 못해 따랐지만 각자 자기 낙타를 타고 뒤에 멀찌감치 떨어져 수행했다. 허죽이 영취궁 사정을 물어보고 싶었지만 그럴 수조차 없었다.

일행은 서쪽을 향해 나아갔다. 닷새가 됐을 때 도중에 주천부 소속의 척후기斥候騎를 만났다. 여 파파가 신호를 보내자 그 척후기는 다시 돌아가 전갈을 고했고 얼마 후 주천부 여인들이 쏜살같이 달려왔다. 자줏빛 장삼을 걸친 이들은 동모의 유체를 보고 눈물을 흘리며 절을 하다 새 주인께 예를 올렸다. 주천부 수령인 석石씨 성의 여인이 나이가 서른 살쯤 돼보이자 허죽은 어느 정도 나이 든 여성에 대한 호칭인 '수수嫂嫂' 자를 붙여 '석 수수'라고 부르기로 했다. 그는 그 여인들이 의구심을 가질까 두려워 언사를 너무 겸손하게 할 수가 없었기 때문에 그동안 수고가 많았다는 몇 마디 말로 담담하게 위로할 따름이었다. 주천부 여인들이 모두 기뻐하며 일제히 감사의 뜻을 표했다. 허죽은 '모두 같은 항렬로 호칭' 하자는 말을 들먹일 수 없어 그저 '존주'란 호칭이 부담스러우니 그냥 '주인'이란 말로 불러달라고만 했다. 그러자 여인들 모두 몸을 굽혀 그에 따르겠다는 모습을 보였다.

그렇게 연일 서쪽을 향해 나아가다 호천부와 주천부에서 보낸 척후기들이 적천, 양천, 현천, 유천, 난천 5부 여인들을 모두 불러모았다.

오로지 성천부만 동모를 찾아 서쪽 끝까지 이동했던 터라 연락을 전할 수 없었다. 영취궁 안에는 남자라곤 한 명도 없었다. 허죽은 여자들 수백 명 사이에 끼어 있다 보니 쑥스럽기 짝이 없었지만 다행히 모든 여인이 그에게 무척이나 공손했던 터라 허죽이 입을 열어 묻지 않는 한 그 누구도 감히 말을 거는 사람이 없어 그나마 난감한 상황을 면할 수 있었다.

어느 날 한창 길을 달려가던 중, 녹색 옷을 입은 여인 하나가 느닷없이 말을 달려왔는데 그녀는 다름 아닌 양천부에서 전방 정찰을 위해 보낸 척후기였다. 그 여인은 녹색 깃발을 흔들며 달려오면서 전방에 변고가 발생했다는 신호를 보내왔다. 그러고는 양천부 수령 앞에 달려와 사정을 급히 보고했다.

양천부 수령은 스무 살가량의 젊은 낭자였다. '부민의符敏儀'란 이름의 그녀는 척후기의 보고를 받고 곧장 낙타에서 내려 빠른 걸음으로 허죽 앞에 다가와 고했다.

"주인님께 아뢰옵니다. 속하의 척후기가 탐문한 바로는 본궁의 옛 속하들인 삼십육동과 칠십이도 노비 무리가 노존주의 유고를 틈타 반란을 일으키고 본궁을 공격하고 있다고 합니다. 균천부에서 표묘봉으로 올라가는 길을 차단하고 있어 그 요망한 무리가 뜻대로 못하고는 있지만 균천부에서 구원을 청하기 위해 내려보낸 자매들이 이미 그자들에게 당했다고 합니다."

동주들과 도주들이 반란을 일으켰다는 건 허죽도 이미 알고 있는 사실이었다. 그는 그들이 동모를 놓친 데다 불평도인마저 목숨을 잃었고 오노대 역시 중상을 입어 생사를 알 수 없으니 그 무리를 이끌 유력자가 없어 다들 어렵다 느끼고 해산을 했으리라 생각했다. 그러나 넉 달이나 지난 지금까지도 여전히 한데 모여 표묘봉을 공격하고 있다지 않은가? 그는 어려서부터 소림사에서 자랐고 하산을 한 적이 없었기 때문에 속세 일에 관해서는 조금도 아는 바가 없었다. 그런데 이런 일을 당하게 되니 어찌 대처할지를 몰라 혼자 중얼거릴 따름이었다.

"저기… 그게…."

그때 말발굽 소리가 들리면서 다시 말 두 필이 내달려왔다. 전면에는 양천부의 또 다른 척후기였고 뒤쪽 말 등에는 황삼黃衫을 입은 여인이 횡으로 누워 있었는데 온몸이 피투성이인 채로 왼팔 하나가 잘려 있었다. 부민의가 비통하고 분한 표정을 지으며 말했다.

"주인님, 저건 균천부의 부수령인 정程 자매입니다. 목숨을 부지하기 힘들 것 같습니다."

그 정씨라는 여인은 이미 혼절한 상태였다. 주변의 여인들이 황급히 지혈을 하며 살리려 했지만 미약한 숨만 남아 있어 목숨이 위태로운 지경이었다.

허죽은 그의 상세를 보다 총변선생 소성하가 가르쳐준 치료법이 생각나 당장 낙타를 재촉해 가까이 다가갔다. 그는 왼손 중지를 연이어 튕기며 그녀의 잘려나간 팔의 혈도를 봉쇄해 지혈을 했다. 손가락으로 여섯 번째 튕길 때는 동모가 가르쳐준 성환도척星丸跳擲 일초를 펼쳐냈다. 그러자 한 줄기 북명진기가 그녀의 팔에 있는 중부혈로 주입되었다. 그 여인은 아 하는 신음 소리를 내더니 이내 정신을 차리고 소리쳤다.

"자매들, 빨리! 빨리 표묘봉으로 가서 도와요. 놈들한테… 당하고 말

거예요."

손가락을 튕겨 허공을 격하는 허죽의 이 능공탄지凌空彈指 수법은 자신의 신기를 과시하기 위한 것이 아니었다. 부상을 당한 여인이 꽃다운 나이의 여자였기에 이제 화상의 신분은 아니었지만 불문 제자로서 여자를 멀리해야 하는 계율을 준수하기 위해 감히 손을 뻗어 그 여인의 몸과 접촉할 수 없었던 것이다. 뜻밖에도 몇 번의 탄지법을 펼치자 대단한 효험이 있었다. 그의 몸에는 동모와 무애자, 이추수 등 소요파 3대 명인의 내력이 모두 축적되어 있어 내공이 비범하기 이를 데 없었다.

각부의 여인들은 동모의 명을 받들어 허죽을 새 주인으로 모시긴 했지만 아직 나이도 젊은 데다 언행 역시 어리벙벙하고 맹한 면이 있어 보여 내심 경복하지 않고 있던 터였다. 더구나 영취궁 내 수많은 여인 중 십중팔구는 남자한테 크나큰 고초를 당했던 사람들이었다. 남자에게 농락을 당하고 버림받았거나 원수에게 당해 집과 가족을 잃은 사람들이 대부분으로 괴팍하고 악독한 동모 성격에 영향을 받아 남자 보기를 독사나 맹수처럼 아는 여인들이었다. 그런데 그가 펼쳐낸 무공이 영취궁의 본문 무공인 데다 그 공력의 정도가 노존주를 능가하는 것처럼 보이자 여인들 모두 소스라치게 놀란 나머지 일제히 환호성을 지르며 약속이나 한 듯 바닥에 엎드려 절을 올렸다. 허죽이 깜짝 놀라 말했다.

"무슨 짓들입니까? 어서들 일어나십시오, 일어나십시오!"

누군가 그 정씨 여인을 향해 말했다.

"존주께서는 선화하셨습니다. 여기 이분께서는 존주의 은인이시자

전인이신 본궁의 새로운 주인이십니다."

정청상程青霜이란 이름의 그 여인은 힘겹게 말에서 내려 허죽을 향해 무릎을 꿇고 예를 올렸다.

"존주, 목숨을 구해주신 은혜에 감사드립니다. 부디… 부디… 존주께서 영취궁을 지키는 자매들을 구해주십시오. 모두들 수십 날을 버텼지만 중과부적이라 매우 위태로운 지경에 처해 있습니다."

그녀는 이 말을 하고 땅바닥에 엎드려 고개조차 들지를 못했다.

허죽이 황급히 말했다.

"석 수수, 어서 저분을 일으키세요. 여 파파, 어찌해야 좋겠습니까?"

여 파파는 이 새로운 주인과 열흘 넘게 동행하면서 그가 충직하고 성실한 사람이긴 하지만 세상일에 대해서는 문외한이라는 사실을 간파했던 터라 이를 감안해 답했다.

"주인님께 아룁니다. 표묘봉까지 가려면 이틀이 더 소요됩니다. 우선 주인님께서 노비에게 본부 수하들을 인솔해 영취궁을 지원할 수 있도록 명을 내리시는 게 최선입니다. 그리고 주인님께서는 나머지 수하들을 이끌고 오십시오. 주인님께서 당도하실 때쯤엔 요망한 무리를 모조리 물리치고 문제없이 만들어놓을 것입니다."

허죽이 고개를 끄덕이긴 했지만 뭔가 미덥지 않은 것 같아 순간 결정을 내리지 못했다.

여 파파가 고개를 돌려 부민의를 향해 말했다.

"부 자매, 주인님께서 처음 요마귀괴들을 진압하는 데 모습을 드러내실 텐데 입고 계신 법의가 주인님께 걸맞지 않은 것 같네. 자네는 본궁 최고의 재봉 장인인 '침신針神'이 아니던가? 속히 주인님께 법의를 한 벌 지어드리도록 하게."

부민의가 답했다.

"알겠습니다. 저 역시 그 생각을 하고 있었습니다."

허죽이 어리둥절해하다 속으로 이런 긴박한 순간에 웬 옷을 만들라고 하는지 의아해했다. 그야말로 '아녀자의 소견'이 아니던가? 이들 모두 아녀자가 확실하니 '아녀자의 소견'이라 일컫는 것도 무리는 아니었다.

여러 여인들 모두 허죽만 쳐다보며 하명을 기다렸다. 허죽은 고개를 숙인 채 자신이 입고 있는 해져서 더럽기 짝이 없는 승포를 바라봤다. 넉 달 동안 씻지를 못해 스스로도 견디기 힘들 정도로 지독한 냄새가 풀풀 풍겨왔다. 그는 어려서부터 사부님의 가르침을 받으며 늘 오온개공五蘊皆空[14]을 염두에 두고 살아왔기 때문에 의식衣食에 대해 탐욕을 가질 수 없었다. 따라서 입고 먹는 것에 대해서는 전혀 염두에 두지 않고 살아왔던 것이다. 그런데 지금 여 파파가 그 얘기를 거론했고 또 수하의 여러 여인들 옷차림이 화려한 것을 보자 자기도 모르게 부끄러움을 느끼지 않을 수 없었다. 더구나 이제 더 이상 화상이 아닌데도 불구하고 여전히 승복을 입고 있으니 이 어찌 꼴불견이 아니던가? 하지만 이 여인들은 이미 자신을 주인으로 섬기고 있으니 그의 옷차림을 가지고 비웃을 수는 없을 터였다. 여인들이 그를 주목하는 건 그의 기분이 어떠한지 눈치를 살피는 것뿐이었지만 허죽은 초라한 행색이 부끄러운 나머지 겸연쩍은 기색을 보일 수밖에 없었다.

여 파파가 잠시 시간을 두었다 다시 물었다.

"주인님, 노비가 지금 먼저 가는 게 어떻겠습니까?"

허죽이 말했다.

"같이 가도록 합시다. 사람을 구하는 게 우선입니다. 내 옷이 너무 더럽기는 하지만 나중에… 내가 빨아서 여러분들한테 냄새가 가지 않도록 하겠습니다…."

이 말을 하고 낙타를 재촉해 앞장서서 내달리기 시작했다. 여인들은 적개심이 불타올라 각자 타고 있던 낙타와 말을 재촉해 그 뒤를 따라 쏜살같이 내달려갔다. 낙타는 지구력이 대단한 동물이기도 하지만 빨리 달릴 때는 말이 달리는 속도를 능가한다. 일행은 수십 리를 달려간 후에야 쉴 만한 장소를 찾아 불을 피우고 밥을 지었다.

여 파파가 서북쪽의 운무로 뒤덮인 산봉우리를 가리키며 허죽을 향해 말했다.

"주인님, 저기가 표묘봉입니다. 저 봉우리는 1년 내내 운무에 가려져 있어 멀리서 보면 있는 듯 없는 듯합니다. 그 때문에 어렴풋하다는 뜻인 표묘縹緲란 이름이 붙은 것이지요."

허죽이 말했다.

"아직도 먼 것 같군요. 일각이라도 빨리 가는 게 좋겠습니다. 모두 밤을 달려가도록 합시다."

여인들 모두 대답했다.

"네! 균천부 노비들에게 관심을 가져주시어 주인님께 진심으로 감사드립니다."

끼니를 때운 이들은 낙타에 올라 다시 길을 재촉했고 표묘봉 아래 당도했을 때는 이미 이튿날 여명이 밝아올 때쯤이었다.

부민의가 양손에 오색찬란한 물건 한 덩어리를 받쳐들고 허죽 앞으로 걸어와 몸을 굽히며 고했다.

"노비가 솜씨는 부족하나 부디 주인님께서 입어주시기 바라겠습니다."

허죽이 의아해하며 물었다.

"이게 뭡니까?"

부민의가 바친 물건을 받아들어 펼쳐보니 다름 아닌 비단을 조각조각 덧대서 만든 장포였는데 붉은색과 황색, 청색, 녹색, 자색, 검은색 비단 줄무늬가 번갈아가며 배치되어 있어 화려하고 고귀해 보이면서도 우아하기까지 한 옷이었다. 알고 보니 부민의가 오는 도중 여인들이 걸치고 있던 두봉에서 잘라낸 천 조각으로 허죽이 입을 장포를 지었던 것이다.

허죽은 놀랍고도 기쁨에 넘쳐 칭찬을 늘어놓았다.

"부 낭자는 정말 '침신'이라 불리기에 부끄럽지 않은 분이십니다. 빠르게 내달리는 낙타 위에서 이런 아름다운 옷을 지을 수 있다니 정말 놀랍습니다."

그는 당장 승복을 벗어버리고 장포를 몸에 걸쳤다. 길이는 물론 품까지 몸에 아주 딱 맞았다. 소매와 옷깃 테두리에는 잿빛 담비 가죽을 덧대놨는데 여인들의 가죽 외투에서 잘라낸 것들이었다. 허죽은 추한 외모를 지니고 있었지만 이 화려하고 고귀한 장포를 걸치니 훨씬 활력이 있어 보였다. 여인들 모두 갈채를 보냈다. 허죽은 겸연쩍은 기색으로 어찌할 바를 몰랐다.

그런 와중에 일행은 이미 봉우리에 오르는 입구에 당도했다. 오는 도중 정청상은 자신이 내려오기 전 상황에 대해 빠짐없이 얘기했다.

적들이 이미 단혼애斷魂崖까지 공격해 들어가 표묘봉 위의 열여덟 개 천연 요새 중 이미 열한 곳이 점령당했으며, 균천부는 사상자가 과반수에 달해 정세가 매우 위급하다는 내용이었다. 허죽이 주변을 살펴보니 봉우리 밑에는 정적만이 감돌 뿐 인영이라고는 하나도 없고 그저 새하얀 눈밭 위에 파릇파릇한 새싹들이 돋아나 있는 모습이었다. 미리 알고 오지 않았다면 이토록 평온한 곳에 무시무시한 살기가 도사리고 있다는 걸 어찌 알았겠는가? 여인들은 근심 어린 표정을 지으며 균천부 여러 자매들의 안위를 걱정하고 있었다.

석 수수가 칼을 뽑아 들고 큰 소리로 외쳤다.

"표묘 구천 중 8천부가 하산하고 단 1부만이 남아서 궁을 지키고 있었건만 요마귀괴들이 빈틈을 노리고 공격을 가했으니 뻔뻔스럽기 짝이 없습니다. 주인님, 어서 명을 내려주십시오. 저희가 봉우리 위로 올라가 도적놈들과 필사의 일전을 벌이겠습니다!"

그녀는 심히 격앙된 모습이었다. 여 파파가 외쳤다.

"석 자매, 성급하게 굴지 말게. 적들 세력이 만만치가 않아. 균천부는 그나마 봉우리 위의 천연 요새 열여덟 곳이 있어 여태껏 버틸 수 있었네. 우리는 지금 봉우리 밑에 있기 때문에 오히려 적들이 높고 유리한 위치에 있는 상황이야."

석 수수가 말했다.

"그럼 어찌해야 한단 말입니까?"

여 파파가 말했다.

"몰래 봉우리 위로 올라가는 게 좋을 것이야. 적들에게 발각되지 않아야만 하네."

허죽이 고개를 끄덕였다.

"여 파파 말씀이 옳습니다."

그가 이렇게 말하자 그 누구도 이견을 달지 않았다.

8부는 각각 대오를 맞춰 아무 소리도 내지 않고 산 위로 올라갔다. 이렇게 봉우리 위에 오르는 동안 각자 지니고 있는 경공의 강약이 드러나기 시작했다. 허죽은 여 파파, 석 수수, 부민의 등 몇몇 수령이 여자의 몸인데도 불구하고 무척이나 민첩한 발놀림을 지닌 것을 보고 생각했다.

'강한 장수 수하에 약졸은 없다고 하더니만 과연 사백의 수하들은 뛰어난 실력을 지니고 있구나.'

천연 요새를 하나씩 지나가다 보니 각 요새마다 부러진 칼과 검, 잘려나간 나무와 깨진 바위 등의 흔적이 남아 있었다. 이것만 봐도 적들이 통과할 때마다 참혹한 싸움이 벌어졌다는 것을 미루어 짐작할 수 있었다. 단혼애와 쇄골암碎骨岩, 백장간百丈澗을 지나 접천교接天橋에 당도하자 깎아지른 양쪽 절벽 사이의 철색교가 칼에 베여 두 토막이 나 있는 모습이 보였다. 양쪽 절벽 사이의 거리는 5장 가까이나 되어 뛰어서 건너기는 몹시 어려워 보였다.

여인들 모두 아연실색한 채 서로를 마주보며 생각했다.

'혹시 균천부 자매들 모두 목숨을 잃은 건가?'

여인들은 접천교가 백장간과 선수문仙愁門 두 천연 요새 사이를 연결하는 요도要道로 다리라고는 하지만 사실 쇠사슬 한 줄을 양쪽 절벽에 걸쳐놓은 데 불과하며 절벽 밑에는 날카롭고 뾰족한 바위들이 널려 있다는 사실을 잘 알고 있었다. 영취궁에 온 사람들은 하나같이 무공 실력이 고강하기 때문에 줄 하나를 딛고 넘어가는 게 그리 어려운 일은 아니었다. 정청상이 봉우리에서 내려올 때까지만 해도 적들이 단혼애만 공격했을 뿐 접천교까지는 상당한 거리를 두고 있었기에 균천부가 이에 대비해 이 다리를 지키도록 했다. 적들이 공격해오면 곧바로 쇠사슬 가운데 있는 쇠고리를 열어 쇠사슬이 두 개로 끊어지도록 했던 것이다. 이 5장에 가까운 거리의 심곡이 넓다면 넓고, 넓지 않다면 넓지 않은 거리였지만 단번에 건너뛰려면 경공이 아무리 고강한 사람도 결코 쉽지 않았다. 이제 쇠사슬이 날카로운 칼에 의해 잘려나간 것을 본 여인들은 적들의 급작스러운 공격에 균천부 자매들이 미처 쇠고리를 풀지 못했을 것이라 짐작했다.

석 수수가 유엽도柳葉刀를 휘둘러 휙휙 하는 바람 소리를 내며 외쳤다.

"여 파파, 어서 방법을 강구해보십시오. 어찌 건너야겠습니까?"

여 파파가 말했다.

"음, 어찌 건너가야 하지? 만만치가 않아."

"으악, 으악."

여 파파의 말이 채 끝나기도 전에 갑자기 건너편 배후에서 참혹한 비명 소리가 들려오는데 모두 여자 목소리였다. 8부의 여인들 모두 가슴에서 뜨거운 피가 용솟음쳤다. 균천부 자매들이 적의 독수에 당하는 것임을 눈치챘기 때문이었다. 날개가 있어 당장이라도 적들에게 날아가 결전을 벌이지 못하는 게 한스러울 뿐이었다. 소리소리 질러가며 욕을 하고 비탄에 잠겨 끊임없이 논의를 해봤지만 이 험한 절벽을 날아서 건널 수는 없는 노릇이었다.

38

동상이몽 속에 엉망으로 취하다

단예와 허죽 두 사람은 한 명이 《금강경》 한 구절을 인용하면 또 한 명은 《법화경》 한 줄을 인용하면서 관용을 베풀고 위로를 해가며 슬픔에 젖은 탄식을 함께했다.

매란죽국 네 자매가 서로 번갈아가며 두 사람의 잔을 끊임없이 채웠다.

허죽이 깊은 계곡 밑을 내려다봤지만 그 역시 속수무책이었다. 그는 초조해하는 여인들을 바라보다 생각했다.

'모두들 날 주인으로 생각하고 있는데 이런 난관에 봉착했을 때 주인으로서 이를 타개하지 못한다면 말이 되겠는가? 불경에도 이런 말이 있지. "누군가 손, 발, 귀, 코, 머리, 눈, 살, 피, 골수와 몸을 구하면 보살마하살菩薩摩訶薩[15]은 그 사람을 보고 기쁜 마음으로 가능한 모든 것을 베풀었다." 보살의 육도 중 첫 번째가 보시인데 뭘 더 두려워하겠는가?'

그는 부민의가 지어준 장포를 벗어던졌다.

"석 수수, 무기를 좀 빌려주십시오."

석 수수가 답했다.

"네!"

그녀는 유엽도를 거꾸로 들고 몸을 굽혀 칼자루를 바쳤다.

허죽이 칼을 받아들고 북명진기를 칼날에 돋우어 손목을 살짝 흔들었다. 그러자 절벽의 석동 안에 걸려 있는 반 토막 난 쇠사슬이 잘려나갔다. 유엽도는 아주 얇고 가늘어서 예리하긴 해도 보도라 할 수 없었지만 그가 진기를 집중시키자 쇠사슬이 마치 대나무가 베어지듯 잘려나간 것이다. 쇠사슬은 절벽 끝에서 약 2장 2~3척쯤 남아 있었다. 허죽은 쇠사슬을 움켜쥔 채 칼을 석 수수에게 돌려준 뒤 진기를 돋우어 몸을 훌쩍 날렸다. 반대편 절벽을 향해 건너뛴 것이다.

모든 여인이 일제히 깜짝 놀라 소리쳤다. 여 파파, 석 수수, 부민의 등이 부르짖었다.

"주인님, 모험은 안 됩니다!"

여인들의 외침 속에 허죽의 몸은 이미 협곡 위에 떠올라 있었다. 체내의 진기가 돌면서 앞을 향해 가볍게 두둥실 날아가다 돌연 진기가 미약해지자 몸이 밑으로 떨어지려 했다. 하지만 곧 쇠사슬을 휘둘러내면서 건너편 절벽에 늘어져 있던 끊어진 쇠사슬을 말아 쥐었다. 이렇게 쇠사슬의 힘을 빌리자 아래로 떨어지던 몸이 다시 솟아오르며 건너편에 안착할 수 있었다. 그는 몸을 돌려 소리쳤다.

"모두들 좀 쉬고 계십시오. 가서 사람들을 구해낼 방법을 찾아보겠습니다."

여 파파 등 여인들이 경탄을 금치 못하다 감격하며 일제히 외쳤다.

"주인님, 조심하십시오!"

허죽은 참혹한 비명이 들려오던 산 뒤쪽을 향해 내달려갔다. 좁은 골목처럼 나 있는 바위 사잇길을 지나자 바닥에 머리와 여자 시신 두 구가 널브러져 있는 게 보였다. 시신은 머리와 몸이 분리돼 있었는데 목에서는 여전히 선혈이 흘러내리고 있었다. 허죽이 합장을 하며 혼잣말로 중얼거렸다.

"아미타불. 죄과로다, 죄과로다!"

그는 시신 두 구를 향해 황급히 왕생주를 한번 읊은 후 오솔길을 따라 봉우리 정상을 향해 빠른 걸음으로 달려갔다. 산은 갈수록 높아지고 주위에는 운무가 짙어졌다. 한 시진이 채 되지 않아 표묘봉 정상에 오르자 보이는 것은 모두 소나무뿐이고 인기척이라고는 전혀 없었다.

'균천부의 모든 여인이 죽임을 당한 것일까? 크나큰 죄악이로다.'

그는 솔방울 몇 개를 따서 품 안에 집어넣고 생각했다.

'솔방울을 던지면 사람이 죽을 수도 있으니 최대한 가볍게 출수해 적이 놀라 도망가게 만들어야 한다. 살인을 할 순 없지.'

바닥에 청석판이 깔린 큰길이 보였다. 청석 하나의 길이는 약 8척, 넓이는 약 3척 정도였는데 아주 가지런한 모습이었다. 이렇게 큰길을 깔려면 여간 큰 공사가 아닌지라 동모의 수하 여인들이 할 수 있을 것으로 보이지는 않았다. 필시 선인들이 남긴 것으로 짐작되었다. 이 청석로는 약 2마장 정도 되는 길이었는데 돌길이 끝나는 지점에 거대한 석보石堡가 우뚝 솟아 있고 보문堡門 좌우에는 돌로 조각된 사나운 표정의 독수리가 하나씩 세워져 있었다. 그 독수리 조각은 3장이 넘는 높이에 예리한 부리와 커다란 발톱을 드러낸 모습이 무척이나 웅건해 보였다. 겉보기에 매우 오래된 것으로 보이는 그 보루는 언제 지었는지 알 수 없을 정도였다. 반쯤 닫혀 있는 보문 주변에는 아무도 보이지 않았다.

허죽은 몸을 옆으로 세워 살며시 문안으로 들어갔다. 정원 두 곳을 가로질러가다 대청 안에서 누군가 매섭게 호통치는 소리가 들려왔다.

"그 썩을 할망구가 보물을 숨겨두는 장소가 어디냐? 어서 불지 못해?"

한 여인이 욕을 퍼붓는 소리가 들려왔다.

"개 같은 노비 같으니! 이 상황에 우리가 죽음을 두려워할 것 같더냐? 허황된 망상은 버려라!"

또 다른 남자 목소리가 들려왔다.

"운雲 도주, 좋은 말로 하면 될 것을 어찌 그리 거칠게 구는 것이오? 아녀자를 상대하면서 너무 무례한 행동 아니오?"

옆에서 설득하는 사람 목소리를 들어보니 대리의 단 공자였다. 허죽은 오노대가 사람들 앞에서 동모를 죽이자고 할 때도 단 공자만이 이의를 제기했던 사실을 떠올리며 생각했다.

'단 공자가 무공은 잘 모르지만 영웅적인 혈기와 의협심에 있어서는 다른 무학의 고수들보다 훨씬 우위에 있는 것 같구나. 정말 감탄스럽다.'

운 도주라는 자의 목소리가 들려왔다.

"흐흥, 너희 계집년들이 정 죽고 싶다면 그리 어려울 것 없지. 천하에 그보다 더 수월한 일이 어디 있겠느냐? 우리 벽석도碧石島에는 특별한 형벌이 열일곱 가지나 있다. 나중에 네년들한테 시범적으로 하나하나 보여주도록 할 것이다. 또 흑풍동과 복사도伏鯊島의 기괴한 형벌이 우리 벽석도보다 훨씬 더 무섭다고 하니 여러 형제들한테 시야를 넓혀주는 것도 괜찮지."

사람들 모두 박수갈채를 보내며 좋아했다. 그중 한 명이 나서서 말했다.

"다들 비교를 해보는 것도 좋겠소. 어느 동, 어느 도의 형벌이 가장 효과가 있는지 말이오."

목소리만으로 판단해보면 대청 안에는 적어도 수백 명이 모여 있는 것으로 보였다. 거기에 대청 안의 울림까지 더해져 무척이나 시끌벅적했다. 허죽은 문틈을 찾아 안을 들여다보려 했지만 그 대청은 거대한 바위를 깎아 만든 것이라 한 치의 틈도 찾을 수 없었다. 그는 좋은 생각이 난 듯 두 손을 바닥에 있는 진흙에 몇 번 문질렀다. 그러고는 손바닥에 묻은 진흙을 얼굴 여기저기에 칠하고 성큼성큼 대청 안으로 들어갔다.

대청 안의 탁자와 의자는 빈자리라고는 하나도 없이 꽉 차 있었고 대다수가 자리가 없어 바닥에 앉아 있거나 일부는 이리저리 오가면서 담소를 나누고 있었다. 대청 바닥에는 황삼을 입은 여인 스무 명 정도가 앉아 있었는데 혈도를 찍혔는지 꼼짝도 하지 못했다. 그중 대부분은 부상이 심한 듯 몸에서 피를 흘리고 있었으며 다들 균천부 여인들로 보였다. 대청 안은 어수선하기 짝이 없어 허죽이 대청 안으로 성큼성큼 들어갔는데도 그중 몇 명만이 힐끗 쳐다볼 뿐이었다. 여자가 아니니 당연히 영취궁 사람은 아닐 것이며 동주나 도주 문하의 제자 중 하나일 것이라 여기고 아무도 유의 깊게 살펴보지 않았던 것이다.

허죽은 문지방 위에 앉아 사방을 둘러봤다. 오노대가 서쪽의 한 태사의에 앉아 있었는데 매우 초췌한 모습이었지만 눈빛 속에는 괴팍하고도 민첩한 기세가 드러나 있었다. 한 건장한 체구의 흑한이 가죽 채찍을 손에 쥐고 균천부 여인들 옆에 서서 끊임없이 욕을 해대고 있었는데 동모가 보물을 숨겨두는 곳이 어디인지 불라며 위협을 가하는 것으로 보아 운 도주로 보였다. 여인들은 이에 굴복하지 않고 오히려 욕을 하며 대들고 있었다.

오노대가 소리쳤다.

"정말 고집불통이로구나. 내가 말했지 않느냐? 동모는 이미 그녀 사매인 이추수한테 목숨을 잃었다. 내가 직접 보고 얘기하는 것인데 거짓말을 할 리가 있겠느냐? 좋은 말 할 때 투항해라. 그럼 힘들게 하진 않을 것이다."

황삼을 입은 한 중년 여인이 매서운 목소리로 대꾸했다.

"헛소리 마라! 존주의 무공은 천하무적이다. 이미 금강불괴의 몸을 연성하셨는데 그 누가 그 어르신을 해칠 수 있단 말이냐? 생사부 파해 보결을 탈취해갈 생각이라면 일찌감치 꿈을 깨는 게 좋을 것이다. 존주께서는 무탈하실 뿐만 아니라 곧 있으면 봉우리 위로 돌아와 너희 반역자 놈들을 징벌하실 것이다. 어르신께서 선화하셨다 해도 너희는 생사부를 제거 못해 1년 안에 처절한 신음 소리를 내며 고통 속에 죽음을 맞이할 것이다."

오노대가 차가운 목소리로 외쳤다.

"좋아, 정 못 믿겠다면 내가 증거를 보여주도록 하겠다."

그는 이 말을 하며 등에서 보따리 하나를 꺼내 열었다. 놀랍게도 그 보따리 안에는 사람의 다리 한 짝이 들어 있었다. 허죽과 여인들은 그 다리에 붙어 있는 바지와 버선을 보고 그게 동모의 다리라는 것을 알아차렸다. 모두들 깜짝 놀라지 않을 수 없었다. 오노대가 말했다.

"이추수는 동모를 여덟 조각으로 잘라 계곡 아래로 던져버렸다. 손에 집히는 대로 그중 한 조각을 집어온 것이다. 진짜인지 가짜인지 자세히 살펴봐도 무방하다!"

균천부 여인들은 그게 동모의 왼쪽 다리인 것을 확신하고 오노대의 말이 거짓이 아닌 것 같아 그 즉시 대성통곡하기 시작했다.

동주들과 도주들 모두 환호성을 내질렀다.

"못된 할망구가 죽었으니 정말 잘됐구나, 잘됐어!"

누군가 말했다.

"온 천하가 경축하고 사해가 함께 기뻐할 일이오!"

또 다른 누군가가 말했다.

"오 동주, 이런 희소식을 어찌 지금까지 숨기고 계셨소? 벌주로 큰 사발로 삼배를 드셔야겠소."

이런 말을 하는 사람도 있었다.

"못된 할망구가 죽어버렸으니 우리 몸의 생사부를 풀 수 있는 사람이 없어진 셈이오."

갑자기 사람 숲속에서 우우 하는 소리가 몇 번 들리며 이리의 울부짖음 소리 같기도 하고 개가 짖는 소리 같기도 한 무척이나 고통스러운 신음 소리가 울려퍼지는데 공포 그 자체였다. 모두들 이 소리를 듣고 깜짝 놀라 안색이 변했다. 순간 대청 안은 이 부상당한 맹수와도 같은 비명 소리 외에는 아무 소리도 없는 정적에 휩싸여버렸다. 그때 한 뚱뚱한 몸집의 사내 하나가 바닥에 떼굴떼굴 구르다 두 다리로 미친 듯이 발버둥치며 두 손으로 얼굴을 쥐어뜯었다. 그러고는 다시 가슴팍 부위의 옷을 찢어버리고 자신의 심장을 파낼 기세로 가슴 안쪽을 정신없이 쥐어뜯었다. 순식간에 그의 손은 피로 범벅이 된 채 얼굴과 가슴 모두 선혈로 물들었고 울부짖는 소리는 점점 더 참혹하게 변해만 갔다. 사람들은 마치 귀매를 본 듯 두려운 표정으로 재빠르게 뒤로 물러섰다. 몇 사람이 조용히 말했다.

"생사부가 명을 재촉하는구나!"

허죽은 생사부에 적중된 적이 있긴 했지만 곧바로 해약을 먹고 동모에게 전수받은 요결로 풀었기 때문에 그렇게 참혹한 고초를 겪어보지 못했다. 생사부로 인한 무시무시한 발작 장면을 목격하자 사람들이 동모를 경외시하는 이유를 실감할 수 있었다.

사람들은 생사부의 독성이 전염될까 두려워 그 누구도 앞에 나서서 그를 도우려 하지 않았다. 눈 깜짝할 사이에 그 뚱뚱한 사내는 전신의 옷이 갈기갈기 찢어지고 온몸이 손톱에 찢긴 혈흔으로 갈라졌으며 바닥은 여기저기 선혈로 얼룩이 졌다.

사람 숲 안에서 누군가 다급한 마음에 악을 쓰며 소리쳤다.

"형님! 고정하십시오. 당황해 마세요!"

그때 한 사람이 앞으로 달려나와 다시 소리쳤다.

"제가 혈도부터 찍고 치료할 방법을 강구해보겠습니다."

그 사람은 비교적 젊은 나이에 그리 뚱뚱하지는 않았지만 그 뚱뚱한 사내와 많이 닮은 것으로 보아 그의 친형제인 것 같았다. 넋이 나간 듯 두 눈에 초점을 잃은 뚱뚱한 사내는 아무것도 들리지 않는 모양이었다. 아우로 보이는 그 사람은 공포에 질린 모습으로 신중하게 경계를 하며 한 걸음씩 다가갔다. 그러고는 뚱뚱한 사내로부터 3척 떨어진 곳까지 걸어가다 대뜸 손가락을 뻗어 그의 견정혈을 찍어갔다. 뚱뚱한 사내가 몸을 슬쩍 틀어 그의 손가락을 피하고는 손을 뻗어 그를 꽉 끌어안은 채 크게 입을 벌려 그의 뺨을 깨물어버렸다. 그 아우가 깜짝 놀라 부르짖었다.

"형님, 이거 놓으세요. 저예요!"

그 뚱뚱한 사내가 미친개처럼 아우를 마구 물어뜯자 아우는 몸부림을 치며 빠져나오려 애썼지만 빠져나올 수 없었다. 순간 아우는 얼굴을 물려 살점이 뜯겨나가 선혈이 낭자했다. 그는 극심한 고통에 참혹한 비명을 질러댔다.

단예가 왕어언을 향해 물었다.

"왕 낭자, 저들을 구할 방법이 없겠소?"

왕어언은 이맛살을 찌푸렸다.

"발작을 하고 있어 힘이 어마어마한 데다 무공을 펼치는 것도 아니라 저도 달리 방법이 없어요."

단예는 모용복을 향해 고개를 돌렸다.

"모용 형, 모용가의 '상대가 쓴 방법을 상대에게 펼친다'는 신기를 사용할 수는 없나요?"

모용복은 아무 대답도 하지 않고 불쾌한 기색을 내비쳤다. 포부동이 흉악한 얼굴로 말했다.

"우리 공자더러 저 미친개 시늉을 하며 가서 물기라도 하라는 말이오?"

단예가 겸연쩍어하며 말했다.

"말을 잘못한 것 같소. 포 형, 나쁘게 생각 마시오. 모용 형도 부디 나무라지 마시오."

그러고는 곧바로 그 뚱보 곁으로 다가가 말했다.

"존형, 이 사람은 당신 아우요. 어서 놓아주시오."

뚱뚱한 사내는 두 팔에 힘을 주고 더욱 세게 끌어안았다. 입으로는 여전히 부상당한 맹수처럼 고통스럽게 울부짖는 소리를 내뱉고 있었다.

운 도주가 황삼을 입은 여인 하나를 잡아놓고 호통을 쳤다.

"이 대청 안에 있는 사람 중 대다수가 할망구의 생사부에 맞은 사람들이다. 이렇게 서로 자극을 받게 된다면 얼마 지나지 않아 모두 발작을 하고 말 것이며 그 수백 명이 네 온몸을 미친 듯이 물어뜯을 텐데 그래도 두렵지 않으냐?"

그 여인은 뚱뚱한 사내를 한번 바라보더니 매우 두려운 기색을 내비쳤다. 운 도주가 다시 말했다.

"어쨌든 동모도 이미 죽었으니 그 비급 보관 장소를 털어놓아 사람들을 치료하게 해준다면 모두 널 감사히 여기고 더 이상 힘들게 하지 않을 것이다."

그 여인이 대꾸했다.

"털어놓지 않는 것이 아니라 사실 그 누구도 모른다. 존주께서는 언제나 일을 은밀하게 행하셨기 때문에 우리 같은 노비들에게는 절대 보여주지 않으셨다."

모용복이 오노대 무리를 따라 산에 오른 것은 그들에게 일조해 보은을 하고 이들 초야의 기인들을 우군으로 거두겠다는 생각에서였다. 이미 동모가 죽긴 했지만 그들 몸에 심어놓은 생사부를 제거할 방법은 없었다. 보아하니 생사부는 일종의 극독이라 무공으로 해결할 방법은 없어 보였다. 사람들이 하나둘 발작을 일으켜 목숨을 잃게 된다면 자신이 도모하던 계책은 일장춘몽이 될 것이 분명했다. 그는 등백천, 공야건 등을 마주보며 고개를 가로젓고 어찌해볼 도리가 없다는 표시를 했다.

운 도주는 그 황삼을 입은 여인의 말이 사실일 것이라 짐작했다. 그 순간 자신의 몸 가운데 생사부가 심어져 있는 부위가 시큰해져오는 느낌이 들었다. 발작이 일어날 것 같은 징조였다. 그는 화를 벌컥 내며 호통을 쳤다.

"좋아! 그럼 네년부터 때려죽이고 얘기하자!"

그는 기다란 채찍을 들어 철썩 소리를 내며 여인을 향해 세차게 휘갈겨갔다. 그 일편의 힘은 무척이나 맹렬해서 여인이 맞는다면 머리가 당장이라도 산산조각 날 것 같은 기세였다.

별안간 휙 하는 소리와 함께 암기 하나가 대청 입구로부터 날아와 여인의 허리에 부딪쳤다. 그러자 그 여인은 암기에 맞고 1장 넘게 미끄러져갔고 철썩 소리를 내며 채찍이 바닥의 석판을 때려 돌가루가 사방으로 튀었다. 바닥에는 황갈색의 둥그런 공이 데굴데굴 굴러다니는데 그건 다름 아닌 솔방울이었다. 사람들 모두 깜짝 놀랐다.

'저 조그만 솔방울로 사람을 1장 넘게 이동시키다니 내력이 범상치 않구나. 누구 짓이지?'

오노대가 별안간 뭔가 떠오른 듯 자기도 모르게 부르짖었다.

"도… 동모, 동모다!"

그날 그는 바위 뒤에 숨어 있다가 이추수가 동모의 왼쪽 다리를 절단하는 모습을 목격하고 잘린 다리를 보자기에 싸서 가져왔다. 그는 동모가 이미 이추수의 추격에 목숨을 잃었으리라 생각했지만 그의 죽음을 직접 목격한 건 아니었던 터라 늘 불안하고 초조했었다. 더구나 그날 허죽이 솔방울을 던져 그의 배에 구멍을 냈던 수법은 동모가 가르쳐준 것이 아니었던가? 오노대는 한번 크게 당한 적이 있어 솔방울을 다시 보자 동모가 왔다고 생각했던 것이다. 그러니 어찌 혼비백산하지 않을 수 있단 말인가?

사람들은 오노대가 미친 듯이 '동모'란 말을 외치는 것을 보고 일제히 몸을 바깥쪽으로 돌렸다. 한바탕 갖가지 무기를 뽑아 드는 소리가 대청 안에 울려퍼졌다. 사람들은 각자 무기를 손에 쥐고 동시에 뒤쪽으로 물러났다.

모용복은 대문을 향해 두 걸음 걸어갔다. 동모가 도대체 어찌 생겼는지 보고 싶어서였다. 사실 그날 그는 허죽과 동모가 벼랑에서 떨어지는 기세를 두전성이를 펼쳐 와해시키면서 동모의 얼굴을 한번 본 적이 있었지만 그 열여덟아홉 정도 나이에 봄꽃 같은 얼굴을 하고 있는 낭자가 수많은 마두의 간담을 서늘케 만드는 천산동모일 줄은 몰랐다.

단예는 왕어언 앞을 가로막았다. 그녀가 다칠까 두려웠던 것이다. 왕어언이 소리쳤다.

"사촌 오라버니, 조심하세요!"

사람들 눈빛이 일제히 대문 쪽을 향했지만 시간이 지나도 대문 입구에서는 아무 동정이 없었다.

포부동이 소리쳤다.

"동모, 우리 불청객들 때문에 기분이 언짢았다면 어서 들어와 한판 붙어봅시다! 이 포부동은 다른 사람과 달리 당신이 두렵지 않소!"

한참이나 시간이 흘렀지만 문밖에서는 여전히 아무 기척도 없었다. 풍파악이 외쳤다.

"좋아, 이 풍 모가 가장 먼저 동모께 가르침을 받도록 하겠소. '이길 수 없어도 싸워야 하는 법'은 이 풍 모가 죽을 때까지 고칠 수 없는 더러운 성미요."

그는 이 말과 함께 단도를 휘둘러 얼굴을 보호하며 문밖을 향해 내달려갔다. 등백천과 공야건, 포부동 세 사람은 그와 수족과도 다름없는 사이인지라 그가 절대 동모를 당해낼 수 없다는 걸 알고 일제히 달려나갔다.

동주들과 도주들 가운데는 그 네 사람의 용기에 탄복하는 자도 있었지만 어떤 이들은 속으로 비아냥거렸다.

'동모가 얼마나 무서운지 모르고 함부로 나서서 호한인 척하는구나. 나중에 된통 당하고 나면 후회막급임을 느끼게 될 것이다.'

사람들은 놀라움과 두려움이 교차했지만 풍파악과 포부동 두 사람이 날카롭고 묵직한 목소리로 대청 밖에서 동모를 향해 도전하며 외치는 소리를 듣고 그 누구도 토를 달지 않았다.

조금 전 황삼 여인을 구한 그 솔방울은 허죽이 내던진 것이었다. 그는 사람들을 그토록 경악하게 만든 데 대해 매우 미안한 생각이 들었다.

"미안합니다, 미안합니다! 내가 잘못했소. 동모는 이미 세상을 뜨셨으니 모두 놀라실 것 없습니다."

그는 뚱뚱한 사내가 아직까지 자기 아우를 마구 물어뜯는 걸 보고 생각했다.

'계속 저리 물어뜯게 놔뒀다간 두 사람 모두 살아남기 힘들겠다.'

그는 재빨리 달려가 손을 뻗어 그 뚱뚱한 사내의 배를 후려쳤다. 그가 펼쳐낸 것은 바로 천산육양장이었는데 한 줄기 양강하고도 온화한 내력이 그 뚱뚱한 사내 체내에 있는 한독을 진정시켰다. 다만 그 생사부가 있는 부위와 성질을 몰라 완전히 제거할 방법은 없었다.

뚱뚱한 사내는 두 팔을 축 늘어뜨리고 바닥에 주저앉아 숨을 헐떡거렸다. 그는 무척이나 지친 기색으로 말했다.

"아우야, 왜 그러느냐? 누가 널 이 모양으로 만든 게야? 말해, 어서 말해! 이 형이 복수해주마."

아우는 형이 정신을 되찾은 것을 보고 크게 기뻐하며 얼굴에 중상을 입었음에도 형을 향해 끊임없이 말을 이었다.

"형님, 다행입니다! 형님, 이제 됐어요."

허죽은 손을 뻗어 황삼 여인들의 어깨를 한 차례씩 후려쳤다.

"모두 균천부 사람들입니까? 지금 양천, 주천, 호천 각부 자매들이 접천교에 와 있는데 쇠사슬이 끊어져 건너오지 못하고 있습니다. 여기 쇠사슬이나 밧줄 같은 게 있나요? 가서 자매들을 데려옵시다."

그의 손바닥에는 북명진기가 요동치고 있어 그의 손이 닿는 곳마다 균천부 여인들의 봉쇄된 혈도는 물론, 막혀 있던 경맥 역시 즉각 풀렸다. 여인들 모두 놀라움과 기쁨이 교차된 상태로 앞다투어 몸을 일으켰다.

"구해주신 은혜에 감사드립니다. 존성대명이 어찌 되시는지 알 수 있겠습니까?"

젊은 여인 몇 명이 성급하게 대문 쪽으로 가며 소리쳤다.

"빨리! 빨리 가서 8부 자매들이 건너오도록 도운 다음 저 반역자 놈들과 결전을 벌입시다!"

이 말을 하면서 고개를 돌려 손짓으로 허죽에게 고맙다는 표시를 했다.

허죽은 공수를 하며 답례를 올렸다.

"아닙니다, 천만의 말씀입니다. 여러분을 도운 건 다른 분입니다. 재하의 손을 빌려 도운 것뿐입니다."

그의 이 말은 그의 무공 내력이 동모를 비롯한 세 분 사문의 어르신들에게 얻은 것이라 그분들이 출수를 해서 여인들을 구했다는 의미였다.

군호가 보니 그가 대충 손을 후려칠 때마다 황삼 여인들의 혈도가 풀리는 것은 물론 어느 혈도가 봉쇄됐는지 물어보지도 않고 혈도에 상응하는 곳을 추궁과혈 수법으로 풀어버리지 않는가? 이런 수법은 평생 본 적이 없을 뿐만 아니라 들어본 적도 없었다. 더구나 그는 지극히 평범해 보이고 나이도 젊어 그런 공력을 지니고 있을 것처럼 보이지 않는 데다 누군가 자기 손을 빌려 구한 것이라 하니 다들 동모가 이미 영취궁에 와 있을 것이라 여겼다.

오노대는 과거 허죽과 설봉에서 며칠 동안 함께 지낸 적이 있었다. 지금은 허죽이 머리를 덥수룩하게 기르고 얼굴이 온통 진흙투성이긴 했지만 일단 입을 여는 순간 오노대도 그때의 기억이 떠오르면서 알아볼 수가 있었다. 그는 몸을 날려 허죽 옆으로 다가가 그의 오른손 맥문을 움켜쥐며 호통을 쳤다.

"소화상, 동모가 여기 온 것이냐?"

"오 선생, 뱃가죽에 난 상처는 이제 완쾌되셨습니까? 난 이제 더 이상 불문 제자라 할 수 없습니다. 에이! 말하자면 부끄럽습니다. 부끄럽기 짝이 없습니다."

그는 여기까지 말하다 얼굴을 붉혔지만 얼굴이 진흙으로 범벅이 된 상태라 다행히 주변 사람들이 알아채지 못했다.

오노대는 그의 맥문을 움켜잡아 그가 절대 반항을 못할 것이니 당장 내력을 돋우어 그가 아파서 용서를 빌도록 만들 작정이었다. 동모가 이 소화상에게 매우 잘해줬으니 기습을 가해 그를 인질로 삼는다면 동모가 자신을 해치려다 투서기기를 면치 못하리라 생각했던 것이다. 그런데 그가 힘껏 내력을 쏟아냈지만 빈 독에 물을 붓듯 종적도 없이 사라져버리는 것이 아닌가? 허죽은 온몸이 북명진기로 가득 차 있어 그 어떤 혈도를 통해서도 내력을 흡입할 수 있었다. 오노대는 너무 두려운 나머지 더 이상 내력을 돋우지 못했다. 다만 움켜잡은 손만은 절대 놓으려 하지 않았다.

군호는 오노대가 움켜쥔 부위만 보고 허죽이 이미 그의 손아귀에 들어갔을 것이라 생각했다. 설사 그의 무공 실력이 오노대보다 고강하다 해도 이젠 저항도 못하고 오노대에게 유린당할 수밖에 없다고 생각했던 것이다.

'저 녀석이 진짜 고수라면 자신의 요혈을 저리 쉽게 남에게 제압당하지 않았을 것이다.'

군호가 앞다투어 호통을 쳐대며 물었다.

"이 녀석! 네놈은 누구냐? 여긴 어찌 온 것이냐?"

"이름이 무엇이냐? 네 사부가 누구지?"

"어느 문파에서 보낸 것이냐? 동모는? 동모는 죽었느냐, 살았느냐?"

모용복과 단예, 왕어언 등은 이때 이미 그 사람이 바로 벙어리 여동을 구해갔으며 진롱 기회에서 만났던 소림 화상 허죽임을 알아차렸다. 단예는 크게 기뻐하며 참다못해 소리쳤다.

"이보시오, 오노대! 당신은 해칠 수 없을 것이오."

허죽은 일일이 답을 하며 겸손한 태도를 보였다.

"재하의 도호道號… 도호는 허죽자虛竹子라 합니다. 동모는 이미 유명을 달리하신 게 확실합니다. 그 어르신의 유체는 이미 접천교에 와 있습니다. 우리 사문의 연원을 얘기하자면… 에이. 말하자면 부끄럽습니다. 정말… 정말… 재하의 크나큰 과오인지라 말씀드리기가 어렵습니다. 여러분께서 못 믿으시겠다면 잠시 후에 다 같이 어르신의 유용遺容을 참배하시기 바랍니다. 단 공자의 호의에 대해서는 감사드립니다. 전 무사합니다. 재하가 여기 온 것은 동모를 대신해 후사를 처리하기 위함입니다. 여러분께서는 어르신의 옛 수하들이니 부디 과거의 원한은 더 이상 담아두지 마시기 바랍니다. 모두 어르신의 영전에 절을 하고 그동안 맺힌 원한을 모두 청산해버린다면 그보다 좋은 일이 어디 있겠습니까?"

그는 구구절절 얘기를 하면서 때로는 부끄러워해하고 때로는 상심해하면서 두서없이 말을 하느라 일관성이 없고 말투 또한 매끄럽지 못했다. 그러다 마지막에는 자신의 주관적인 견해까지 토로했다.

군호는 그가 헛소리를 늘어놓는 정신 나간 녀석이라 느껴지자 두려움이 점차 가시고 오만한 태도가 되살아나면서 즉각 욕설을 퍼부어 댔다.

"뭐 하는 녀석인데 감히 우리더러 죽은 '도적 할망구' 영전에 절을 하라는 것이냐?"

"빌어먹을! 도적 할망구는 대체 어찌 죽은 거야?"

"할망구 사매인 이추수 손에 죽은 것이냐? 저 잘린 다리는 할망구 것이 맞는 게냐?"

허죽이 온화한 어조로 답했다.

"여러분께서 정말 동모와 깊은 원한이 있다 해도 그분은 이미 속세에 없으니 더 이상 한을 품을 필요 없습니다. 그리고 말끝마다 '도적 할망구'라고 하니 듣기가 거북합니다. 오 선생 말이 맞습니다. 동모는 그분 사매인 이추수 손에 죽었습니다. 그 다리 역시 그 어르신 유체가 확실합니다. 에이. 인생은 물거품에 불과합니다. 또한 이슬이나 번갯불과도 같습니다. 동모 어르신은 무공이 고강했지만 산공을 피하지 못해 숨이 끊어지게 됐고 결국에는 한 줌 흙이 된 것입니다. 아미타불. 동모께서 선도善道에 환생해서는 큰 고통을 받지 않기 바랍니다."

군호는 그가 주절주절 말하는 소리를 듣고 동모가 죽었다는 건 틀림없는 사실인 것 같아 마음을 놓을 수 있었다. 누군가 물었다.

"동모가 죽을 때 그 옆에 네가 있었느냐?"

허죽이 답했다.

"그렇습니다. 최근 몇 개월 동안 제가 줄곧 그 어르신 시중을 들었습니다."

군호는 서로의 얼굴만 멀뚱멀뚱 쳐다봤다. 순간 같은 생각이 동시에 뇌리를 스치고 지나갔다.

'생사부를 파해하는 보결이 저 자식한테 있을지도 모른다.'

푸른빛이 번뜩하더니 누군가 허죽 옆으로 다가와 그의 왼손 맥문을 움켜쥐었다. 곧이어 오노대는 등골이 오싹해지는 느낌이 들었다. 예리한 무기 한 자루가 이미 그의 목을 겨눈 채 날카로운 목소리로 외치는 것이었다.

"오노대, 놈을 봐주시오!"

오노대는 허죽의 왼손 맥문을 움켜쥐고 있는 자를 보자 그자의 단짝이 동시에 출격했음을 짐작할 수 있었다. 그는 손을 뻗어 자신을 보호하려 했지만 이미 한발 늦었다. 등 뒤에서 그자가 말했다.

"끝까지 놓지 않겠다면 이 일검이 용서치 않을 것이오."

오노대는 허죽의 손목을 움켜잡고 있던 손가락을 풀고 앞을 향해 몇 걸음 달려나가 뒤를 돌아봤다.

"주애쌍괴珠崖雙怪! 나 오가가 오늘 일은 잊지 않을 것이다!"

검으로 그를 위협한 깡마르고 키가 큰 사내가 독살스러운 웃음을 지으며 소리쳤다.

"오노대, 어떤 문제 제기를 한다 해도 우리 주애쌍괴는 받아들일 것이오."

곧이어 주애쌍괴 중 하나인 대괴大怪가 허죽의 맥문을 움켜쥐고 또 다른 하나인 이괴二怪가 허죽의 주머니를 뒤지기 시작했다. 허죽이 생각했다.

'당신들이 아무리 뒤져도 내 몸에 쓸 만한 물건이라고는 없소.'

이괴는 그의 품 안에 있는 물건들을 하나하나 뒤져서 꺼냈다. 첫 번째 물건은 무애자가 허죽에게 건넨 그림이었다. 그는 당장 그 두루마리를 펼쳐봤다.

대청에 있는 수백 개의 눈빛이 일제히 그 그림에 쏠렸다. 그 그림은 동모가 발로 몇 번 밟은 적이 있는 데다 후에 빙고 안에서 물에 젖은 적도 있었지만 그림 속의 미녀는 여전히 마치 살아 있는 듯 생생해서 금방이라도 그림 안에서 걸어나올 것만 같았다. 신비롭기 이를 데 없이 훌륭한 그림 솜씨는 그야말로 입신의 경지라 해도 과언이 아니었다. 사람들은 그림을 보자마자 약속이나 한 듯이 고개를 돌려 왕어언을 바라봤다. 누구는 '어?' 하는 소리를 냈고 누구는 '어!', 누구는 '퉤!', 누구는 '흥!' 하며 각자 다른 반응을 나타냈다. 물론 '어?' 하는 소리를 낸 사람은 의외라는 의미였고, '어!' 하는 소리를 낸 사람은 문득 깨달았다는 뜻이었으며, '퉤!' 하고 침을 뱉은 사람은 분노의 뜻을 표출한 것이고, '흥!' 하고 비웃은 사람은 경멸의 의미를 담고 있었다.

군호는 두루마리 속에 지도나 산수풍경이 그려져 있어 그 그림을 따라가면 생사부를 파해할 수 있는 영약이나 비결을 찾을 수 있으리라 기대했건만 뜻밖에도 왕어언의 초상일 줄은 생각지도 못한 것이다. 그 때문에 '어?' '어!' '퉤!' '흥!' 하는 반응을 보이며 실망감을 드러냈던 것이다. 다만 단예와 모용복, 왕어언은 동시에 '어!' 하는 소리를 냈는데 이 '어!' 하는 소리에 함축된 의미는 세 사람이 각자 달랐다. 왕어언은 허죽이 자신의 초상을 몸에 지니고 있는 것을 보고 놀랍고도 의아한 나머지 두 볼이 새빨갛게 달아올라 곰곰이 생각했다.

'설마… 저 사람이 그날 진롱 기국에서 내 얼굴을 본 이후로 단 공자처럼 날 마음에 두고 있는 건가? 그게 아니라면 어찌 내 얼굴이 그려진 그림을 몸에 감추어두고 있었던 거지?'

단예는 오히려 이런 생각을 했다.

'왕 낭자는 선녀의 화신이라 절세의 용모를 지녔으니 저 소사부가 그녀를 흠모하는 건 이상할 게 하나도 없다. 에이. 애석하게도 내 화필은 저 소사부에 비해 만분의 일에도 미치지 못하지 않은가? 그렇지 않았다면 나도 왕 낭자의 초상을 그려 훗날 그녀와 헤어질 때 아침저녁

으로 그림을 바라본다면 그리움의 고통을 조금이나마 줄일 수 있을 텐데.'

모용복의 생각은 또 달랐다.

'저 소화상 역시 허황된 과욕을 가진 자로구나.'

그가 '역시'라는 말을 덧붙인 건 단예를 두고 한 말이었다.

이괴가 두루마리를 바닥에 내동댕이쳐버리고 다시 허죽의 주머니를 뒤졌다. 그다음 꺼낸 것은 허죽이 소림사에서 출가할 때 받은 도첩道牒[16]과 은자 부스러기 몇 냥, 건조 양식 몇 조각 그리고 버선 한 족뿐인지라 아무리 살펴봐도 생사부와 관련된 것이라고는 없었다.

주애이괴가 허죽의 몸을 뒤질 때 다른 군호는 하나같이 호시탐탐 옆에서 감시를 하며 뭐든 특이한 물건이 나오기만 하면 당장 달려가 강탈할 생각이었지만 아무 소득도 없을 줄은 몰랐다.

주애대괴가 욕을 하며 말했다.

"더러운 도적놈아! 도적 할망구가 죽을 때 너한테 무슨 말을 했더냐?"

허죽이 답했다.

"동모가 죽을 때 무슨 말을 했느냐고요? 음, 어르신이 이런 말을 했지요. '저년이 아니구나. 저년이 아니야. 저년이 아니야! 하하, 하하, 하하!' 그렇게 세 번을 크게 웃으시고 그대로 숨이 끊어졌습니다."

군호는 영문을 알 수가 없었다. 그중 생각이 깊은 사람들은 '저년이 아니야'란 말과 세 번의 웃음에 어떤 의미가 담겨 있는지 곰곰이 생각했지만 성질이 급한 사람들은 욕을 퍼부어대기 시작했다.

주애대괴가 호통을 쳤다.

"빌어먹을! '저년이 아니야'는 뭐고 '하하'는 또 뭐야? 도적 할망구가 또 무슨 말을 했느냐?"

허죽이 답했다.

"선배님, 동모 어르신을 거론할 때는 경의를 표해주시고 부디 함부로 욕설을 퍼붓지 말아주십시오."

주애대괴가 대로하며 왼손을 들어 그의 정수리를 향해 내리치며 욕했다.

"더러운 도적놈! 내가 도적 할망구를 욕하겠다는데 그게 뭐 어때서?"

갑자기 한광이 번뜩이더니 장검 한 자루가 뻗쳐나오며 허죽의 정수리에 검날을 세운 채 횡으로 놓여졌다. 주애대괴가 그 일장을 계속 내리친다면 허죽의 머리에 닿기 전에 자기 손이 먼저 검날에 잘려나갈 판국이었다. 그는 깜짝 놀라 황급히 손을 거두었다. 그러나 너무 급히 거두는 바람에 몸이 뒤쪽으로 젖혀지면서 세 걸음 뒤로 물러서게 됐고 순간 넘어지지 않으려고 허죽을 잡아당기려다 그의 손목을 놓쳐버리고 말았다. 그때 왼쪽 손바닥에 은근한 통증이 느껴져 손바닥을 들어보니 극히 가느다란 검날의 흔적 한 줄이 손바닥을 가로질러 나 있고 그곳에서 피가 배어나오고 있는 게 보였다. 그는 깜짝 놀라 공포감에 휩싸였다. 손을 조금만 더 늦게 거두었다면 손을 못쓰게 됐으리라 생각한 것이다. 그는 분노의 눈초리로 검을 내뻗은 자를 째려봤다. 그는 쉰 살쯤 되는 나이에 청삼을 입고 긴 수염을 휘날리며 수려한 용모를 지닌 사람이었는데 다름 아닌 검신 탁불범卓不凡이었다. 조금 전에 그 일검을 출초하는 속도와 뻗어내는 정확성으로 볼 때 검술에 대한 조예가 실로 절정의 경지에 이르렀다고 할 수 있었다. 주애대괴는 얼마 전 검어도 구 도주가 무리에서 떠나려 할 때 검신에 의해 순식간에 수급이 베어졌던 사실을 상기했다. 천성이 침착하지 못한 그였지만 그토록 무시무시한 고수를 두고 감히 적대시할 수는 없었다.

"귀하께서는 날 무슨 의도로 해친 것이오?"

탁불범이 빙긋 웃었다.

"모두들 이 친구 입에서 생사부를 제거할 요결을 알아내고자 하는데 노형이 성질을 이기지 못하고 이 친구를 죽이려 하지 않았소? 모든 형제 몸에 있는 생사부가 명을 재촉하는 마당인데 노형이 그걸 어찌 감당하려 하시오?"

주애대괴가 말문이 막혀 말을 제대로 하지 못했다.

"그… 그게…."

탁불범이 검을 검집에 넣고 몸을 살짝 틀어 팔꿈치로 이괴의 어깨를 가볍게 후려치자 이괴는 가만히 서 있지 못하고 쿵쿵쿵쿵 하며 뒤로 네 걸음 물러섰다. 그는 가슴과 배 사이에서 기혈이 끓어올라 하마터면 쓰러질 뻔했지만 다행히 서 있을 수 있었다. 그러나 탁불범을 향해 감히 욕을 하지는 못했다.

탁불범이 허죽을 향해 물었다.

"소형제, 동모가 죽을 때 '저년이 아니야'라고 말하고 큰 소리로 세 번 웃은 것 말고 다른 말은 없었나?"

허죽은 돌연 만면에 홍조를 띠고 겸연쩍은 표정으로 천천히 고개를 숙였다. 사실 그는 당시에 동모가 했던 말을 떠올렸다.

'그 그림을 가져와라. 내가 직접 갈기갈기 찢어놔야겠다. 근심거리를 없애버리고 나서 네 꿈속의 낭자를 찾는 방법을 가르쳐주겠다.'

하지만 동모가 그림을 보고 그림 속 인물이 이추수가 아니라 이추수의 동생이란 것을 알아채고 우스우면서도 상심한 마음에 그 즉시 눈을 감을 줄 어찌 알았던가? 그는 생각했다.

'동모가 갑자기 별세하는 바람에 그 꿈속 낭자의 종적을 아는 사람은 천하에 단 한 사람도 없다. 아마 현세에서는 더 이상 그녀를 볼 수 없을 것이다.'

생각이 여기에 이르자 그는 속으로 실망감을 감추지 못하고 암울한 마음에 넋을 잃고 말았다.

탁불범은 그의 안색이 바뀌는 것을 보고는 그가 중대한 기밀을 숨기고 있는 것으로 알고 부드러운 목소리로 캐물었다.

"소형제, 동모가 도대체 형제에게 무슨 말을 했는지 나한테 말해보게. 나 탁가는 자네를 괴롭히지도 않을 것이며 자네에게 큰 도움을 줄 것이네."

허죽이 귓불까지 빨개진 채 고개를 가로저었다.

"그 얘기는 절대… 절대 말할 수 없습니다."

"어찌 말할 수 없다는 건가?"

"그 일을 얘기하자면… 얘기하자면… 에이, 어찌 됐건 말할 수 없습니다. 죽이려면 죽이십시오. 그래도 말할 수 없습니다."

"정말 말하지 않겠나?"

"안 합니다."

탁불범은 그를 한참 동안 응시하다 그의 단호한 태도를 보고 갑자기 쉭 소리를 내며 장검을 뽑아 들었다. 한광이 번뜩이며 휙휙휙 하는 소리가 울려퍼졌다. 장검이 팔선탁八仙卓[17] 위를 몇 번 긋는가 싶더니 곧이어 퍽퍽 하고 몇 번의 소리가 울려퍼지며 팔선탁이 아홉 조각으로 아주 고르게 갈라져 바닥에 흩어졌다. 눈 깜짝할 사이에 종으로 이검, 횡으로 이검 연이어 사검을 내뻗어 탁자 위에 우물 정 자를 그은 것이었다. 더욱 기이한 것은 아홉 개의 나무 조각이 모두 똑같은 네모꼴에 크기와 너비까지 전혀 차이가 없어 마치 자로 재서 정확히 잘라낸 것처럼 보였다는 것이다. 대청 안에서 우레와 같은 박수갈채가 쏟아져 나왔다.

왕어언이 나지막이 말했다.

"저 주공검周公劍은 복건 건양建陽의 일자혜검문一字慧劍門의 절기인데 저 탁 노선생은 필시 일자혜검문의 고수인 기숙일 거예요."

군호가 일제히 갈채를 보내며 탁불범을 주목하다 보니 순간 정적에 휩싸여 그녀의 작은 말소리가 모든 이의 귓속에 아주 똑똑히 전해졌다.

탁불범이 껄껄대고 웃었다.

"낭자의 안목은 무척이나 뛰어난 것 같소. 이 늙은이의 문파와 검초 명칭을 속속들이 알고 있다니 말이오. 뜻밖이군, 뜻밖이야."

사람들 모두 생각했다.

'복건에 '일자혜검문'이란 문파가 있다는 말을 난생처음 들었어. 저 노인의 검술이 저토록 뛰어나다면 그 문파의 위세가 강호에 떨쳤어야 옳지 않은가? 한데 어찌 전혀 들어본 적이 없는 거지?'

탁불범이 길게 한숨을 내쉬었다.

"우리 문파 중에는 고독한 외톨이인 노부 하나밖에 남지 않았소. 일자혜검문의 3대 62인은 33년 전 천산동모에게 모조리 죽임을 당했지."

사람들 모두 두려운 마음에 생각했다.

'저자가 영취궁에 온 것은 사문의 원수를 갚기 위해서였구나.'

탁불범이 장검을 떨치며 허죽을 향해 말했다.

"소형제, 내 이 검법 몇 초를 자네한테 전수해주면 어떻겠나?"

이 말을 내뱉자 군호는 두려운 기색을 내보이는 사람도 있었지만 적지 않은 사람이 즉각 적의를 드러냈다. 무예를 배우는 사람이 고인의 총애를 받아 초식 몇 가지를 전수받게 되면 평생 그 덕을 보게 되는 경우가 왕왕 있다. 천하에 이름을 날리고 스스로 목숨을 보전할 수 있는 것도 그로 인한 것이다. 그러나 간악한 제자가 고매한 초식을 습득하고 난 후 은사를 해치는 경우도 매우 흔한 일이었기에 무학의 고수가 제자를 택할 때는 매우 엄격해야만 했다. 탁불범이 아무 이유도 없이 자신의 상승 검술을 허죽에게 전수하겠다고 말한 것은 당연히 동모의 유언을 알아내 생사부를 손에 넣겠다는 뜻이었다.

허죽이 채 대답도 하기 전에 사람 숲속에서 한 여인이 차가운 목소리로 질문을 했다.

"탁 선생, 당신도 생사부에 맞으셨나요?"

탁불범은 목소리가 들리는 방향을 바라봤다. 그 말을 한 사람은 한 중년 여도사였다.

"여도사께서는 어찌 그런 질문을 하시오?"

단예는 그 여도사가 대리 무량동 동주인 신쌍청이며 그녀가 무량검 서종 장문인이었지만 동모의 수하에게 투항해 무량동 동주로 개칭했다는 사실을 알고 있었다. 요 며칠 동안 그는 감히 신쌍청과 정면으로 눈을 마주치지 못했고 수하인 좌자목에게도 가까이 갈 수 없었다. 그들이 묵은빚을 청산하려 할까 두려워서였다. 그때 그녀가 입을 여는 것을 보고 재빨리 커다란 기둥 뒤에 숨어버렸다.

신쌍청이 말했다.

"탁 선생께서 만일 생사부의 고통을 당하고 있지 않다면 어찌 그토록 백방으로 생사부 파해법을 구하려 하는 건가요? 탁 선생께서 우리를 굴복시키고자 할 의도로 그러는 것이라면 삼십육동 칠십이도 여러 형제들은 이제 막 사자 입에서 빠져나왔다 다시 호랑이 입으로 들어가는 꼴이 될 수 있기에 그리 달가워하지 않을 거예요. 탁 선생의 검법이 입신의 경지에 이르렀다 해도 우리에게 활로를 터놓지 않고 압박한다면 여러 형제들이 생사를 불고하고 필사의 일전을 벌일 수밖에 없습니다."

그녀의 이 말은 전혀 거만하거나 비굴하지 않았다. 다만 이 한마디는 정곡을 찔러 탁불범의 의도를 폭로하고 화제를 돌려 그에게 압박을 가하는 결과를 가져왔다. 무량동 동종과 서종이 영취궁 휘하에 귀속된 이후 신쌍청과 좌자목 모두 동모로부터 몸에 생사부가 심어지게 됐다. 그녀는 생사부로 인한 고통을 이제 막 겪어봤던 터라 그 심리적 상처가 아직 가시지도 않은 상태에서 다시 남의 제재를 받는다고 생각하니 더욱 두려웠던 것이다.

군호 중 10여 명이 당장 맞장구를 쳤다.

"신 동주 말이 지극히 옳소!"

또 다른 사람이 말했다.

"네 이 녀석! 동모가 도대체 어떤 유언을 남겼는지 모든 사람한테 당장 말해라! 말하지 않겠다면 널 난도질해서 죽여버릴 것이다. 아마 너도 그러길 원치 않을 것이다."

탁불범은 장검을 떨쳐 웅웅 하는 소리를 내며 말했다.

"소형제, 겁낼 것 없네. 자네가 지금 내 옆에 있는데 누가 감히 털끝 하나라도 건드릴 수 있겠는가? 동모의 유언은 나 한 사람에게만 말해야 하네. 만약 제3자가 알게 된다면 내 검법은 전수해줄 수가 없어."

허죽이 고개를 가로저었다.

"동모의 유언은 저 한 사람과 또 다른 한 사람에 관계된 것일 뿐 여러분하고는 조금도 관련이 없습니다. 어찌 됐건 절대 말하지 않을 겁니다. 당신 검법이 아무리 뛰어나다 해도 전 배우고 싶지 않습니다."

군호가 큰 소리로 잘한다고 소리쳤다.

"그래, 그래야지! 괜찮은 녀석이구나. 꽤 줏대가 있어. 저자 검법을 배워야 무슨 소용 있겠느냐?"

"가냘프기 이를 데 없는 소낭자가 단 한 마디로 저 검초의 내력을 간파한 것으로 봐서는 그리 진기한 것은 없을 거야."

누군가 이런 말을 했다.

"저 낭자가 이미 검법의 내력을 알고 있다는 건 검법을 깨뜨릴 실력도 있다는 것이다. 소형제, 사부를 모시려면 저 소낭자를 모시는 것이 맞는 것 같다. 더구나 넌 품 안에 그녀의 초상을 숨겨놓지 않았느냐? 하하, 그러니 당연히 그녀를 사부로 모시는 게 맞지."

탁불범은 사람들이 비아냥대는 소리를 듣고 도저히 견딜 수가 없어 곁눈질로 왕어언을 쳐다봤다. 한참 후에도 그녀가 시종 묵묵부답으로 일관하자 탁불범은 화가 치밀어올랐다.

'네가 내 검법을 깨뜨릴 수 있을 것이라고 말하는데도 당장 부인하지 않다니 설마 네가 내 검법을 깨뜨릴 수 있다고 묵인을 하는 것이

더냐?'

사실 왕어언은 이런 생각을 하고 있었다.

'사촌 오라버니가 어찌 기분 나쁜 표정을 짓고 계시는 거지? 나 때문에 화가 나신 건가? 내가 오라버니한테 무슨 잘못을 한 거지? 혹시… 혹시 저 소사부가 내 초상을 그려서 소장하고 있다는 것 때문에 화가 나신 건가?'

이런 생각을 하느라 순간 옆에서 하는 말들이 전혀 귀에 들어오지 않았다.

탁불범은 눈을 돌려 바닥에 떨어진 그 그림을 다시 바라보다 불현듯 이런 생각이 들었다.

'저 자식이 저 낭자의 초상을 그려 품속에 간직하고 있다는 건 저 낭자한테 연정을 품고 있다는 뜻이다. 저 자식한테 동모의 유언을 털어놓게 만들려면 저 계집부터 손쓰지 않으면 안 되겠다. 그거야!'

그는 그림을 집어들어 허죽의 품 안에 도로 집어넣었다.

"소형제, 자네 마음은 내가 확실히 알았네. 헤헤, 재능 있는 남자와 미모의 여자가 만났으니 그야말로 하늘이 내려준 짝이로군. 다만 중간에서 방해를 하는 사람이 있으니 아무리 마음에 들어도 뜻을 이루긴 쉽지 않을 것이네. 이러지! 내가 전력을 다해 저 낭자를 자네 배필로 삼을 수 있도록 주재하고 당장 천지에 예를 올려 오늘 밤 영취궁 안에서 합방을 할 수 있게 해주겠네. 그럼 어떤가?"

그는 이 말을 하고 미소를 머금은 채 손을 뻗어 왕어언을 가리켰다.

일자혜검문의 만문 사도들이 동모에게 멸살될 당시 탁불범은 복건에 머물지 않아 다행히 난을 피할 수 있었다. 그때 이후로 그는 감히 복건으로 되돌아갈 수가 없었고 장백산 내의 궁벽한 극한 지역으로 도피해 힘들게 검법을 연마하기에 이르렀다. 그러다 의도치 않게 선배 고수가 남긴《검경》한 권을 획득한 뒤 20년 동안 죽도록 연마한 끝에 결국 검술을 연성해 스스로 천하무적을 자처하게 되었던 것이다. 이번에 하산하면서도 하북에서 명성이 자자하던 고수 몇 명을 단번에 물리친 후 더욱 오만해져 스스로 '검신'이라 칭하게 되었다. 수중의 장검만으로 당대에 당해낼 자가 없고 말이 떨어졌다 하면 그대로 집행하는 그의 말을 누가 거역할 수 있겠는가?

허죽은 얼굴이 빨갛게 변해 다급하게 말했다.

"아니, 아닙니다! 탁 선생, 오해는 마십시오."

탁불범이 말했다.

"남자든 여자든 때가 되면 시집 장가를 가기 마련이고 '여색을 좋아할 때가 되면 여자를 따르는 것'이 인지상정인데 어찌 그리 부끄러워하는 건가?"

허죽은 자기 의지와 상관없이 낭패에 빠지자 더듬거리며 말했다.

"그게… 그게… 아닙니다…."

탁불범이 장검을 떨치며 천여궁려天如穹廬 일초와 백무망망白霧茫茫 일초를 연달아 펼치면서 양초兩招를 하나로 섞어 왕어언을 향해 펼쳐 나갔다. 그녀를 검광 속에 가둬 끌어와 인질로 삼고 허죽이 비밀을 털어놓는 조건으로 교환하겠다는 속셈이었다.

왕어언은 그 양초를 보자 속으로 생각했다.

'천여궁려와 백무망망 모두 허점투성이로구나. 중단전中丹田을 노리고 급소를 가격한다면 초식을 거두지 않을 수 없을 텐데….'

그러나 속으로 그 방법을 알면서도 직접 펼쳐낼 수는 없었기 때문에 눈앞에 검광이 번뜩이며 자기 머리를 향해 덮쳐오자 너무 놀란 나머지 비명만 지를 따름이었다.

모용복은 탁불범의 그 양초가 왕어언을 해칠 의도가 없는 것을 보고 생각했다.

'섣불리 출수할 것 없다. 저 탁가라는 늙은이가 무슨 꿍꿍이인지 봐야겠다. 저 소화상이 사촌 누이를 위해 과연 기밀을 실토할까?'

그러나 단예는 탁불범의 검초가 왕어언을 향하는 것을 보자 검초의 허실을 알지 못해 대경실색할 수밖에 없었고 너무 다급한 나머지 재빨리 능파미보를 펼쳐 거침없이 달려가 왕어언 앞을 막아섰다. 탁불범의 검초가 무척이나 빠르긴 했지만 단예가 한발 앞서 달려온 것이다. 장검의 한광이 번뜩이는 곳에 슥 하는 가벼운 소리와 함께 검끝이 단예의 가슴 부위에 기다란 줄을 만들어내자 목에서 복부까지 옷이 모두 찢어져 살갗까지 상처를 입게 되었다. 탁불범은 허죽을 압박해 그가 가슴에 묻어둔 기밀을 빼내려 했을 뿐 사람을 죽여 적을 만들 생각은 없었다. 누군가 앞을 가로막자 곧바로 손을 거두었던 터라 그 일검에 실린 힘이 그리 과하지는 않았다. 그 때문에 검상이 길기는 했어도 상세는 매우 경미했다. 단예는 놀라서 멍하니 있다 고개를 숙여 자기 가슴과 복부 위의 옷이 베어지고 베어진 곳에 기다랗게 그어진 한 줄의 검상에서 선혈이 배어나오는 것을 보자 배가 갈라져 곧 죽게 생겼다고 생각해 소리쳤다.

"왕 낭자, 어서… 어서 피하시오. 저자는 내가 막겠소."

탁불범이 냉소를 머금었다.

"제 몸 하나도 보전하지 못하는 주제에 자기 분수를 모르고 호화사자護花使者[18]를 자처하는구나."

그는 고개를 돌려 허죽을 향해 말했다.

"소형제, 이 낭자를 마음에 둔 사람이 적지 않군그래. 일단 자네 정적情敵 한 명을 제거하면 어떻겠나?"

그는 장검의 검끝을 단예의 심장을 향해 겨눴다. 거리가 1촌 남짓밖에 되지 않는 곳에 멈춘 검끝이 가볍게 떨렸다. 조금만 앞으로 내밀어도 그의 심장을 쑤시고 들어갈 것처럼 보였다.

허죽이 깜짝 놀라 소리쳤다.

"안 됩니다. 절대 안 됩니다!"

허죽은 탁불범이 단예를 죽일까 두려워 즉시 왼손을 뻗었지만 공교롭게도 소지가 탁불범의 오른쪽 손목에 있는 태연혈太淵穴 위를 가볍게 스치고 지나갔다. 순간 탁불범의 손이 마비가 되면서 검자루를 쥐고 있던 다섯 손가락의 힘이 빠져버렸다. 허죽은 그 기세를 몰아 장검을 손에 쥐었다. 그가 검을 뺏은 수법은 바로 천산절매수의 고매한 초식 가운데 하나로 언뜻 보기에는 기이할 것 없이 평범해 보이지만 사실 그가 소지를 뻗어 스쳐 지나가는 과정 안에는 최상승무공인 소무상공이 실려 있었다. 그 때문에 탁불범의 공력이 30~40년 더 깊었다 해도 수중의 장검을 빼앗기는 건 똑같았을 것이다. 허죽이 말했다.

"탁 선생, 저 단 공자는 좋은 분입니다. 절대 목숨을 해쳐서는 안 됩니다."

그는 자연스럽게 장검을 다시 탁불범 손에 쥐여주고 고개를 숙여 단예의 상세를 살폈다.

단예가 한숨을 쉬며 말했다.

"왕 낭자, 난… 난 이제 곧 죽을 것 같소. 부디 모용 형과 백년해로하고 서로 존경하며 잘 살길 바라겠소. 아버지, 어머니, 저… 전…."

그의 상세는 그리 심각하지 않았지만 가슴과 복부가 누군가에게 베어진 터라 당연히 죽을 것이라 여겼다. 그는 곧 기력이 빠져 뒤로 벌러덩 쓰러지고 말았다.

왕어언이 재빨리 부축하고 눈물을 흘리며 말했다.

"단 공자, 이게 다 저 때문에…."

허죽은 바람처럼 출수해 단예의 가슴과 복부에 있는 상처 주변의 혈도를 찍고 다시 그의 상처를 살피고 난 뒤 안심하며 웃었다.

"단 공자, 상처는 별것 아닙니다. 사나흘이면 괜찮아질 겁니다."

단예는 왕어언에게 부축을 받고 있는 데다 그녀가 자신을 위해 눈물을 흘리는 것을 보고 날아갈 것 같은 기분이었다. 그는 너무도 기뻐 물었다.

"왕 낭자, 지… 지금 나 때문에 눈물을 흘리는 것이오?"

왕어언은 고개를 끄덕이며 다시 눈물방울을 뚝뚝 흘렸다. 단예가 말했다.

"나 단예한테 오늘 같은 날이 오다니… 난 저자가 검으로 수십 번 더 찌른다 해도 기꺼이 감수할 것이오."

이때 허죽의 말은 두 사람 귀에 전혀 들어오지 않았다. 왕어언은 감격스러운 마음에 감정을 주체하지 못하고 있었고 단예는 자신이 흠모하는 사람이 눈물을 흘리고 있는 데다 그것이 자신을 위한 눈물이란 것을 알았는데 자신이 죽고 사는 문제에 어찌 관심을 둘 수 있겠는가?

허죽이 검을 빼앗았다 다시 돌려준 행동은 순식간에 벌어진 일이지만 그걸 똑똑히 지켜본 모용복과 그걸 직접 느낀 탁불범 이외의 다른 사람들은 탁불범이 단예의 사정을 봐주고 목숨을 살려둔 것으로만 알았다. 그러나 탁불범은 속으로 형용할 수 없을 정도로 놀라고도 노하지 않을 수 없었다. 그는 생각을 바꿨다.

'내가 장백산에서 우연히 선배님이 남긴 《검경》을 얻어 20년을 힘들게 연마했건만 당대에 어찌 적수가 있을 수 있단 말인가? 그래. 필시 저 녀석이 무의식중에 공교롭게도 내 손목의 태연혈을 건드린 게 분명하다. 천하에는 우연히 벌어지는 일들이 얼마든지 있어. 만일 저 자식이 내 손의 무기를 뺏을 마음이 있었다면 뺏고 난 후에 어찌 다시 돌려줬겠는가? 녀석처럼 어린 나이에 아무리 내력이 고강하다 한들 어찌 이 탁 모 수중의 장검을 뺏을 수 있단 말인가?'

그는 생각이 여기까지 이르자 호기가 발동했다.

"네 이 녀석, 네놈의 간섭이 심하구나."

그는 장검을 내뻗어 검끝을 허죽의 등짝을 향해 겨누다 손에 힘을 주고 가볍게 밀었다. 그의 옷을 찢고 단예한테 했던 것처럼 살갗에 상처를 입히겠다는 의도였다.

이때 허죽 체내의 북명진기는 마치 실물처럼 충만한 상태로 돌고 있었다. 탁불범이 찔러낸 장검은 그의 체내 진기와 부딪치면서 장검끝이 삐딱하게 들어가며 그의 몸 옆쪽으로 미끄러져버리고 말았다. 탁불범이 깜짝 놀라 변초를 통해 재빠른 솜씨로 검을 횡으로 베며 허죽의 옆구리를 공격해 들어갔다. 그가 펼쳐낸 이 옥대위요玉帶圍腰란 초식은 일검을 펼쳐 연달아 전, 우, 후 3개 방위를 공격하는 방법이었다. 그는 치명적인 급소인 이 세 곳을 매서운 기세로 가격했다. 이미 허죽의 무공이 상상 밖으로 고강하다는 걸 잘 알고 있던 그였기에 이 일초를 펼칠 때는 전력을 다했다.

허죽이 헉 하고 놀라며 몸을 살짝 비켰다. 조금 전까지만 해도 멀쩡하게 말하던 탁불범이 어째서 갑자기 태도를 바꿔 살수를 펴는 것인지 알 수가 없었다. 찌익 하는 소리를 내며 그의 검날이 허죽의 겨드랑이 밑을 통과하면서 그의 낡은 승포를 기다랗게 베어버렸다. 탁불범은 두 번째 공격도 적중하지 못하자 깜짝 놀라면서도 두려움이 더더욱 커졌다. 그는 다시 몸을 반 바퀴 빙글 돌며 장검을 뻗어냈다. 그러자 검끝에서 갑자기 반 척 정도 되는 어슴푸레한 푸른 빛살이 뻗어나오는 것이 아닌가? 군호 중 10여 명이 일제히 놀라움으로 가득한 탄성을 질렀다.

"검망劍芒이야, 검망!"

그 검망은 마치 기다란 뱀이 몸을 늘였다 줄였다 하는 모습이었다. 탁불범은 얼굴에 음흉한 미소를 띠며 단전에서 진기를 끌어올렸다. 돌연 푸른 빛살이 강렬해지면서 허죽의 가슴을 향해 찔러 들어왔다.

허죽은 무기에서 저토록 푸른 빛살이 생성되는 모습을 한 번도 본 적이 없어 군호의 탄성을 듣고서야 그게 대단한 무공이라고만 짐작할 뿐이었다. 그는 이에 상대할 방법이 없겠다는 생각이 들어 발을 슬쩍 미끄러뜨리듯 옮겼다. 탁불범의 일검은 전력을 모두 쏟아낸 것이라 중도에 변초를 할 방법이 없었다. 푹 하는 소리와 함께 그의 장검은 커다란 돌기둥을 찔러 1척 가까이 박혀버리고 말았다. 그 돌기둥은 단단하기 이를 데 없는 화강암으로 만들어진 것인데 하늘거리는 몸체를 지닌 장검으로 1척 넘게 찔러넣었다는 것은 그가 검날 위에 얹은 진기가 어마어마했다는 것을 알 수 있었다. 군호가 다시 한번 참지 못하고 갈채를 보냈다.

탁불범은 손에 경력을 돋우어 돌기둥에 박힌 장검을 뽑아 허죽을 향해 달려가며 소리쳤다.

"소형제, 도망갈 수 있다고 생각하느냐?"

허죽은 너무 무서워 발걸음을 옮겨 또다시 피했다.

왼쪽 편에서 돌연 누군가 낄낄대고 냉소를 머금었다.

"소화상, 가만 누워 있어라!"

그건 여자 목소리였다. 두 줄기 백광이 번뜩이는 곳에 비도飛刀 두 자루가 허죽의 면전을 스치고 지나갔다. 허죽은 처음 동모를 등에 업었을 때 약간의 경공을 배운 적이 있을 뿐이었다. 하지만 그는 워낙 내력이 심후해 일거수일투족이 자연스럽고 민첩하기 이를 데 없었다. 이렇게 몸을 자유자재로 움직일 수 있다 보니 비도가 무척이나 빨리 날아왔지만 아주 간단하게 피할 수 있었다. 담홍색 옷을 입은 중년의 미부인이 양손을 흔들자 비도 두 자루가 다시 손안으로 들어갔다. 손바닥 안에 마치 극강의 흡입력이 있는 듯 비도를 흡입해간 것이다.

탁불범이 찬탄을 하며 말했다.

"부용선자의 비도 신기는 정말 눈을 번쩍 뜨이게 만드는구려."

허죽은 불현듯 뭔가 떠올랐다. 그날 밤 요마귀괴들이 모여 표묘봉을 공격해 들어가자는 모의를 할 때 탁불범과 부용선자 두 사람과 불평도인은 한패가 아니었던가? 불평도인이 설봉 위에서 자신이 던진 솔방울에 맞아 죽었으니 두 사람이 자신을 죽여 동료의 복수를 하는 것도 무리는 아니었다. 그는 양심의 가책이 느껴져 발걸음을 멈추고 탁불범과 부용 선자를 향해 끊임없이 읍을 하며 말했다.

"제가 어마어마한 과오를 범했으니 죽어 마땅합니다. 당시에 전 일부러 그런 것이 아니었습니다. 에이, 어찌 됐건 돌이킬 수 없는 큰 잘못을 저지른 셈입니다. 두 분께서 때리고 욕을 한다 해도 전… 더 이상… 피하지 않겠습니다."

탁불범과 부용선자 최록화崔綠華는 서로를 쳐다보며 생각했다.

'이 녀석이 이제 겁이 났나 보구나.'

사실 그들은 불평도인이 허죽 손에 죽은 걸 모르고 있었다. 설사 알았다 하더라도 불평도인의 복수를 위해 그를 죽일 마음도 없었다. 두 사람은 같은 생각을 하다 동시에 그의 곁으로 다가와 각각 좌우측에서 허죽의 손목을 움켜쥐었다.

허죽은 불평도인이 죽던 순간의 처참한 광경이 떠오르자 유감스러운 나머지 끊임없이 용서를 빌었다.

"제가 저지른 과오에 대해 정말 후회막급입니다. 두 분께서 그 어떤 중한 벌을 내려도 기꺼이 받아들일 것입니다. 죽음으로 대가를 치를 수 있다면 전 반항하지 않겠습니다."

탁불범이 말했다.

"네가 목숨을 부지하는 건 아주 간단하다. 동모가 죽을 때 남긴 유언을 있는 그대로 나한테 말하기만 한다면 손끝 하나 건드리지 않을 것이다."

최록화가 미소를 지었다.

"탁 선생, 이 소매는 들어도 되겠지요?"

"생사부를 제거할 수 있는 요결을 찾기만 한다면 여기 있는 모든 친구가 다 그 혜택을 받게 될 것이며 재하 혼자 이득을 볼 생각은 없소."

그는 최록화에게 비밀을 함께 듣자고 하지도 않고 듣지 말라고 하지도 않았지만 그 말에 담긴 의미로 보아 성과를 독점하려는 것으로 보였다.

최록화가 미소를 지었다.

"이 소매는 선생처럼 양심적이지 못해요. 난 이 녀석이 눈에 거슬릴 뿐이에요."

그녀는 왼손으로 허죽의 손목을 꽉 움켜쥐고 오른손을 질풍처럼 쳐들어 비도 두 자루로 허죽의 가슴을 찌르려 했다.

동모가 죽어버리자 탁불범은 사문의 원수를 갚을 길이 없어졌다. 그 때문에 그는 오로지 생사부를 제거하는 요결을 찾아내 군호를 굴복시키고 세도를 누리겠다는 생각뿐이었다. 최록화의 의도는 전혀 달랐다. 그녀는 자신의 오라버니가 삼십육동의 동주 세 명의 협공으로 목숨을 잃었던 터라 허죽을 죽여 동모의 유언을 아무도 모르게 하고 그 동주 세 명 몸에 있는 생사부를 영원히 제거하지 못하게 만들 생각이었다. 그리되면 자기 오라버니의 죽음보다 백배는 더 참혹하게 죽을 것이며 자신이 직접 죽여 복수를 하는 것보다 낫다고 봤기 때문에 느닷없이 허죽에게 살수를 쓴 것이다. 그녀의 출수는 무척이나 빨랐다. 탁불범은 검을 이미 검집에 넣어둔 상태라 황급히 뽑아 들었지만 이미 한발 늦은 뒤였다.

허죽은 깜짝 놀라 생각할 겨를도 없이 자연스럽게 두 손을 바깥쪽으로 내밀어 탁불범과 최록화를 동시에 뒤로 몇 걸음 물러서게 만들었다.

최록화가 호통을 내지르며 던진 비도는 허죽을 향해 질풍처럼 날아갔다. 그녀는 몇 걸음 뒤로 물러나긴 했지만 암기를 던지기에는 상당히 가까운 거리라고 할 수 있었다. 탁불범은 허죽이 목숨을 잃을까 두려워 검을 내찔러 날아가는 비도를 걷어내려 했다. 최록화는 탁불범이 검을 뻗어 도울 것을 미리 예상하고 비도 두 자루를 던지고 난 후 곧바로 비도 열 자루를 연달아 내던지며 그중 세 자루를 탁불범에게 던졌다. 그가 비도를 막지 못하게 하기 위함이었다. 나머지 일곱 자루는 모두 허죽을 향해 날아가서 얼굴과 목, 가슴, 아랫배가 모두 쏟아지는 비도에 그대로 적중될 판국이었다.

허죽은 두 손으로 천산절매수 초식을 펼쳐 닥치는 대로 잡았다 던지기를 반복했다. 그러자 챙그렁 소리가 끊임없이 울려퍼지며 삽시간에 열세 자루의 무기가 발밑에 던져졌다. 열두 자루는 최록화의 비도였고 열세 번째 무기는 바로 탁불범의 장검이었다. 그는 천산절매수를 펼쳐내면서 너무 다급한 나머지 상대가 누구인지 곰곰이 생각할 겨를도 없이 무기만 보면 손으로 잡아채다 보니 탁불범의 장검마저 빼앗아 던져버리게 된 것이었다.

열세 자루의 무기를 빼앗아 던진 후 고개를 들어보니 탁불범이 창백한 얼굴을 하고 있는 것이 아닌가? 다시 고개를 돌려보자 최록화 역시 놀랍고도 두려운 표정을 하고 있어 허죽은 속으로 생각했다.

'큰일 났다, 큰일 났어! 내가 또 죄를 지었구나.'

그는 두 사람을 향해 다급하게 말했다.

"두 분께선 부디 나무라지 마십시오. 재하가 경솔했습니다."

그는 몸을 숙여 바닥에 있던 무기 열세 자루를 집어 두 손으로 받쳐 들고 탁불범과 최록화 두 사람 앞에 가져다 바쳤다.

최록화는 그가 고의로 자신을 모욕했다 생각하고 쌍장에 공력을 돋우어 그의 가슴을 향해 매서운 기세로 공격해 들어갔다. 그때 퍽 하는 소리가 울려퍼지며 맹렬하기 이를 데 없는 힘이 반격해 들어왔다. 최록화는 놀라서 몸을 뒤로 급히 날렸지만 곧이어 펑 하는 소리와 함께 그녀의 몸이 돌담에 세차게 부딪히며 두 줄기 선혈을 뿜어냈다.

탁불범은 얼마 전 불평도인, 최록화와 함께 세 사람이 손을 잡으면서 암암리에 상호 간의 무공 내력을 겨뤄본 적이 있었다. 탁불범이 두 사람에 비해 고강하긴 했지만 그래야 종이 한 장 차이였을 뿐인데 지금 허죽은 두 손으로 무기를 받쳐든 채 체내의 진기만 가지고 최록화의 몸을 튕겨내 중상을 입히는 것을 보니 자신은 도저히 그의 적수가 되지 못한다는 걸 알게 되었다. 오늘은 더 이상 안 될 것이라 여긴 그는 곧바로 허죽을 향해 공수하며 말했다.

"탄복했소, 정말 탄복했소. 훗날 또 만납시다."

"선배님, 검은 가져가십시오. 재하가 무심코 범한 행동이니 선배님께서는 개의치 마시기 바랍니다. 선배님께서 때리고 욕을 하며 불평도인을 위해 분풀이를 하시겠다면 절대 반항하지 않겠습니다."

탁불범이 듣기에 허죽의 그 말들은 모두 악의에 찬 비웃음일 뿐이었다. 그는 혈색이라곤 하나 없는 창백한 얼굴을 한 채 큰 걸음으로 성큼성큼 대청 밖을 향해 걸어나갔다.

별안간 어디선가 나긋나긋한 목소리의 한 여자가 호통을 쳤다.

"멈춰라! 영취궁이 어디라고 네 맘대로 왔다가 네 맘대로 간단 말이냐?"

탁불범이 흠칫 놀라 손을 검자루에 가져다 대봤지만 손을 대는 순간 그 자리에는 아무것도 없었다. 그는 그제야 장검을 허죽에게 빼앗겼다는 사실이 생각났다. 대문 밖에는 커다란 바위가 가로막고 있었는데 높이가 2장, 폭이 1장가량 되는 그 바위는 바람조차 통하지 않을 정도로 대문을 막고 있었다. 언제 그런 거대한 바위가 아무 소리 없이 놓인 것인지 모르지만 탁불범은 이를 전혀 알아채지 못했다.

군호는 이런 정경을 보고 영취궁에서 설치해놓은 특수 장치 안에 빠졌다는 걸 알게 되었다. 이들은 영취궁 안으로 공격해 들어올 때 황삼을 입은 여인들을 닥치는 대로 죽이고 생포해가며 깨끗하게 소탕했다. 대청 안으로 들어온 후에도 주변에 복병이 있는지 살펴보기도 했지만 누군가 생사부가 발작하는 끔찍한 광경을 목격하고 동료의 고통에 함께 슬퍼하며 일련의 변고마저 이어지자 자신들이 사방에 위험이 도사리는 험지에 와 있다는 사실조차 잊어버리고 만 것이다. 그러다 거대한 바위가 대문을 틀어막고 있는 모습을 보자 모두들 놀라 같은 생각을 하게 되었다.

'오늘 영취궁에서 살아 나가기는 쉽지 않겠구나.'

그때 머리 위쪽에서 갑자기 한 여자의 목소리가 들려왔다.

"동모 수하의 시녀 사검四劍이 허죽 선생을 뵈옵니다."

허죽이 고개를 들어보니 대청 천장이 맞닿은 곳에 작고 평평한 무대처럼 보이는 아홉 개의 바위가 튀어나와 있었다. 그중 바위 네 곳에서 열여덟아홉 정도 된 소녀들이 허죽을 향해 무릎을 꿇고 절을 하고 있었다. 절을 모두 마친 네 소녀는 곧바로 몸을 훌쩍 날리는데 놀랍게도 공중에 떠 있는 상태에서 수중에 각자 장검을 지닌 채 표연히 내려오는 것이었다. 네 소녀는 각각 담홍색, 담청색, 담녹색, 담황색 옷을 입고 바닥까지 내려와 동시에 착지를 하고 허죽을 향해 몸을 굽혀 절하며 말했다.

"소녀들의 영접이 늦었으니 주인님께서 용서해주십시오."

허죽은 읍을 하며 답례를 했다.

"네 분 누이들께서는 예를 거두십시오."

네 소녀가 고개를 들자 모든 사람이 깜짝 놀랐다. 네 소녀는 키와 몸매는 물론 생김새까지 전혀 구별할 수가 없을 정도로 똑같았다. 오로지 옷 색깔만 다를 뿐 똑같은 계란형 얼굴에 반짝이는 눈동자, 우아하고 수려한 모습까지 모두 똑같았던 것이다.

담홍색 옷을 입은 소녀가 말했다.

"저희 네 자매는 한배에서 태어난 쌍둥이입니다. 동모께서 소녀에게 매검梅劍이란 이름을 지어주셨고 여기 세 동생들 이름은 난검蘭劍, 죽검竹劍, 국검菊劍입니다. 조금 전 호천, 주천부 자매들을 만나 제반 사정을 모두 들었습니다. 소녀가 이미 독존청獨尊廳 대문을 닫아버렸으니 주인님께서 저 대담하기 짝이 없는 반역 노비 무리를 어찌 처리할지 분부만 내려주십시오."

군호는 네 자매가 쌍둥이를 자처하는 말을 듣고 나서야 네 사람 모습이 똑같은 게 이상할 일이 아니라고 느꼈다. 그들은 네 소녀 모두 수려한 용모에 목소리 또한 맑고 부드러워 다들 호감을 느꼈다가 매검이란 소녀가 말을 하면서 '대담하기 짝이 없는 반역 노비 무리'라고 칭하는 소리에 무례하기 짝이 없다는 생각이 들었다. 이에 단도를 손에 쥔 사람과 판관필 한 쌍을 손에 든 사내 둘이 앞으로 튀어나오며 일제히 호통을 쳤다.

"고얀 계집이로다! 어디서 그런 저속한 말을 내뱉…."

순간 푸른빛이 연이어 번뜩이며 난검과 죽검 자매가 장검을 휘둘러 냈다. 사삭 소리와 함께 순식간에 두 사내의 손목이 잘려 손에 쥐고 있던 무기마저 바닥에 떨어져 버렸다. 그 일초가 얼마나 날렵했는지 그 두 사람은 손목이 잘려나간 순간에도 입으로는 하던 말을 계속 이어 가고 있었다.

"…는 것이냐! 으악!"

두 사람이 일제히 비명을 지르며 뒤로 펄쩍 뛰어 물러서자 바닥은 온통 피로 얼룩이 졌다.

두 소녀가 각각 한 번씩 펼쳐낸 일초로 두 사람의 손목이 순식간에 잘리자 나머지 사람들은 소녀들이 두 대한보다 무공 실력이 훨씬 뛰어나다는 생각에 감히 나서지를 못했다. 더구나 그 대청을 둘러싼 네 벽면은 모두 두껍고 견고한 화강암인 데다 대청 안에 또 다른 이상한 장치가 설치되어 있을지도 모른다는 생각에 서로 얼굴만 쳐다보며 누구도 입을 열지 못했다.

군호가 아연실색한 얼굴로 서로를 쳐다보고 있을 때 마치 철탑처럼 생긴 대한 하나가 몸을 훌쩍 날려 튀어나왔다. 그는 시뻘겋게 물든 두 눈으로 자기 가슴팍 옷을 사정없이 찢었다. 수많은 사람이 소리치기 시작했다.

"철오도鐵鰲島 도주! 철오도 도주 합대패哈大覇잖아?"

합대패는 마치 부상을 당한 맹호처럼 괴성을 지르며 철발우鐵鉢盂같이 생긴 주먹을 들어 쾅 하고 차탁을 부숴버리고 국검을 향해 달려들었다.

국검은 그의 무시무시한 표정을 보자 자신의 검법이 고강하다는 사실조차 잊어버리고 너무 놀란 나머지 허죽의 품 안으로 달려가 머리를 처박았다. 합대패는 부들부채를 펴놓은 것 같은 솥뚜껑만 한 손으로 매검을 향해 달려가 움켜쥐려 했다. 네 명의 쌍둥이 자매는 속마음이 서로 통하는지 국검이 놀라서 온몸을 부들부들 떠는 것을 본 매검 역시 이에 반응해 합대패가 덮쳐오자 으악 하고 비명을 지르며 허죽의 등 뒤로 돌아가 숨었다.

합대패는 상대를 움켜쥐려다 허탕을 치자 두 손을 거꾸로 들어 자기 두 눈을 파내려 했다. 허죽이 소리쳤다.

"안 됩니다!"

이 말을 하며 옷소매를 휘둘러 그의 팔꿈치를 슬쩍 치자 합대패의 두 손은 밑으로 떨어졌다. 허죽이 말했다.

"형씨 체내에 심어져 있는 생사부가 발작한 것 같으니 재하가 제거해보도록 하겠습니다."

그는 곧 천산육양장 중 일초인 양가천균陽歌天鈞을 펼쳐 합대패 등짝에 있는 영대혈을 후려쳤다. 합대패는 전신이 허탈 상태에 빠진 듯 몇 번 부르르 떨었다.

푸른빛이 번뜩이는 곳에서 장검 두 자루가 합대패를 향해 찔러갔다. 바로 난검과 죽검 두 자매가 기회를 틈타 손을 쓰려 한 것이다. 허죽이 소리쳤다.

"안 됩니다!"

그는 손을 뻗어 두 검을 빼앗아버리고는 나지막이 중얼거렸다.

"큰일 났군, 큰일 났어! 이 형씨의 생사부가 어디 심어져 있는지 알 수가 없어."

그는 생사부를 제거하는 방법을 배우긴 했지만 견식이 짧다 보니 합대패 몸의 어디에 생사부가 심어져 있는지 도저히 알 수 없었다. 더구나 양가천균 일초는 그 힘이 워낙 강력해서 합대패가 견뎌내지를 못했다.

합대패가 말했다.

"그건… 거기… 현추… 기… 기해氣海… 사… 사공죽絲空竹에…."

조금 전 허죽의 양가천균 일초로 인해 그는 정신이 들어 생사부 위치를 말하려 했다.

허죽이 기뻐하며 말했다.

"본인이 알고 있으니 잘됐습니다."

그는 곧 동모가 가르쳐준 요결대로 천산육양장의 순양純陽한 힘을 이용해 그의 현추와 기해, 사공죽 세 곳의 혈도에 심어진 한랭寒冷의 생사부를 녹여버렸다.

합대패는 몸을 일으켜 주먹을 휘두르고 발길질을 해가며 미친 듯이 기뻐하다 쿵쿵 소리를 내며 바닥에 엎드리더니 허죽에게 절을 했다.

"은공 어르신! 이 합대패의 목숨은 어르신이 내려주셨습니다. 앞으로 은공께서 어떤 명을 내리시건 이 합대패가 물불을 가리지 않고 뛰어들겠습니다."

허죽은 사람들을 대할 때 늘 공손한 태도를 보이지 않았던가? 합대패가 이렇듯 큰 예를 올리자 그는 황급히 무릎을 꿇고 똑같이 쿵쿵 소리를 내며 답례를 했다.

"재하는 감히 이런 과한 예를 받을 수 없으니 형씨가 저한테 절한 만큼 저도 절을 해야 합니다."

합대패가 큰 소리로 말했다.

"은공, 어서 일어나십시오. 은공께서 저에게 절까지 하시다니 정말 황송하기 짝이 없는 일입니다."

그는 감사의 뜻을 표시하기 위해 다시 몇 번의 절을 더 했다. 허죽은 그가 다시 절하는 것을 보고 당장 똑같이 절을 하며 답례했다.

두 사람은 바닥에 엎드려 끊임없이 맞절을 했다. 돌연 수백 명의 사람들이 일제히 소리쳤다.

"제 생사부도 제거해주십시오. 생사부를 제거해주십시오!"

몸에 생사부가 심어진 군호가 벌 떼처럼 앞으로 달려와 두 사람을 에워쌌다. 한 노인이 합대패를 일으키며 말했다.

"절은 이제 그만하시오. 다 같이 은공께 생사부를 제거토록 청해 목숨을 구해야만 하오!"

허죽은 합대패가 일어나는 것을 보고 그제야 일어섰다.

"모두 서두르지 마시고 제 말을 좀 들어보십시오."

삽시간에 대청 안은 쥐 죽은 듯 조용해졌다. 허죽이 말했다.

"생사부를 제거하기 위해서는 심어진 위치를 정확히 알아야만 합니다. 모두들 알고 계십니까?"

순간 대청 안은 아수라장으로 변했고, 여기저기서 외치는 소리가 들렸다.

"압니다!"

"전 위중혈委中穴과 내정혈內廷穴에 심어져 있습니다."

"전 통증이 온몸에 있어서 젠장, 어느 혈도인지 모릅니다."

"전 온몸이 마비되고 가렵고 통증도 있는데 매달 위치가 다릅니다. 생사부가 움직이나 봐요!"

갑자기 누군가 큰 소리로 호통을 쳤다.

"모두 조용히들 하시오! 이렇게 난리 법석을 떨면 허죽자 선생이 어찌 들을 수 있겠소?"

큰 소리로 호통을 친 사람은 바로 군호 중 우두머리인 오노대였다. 그의 이 말에 곧 조용해지기 시작했다.

허죽이 말했다.

"재하가 동모로부터 생사부를 제거하는 요결을 전수받긴 했지만…."

군호 중 일고여덟 명이 참지 못하고 부르짖었다.

"훌륭합니다. 훌륭합니다!"

"우리 모두 목숨을 건질 수 있게 됐소!"

허죽이 말을 이었다.

"… 다만 혈도 위치와 생사부 종류를 알아보는 능력은 많이 부족합니다. 허나 염려하실 필요 없습니다. 본인이 생사부 위치를 확실히 알기만 하면 재하가 한 명씩 제거해보도록 하겠습니다. 모른다고 해도 천천히 연구하면 되고 또 의술에 정통한 친구를 모셔 함께 논의한다면 모두 치료할 수 있을 것입니다."

군호가 큰 소리로 환호성을 지르자 대청 안에 메아리 소리가 울려퍼지다 한참 후에야 점차 가라앉았다.

매검이 냉랭한 어조로 말했다.

"주인님께서 너희의 생사부를 제거해주겠다고 응낙하신 건 어르신의 자비심 때문이다. 하지만 너희는 대담하기 짝이 없이 난을 일으켰다. 더구나 동모를 궁에서 끌고 간 탓에 동모가 외부에서 선화를 하시게 됐다. 그럼에도 너희는 또다시 표묘봉을 공격해 우리 균천부의 수많은 자매를 죽였으니 이 빚은 다 어찌 갚을 것이냐?"

군호는 서로의 얼굴만 쳐다보며 의기소침해하지 않을 수 없었다. 곰곰이 생각해보니 매검이 한 말은 틀림없는 사실이지 않은가? 더구나 허죽은 동모의 전인이니 이들이 범한 대죄를 가만 놔둘 리가 만무했다. 누군가 나서서 애원해보려 했지만 곰곰이 생각해보니 동모를 죽이고 영취궁에 반기를 든 죄가 얼마나 중한데 몇 마디 애원의 말로 끝날 수 있는 문제가 아니었다. 그 때문에 애원의 말이 목구멍까지 나왔다 다시 기어들어가버리고 말았다.

오노대가 말했다.

"여기 낭자의 질책은 일리가 있소. 우리가 큰 죄를 지었으니 허죽자 선생께서 벌을 내리신다면 달게 받아야만 하오."

그는 허죽의 성격을 확실히 파악하고 있었다. 그는 충직하고 성실한 사람이라 간악하고 악랄한 동모와는 비교할 수가 없다는 걸 잘 알고 있었다. 그 때문에 그가 출수해서 징벌을 가한다면 필시 매란죽국 사검보다는 가볍게 내릴 것이라 여기고 그에게 벌을 내려달라 청한 것이다.

군호 중 적지 않은 사람이 그 뜻을 알아차리고 앞다투어 소리쳤다.

"맞습니다. 저희의 죄과가 중하니 허죽자 선생께서 어떤 벌을 내린다 해도 달게 받을 것입니다."

어떤 이들은 생사부가 발작할 때 느껴지는 고통을 떠올리며 무릎을 꿇고 주저앉기 시작했다.

허죽은 어찌해야 할 바를 몰라 매검을 향해 물었다.

"매검 누이, 이를 어찌해야 좋겠습니까?"

매검이 말했다.

"저자들 모두 호인이 아닙니다. 균천부의 그 많은 자매를 죽였으니 목숨으로 대가를 치르게 하지 않으면 안 됩니다."

무량동 부동주인 좌자목이 매검을 향해 깊이 읍을 하며 하소연을 했다.

"낭자, 우리는 몸에 생사부가 심어진 후 말할 수 없는 고통을 받아왔소. 동모 어르신이 표묘봉 위에 없다는 소식을 듣고 너무 조급한 나머지 큰 잘못을 저지르긴 했지만 정말 후회막급이오. 부디 낭자 대인께서 아량을 베풀어 허죽자 선생께 잘 말해주시기 바라겠소."

매검이 굳은 표정으로 말했다.

"사람을 죽인 적이 있는 사람은 어서 자기 오른팔을 베어버려라! 그게 가장 가벼운 벌이다."

그녀는 이 말을 내뱉자마자 자신이 호령을 한다는 것이 이치에 맞지 않는다고 느끼고 고개를 돌려 허죽을 향해 물었다.

"주인님, 어떻습니까?"

허죽은 벌이 너무 중하다 느꼈지만 매검과 부딪치고 싶지 않아 우물거리며 말할 따름이었다.

"그… 그게… 음… 저기…."

사람 숲 안에서 갑자기 누군가 튀어나왔다. 다름 아닌 대리국 왕자 단예였다. 그는 남의 일에 끼어들어 시비를 가리기 좋아하는 성격이었다. 그는 허죽을 향해 공수를 하고 웃으며 말했다.

"인형, 저 친구들이 표묘봉을 공격할 때 소제는 그에 반대하며 입이 마르도록 설득을 해봤지만 아무도 듣지 않았소. 한데 오늘 이렇게 큰 화를 자초했으니 인형이 벌을 내리는 건 당연한 일이오. 인형께서 소제한테 저 친구들에게 벌을 내릴 수 있는 권한을 부여해주시면 어떻겠소?"

군호가 동모를 죽이기 위해 피를 섞어 맹세하던 날 단예는 그들 앞에 나서서 말린 적이 있었다. 허죽도 그 상황을 직접 들었던 데다 단예가 어질고 의협심이 많다는 사실을 알아 그에 대해 존경심을 품고 있었다. 또한 자신이 동모를 업고 이추수를 피하려다 천 길 낭떠러지에서 떨어질 때도 그의 도움을 받지 않았던가? 하물며 자신은 당장 어찌 처리해야 할지 모르던 상황이었던 터라 그의 말에 재빨리 공수를 하며 말했다.

"재하는 식견이 짧아 일처리에 부족함이 있습니다. 단 공자가 나서서 처리해주신다면 재하가 감격해 마지않을 것입니다."

군호는 처음 단예가 나타나 자신들을 벌해야겠다는 말을 듣자 도저히 승복할 수 없었다. 일부 성미가 급한 사람들은 입에서 욕이 나올 뻔했지만 허죽이 그 말에 응낙을 하자 목구멍까지 올라왔던 욕이 쏙 들어가버리고 말았다.

단예가 기뻐하며 말했다.

"그렇다면 잘됐군요."

그는 몸을 돌려 군호를 보고 소리쳤다.

"여러분이 지은 죄는 중하기 때문에 재하가 정한 벌 역시 그리 가볍지 않소. 허죽자 선생이 이미 재하에게 처리토록 하셨으니 제가 내리는 벌에 반항을 한다면 허죽자 노형께서도 여러분의 생사부를 제거해 주지 않으실 것이오. 첫째, 모두들 동모 영전에 서서 공손하게 여덟 번 절하고 엄숙한 묵념으로 과오를 회개토록 하시오. 절을 하면서 마음속으로 동모에게 저주를 퍼붓는다면 그 죄는 더 깊어질 것이오."

허죽이 기뻐하며 말했다.

"옳습니다, 옳습니다! 첫 번째 벌은 아주 훌륭합니다."

군호는 그 책벌레가 기괴하고 힘든 벌을 내릴까 걱정하며 불안해하고 있다가 동모 영전에 절을 하라는 말에 하나같이 생각했다.

'사람은 죽는 게 가장 큰일 아닌가? 동모 영전에 절 좀 한다고 무슨 문제가 있겠는가? 하물며 우리가 속으로 도적 할망구한테 저주를 퍼붓는다 한들 그가 어찌 안단 말인가? 절을 하면서 속으로 욕하면 될 일이다.'

이런 생각에 일제히 그러겠노라고 답했다.

단예는 자신이 제시한 첫 번째 벌에 대해 모두들 흔쾌히 동의를 하자 고무가 된 듯 말을 이었다.

"둘째, 모두들 목숨을 잃은 균천부 누님들 영전에 예를 올려야 하오. 그들을 죽이는 데 일조한 사람들은 필히 절을 해서 회개하고 삼베로 된 상복을 입어 애도의 뜻을 표해야 하며 직접 손을 쓰지 않은 사람들 역시 길게 읍해 예를 표하시오. 그럼 허죽자 인형이 우선적으로 생사부를 제거해주는 상을 내릴 것이오."

군호 중 표묘봉 위에서 손에 피를 묻히지 않은 대다수가 먼저 그리하겠다고 답했다. 또한 균천부 여인들을 살상한 사람들은 상복을 입고 절만 하면 된다고 하자 자기 오른팔을 자르라는 매검의 벌보다 만 배는 가볍게 여겨 그 누구도 이의를 제기하지 않았다.

단예가 다시 말했다.

"셋째는, 모두들 영취궁의 신하로 영원히 복종해야 하며 다른 마음을 먹어서는 안 된다는 것이오. 허죽자 선생이 무슨 말을 하건 그분의 호령에 복종해야만 하오. 허죽자 선생을 공경하는 것은 물론이고 매란죽국 네 자매와 영취궁의 다른 자매들에 대해서도 예를 다하며 더 이상 적이 아닌 친구로 생각해 말과 행동에 있어 무례함이 있어서는 아니 될 것이오. 만약 이에 불복하는 사람이 있다면 그 누구든 허죽자 선생과 무공 대결을 벌여도 무방하오. 누가 더 고강하고 뛰어난지 가늠해보면 될 것이오."

군호는 단예의 이 말을 듣고 모두 기뻐했다.

"당연합니다, 당연히 그래야지요!"

이런 말을 하는 사람도 있었다.

"공자가 정한 벌은 저희에게 무척이나 수월하다 아니 할 수 없소. 또 다른 분부는 없으신 것이오?"

단예가 손뼉을 치며 웃었다.

"없소!"

그는 고개를 돌려 허죽을 향해 말했다.

"소제가 내린 이 세 가지 벌칙이 어떻소?"

허죽이 공수를 하며 연신 고마워했다.

"고맙습니다. 고맙습니다. 아주 좋습니다."

그는 매검 등을 힐끗 쳐다보고는 겸연쩍은 표정을 지었다. 난검이 말했다.

"주인님, 주인님께서는 영취궁의 주인이시니 어떤 지시를 내리신다 해도 그에 따를 것입니다. 주인님께서 넓은 아량으로 저 노비들을 용서하신 것이니 소녀들에게 미안한 마음을 가지실 필요 없습니다."

허죽이 빙그레 웃었다.

"음, 그게… 내가 속에 두고 하지 못한 말이 있는데 지금 해도 될지 모르겠습니다."

오노대가 말했다.

"삼십육동과 칠십이도는 여태껏 표묘봉의 수하로 살아왔습니다. 존주의 분부가 있으시다면 그 누구도 위배하지 않을 것입니다. 단 공자가 정한 세 가지 벌칙은 실로 관대하기 이를 데 없습니다. 존주께서 또 다른 벌칙이 있으시다면 당연히 달게 받아들일 것입니다."

허죽이 말했다.

"재하는 아직 젊고 식견이 부족하며 무공 역시 동모에게 배운 몇 가지뿐입니다. '존주'니 뭐니 하는 호칭은 감당할 수 없을 만큼 부끄럽습니다. 두 가지 의견이 있는데 그… 그게… 맞는지 안 맞는지 몰라 그냥 되는대로 말씀드리겠습니다. 이건… 여러 선배님들께서 연구해주시기 바랍니다."

그는 어렸을 때부터 여러 사람들 앞에서 말하는 데 익숙하지 않아 우물쭈물하며 하는 몇 마디 말의 어투와 표정이 겸허하기 이를 데 없었다.

매란죽국 네 자매가 똑같이 생각했다.

'주인님이 왜 저러시지? 저 노비들한테마저 저토록 겸손해하시니 말이야.'

오노대가 말했다.

"존주께서 넓은 아량으로 저희의 중죄를 사면해주셨는데 저희한테 이토록 겸허하시니 모든 형제가 간뇌도지肝腦塗地[19]한다 해도 존주의 은덕을 다 갚지 못할 것입니다. 분부하실 것이 있으면 마음껏 하십시오!"

허죽이 말했다.

"네, 네! 제 말이 틀렸더라도 여러분께서는 부디… 웃지 말아주시기 바랍니다. 두 가지만 말씀드리고자 합니다. 첫째, 약간의 사심인 것 같지만 재하는 소림사 출신으로 본래… 소화상이었습니다. 향후 여러분께서 강호를 돌아다니실 때 소림파 승려와 제자를 만나게 되면 힘들게 하지 않았으면 좋겠습니다. 이건 여러분께 부탁을 하는 것이지 감히 명령을 하는 게 아닙니다."

오노대가 큰 소리로 외쳤다.

"존주께서 명을 내리셨다. 앞으로 모든 형제는 강호를 떠돌다 소림파 대사부와 속가 친구를 만나면 필히 존경심을 표하되 절대 죄를 지어서는 안 된다. 그러지 않으면 엄벌을 내릴 것이다."

군호가 일제히 답했다.

"명에 따르겠습니다!"

허죽은 군호가 대답하는 걸 보고 더욱 과감해져서 공수를 하며 말했다.

“고맙습니다, 고맙습니다! 둘째는 여러분께서 하늘의 호생지덕과 부처님의 자비를 이해해 함부로 살상하지 않기를 바란다는 겁니다. 여러분이 출가인은 아니지만 생명이 있는 동물은 절대 죽이지 마시고 개미 목숨조차 소중히 여기는 것이 가장 좋습니다. 고기붙이를 먹지 않는다면 더욱 좋겠지만 이 점이 그리 쉽지는 않습니다. 그렇다고 채소까지 먹지 말라는 뜻은 아닙니다. 저 역시 파계를 해서 고기붙이를 먹었으니까요. 따라서… 그… 그 살인은 어쨌든 좋지 않습니다. 살인은 하지 않는 것이 가장 좋겠지요. 하지만 저도… 살인을 한 적이 있습니다. 그래서….”

오노대가 큰 소리로 말했다.

“존주께서 명하셨다. 영취궁 수하의 모든 형제는 앞으로 무고한 살인을 해선 안 되며 함부로 살생도 하지 마라. 그러지 않으면 중한 벌을 내릴 것이다.”

군호가 다시 일제히 답했다.

“명에 따르겠습니다!”

허죽이 연신 공수를 하다 다시 말했다.

“정말 감격해 마지않습니다. 다시 말씀드리지만 여러분께서는 부디 좋은 일을 많이 하시고 나쁜 짓은 하지 마십시오. 그럼 여러분 스스로 공덕과 선업을 쌓게 되고 필시 무한한 복으로 되돌아오게 될 것입니다.”

그는 오노대를 향해 빙긋 웃었다.

“오 선생, 오 선생 말씀은 아주 명확한데 제가 변변치 못하군요. 일전에 솔방울로 상해를 입혀드린 점에 대해서는 송구하게 생각합니다.

한데… 선생의 생사부는 어디 심어져 있습니까? 우선 선생부터 제거해드리겠습니다.”

오노대가 위험을 무릅쓰고 무모하게 사람들을 인솔해 모반을 일으킨 목적은 오로지 체내의 생사부를 제거하기 위해서였다. 그런데 허죽이 자신의 생사부를 제거해준다는 말을 듣자 이제 자신을 끊임없이 괴롭혀온 이 뼈에 붙은 구더기 같은 놈이 사라진다는 생각에 너무도 기쁘고 감격스러운 나머지 무릎을 꿇고 엎드려 절했다. 허죽이 황급히 무릎을 꿇고 답례를 하며 다시 물었다.

“오 선생, 솔방울에 맞아 다친 배는 완쾌가 되셨습니까? 동모가 준 단근부골환도 먹지 않았습니까? 그 독 역시 제거할 방법을 강구해야 합니다.”

매검 등 네 자매가 장치를 가동하자 대문의 거대한 바위가 이동하며 주천과 호천, 현천 등 9부 여인들이 대청 안으로 속속 들어왔다.

풍파악과 포부동 역시 고함을 치며 등백천, 공야건과 함께 안으로 들어왔다. 그 네 사람은 동모와 겨루기 위해 대청을 나섰지만 8부 여인들과 맞닥뜨리게 됐다. 포부동은 언사가 불손하고 풍파악은 워낙 싸움을 좋아하다 보니 서로 몇 마디 하기도 전에 8부 여인들과 싸움이 벌어지게 됐고 얼마 지나지 않아 등백천과 공야건까지 싸움에 가세했다. 이들 네 사람은 고강한 무공 실력을 지녔다고는 하나 어쨌든 중과부적인지라 싸움을 지속하다 모두 부상을 입고 말았다. 대청 대문이 조금만 더 늦게 열리고 매란죽국 네 자매가 소리쳐서 말리지 않았다면 그 네 사람은 그대로 붙잡혀 목숨을 부지하지 못했을 것이다.

더 이상 흥미를 잃은 모용복이 등백천 등 호위들과 함께 작별을 고했다. 또한 탁불범과 부용선자 최록화는 간다는 말도 없이 그대로 사라져버렸다.

허죽은 모용복 등이 작별을 고하는 말에 성의껏 만류했지만 모용복이 말했다.

"재하는 표묘봉에 죄를 지어 부끄러울 따름이오. 형씨가 저한테 벌을 내리지 않는 후의를 내리신 마당에 어찌 감히 또 폐를 끼치겠소?"

허죽이 말했다.

"별말씀을 다 하십니다. 두 분 공자께서는 문무를 겸비한 대단한 영웅이란 걸 알기에 재하도 평소 앙모해왔습니다. 전… 그저… 두 분 공자께 가르침을 받고자 합니다. 저… 저란 사람은 사실 아둔하기가… 짝이 없습니다."

포부동은 조금 전 여러 여인들과 대결하면서 중과부적을 넘어서지 못하고 몸에 수많은 검상을 입어 마침 화가 머리끝까지 나 있는 상태였다. 그때 허죽이 쓸데없는 말로 자신들을 붙잡아두려 하는 데다 모용복이 나지막한 소리로 그가 왕어언의 그림을 품고 있다고 하는 말을 듣고 곰곰이 생각했다.

'저 땡중이 어질고 의협심 넘치는 척하면서 불문 제자의 몸으로 왕 낭자한테 흑심을 품고 있는 걸 보면 필시 파계를 한 음란 화상인 것 같다.'

그는 이런 생각을 하고 허죽을 향해 말했다.

"소사부는 영웅을 잡아두려는 게 아니라 미인을 잡아두려는 것 같소. 어찌 표묘봉에 왕 낭자를 잡아두고 싶다고 사실대로 말하지 못하는 것이오?"

허죽이 아연실색한 표정으로 말했다.

"그… 그게 무슨 말씀입니까? 미인을 잡아두려 하다니요?"

포부동이 말했다.

"발칙한 마음을 품고 있지 않소? 설마 고소모용가 사람들을 바보로 아는 것이오? 흐흐… 가소롭기 짝이 없구먼!"

허죽이 머리를 긁적거리며 말했다.

"무슨 말씀을 하시는지 모르겠습니다. 뭐가 가소롭다는 건지 말입니다."

포부동은 자신이 용담호혈 속에 놓여 있다는 걸 알고 있었지만 대뜸 괴팍한 성미가 폭발해 생사는 안중에도 없는 듯 큰 소리로 고함을 쳤다.

"이 땡중아! 네놈이 소림사 화상이면 명문 제자가 아니더냐? 한데 어찌 다시 사파에 의탁해 이런 요마귀괴들과 결탁할 수 있느냐는 말이다! 난 네놈을 보기만 해도 화가 치민다. 일개 화상이 수백 명이나 되는 아녀자들을 핍박해 처첩과 정부로 삼는 것도 모자라 또다시 우리 왕 낭자한테까지 손길을 뻗친단 말이냐? 잘 들어라! 왕 낭자는 우리 모용 공자 사람이니 분수를 모르고 덤벼들 생각 하지 마라! 쓸데없는 흑심은 일찌감치 버리는 게 좋을 것이란 말이다!"

그는 화가 머리끝까지 난 듯 손을 휘두르고 발을 굴러 허죽의 코를 가리키며 욕을 해댔다.

허죽은 영문을 알 수 없다는 듯 말했다.

"저… 저…."

"휙! 휙!"

두 번의 날카로운 바람 소리와 함께 오노대가 녹파향로귀두도를, 합대패는 대철추大鐵椎를 들어올려 일제히 호통을 치며 포부동을 향해 덮쳐갔다.

모용복은 허죽이 생사부를 제거해주기로 약속했기 때문에 이곳에 모인 군호 모두 사력을 다해 허죽 편에 설 것이라는 걸 잘 알고 있었다. 여기서 혼전이 벌어진다면 위험하기 짝이 없는 상황인지라 오노대와 합대패가 동시에 덮쳐오는 것을 보고 몸을 흔들 하며 앞으로 달려나가 두전성이 무공을 펼쳐냈다. 잠깐 사이에 귀두도는 합대패를 향해 베어가고 대철추는 오노대를 향해 찍어가며 땡 하는 강렬한 소리와 함께 두 무기가 부딪쳐 불똥이 사방으로 강렬하게 튀어나갔다. 모용복은 손으로 포부동의 어깨를 살며시 밀어 그를 1장 밖으로 물러나게 만들었다. 그러고는 허죽을 향해 공수를 하며 말했다.

"실례했소. 이만 가보겠소!"

신형이 흔들 하는 순간 그는 이미 대청 대문 입구에 가 있었다. 그는 조금 전 입구에 있던 장치를 봤던 터라 만일 그 바위가 다시 이동해와 대문을 막는다면 한순간에 목숨을 잃을 수도 있다고 생각했던 것이다.

허죽이 황급히 말했다.

"공자, 안녕히 가십시오. 전 절대… 그런 뜻이 아니라, 제가…."

모용복은 양미간을 치켜세우며 몸을 돌려 큰 소리로 외쳤다.

"귀하께서 천하무적을 자부하니 몇 초 가르침을 내려주겠다는 의미요?"

허죽이 연신 손사래를 쳤다.

"제… 제가 어찌 감히…."

모용복이 말했다.

"재하는 주제님게 찾아온 불청객일 뿐인데 귀하께서는 정말 우리를 붙잡아둬야만 하겠소?"

허죽이 고개를 가로저었다.

"아, 아닙… 니다… 아유!"

모용복은 입구에 서서 거만한 표정으로 허죽과 삼십육동 칠십이도 군호 그리고 매란죽국 사검, 구천구부 여인들을 바라봤다. 군호와 여러 여인들은 그의 기세에 압도당해 앞으로 달려가 싸우려 드는 사람이 없었다. 한참 후에 모용복이 소맷자락을 떨치며 말했다.

"가자!"

이 말을 하며 큰 걸음으로 당당하게 대문을 나섰다. 왕어언을 비롯한 등백천 등 다섯 명도 그 뒤를 따라 걸어나갔다.

오노대가 발끈해서 말했다.

"존주, 저자를 표묘봉에서 살려둔 채 내보낸다면 우리 체면이 뭐가 되겠습니까? 저들을 가지 못하게 막도록 명을 내려주십시오."

허죽이 고개를 가로저었다.

"됐습니다. 전… 정말 모르겠습니다. 느닷없이 어찌 저토록 화를 내는 것인지…."

오노대가 말했다.

"그럼 속하들이 가서 저 왕 낭자를 잡아오겠습니다."

허죽이 다급하게 말했다.

"안 됩니다! 안 됩니다!"

왕어언은 아직 대청을 나서지 않은 단예를 보고 고개를 돌려 말했다.

"단 공자, 또 봐요!"

단예는 깜짝 놀라 가슴이 저리고 목이 막히는 듯했지만 마지못해 답했다.

"네, 또… 또 봅시다. 전 그래도 그대와 함께…."

그녀는 점점 멀어져만 가는 뒷모습을 남긴 채 다시는 돌아보지 않았다. 귓전에서 포부동이 했던 말이 다시 맴돌았다.

'왕 낭자는 모용 공자 사람이니 다른 사람은 일찌감치 단념하라고 했지. 분수도 모르고 덤벼들 생각 말라면서 말이야. 맞아, 대청문을 나서면서 풍겨나온 모용 공자의 그 늠름한 위세에는 영웅적 기개가 넘쳐흘렀다. 손을 한번 들었을 뿐인데 강적 두 사람의 초식이 소리 없이 사라져버리니 그 얼마나 심후한 무공을 지녔다는 것인가? 나처럼 닭 한 마리 잡을 힘도 없는 놈이 가는 곳마다 추한 꼴을 보이니 그녀 눈에 찰 리가 있겠는가? 왕 낭자가 자기 사촌 오라버니를 바라보는 눈빛은 정말 깊은 정으로 가득했어. 그녀는 모용 공자를 이미 앙모하고 사랑하고 있는 것이다. 나… 나 단예는 그저 분수를 모르는 놈일 뿐이야.'

일순간 두 사람은 대청에서 넋을 잃고 말았다. 허죽은 의구심으로 가득해 머리를 긁적거리며 이리저리 서성거렸고 단예는 급작스러운 이별에 망연자실한 채 울적한 마음을 달래지 못하고 있었다. 두 사람 모두 어찌할 바를 몰라 서로의 얼굴만 쳐다봤다.

한참 후에 허죽이 긴 한숨을 내쉬자 단예 역시 따라서 긴 한숨을 내쉬었다. 단예가 허죽을 보며 말했다.

"인형, 우리 두 사람은 동병상련인 것 같소. 마음 깊이 묻어놓은 우리 그리움을 어찌 풀어야 하겠소?"

허죽은 그 말을 듣고 자기도 모르게 얼굴이 새빨개졌다. 자신이 꿈속의 낭자와 함께했던 행적에 대해 단예가 이미 알고 있다고 여긴 것이다. 그는 우물거리다 물었다.

"다… 단 공자, 공자가 그… 그걸 어찌 아시는 겁니까?"

단예가 말했다.

"'자도子都의 아름다움을 모르는 자는 눈이 달려 있지 않은 자'라 했습니다. 그런 미인의 아름다움을 모르는 사람은 사람이라 할 수가 없지요. 아름다운 것을 사랑하는 마음은 사람이면 누구나 가지고 있소. 인형, 우리 두 사람은 같은 처지에 놓인 사람들이오. 이 한은 영원히 풀지 못할 것이오!"

이 말을 하면서 긴 한숨을 내쉬었다. 그는 허죽이 왕어언의 초상을 품 안에 간직하고 있다는 건 자기와 똑같이 왕어언을 깊이 흠모하고 있기 때문이라 단정 짓고 있었다. 조금 전 모용복과 허죽이 충돌한 것 역시 왕어언 때문이라고 생각했던 것이다.

"인형의 무공은 절정에 달했지만 정이란 것은 인연이 있어야 이루어지는 것이며, 문무를 겸비했다 해도 인연이 없다면 어찌해도 이루어질 수 없는 것이오."

허죽이 중얼거렸다.

"맞습니다. 부처님께서도 만법萬法은 인연으로 인해 생성되는 것이며 모든 건 오로지 연분으로 말할 수 있다 하셨습니다. 맞아요. 연분은… 구한다고 만나는 것이 아닙니다…. 맞습니다. 한번 헤어지고 나면 이 넓디넓은 세상 그 어느 곳에 가서 찾을 수 있겠습니까?"

그는 '꿈속의 낭자'를 지칭해 하는 말이었지만 단예는 그가 왕어언을 들어 말하는 것으로 알아들었다. 두 사람 모두 속세 일에는 문외한이었던 터라 말을 나누면 나눌수록 의기투합했다.

영취궁 여인들이 연회를 마련하자 허죽과 단예는 손을 잡고 나란히 자리에 앉았다. 허죽은 객을 접대하는 도리에 대해 아는 바가 없어 다른 사람들이 다가오지 않는 것을 보고도 가까이 오라는 말 한 마디 없이 단예와 단둘이서만 얘기를 나눴다.

단예의 마음은 오직 왕어언에 대한 깊은 사랑으로 가득했던 터라 그녀의 성격이 얼마나 온화하고 부드러우며 용모는 또 얼마나 수려하고 절색인지 그녀에 대한 칭찬만 쉴 새 없이 늘어놓았다. 허죽은 단예가 칭찬하는 여인이 '꿈속의 낭자'인 줄로만 알고 그녀를 어찌 알았는지, 또 그 낭자의 내력이 어찌 되는지 감히 물어볼 수가 없어 그저 쿵쾅쿵쾅 요동치는 가슴을 부여잡고 깊은 사색에 빠져 있을 뿐이었다.

'동모가 죽고 나서 천하에 그 낭자의 소재지를 아는 사람이 없으리라 여겼건만 하늘이 가련하게 여기셨는지 뜻밖에도 단 공자가 알고 있게 해주셨구나. 한데 단 공자 말을 들어보면 단 공자 역시 그 낭자에 대해 연모와 그리움의 정이 가득하지 않은가? 그렇다면 내가 전에 그녀와 빙고 안에서 함께 지내며 인연을 맺은 사실을 밝힌다면 단 공자가 대로해서 자리를 뜨고 말 것이 아닌가? 그렇다면 더 이상 물어볼 도리가 없겠구나.'

그는 단예가 그 낭자에 대해 쉴 새 없이 칭찬하자 자신도 같은 마음인지라 진심을 다해 그의 말에 호응을 했다.

두 사람은 각자의 정인을 한데 뒤섞어 말하고 있었지만 그 누구도 두 낭자의 이름을 거론하지 않았기 때문에 하는 말마다 서로 고리에

엮인 듯 착착 맞아떨어졌다.

"단 공자, 불가에서는 만법이 모두 '인연'이라는 말로 통한다 했습니다. 불경에 이런 말이 있지요. '모든 법은 인연으로부터 생기며 인연으로부터 멸한다. 우리 부처님 대사문大沙門께서는 늘 이렇게 말씀하셨다.' 달마조사께선 이런 말씀을 하셨습니다. '중생의 육신은 진정한 내가 아니며 고통과 기쁨은 인연에 따라야 한다.' 따라서 그 어떤 즐거움이 있다면 그건 이 말로 대변될 것입니다. '전생에 맺어진 선인善因이 현세에 이르러 선과善果로 얻어지게 된 것이라 인연이 다하고 나면 없어지게 되는 것인데 어찌 기뻐할 수 있겠는가?'"

허죽의 이 말에 단예가 받아쳤다.

"그렇소! '득과 실은 인연에 따르되 마음에 더해지고 적어지는 것이 없어야 한다.' 말은 그렇게 하지만 우리 같은 범부들이 어찌 그런 '득과 실은 인연에 따르되 마음에 더해지고 적어지는 것이 없는' 경지에 이를 수 있단 말이오?"

대리국은 불법이 창성했던 나라였다. 단예 역시 어려서부터 불경을 암송해왔기 때문에 두 사람은 한 명이《금강경》한 구절을 인용하면 또 한 명은《법화경》한 줄을 인용하면서 관용을 베풀고 위로를 해가며 슬픔에 젖은 탄식을 함께했다. 이러다 보니 두 사람은 서로를 인정하고 아끼면서 동병상련을 느끼게 되었다. 매란죽국 네 자매가 서로 번갈아가며 두 사람의 잔을 끊임없이 채웠다. 단예가 한 잔 마시면 허죽이 다시 한 잔 마시면서 밤새 이런저런 얘기들을 주고받았다. 군호가 자리에서 일어나 작별을 고하자 영취궁 여인들이 나서서 그들이 묵을 곳을 안내했다. 허죽과 단예는 거나하게 취한 상태로 여전히 잔을 주고받으며 쉬지 않고 얘기를 나누었다.

단예가 무석성 밖에서 소봉과 술 내기를 할 때는 내공을 이용해 손가락으로 술을 뽑아냈지만 이번에는 술로 시름을 풀고 있다 보니 있는 그대로 마시다 술에 취해 정신이 혼미해지고 말았다.

"인형, 나한테 결의형제를 맺은 형님이 계시는데 성은 교, 이름은 봉이오. 그분은 정말 대영웅이자 진정한 호걸이지요. 무공은 물론 주량 또한 상대할 사람이 없소. 인형이 만나게 된다면 분명 형님을 흠모하게 될 것이오. 안타깝게도 지금은 이곳에 없소. 만일 형님이 여기 계셔서 우리 세 사람이 결의형제를 맺었다면 서로 의기투합해 함께 술잔을 기울이며 평생 즐거움을 누릴 수 있었을 텐데 아쉽기 짝이 없소."

허죽은 평생 술을 마셔본 적이 없었지만 심후한 내공의 힘에 의지해 마시다 보니 연거푸 몇 말을 마셨는데도 전혀 취할 줄 몰랐다. 다만 마음은 두둥실 떠 있고 혀마저 꼬부라져서 평소 조심스럽고 소심한 사람이 갑자기 호기가 발동했다.

"단 공자, 만일 공자가 날 무시하지만 않는다면 우리 둘이 먼저 결의형제를 맺도록 합시다. 그리고 훗날 교 대형을 찾아 다시 한번 결의를 맺으면 될 것 아니겠습니까?"

단예가 크게 기뻐했다.

"좋은 생각입니다. 아주 좋은 생각입니다! 우리 둘이 먼저 교 대형을 포함시켜 결의형제를 맺으면 될 것이오. 형씨는 나이가 어찌 되시오?"

두 사람이 나이를 따져보니 허죽이 단예보다 세 살 더 많았다. 단예가 소리쳤다.

"둘째 형님, 소제의 절을 받으십시오!"

그는 의자를 밀어내고 무릎 꿇어 절을 했다. 허죽이 황급히 답례를 하려다 다리에 맥이 풀려 앞으로 고꾸라져버리고 말았다.

단예는 그가 넘어지는 것을 보고 재빨리 손을 뻗어 부축했다. 두 사람은 무의식중에 진기가 충돌한 뒤 서로 상대방 체내의 내력이 무척이나 충만해 있다는 걸 느끼자 재빨리 진기를 거두어 억제했다. 그때 단예는 이미 만취한 상태라 몸을 비틀거리며 제대로 서 있지를 못했다. 갑자기 두 사람은 껄껄대고 큰 소리로 웃으며 서로를 껴안은 채 바닥에 데굴데굴 굴렀다.

"둘째 형님, 소제는 아직 취하지 않았으니 우리 둘이 100잔만 더 마셔봅시다!"

"물론이지. 소형이 아우와 대작하며 실컷 마셔주겠네."

"인생을 살면서 뜻을 얻었다면 최대한 기쁨을 누려야 하되 휘영청 밝은 달을 상대로는 대작하지 말라 했습니다. 하하, 300잔을 채우도록 하시지요!"

두 사람은 말을 하면 할수록 정신이 혼미해지다 마침내 인사불성이 되도록 만취하고 말았다.

39

풀리지 않는 분노의 원한

선향 재가 점점이 흩어지면서 바닥에는 황동 손바닥 하나가 모습을 드러냈다. 다섯 손가락이 완연하게 드러나 있는 손바닥과 손가락 날이 마치 황금처럼 번쩍거리며 빛을 발하고 있었고 손등 부분만 잿빛이 가미된 녹색이었다.

이튿날 정신을 차린 허죽은 자신이 따뜻하고 부드러운 침상 위에서 자고 있다는 느낌이 들었다. 눈을 뜨고 휘장 밖을 바라보니 자신이 있는 곳은 넓은 방 안이었다. 그러나 안이 텅 비어 있어 소림사의 선방과 별 차이가 없는 듯했다. 방 안에는 동정과 도자기 병 같은 고풍스럽고 우아한 물건들로 꾸며져 있었는데 소림사에서 흔히 볼 수 있는 동종과 무쇠 화로 같은 것들도 있었다. 여전히 정신이 혼미한 상태에서 눈앞에 펼쳐진 뜻밖의 정경을 보자 도대체 어찌 된 영문인지 알 수가 없었다.

한 소녀가 도자기 쟁반을 받쳐들고 침상 곁으로 다가왔는데 다름 아닌 난검이었다.

"주인님, 정신이 드셨습니까? 이걸로 입가심하십시오."

허죽은 숙취가 아직 남아 있어 입안이 텁텁하고 목이 마르던 참이었던 터라 그릇 안에 싯누런 찻물이 가득 찬 것을 보고 그대로 받아들어 마셨다. 입안에서 달콤하고도 씁쓸한 맛이 느껴지는 것으로 보아 보통 차 맛이 아니었지만 그래도 꿀꺽꿀꺽 소리를 내며 모두 마셔버렸다. 그가 일평생 어디 가서 산삼탕 맛을 봤겠는가? 그는 무슨 이렇게 씁쓸한 차가 다 있나 생각하고 겸연쩍게 웃었다.

"고맙습니다, 누이! 저… 좀 일어나고 싶은데 누이께서는 나가주십시오!"

난검이 채 대답도 하기 전에 방문 밖에서 다시 한 소녀가 들어왔다. 바로 국검이었다. 그녀가 빙긋 웃으며 말했다.

"저희 자매 두 사람이 주인님의 환복을 돕겠습니다."

이 말을 하면서 침상 머리맡 의자 위에 있던 담청색 속옷 하나를 들고 허죽이 덮고 있던 이불 안으로 집어넣었다.

허죽이 난감해하며 얼굴이 빨갛게 달아올랐다.

"아니, 아닙니다! 저… 누이들 시중은 필요 없습니다. 내가 어디 다치거나 병이 든 것도 아니고 술에 취한 것뿐입니다. 에이, 내가 또 주계를 범하고 말았군요. 불경에 이르길 '음주를 하면 서른여섯 가지 실수를 범한다' 했습니다. 앞으로 마시지 않는 게 좋겠습니다. 셋째 아우는요? 단 공자는 어디 있습니까?"

난검이 입술을 오므리고 웃었다.

"단 공자는 이미 하산했습니다. 떠나시기 전에 소녀한테 주인님께 이 말을 꼭 전하라 당부하셨습니다. 영취궁 내 제반 사안들을 잘 처리하시고 난 후에 중원에서 다시 뵙자고 말입니다."

"아이쿠!"

허죽이 아차 싶었는지 소리를 치고는 말했다.

"물어볼 말이 남아 있는데 어찌 그냥 갔단 말인가?"

그는 다급한 마음에 침상에서 펄쩍 튀어나왔다. 단예 뒤를 쫓아가 '꿈속의 낭자' 이름과 거처를 물어보려 한 것이다. 그런데 언뜻 보니 자신이 깨끗한 월백月白의 속바지를 입고 있는 것이 아닌가? 그는 헉 하고 놀라며 다시 이불을 끌어당겨 몸을 가린 채 놀란 목소리로 말했다.

"내가 어찌 옷을 갈아입게 된 겁니까?"

그가 소림사에서 나올 때는 무명으로 만든 내의와 속바지를 입고 있었다. 반년 동안 줄곧 그것만 입고 있어 이미 해지고 더럽기 짝이 없었건만 지금 자신이 입고 있는 속옷은 몸에 딱 붙는 가볍고 부드러운 재질이었다. 능라인지 주단인지는 몰라도 어찌 됐건 무척이나 귀한 옷으로 보였다.

국검이 생글생글 웃었다.

"주인님께서 어젯밤에 만취하신 바람에 저희 자매들이 주인님께서 목욕하고 옷을 갈아입는 시중을 들었습니다. 기억이 안 나시나요?"

허죽은 더욱 깜짝 놀라 고개를 들어 난검과 죽검을 바라봤다. 옥처럼 아름다운 외모에 웃는 모습이 마치 꽃과도 같은 두 소녀를 보자 자기도 모르게 가슴이 두근거렸다. 팔을 뻗어보니 내의가 팔 위에서 미끄러져 내려가 담홍색 살갗이 모습을 드러냈다. 몸에 쌓인 더러운 때가 아주 깨끗하게 씻긴 것으로 보였다. 그는 여전히 한 가닥 희망을 품은 채 억지웃음을 지었다.

"내가 정신을 잃을 정도로 취했는데도 다행히 목욕은 혼자서 했나 보군요."

난검이 웃으며 말했다.

"어젯밤 주인님께서는 꼼짝도 하지 못하셨어요. 그래서 저희 네 자매가 주인님을 씻겨드린 겁니다."

허죽은 비명을 내지르며 그대로 기절할 뻔했다가 다시 침상에 누워 연신 소리를 질러댔다.

"큰일 났구나, 큰일 났어!"

난검과 국검은 허죽이 놀라서 펄쩍 뛰는 걸 보고 일제히 물었다.

"주인님, 뭐가 잘못됐습니까?"

허죽이 씁쓸한 웃음을 지었다.

"난 남자인데 여러분 네 자매 앞에서 벌거벗은 몸을 드러냈으니 어찌 큰일이 아닐 수 있겠습니까? 더구나 내 몸은 온통 묵은 때투성이라 냄새가 나고 더러웠을 텐데 누이들한테 어찌 그런 불결한 일을 하게 만들 수 있단 말입니까?"

난검이 말했다.

"저희 네 자매는 주인님의 시녀입니다. 주인님을 위해 분골쇄신하는 건 당연한 일입니다. 소녀들이 잘못을 저질렀다면 주인님께서 벌을 내려주십시오."

이 말을 끝내고 국검과 함께 바닥에 엎드렸다.

허죽은 두려움으로 가득 찬 두 사람 표정을 보고 여 파파와 석 수수 등이 그녀들에게 지나친 예로 대하는 자신에게 놀라 온몸을 바들바들 떨던 기억을 떠올렸다. 난검과 국검 역시 동모의 말투와 태도에 익숙해 있던 터라 언사나 표정이 온화해지기만 하면 살수가 뒤따른다는 사실을 알고 있다는 생각이 들었다.

"두 분 누… 음, 어서들 일어나 나가보세요! 난 혼자 옷을 입겠습니다. 시중들 필요 없습니다!"

난검과 국검 두 사람은 몸을 일으키더니 눈시울을 붉히며 뒷걸음질로 나갔다. 허죽이 의아한 생각이 들어 물었다.

"내… 내가 뭘 잘못했나요? 어찌 좋지 않은 기분으로 눈물을 글썽이는 겁니까? 내가 말을 잘못했나 보군요. 그건…."

국검이 말했다.

"주인님께서 저희 자매에게 나가보라며 주인님 옷을 갈아입혀 드리고 씻겨드리지 못하게 하는 건 저희가 싫어서 그러시는 것 아닙니까."

그녀는 이 말을 하면서 눈물을 뚝뚝 흘렸다. 허죽이 연신 손사래를 쳤다.

"아니, 아닙니다. 에이, 난 남자고 누이들은 여자이니 그게… 그게 너무 불편해서… 다른 의미는 전혀 없습니다. 부처님이 보고 계십니다. 출가인이 어찌 거짓을 말하겠습니까? 절대 거짓말이 아닙니다."

난검과 국검은 손짓 발짓을 하며 다급하게 말하는 그의 모습이 매우 진지한 것을 보고 울음 대신 웃음을 지으며 입을 모아 말했다.

"주인님, 나쁘게 생각 마십시오. 영취궁에는 여태껏 남자가 거주한 적이 없고 저희는 남자를 본 적도 거의 없습니다. 주인님은 하늘이시고 노비들은 땅인데 어찌 남녀의 구분이 있을 수 있겠습니까?"

두 사람은 살며시 걸어와 허죽의 옷을 갈아입히고 신을 신겼다. 잠시 후 매검과 죽검까지 들어와 한 사람은 빗질을 해주고, 한 사람은 얼굴을 씻겨줬다. 허죽은 놀라서 감히 아무 말도 못하고 창백한 얼굴로 가슴만 두근거리다 네 자매가 하는 대로 내버려두는 수밖에 없었다. 그리고 다시는 감히 시중을 들지 말라는 말을 하지 못했다.

그는 단예가 이미 멀리 가버려 뒤쫓아가기 어려울 거라 여겼고 또한 동도洞島 군호 몸에 심어진 생사부도 아직 제거하지 못했던 터라 그대로 훌쩍 떠날 수는 없었다. 간단히 아침을 때운 허죽은 대청으로 가서 군호를 만나 그중 가장 통증이 심한 두 사람의 생사부를 제거해주었다.

생사부를 제거하기 위해서는 천산육양장을 전력으로 펼쳐내야만 했다. 허죽은 진기가 충만해 있어 연달아 10여 명에게 펼쳐냈지만 전혀 피로하지 않았다. 다만 동모가 각자에게 심어놓은 생사부의 위치와 내력이 모두 달라 제거하는 방법을 세심하게 생각해야 했기에 매우 번거롭고 힘들게 느껴졌다. 그는 경맥과 혈도에 대해 아는 바가 적었고 또 감히 함부로 손을 쓸 수도 없었다. 만일 약간의 착오만 있어도 치료받는 사람이 위험에 빠질 수 있었기 때문이다. 정오가 됐지만 뜻밖에도 네 명밖에 치료하지 못해 점심을 먹고 난 후 약간의 휴식을 갖기로 했다.

매검은 그가 눈살을 찌푸리면서 생사부를 제거하는 방법에 대해 심사숙고하는 것을 보고 걱정스러운 마음에 말했다.

"주인님, 영취궁 후전 석굴 안에 수백 년 전 옛 주인이 남긴 석벽의 그림들이 있습니다. 동모께 듣기로는 그 그림이 생사부와 관련이 있다고 하던데 주인님께서 한번 가보시겠습니까?"

허죽이 기쁜 마음에 답했다.

"좋습니다!"

매란죽국 네 자매의 인도하에 허죽은 화원에 도착했다. 장치를 움직이자 가산이 이동하면서 지하로 들어가는 입구가 보였다. 매검이 횃불을 치켜들고 앞장을 서자 다섯 사람 모두 줄줄이 안으로 들어갔다. 가는 길에 매검은 은폐된 곳에 있는 장치들을 끊임없이 눌렀는데 미리 숨겨놓은 암기와 함정이 작동하지 않도록 한 것이다. 지하도 안은 구불구불하게 회전을 하며 내려가게 되어 있었다. 어느 순간 눈앞이 확 트이며 거대한 석굴 하나가 나타났는데 이 지하도는 산중턱에 있는 천연 동굴을 기반으로 만들어진 것으로 보였다. 허죽이 생각했다.

'석굴 안에 수백 년 전 옛 주인이 남긴 그림이 있다고 했는데 이 지하도와 석굴의 웅장한 구조로 봐서는 적어도 수십 년간 공을 들인 것 같다. 더구나 여기 들인 인력과 물자가 어마어마한 것으로 봐서는 영취궁의 이 여인들 힘으로 할 수 있는 것은 아니야. 옛 주인이 남긴 것이 확실하구나.'

죽검이 말했다.

"저 노비들한테 공격을 당했을 때 균천부 자매들은 모두 잡혔지만 저희 네 자매는 적을 당해낼 수 없다는 걸 알고 이곳에 도망쳐 숨어 있었습니다. 날이 어두워지면 자매들을 구할 방법을 강구하기 위해서 말입니다."

난검이 말했다.

"사실 동모께 보답해야겠다는 마음에서였습니다. 주인님께서 안 오셨다면 저희도 결국 저 노비들 손에 목숨을 잃고 말았을 거예요."

20여 리를 나아가자 매검이 손을 뻗어 좌측에 있는 바위를 밀어젖히고 한쪽에 비켜섰다.

"주인님, 들어가십시오. 이 안이 석굴입니다. 소녀들은 감히 들어갈 수 없습니다."

허죽이 말했다.

"어찌 못 들어간단 말입니까? 안이 위험하기라도 한 겁니까?"

매검이 말했다.

"위험한 건 아닙니다. 이곳은 본궁의 요지要地라 소녀들이 함부로 들어갈 수 없습니다."

허죽이 말했다.

"함께 들어갑시다. 무슨 상관 있겠습니까? 지하도가 많이 좁아 서 있기도 불편할 겁니다."

네 자매는 서로를 바라보며 놀랍고도 기쁜 표정을 지었다.

매검이 말했다.

"동모께서 선화하시기 전에 저희 자매에게 말씀하신 적이 있습니다. 만일 저희 네 자매가 충심으로 시중을 들며 과오를 범하지 않고 연공에 힘쓴다면 저희가 마흔 살이 됐을 때 매년 이 석실 안에 하루씩 들어가 석벽에 있는 무공을 연마할 수 있게 해주신다고 말입니다. 주인님께서 은덕을 베푸시어 동모께서 그날 하신 약속을 대신 지켜주신다 해도 20년 후의 일이 될 것입니다."

허죽이 말했다.

"20년을 더 기다려야 한다니 그 얼마나 답답한 일입니까? 더구나 그때가 되면 여러분도 늙어버릴 텐데 무슨 무공을 배운단 말입니까? 같이 들어갑시다!"

네 자매는 크게 기뻐하며 당장 바닥에 엎드려 절을 했다. 허죽이 말했다.

"어서 일어나십시오, 일어나십시오! 여긴 너무 좁아서 내가 무릎을 꿇고 답례를 하다가는 꽉 들어차고 말 겁니다."

다섯 사람은 석굴 안으로 들어갔다. 사면에 있는 바위벽이 매끄럽게 다듬어져 있는 게 보였다. 석벽 위에는 직경이 1척 넘는 수많은 원이 새겨져 있었는데 각 원 안에는 각양각색의 도형이 새겨져 있었다. 어떤 것은 사람 모양이고 어떤 것은 짐승 모양이었으며 어떤 것은 완전치 않은 모양의 문자들이었다.

또한 어떤 것들은 기호와 선만 있었는데 원 옆에 갑일甲一, 갑이甲二, 자일子一, 자이子二 등의 숫자가 표기돼 있었다. 원 모양 옆의 숫자가 천 개까지는 아니지만 적어도 800~900개는 돼 보이는데 단번에 어찌 자세히 볼 수 있겠는가?

죽검이 말했다.

"갑일 그림부터 봐야 하나 봅니다. 주인님, 그렇지 않나요?"

허죽이 고개를 끄덕이며 동의했다. 다섯 사람은 횃불을 치켜들고 갑일이라는 일련번호가 매겨진 원을 자세히 들여다봤다. 허죽은 보자마자 원 안에 그려진 것이 천산절매수 제1초의 기수식起手式이란 걸 알아보고 말했다.

"이건 천산절매수잖아?"

다시 갑이를 살펴보자 과연 천산절매수 제2초였다. 차례대로 보다 보니 천산절매수 도해가 끝나고 난 뒤에는 천산육양장 도해가 있었다. 동모가 서하국 황궁에서 전수한 각종 가결歌訣의 비밀이 그 원 안에 모두 주기돼 있었던 것이다.

석벽에 새겨진 천산육양장 이후의 무공 초식들은 허죽이 아직 배우지 않은 것들이었다. 그는 그림 속 지시에 따라 진기를 돋우어 수 초를 따라 해봤다. 몸이 두둥실 허공으로 떠오르는 기분이 들긴 했지만 뭔가 부족한 부분이 있는 듯 바닥에서 떠오르지는 않았다.

정신을 집중해 운기조식을 하며 모든 근심을 지워버리려는 순간 갑자기 윽윽 하는 두 번의 비명 소리가 들려왔다. 허죽이 깜짝 놀라 돌아보니 난검과 죽검 두 자매의 신형이 흔들 하면서 곧바로 바닥에 쓰러지는 것이 아닌가? 매검과 국검 두 자매 역시 석벽에 기댄 채 얼굴색이 변해 금방이라도 쓰러질 듯 비틀거렸다. 허죽은 황급히 난검과 죽검 두 누이를 부축하며 놀란 마음에 물었다.

"어찌 이럽니까?"

매검과 국검이 말했다.

"주… 주인님, 저희 공력이 부족해 여기 있는 그림들을… 볼 수가 없습니다. 저희는… 저희는 밖에서 대기하겠습니다."

네 자매는 석벽에 의지해 천천히 석실을 빠져나갔다.

허죽이 한참을 멍하니 있다 그 뒤를 따라나갔다. 네 자매가 통로에 무릎을 꿇고 앉아 공력을 돋우는데 몸을 부들부들 떨며 매우 고통스러운 표정을 짓고 있었다. 허죽은 그녀들이 심한 내상을 입었다는 걸 알고 당장 천산육양장을 펼쳐 네 사람 등에 있는 혈도를 가볍게 몇 번 후려쳤다. 한 줄기 양강하고 웅후한 힘이 네 사람 체내로 주입되자 네 자매의 안색이 평온하게 변했다. 잠시 후 네 자매는 앞다투어 눈을 뜨며 소리쳤다.

"고맙습니다, 주인님! 공력을 소모하면서까지 소녀들을 치료해주시다니…."

그녀들은 곧바로 바닥에 엎드려 은덕에 감사하는 절을 했다. 허죽이 황급히 손을 뻗어 부축하며 말했다.

"이… 이게 어찌 된 겁니까? 멀쩡하던 사람들이 어찌 갑자기 내상을 입고 혼절을 하는 겁니까?"

매검이 탄식을 하며 말했다.

"주인님, 과거 동모께서 저희가 마흔 살이 된 다음 매년 하루씩 이 석실 안에 들어가게 해주신다고 한 건 깊은 뜻이 있어서였나 봅니다. 그림 속 무공은 무척이나 심오한데 소녀들이 주제를 모르고 갑일 그림 속 지시에 따라 연마를 하다 내력이 부족해 경맥의 갈림길로 들어가버리고 말았습니다. 주인님께서 구해주지 않으셨다면 저희 네 자매는 영원히 불구가 되고 말았을 겁니다."

난검이 말했다.

"동모께서 저희에 대한 기대가 컸던 나머지 저희 자매가 마흔 살이 되고 나면 저 상승무공을 연마할 수 있기를 바라셨던 겁니다. 하지만… 하지만 소녀들은 자질이 변변치 못해 앞으로 23년을 더 연마한다 해도 감히 석실에 들어갈 수 없을 것 같습니다."

허죽이 말했다.

"그랬었군요. 그렇다면 내가 잘못했습니다. 여러분을 데리고 들어가는 게 아니었는데."

네 자매는 다시 바닥에 엎드려 죄를 청하며 일제히 말했다.

"주인님, 어찌 그런 말씀을 하십니까? 그건 주인님께서 은덕을 베푸신 겁니다. 다 소녀들이 오만하게 함부로 행동한 탓입니다."

국검이 말했다.

"주인님께서는 공력이 심후하니 저 심오한 무학들을 연마하시면 큰 이득이 될 것입니다. 동모께서 거의 한 달 동안 석실 안에서 나오지 않으신 것도 석벽에 있는 도보를 세심하게 연구하느라 그런 것일 겁니다."

매검이 다시 말했다.

"삼십육동, 칠십이도 그 노비들은 균천부 자매들을 핍박해 동모께서 보물을 감춘 장소를 알아내려 했습니다. 하지만 여러 자매들이 죽어도 굴복하지 않았습니다. 저희 네 자매는 그들을 지하도로 유인한 다음 장치를 가동해 섬멸할 생각이었지만 그 노비들 중에는 장치를 무력화할 재주를 가진 자들이 있어 만일 석실 안에 들어왔다가 석벽의 도해를 본다면 화를 자초할까 두려웠습니다. 이럴 줄 알았다면 그들을 데려오는 게 오히려 나을 뻔했습니다."

허죽이 고개를 끄덕였다.

"확실히 그렇습니다. 저 도해를 공력이 부족한 사람이 본다면 그 어떤 독약이나 예리한 무기보다 더 큰 해를 입을 수 있습니다. 그들이 들어오지 않아 다행입니다."

매검이 슬쩍 웃었다.

"주인님께서는 정말 선량한 마음을 지니신 것 같습니다. 제 말씀은 그들이 연공을 하다 모두 죽어도 좋았겠다고 한 말이었는데 말입니다."

허죽이 말했다.

"몇 초를 연마하니 정신이 번쩍 들고 내력이 충만해지는 느낌이 드는군요. 이참에 그들의 생사부를 마저 제거해줘야겠습니다. 여러분은 가서 눈 좀 붙이고 쉬십시오."

다섯 사람은 지하도를 따라 다시 나왔다. 허죽은 대청으로 돌아가 다시 세 명의 생사부를 제거해주었다.

그 후 허죽은 매일 군호의 생사부를 제거해주면서 정신적으로 피로할 때마다 석실 안으로 들어가 상승무공을 연마했다. 네 자매는 석실 밖에서 대기할 뿐 감히 안으로 한 발짝도 들여놓을 수 없었다. 허죽은 매일 짬을 내서 네 자매와 9부 여인들에게 무공을 가르쳐주었다.

이처럼 스무 날이 넘는 시간을 쏟아부어 비로소 군호 몸에 있는 생사부를 모조리 제거했다. 허죽은 매일 석벽 위에 있는 도보를 상세히 연구하다 보니 내력과 무공이 동시에 발전해 처음 표묘봉에 올 때보다 크나큰 진전을 이루게 되었다.

군호가 과거 동모에게 신하의 예를 다하게 된 것은 강제로 굴복당하고 몸에 생사부가 심어지면서 통제를 받았기 때문에 어쩔 수가 없었다. 그러나 이제 새롭게 바뀐 영취궁 주인인 허죽이 자신들을 진심으로 대하고 예로써 존중해주는 데다 각자의 몸에 심어져 견디기 힘든 고통을 안기던 생사부마저 제거해주자 오만하고 길들여지지 않은 군호도 그 은덕에 깊이 탄복해 죽음으로 충성을 맹세하며 하나같이 감사의 절을 올리고 각자의 근거지로 돌아갔다.

각 동주와 도주가 각각 하산하고 나자 봉우리 위에는 남자라곤 허죽 혼자만 남게 되었다. 그는 속으로 곰곰이 생각해봤다.

'난 어릴 때부터 고아였기 때문에 소림사 사부님들 손에 자랄 수 있었다. 지금이라도 소림사로 돌아가지 않는다면 배은망덕한 놈이 될 것이다. 그러니 소림사로 돌아가 방장과 사부님께 죄를 청하는 것이 도리에 맞는 일이다.'

그는 당장 네 자매와 9부 여인들에게 이유를 설명해주고 곧바로 하산을 하기로 했다. 영취궁 내의 모든 일은 9부의 수령인 여 파파와 석수수, 부민의 등이 상의해 처리하도록 분부해두었다.

네 자매가 그를 따라가 시중을 들겠다고 하자 허죽이 말했다.

"난 소림사로 돌아가 다시 화상이 될 겁니다. 화상한테 시녀가 따라다니며 시중을 든다니 천하에 그런 이치가 어디 있겠습니까?"

그는 재삼 당부를 했지만 네 자매는 그 말을 좀처럼 믿으려 하지 않았다. 허죽이 체도를 들고 머리를 깨끗하게 밀어버리자 사검은 달리 방법이 없어 9부 여인들과 함께 산 아래까지 전송을 하며 눈물의 이별을 할 수밖에 없었다.

허죽은 전에 입던 승복으로 갈아입고 큰 걸음으로 성큼성큼 숭산이 있는 동쪽을 향해 걸어갔다. 그는 성격상 길을 가면서 남에게 시비를 걸 사람도 아닌 데다 이렇게 비루한 옷을 입은 젊은 화상에게 도적 떼들이 달려들 일도 없었다. 그 때문에 그는 조용히, 아주 평온하게 소림사로 돌아갈 수 있었다.

그는 소림사의 누런 기와지붕을 다시 보자 감개무량하면서도 부끄러움을 감출 수 없었다. 소림사를 떠나 있던 몇 달 동안 계율에 위배되는 짓을 얼마나 많이 저질렀던가? 살계, 음계, 훈계葷戒[20], 주계까지 도저히 사면될 수 없는 바라이죄波羅夷罪[21]를 범하지 않은 것이 하나도 없었다. 그 때문에 방장과 사부님께서 이를 용서하고 자신이 사문에 돌아오는 걸 허락하실지 의문이었다.

그는 두려운 마음에 산문 안으로 들어가 자신의 사부인 혜륜慧輪을 찾아갔다. 혜륜은 그가 돌아온 것을 보고 놀라면서도 기쁜 마음에 물었다.

"방장께서 영웅첩을 돌리라고 하산시킨 것이거늘 어찌 오늘에야 돌아온 것이냐?"

허죽이 바닥에 엎드려 큰 소리로 참회의 눈물을 흘리며 말했다.

"사부님, 제자… 제자는 죽어 마땅합니다. 하산 이후 절제를 하지 못하고 사부님께서… 평소 내려주신 가르침을 모… 모두 준수하지 못했습니다."

혜륜의 안색이 변했다.

"뭐, 뭐라고? 고기붙이에 손을 댄 것이냐?"

"네, 고기붙이에 손을 댄 것뿐만이 아닙니다."

혜륜이 탄식하며 말했다.

"죽어 마땅하도다, 죽어 마땅해! 그… 그럼 술도 마셨더냐?"

"그냥 마신 게 아니라 마셔도 아주 곤죽이 되도록 마셨습니다."

혜륜이 한숨을 몰아쉬었다. 그는 뺨 위로 두 줄기 눈물을 흘렸다.

"어려서부터 충직하고 성실하게만 봐왔는데 어찌 바깥 세상에 한번 나갔다고 그토록 타락할 수가 있단 말이냐? 허허…."

허죽은 사부가 상심해하는 모습을 보자 더욱 황공한 마음이 들었다.

"사부님, 이 제자가 범한 계율은 그것뿐이 아닙니다. 제자는 또…."

허죽이 살계와 음계도 범했다는 말을 하려는 순간 갑자기 땡땡 하고 종소리가 울려퍼졌다. 종소리는 짧게 두 번 칠 때마다 잠시 멈췄다 다시 치기를 반복했다. 이는 혜慧 자 항렬의 승려들을 소집하는 신호였다.

혜륜은 몸을 일으켜 눈물을 닦아내며 말했다.

"네가 너무 많은 계율을 범해 나도 보호해줄 방법이 없구나. 네… 네가 스스로 계율원에 가서 죄를 청하도록 해라! 이는 나한테도 큰 잘못이 있다. 에이! 이…."

그는 이 말을 하며 총총걸음으로 달려갔다.

허죽은 계율원 앞에 당도해 몸을 숙이며 고했다.

"제자 허죽이 불문의 계율을 위배해 장율掌律 장로長老께 벌을 청하러 왔습니다."

그가 같은 말을 한 번 더 하자 계율원 안에서 한 중년 승려가 걸어나와 차가운 목소리로 말했다.

"수좌 사숙과 장율 사숙께서는 일이 있어 네 말을 들으실 틈이 없으니 여기서 무릎 꿇고 대기하도록 해라!"

허죽이 말했다.

"네!"

정오부터 저녁 무렵이 될 때까지 그대로 무릎을 꿇고 있었지만 나와보는 사람은 아무도 없었다. 다행히 허죽은 내공이 심후해 먹지도 마시지도 않은 채 반나절을 무릎 꿇고 있어도 아무 일 없는 듯 전혀 피로감이 없었다.

저녁을 알리는 북소리가 울려퍼졌다. 절 내의 저녁 독경 시간이 된 것이다. 허죽은 나지막이 염불을 외며 자신의 과실을 참회했다. 그 중년 승려가 걸어나와 말했다.

"허죽, 요 며칠 사내에 일이 있어 장로들께서 네 문제를 처리할 시간이 없으시다. 네가 장시간 무릎 꿇고 앉아 염불을 외는 것을 보니 진심으로 뉘우치는 것 같구나. 이러자! 우선 채소밭에 거름을 퍼 날라 뿌려주며 분부를 기다리도록 해라. 장로들께서 틈이 나면 널 불러 자세한 상황을 물어보고 경위의 경중에 따라 처벌토록 할 것이다."

허죽이 공손하게 답했다.

"네, 자비를 베풀어주셔서 감사합니다."

그는 합장을 한 채 예를 올리고 그제야 일어서서 생각했다.

'사문에서 당장 쫓겨나지 않았으니 그래도 희망은 있는 것 같구나.'

이런 생각을 하자 약간 마음이 놓였다.

그는 채소밭 안으로 들어가 채소밭을 관리하는 승려에게 말했다.

"사형, 소승 허죽이 본문의 계율을 어겨 계율원 사숙으로부터 채소밭에 거름을 퍼 날라 뿌려주라는 벌을 받았습니다."

그 승려의 이름은 연근緣根으로 소림사에 출가한 사람이 아니었다. 그 때문에 '현, 혜, 허, 공' 자를 붙이는 돌림자 항렬에 따르지 않았다. 그는 평범한 자질에 참선의 의미조차 깨닫지 못해 무공 연마에 이렇다 할 진전이 없었고 평소 자질구레한 일을 관장하는 데에만 관심이 있었다. 200묘에 이르는 이 채소밭에는 일꾼들이 30~40명 정도 있었는데 워낙 많은 사람이 그의 통솔하에 있다 보니 대단한 위세를 떨치고 있었다. 그 때문에 계율원에서 벌을 받아 채소밭에 일꾼으로 온 승려들을 만나면 더욱더 자신의 위세를 과시하는 경향이 있었다. 그는 허죽의 말을 듣자마자 속으로 무척 기뻐하며 물었다.

"무슨 계율을 어겼더냐?"

허죽이 말했다.

"범한 계율이 너무 많아 한 마디로 말씀드리기 어렵습니다."

연근이 노해 물었다.

"어찌 한 마디로 다 못 한다는 게냐? 두 마디로도 안 된다는 것이냐? 솔직하고 확실하게 설명해봐라. 너처럼 관장하는 직무도 없는 소화상은 물론이고 심지어 달마원과 나한당의 수좌가 계율을 범한다 해도 벌로 채소밭에 오는 사람이라면 누구든 똑같이 물어봐야만 한다. 누가 감히 대답하지 않는단 말이냐? 내가 볼 때 넌 얼굴이 불그스름하면서 희끄무레한 것을 보니 틀림없이 몰래 고기붙이를 먹은 것이다.

아니더냐?"

"맞습니다."

"흥! 봐라, 내가 단번에 맞히지 않았느냐? 확실치는 않아도 몰래 술도 훔쳐 마셨을 게야. 잡아뗄 것 없다. 날 속일 생각이라면 그리 쉽지는 않을 것이야."

"맞습니다. 소승은 어느 날 술을 곤죽이 되도록 마셔 인사불성이 된 적이 있습니다."

"쯧쯧, 간덩이가 부은 놈이로구나! 흐흐, 술을 그렇게 퍼마셨다면 필시 마음이 들떠 '색즉시공 공즉시색色卽是空空卽是色'이란 여덟 글자마저 까맣게 잊어버린 것이 틀림없겠구나. 마음속으로 여인들을 생각했을 것이다. 그렇지 않더냐? 한 번 생각한 게 아니라 적어도 일고여덟 번은 생각했을 것이다. 감히 부인은 못하겠지?"

그는 근엄한 얼굴로 매섭게 다그쳤다.

허죽이 탄식을 했다.

"소승이 어찌 감히 사형 면전에서 거짓을 고하겠습니까? 생각을 했을 뿐만 아니라 음계마저 범했습니다."

연근은 깜짝 놀라면서도 속으로는 기뻐하며 삿대질과 함께 욕을 해댔다.

"어린 화상 놈이 대담하기 짝이 없구나. 감히 우리 소림사의 청백한 명성을 더럽혔단 말이냐? 음계 외에 또 무슨 계율을 범했더냐? 도둑질을 한 적이 있느냐? 남의 재물을 취한 적은 없느냐? 남과 싸움을 벌인 적은? 말싸움을 벌인 적은 없더냐?"

허죽이 고개를 숙였다.

"사람을 죽인 적이 있습니다. 그것도 한 명이 아닙니다."

연근이 깜짝 놀라 안색이 굳어져 뒤로 세 걸음 물러섰다. 허죽이 사람을 죽인 적이 있고 그것도 한 사람뿐만이 아니라는 말을 듣자 순간 간담이 서늘해진 것이다. 그의 광기가 발동해 행패를 부릴까 두려웠다. 자신은 십중팔구 그의 적수가 되지 못할 테니 말이다. 그는 정신을 가다듬고 미소가 가득한 얼굴로 달랬다.

"본사의 무공은 천하제일 아닌가? 이왕 무공을 연마했으니 실수로 사람을 해칠 수도 있지. 사제 무공이 원래 아주 뛰어나지 않았나?"

"말씀드리자니 부끄럽기 짝이 없습니다. 소승이 배운 본문 무공은 이미 모두 못쓰게 돼버려 지금은 조금도 남아 있지 않습니다."

연근이 크게 기뻐하며 연이어 말했다.

"그거 잘됐군, 그거 잘됐어! 훌륭하구먼, 훌륭해!"

그는 본문 무공이 이미 못쓰게 되었다는 말을 듣자 그가 계율을 너무 많이 범해 본사 장로들에게 무공을 제거당했다고만 생각해 돌연 안색이 변했다. 그러다 다시 생각을 바꿨다.

'비록 녀석의 무공이 제거됐다고는 하지만 그래도 어느 정도 남아 있다면 대처하기가 쉽지 않을 것이다.'

이런 생각을 하다 말했다.

"사제, 채소밭에 와서 일을 하며 참회를 하는 건 아주 좋은 일이네. 허나 이곳에도 나름 규칙이 있지. 무릇 계율을 범해 손에 피비린내를 묻힌 승려에 대해서는 일을 할 때 필히 손발에 쇠고랑을 채워야만 하네. 이는 역대 선조들로부터 전해내려오는 규율이지. 사제가 그걸 차려고 할지 모르겠군. 원치 않는다면 계율원에 가서 고해야 하네."

"규율이 그렇다면 소승이 당연히 따라야겠지요."

연근은 속으로 기뻐하며 쇠고랑을 가져와 그의 손발에 채웠다. 소림사에서는 수백 년 동안 무공을 전수해왔기 때문에 종종 품성이 좋지 않은 승려들이 나와 악행을 저지르는 경우가 존재했다. 이들 계율을 범한 승려들은 무공이 고강해 쉽게 제압하지 못하는 적도 있어 계율원과 참회당懺悔堂, 채소밭 등지에 정강精鋼으로 주조된 수갑과 족쇄를 마련해두었다. 연근은 허죽이 쇠고랑을 차자 속으로 안심하고 욕을 하기 시작했다.

"이 도적 같은 화상아! 나이도 어린 녀석이 어찌 겁도 없이 함부로 날뛰며 계율이란 계율을 모두 어길 수 있단 말이냐? 오늘 널 엄중히 벌하지 않는다면 어찌 내 마음속의 노기를 풀 수 있겠느냐?"

그는 나뭇가지 하나를 꺾어 밑도 끝도 없이 허죽의 머리를 후려치기 시작했다.

허죽은 진기를 거두어둔 채 내력으로 저항하지 않고 그가 후려치는 대로 맞았다. 순식간에 그의 얼굴과 머리는 피범벅이 되어버렸지만 입으로는 끊임없이 염불을 외며 조금도 불쾌한 기색을 내비치지 않았다.

연근은 그가 피하지도 않고 항변도 하지 않는 것을 보고 생각했다.

'과연 녀석의 무공이 모두 제거된 모양이로구나. 마음껏 다뤄도 아무 문제 없겠어.'

그는 허죽이 고기붙이를 먹고 곤죽이 되도록 술에 취한 데다 음탕한 짓까지 했다는 말을 듣자 마흔이 되도록 그런 경험도 해보지 못하고 헛살았다는 생각에 시기심이 활활 불타올랐다. 그 때문에 더욱 세게 후려 패다가 나뭇가지를 세 개나 부러뜨려먹은 후에야 매질을 멈쳤다. 그러고는 날카로운 목소리로 명했다.

"매일 거름 100통을 길어다 채소밭에 뿌려라! 한 통이라도 부족하면 가장 딱딱한 편담扁擔[22]이나 쇠몽둥이로 네놈의 두 다리를 분질러 버리고 말 것이다!"

허죽은 매질을 당하는 고통을 받자 오히려 평안해졌다.

'내가 수많은 계율을 어겼으니 중벌을 받아 마땅하다. 벌이 중하면 중할수록 내 몸의 죄과도 점점 사라져버릴 것이다.'

그러고는 공손하게 답했다.

"네!"

그는 회랑으로 걸어가 거름통을 집어들었다. 그러고는 똥을 퍼서 물을 부은 다음 밭두렁에 있는 채소밭에 거름을 뿌렸다. 거름을 뿌리는 일은 생각보다 섬세한 작업이지만 허죽은 대충 하지 않고 아주 골고루 정성껏 뿌려 늦은 밤이 될 때까지 100통을 모두 뿌리고 그제야 나뭇간에 들어가 잠을 잘 수 있었다.

이튿날 날이 채 밝기도 전에 연근이 달려와 주먹질과 발길질을 해가며 그를 깨우고는 욕을 해댔다.

"이 도적 같은 화상아! 어디서 게으름을 피워? 날이 훤하게 밝았는데 여기 숨어서 잠을 잔단 말이냐? 당장 일어나서 장작을 패지 않고 뭐 하는 거야?"

허죽이 답했다.

"네!"

그는 아무 항변도 하지 않고 곧장 장작을 패기 시작했다. 이렇게 며칠 동안 낮에는 장작을 패고 밤이면 거름을 주다 시시때때로 회초리에 맞아 온몸은 상처투성이가 되어버렸다.

어느 날 새벽 허죽이 장작을 패고 있는데 연근이 가까이 다가와 히죽 웃었다.

"사형, 고생이 많소!"

이 말을 하면서 열쇠를 꺼내 쇠고랑을 풀어주자 허죽이 말했다.

"고생이랄 것까지 없습니다."

그리고 도끼를 들어 다시 장작을 패려 하자 연근이 말했다.

"사형, 이제 그만두고 안에 들어가 식사나 하시오. 소승이 요 며칠 큰 죄를 지었으니 죽어 마땅하오. 사형이 양해해주시기 바라겠소."

허죽은 갑자기 돌변한 그의 말투를 듣고 의아하기 짝이 없었다. 고개를 들어보니 그의 코와 눈이 시퍼렇게 부어올라 있었는데 누군가에게 심하게 맞은 것으로 보였다. 그는 더욱 의아한 생각이 들었다. 연근이 울상을 지으며 말했다.

"소승이 눈이 있음에도 태산을 알아보지 못하고 사형한테 죄를 지었소. 사형이 용서해주지 않는다면 나… 난… 큰 화를 입게 될 것이오."

"소승이 계율을 어긴 것이니 사형께서 벌을 내리는 건 당연한 일입니다."

순간 연근의 안색이 변하며 손을 들어 찰싹, 찰싹, 찰싹, 찰싹 하고 좌우 양쪽 뺨을 연달아 네 번이나 사정없이 후려친 다음 사정을 했다.

"사형, 사형! 부디 선심을 베풀어주시오. 군자는 소인의 잘못을 문제 삼지 않는다 하지 않았소? 나… 난…."

그는 이 말을 하며 다시 찰싹, 찰싹 하고 엄청난 소리를 내면서 자기 뺨을 세차게 후려쳤다. 허죽이 너무도 의아한 나머지 물었다.

"사형, 어찌 이러시는 겁니까?"

연근은 무릎을 굽히고 바닥에 엎드려 허죽의 옷자락을 잡아끌었다.

"사형이 용서해주지 않는다면 내… 내 두 눈알을 보전하지 못할 것이오."

허죽이 말했다.

"무슨 말씀인지 정말 모르겠습니다."

연근이 말했다.

"사형이 날 용서하고 눈알을 뽑지 않겠다고만 하면 소승은 내세에 소와 말로 환생해 사형의 대은대덕에 보답할 것이오."

허죽이 말했다.

"사형, 그게 무슨 말씀입니까? 제가 언제 사형의 눈알을 뽑겠다고 했습니까?"

연근은 사색으로 변한 얼굴로 말했다.

"사형이 용서하지 않겠다면 소승은 이 눈알을 스스로 뽑아낼 수밖에 없소."

이 말을 하며 오른손 두 손가락을 뻗어 자기 눈을 찌르려 했다.

허죽이 손을 뻗어 그의 팔을 움켜잡으며 말했다.

"누가 사형 눈을 뽑겠다고 협박했습니까?"

연근은 이마에서 땀을 삐질삐질 흘리다 다시 몸을 부르르 떨었다.

"감… 감히 말할 수 없소. 말을 하면 그… 그들이 내 목숨을 앗아갈 것이오."

허죽이 말했다.

"방장 말씀입니까?"

연근이 말했다.

"아니오."

허죽이 다시 물었다.

"달마원 수좌입니까? 나한당 수좌? 계율원 수좌?"

연근은 모두 아니라고 답했다.

"사형, 감히 말할 수 없소. 그냥 용서만 해주길 바랄 뿐이오. 그들이 그랬소. 내 두 눈알을 보전하려면 사형 입으로 직접 용서를 해야 한다고 말이오."

이 말을 하던 연근이 옆을 힐끗 살펴보는데 무척이나 두려운 기색이었다.

허죽은 그의 눈길을 따라 쳐다봤지만 회랑 밑에 승려 넷이 앉아 있고 똑같은 잿빛 승포와 승모를 걸치고 있었으며 얼굴이 안쪽을 향하고 있어 정확히 알아볼 수 없었다. 허죽이 곰곰이 생각했다.

'혹시 저기 있는 사형 네 사람인가? 그렇다면 저들은 분명 위에서 보낸 사람들일 거야. 연근이 함부로 위세를 부리며 계율을 어긴 승려들한테 심한 매질을 해서 벌을 내리려나 보다.'

이런 생각을 하고는 말했다.

"사형을 탓할 생각 없습니다. 소승은 이미 사형을 용서했습니다."

연근은 뜻밖의 대답에 무척이나 기뻐하며 즉시 무릎을 꿇고 절을 했다. 허죽이 황급히 무릎을 꿇고 답례를 했다.

"사형, 어서 일어나십시오."

연근이 몸을 일으켜 허죽을 공손하게 식당으로 모시고는 친히 차와 밥을 차려 정성스럽게 시중을 들었다. 허죽이 극구 사양을 했지만 시중드는 걸 허락하지 않으면 마치 큰 재앙이라도 닥칠 것처럼 행동하는지라 그냥 내버려둘 수밖에 없었다.

연근이 나지막이 물었다.

"사형, 술 드시겠소? 개고기 좀 드시겠소? 내가 가져다드리리다."

허죽이 깜짝 놀라 말했다.

"아미타불. 죄과로다, 죄과로다! 어찌 그럴 수 있겠습니까?"

연근은 눈을 껌뻑거리며 말했다.

"모든 죄업은 소승 혼자 짊어지면 그뿐이오. 내가 당장 가져올 방법을 강구해 사형한테 바치도록 하겠소."

허죽이 손사래를 치며 말했다.

"아니, 안 됩니다! 절대 안 됩니다."

연근이 눈웃음을 쳤다.

"사형이 만일 절 내에서 제대로 즐기지 못하는 걸 꺼려 그러는 거라면 잠시 하산을 해도 무방하오. 계율원에서 물어보면 소승이 채소 종자를 사러 보냈다고 속이면 되니까 절대 후환은 없을 것이오."

허죽은 그가 점점 말도 안 되는 소리를 늘어놓는 것을 보고 고개를 가로저었다.

"소승은 지난 과오를 진심으로 참회하고 있습니다. 그 어떤 계율도 다시는 위배하지 않을 것입니다. 그런 말씀은 더 이상 하지 마십시오."

연근이 말했다.

"알았소."

그는 의심으로 가득한 얼굴로 이런 말을 하는 듯했다.

'술과 고기를 먹는 파계승이 어찌 아닌 척을 그리하는 게냐? 의도가

뭐지?'

하지만 감히 입으로 내뱉지는 못하고 소찬을 대접한 다음 자기 선방에 데려가 쉬도록 했다. 그리고 며칠 동안 정성을 다해 시중을 들며 더할 나위 없이 공손하게 대했다.

어느 날 허죽이 조반을 먹고 나자 연근은 녹차 한 주전자를 끓여와 말했다.

"사형, 차 좀 드시오."

허죽이 말했다.

"소승은 처벌을 기다리는 몸인데 사형께서 이토록 예의를 다해 대해주시니 정말 감당이 되질 않습니다."

그는 몸을 일으켜 두 손으로 찻주전자를 받아들었다.

돌연 땡땡 하는 종소리가 끊이지 않고 들려왔다. 소림사 승려들을 모두 소집하는 신호였다. 매년 석가탄신일이나 달마조사탄신일 등의 기념일 외에는 소림사 전체 승려를 소집하는 일은 거의 없었던 터라 연근이 약간 의아해했다.

"방장께서 집합을 명하는 종이 울렸으니 우리도 지금 대웅보전으로 갑시다."

허죽이 답했다.

"알겠습니다."

그는 채소밭의 승려 10여 명을 따라 급히 대웅보전으로 향했다.

대웅보전에는 이미 200여 명의 승려가 모여 있고 나머지 승려들도 앞다투어 달려오고 있었다. 순식간에 전 소림사의 1천여 승려가 모두 대웅보전 앞에 모여 서열에 따라 열을 맞춰 섰다. 수많은 사람이 모였지만 쥐 죽은 듯 조용했다.

허죽은 허 자 항렬 속에 끼어 줄을 섰다. 선배 승려들이 모두 진지한 표정을 짓고 있는 모습에 왠지 모를 두려움이 느껴졌다.

'혹시 내가 계율을 너무 심하게 어겨 방장께서 전 승려들을 모아놓고 중한 벌을 내리시려는 건 아닐까? 상황을 놓고 보면 날 파문해서 절에서 쫓아내려는 것 같은데 어쩌면 좋지?'

허죽이 겁에 질려 벌벌 떨고 있는 와중에 종소리가 세 번 울리자 모든 승려가 일제히 불호를 외쳤다.

"나무석가여래불!"

방장인 현자를 비롯해 현 자 항렬의 여섯 고승이 또 다른 여섯 승려와 함께 후전에서 천천히 걸어나왔다. 대전에 모인 승려들이 일제히 허리 숙여 예를 올렸다. 현자 등 일곱 승려와 다른 여섯 승려는 대전의 불상에 참배를 올리고 난 후 빈주로 나누어 앉았다.

허죽이 고개를 들어보니 본사의 현 자 항렬 여섯 고승은 현도玄渡, 현적玄寂, 현지玄止, 현인玄因, 현구玄垢, 현석玄石 여섯 명이었고 그 외 나머지 현 자 항렬의 고승들은 그 아랫자리에 앉아 있었다. 또 다른 여섯 승려는 젊지 않은 나이에 본사와 다른 복장을 하고 있는 것으로 보아 여타 사찰에서 온 객승客僧으로 보였다. 가장 상석에 앉아 있는 사람은 일흔이 좀 넘은 나이로 보였는데 왜소한 몸집이지만 정기가 넘치는 눈으로 주위를 둘러보는 모습이 무척이나 위엄 있었다.

현자가 큰 소리로 군승을 향해 말했다.

"여기 이분께선 오태산 청량사清凉寺의 방장인 신산상인神山上人[23]이시오. 모두 예를 올리도록 하시오."

군승이 이 말을 듣고 깜짝 놀라 허리를 굽혀 신산상인에게 예를 올렸다. 신산상인은 무림에서 명망이 매우 높아 현자대사와 더불어 '항룡降龍'과 '복호伏虎' 두 나한으로 불리는 인물로 무공 실력이 현자 방장과 우열을 가리기 힘들다고 알려져 있었다. 청량사는 규모가 비교적 작고 무림 내에서의 위세가 소림사에 이르지 못해 그의 명망이 현자에 못지않았을 따름이었다. 모든 소림사 승려가 이런 생각을 했다.

'신산상인은 자존심이 강해 무림에서 벌어지는 세속 일에 승려가 관여하는 것은 품위가 떨어지는 일이라며 줄곧 본사와 교류하길 원치 않았다던데 오늘 이렇게 친히 왕림한 건 무슨 일 때문인지 모르겠군.'

현자는 손을 뻗어 나머지 다섯 승려를 차례대로 한 명씩 가리키며 소개했다.

"이분께서는 개봉부 대상국사大相國寺의 관심觀心대사이시오. 이분께서는 강남 보도사普渡寺의 도청道淸대사, 이분께서는 여산廬山 동림사東林寺의 각현覺賢대사, 이분께서는 장안長安 정영사淨影寺의 융지融智대사, 이분께서는 오태산 청량사의 신음神音대사로 신산상인의 사제시오."

관심대사 등 네 명은 모두 명산 고찰에서 온 승려들이었다. 그러나 대상국사와 보도사 등은 불법을 중시하고 무공을 경시해온 사찰이었던 터라 이들 네 명의 승려가 무림에서 명망이 있긴 했지만 그들이 속한 절의 지위는 그리 높다고 할 수 없었다. 소림사 승려들이 허리 숙여 예를 행하자 관심대사 등은 몸을 일으켜 답례를 했다.

현자가 말했다.

"여기 오신 여섯 대사께서는 불문에서 덕행이 높으신 대덕들이시오. 이분들께서 오늘 이렇게 동시에 왕림하셨다는 것은 본사의 크나큰 영광이라 할 수 있기에 여러분을 소집해 인사를 드리도록 한 것이오. 이 여섯 분의 대사께서 설법을 펼쳐 불의佛意를 드높이고 모든 사찰 승려가 다 함께 깨달음을 얻게 되길 바라는 마음이오."

신산상인이 말했다.

"과찬의 말씀이십니다."

왜소한 몸집임에도 의외로 우렁찬 목소리를 지닌 그를 본 군승이 깜짝 놀랐다. 그러나 그는 소리 높여 고함을 친 것도 아니고 내력을 펼쳐 고의로 혼을 빼놓으려는 것도 아닌 극히 자연스러운 목소리였으며 그저 천성적으로 목청이 컸을 뿐이었다. 그가 이어서 말했다.

"소림은 매우 장엄한 보찰로 소승이 오랫동안 앙모해왔던 곳이오. 60년 전, 소승은 이곳에 와서 예를 올리며 수계授戒를 청했지만 산문 밖에서 거절을 당한 적이 있소이다. 허나 60년이 지난 지금 다시 와보니 담장과 기왓장은 의구한데 사람은 그러하지 않은 듯하여 그저 안타까울 따름이외다!"

모든 승려가 그 말을 듣고 속으로 흠칫 놀랐다. 그의 말 속에서 적의가 느껴졌기 때문이다. 그렇다면 그에 원한을 품고 뭔가 문제를 일으킬 수도 있다는 말이 아니던가?

현자가 말했다.

"이제 보니 사형께서 출가를 하려고 소림사에 오신 적이 있었군요. 천하의 사찰은 모두 한 집안이나 마찬가지인지라 오늘날 청량사를 주재하고 계시는 사형은 모든 불문 제자에게 존경의 대상이시오. 과거 소림사에서 받아들이지 않아 사형께 죄를 지은 점에 대해서는 소승이 정중하게 사죄드리겠소. 다만 사형께서는 그로 인해 또 다른 세상에서 홍법으로 중생을 제도하고 계시니 불문에 크나큰 공이 있다 할 것이오. 과거지사는 앞으로의 인연이 될 수도 있는 것이외다."

그는 이 말을 하면서 두 손으로 합장을 하고 깊이 예를 올렸다.

신산상인이 합장으로 답례를 했다.

"소승이 과거 귀 사에 와서 수계를 청한 것은 소림사가 수백 년 동안 무림 맹주 지위에 있었고 무학의 연원이 깊다는 점을 앙모해왔기 때문이었소. 허나 그보다 중요했던 것은 소림사가 계율에 정통성이 있고 엄한 데다 공평무사한 일처리로 그 명성을 천하에 떨치고 있기 때문이었소."

갑자기 그는 눈빛을 바꿔 강렬하게 사방을 주시하다 고개를 들어 금빛의 석가상을 바라보며 차가운 목소리로 말했다.

"한데 어찌 이토록 유명무실한 일이 있을 수가 있단 말이오? 이럴 줄 알았다면 소승이 그 당시 소림사로 오려 하지 않았을 것이오."

소림사의 1천여 승려들 모두 안색이 변했지만 워낙 계율이 엄한 곳이라 분노에 차 있어도 겉으로 내색을 할 수는 없었다.

현자 방장이 말했다.

"어찌 그런 말씀을 하시는 것이오? 폐사가 일을 행함에 있어 도리에 맞지 않은 점이 있었다면 사형께서 정확히 말씀해주시기 바라겠소. 죄가 있다면 벌을 받고 과실이 있다면 고쳐야 마땅하오. 사형께서 단 한 마디 말로 소림사에서 수백 년 동안 쌓아온 명예를 말살해버린다면 지나치다 하지 않을 수 없소이다."

신산상인이 말했다.

"방장 사형께 묻겠소이다. 소림사 제자들은 그 수가 많아 천하에 널리 퍼져 있는데 무공 실력이 강하든 약하든 간에 누구든 무림의 도의를 준수해야 하는 것 아니오? 소림사라는 세력만 믿고 약자를 괴롭혀서는 안 되는 것 아니겠소?"

현자가 답했다.

"그야 당연한 이치지요. 귀 사의 제자들도 필시 그럴 것이오."

신산은 여래불상을 한번 쳐다보고 다시 말했다.

"부처님께서 보고 계시지 않소이까? 망어계는 불문의 중계重戒[24] 중 하나요."

그는 고개를 돌려 다시 현자 방장을 향해 말했다.

"강호에 나가면 소림 제자가 없는 곳이 없소. 폐파 청량사는 문호가 좁고 모든 승려가 평소 불법 수련에 힘쓰며 예불과 참선을 중시하는지라 무공을 전승하는 데 있어서는 소림사에 크게 미치지 못하오. 허나 청량사에서 나간 승려와 속가인의 수가 비록 적긴 하지만 모두 폐파의 계율을 엄수해 감히 무고한 살상을 하거나 살계와 도계盜戒를 어기지는 않소. 소림파 제자들은 그 수가 많아 호인과 악인이 섞여 있을 수밖에 없어 파계하는 자들 또한 존재하니 애석할 따름이오! 정말 한탄스럽소이다!"

이 말을 하면서 고개를 절레절레 흔들었다.

소림 군승은 이 말을 듣고 모두 안색이 변했다. 허죽은 신산이 소림 제자 중에 '호인과 악인이 섞여 있어 파계하는 자들도 존재한다'는 말로 콕 찍어 지적하자 그게 훈계와 음계, 살계 등등을 범한 자신에 대해 말하는 것으로 알고 깜짝 놀라 심장박동이 빨라지기 시작했다. 방장이 진상을 규명해 그대로 밝힌다면 자신은 모든 죄행을 솔직하게 말해야만 하며 절대 회피를 하거나 숨길 수가 없었다. 또다시 망어계를 범할 수는 없는 노릇이니 말이다.

현자가 말했다.

"사형께 묻겠소이다. 무슨 근거로 그런 말씀을 하시는 것이오? 사형께서 증명해주신다면 폐파에서는 당연히 최선을 다해 엄중하게 추궁할 것이오."

신산이 장탄식을 했다.

"이게 하루아침에 벌어진 일이라면 사형께서 사내 일이 바쁜 나머지 감독을 소홀히 한 탓이라 보고 정상을 참작할 수 있소이다. 허나 이 일은 뿌리가 깊고 해를 당한 사람은 이미 차가운 시체로 변해 만백성의 입에 오르내리고 있으며 그로 인해 민심이 흉흉하기 이를 데 없는데 귀 파에선 이를 보고도 못 본 척, 듣고도 못 들은 척을 하니 무림 최대 문파라는 교만이 아니라면 무엇이라 할 수 있겠소? 남들이 어찌할 수 없도록 만든다면 그 어찌 흉악한 패도霸道라 하지 않을 수 있단 말이오? 향후에도 강호에서 힘과 세력만 믿고 마음대로 할 수 있다 여기시는 것이오?"

이 말을 하는 그의 표정은 준엄했고 말투는 기세등등했다.

현자는 담담하고 태연한 표정으로 천천히 물었다.

"사형께서 어떤 사건을 지적하는지 모르겠소. 다시 한번 상세히 말씀해보시오."

신산이 말했다.

"폐파 문하에 서徐씨 성을 가진 충소冲霄라 불리는 소승의 사형이 계셨소. 서열이 비교적 높은 매우 충직하고 성실한 분이셨지만 수년 전 개방에 몸담게 되면서 근면 성실하게 공을 쌓은 덕에 구대九袋 장로에까지 올라 개방 내에서 존경받는 인물로 자리를 잡으셨소. 개방의 역대 방주들조차 그분을 중용했으니 말이오. 작년 4월 개방이 강남 무석에서 집회를 열어 방주인 교봉의 신분 내력 문제에 관해 논의한 적이 있었소. 그때 서 사형은 교봉을 두려워하지 않고 당당하게 나서서 개방의 전임 방주인 왕검통의 옛 서찰을 가져와 교봉이 거란의 오랑캐임을 증명했소이다. 이에 개방은 대의를 위해 자신들의 방주인 교봉을 폐위시켰고 이 일은 세상을 뒤흔들어 무림에서 모르는 사람이 없었소. 사실 서 사형은 이 일을 벌이면서도 위험에 처할 것이란 걸 알고 있었소. 교봉이 놀라운 무공 실력을 갖춘 데다 수법이 매우 잔인하고 악랄했으며 또한 소림 제자이기도 하여 사문의 세력이 엄청나 무인이라면 두려워하지 않는 이가 없었기 때문이오. 서 사형은 나라와 백성을 위해 그의 음모를 폭로하려 용감히 나선 것이었지만 이는 확실히 목숨을 담보로 한 행동이었소. 과연 작년 7월 초, 서 사형은 집에서 누군가에게 목숨을 잃고 말았소. 가슴과 등짝의 근골이 모조리 부러진 것으로 봐서는 소림파의 강맹한 장력에 당해 죽은 것이 틀림없소. 개방의 몇몇 장로가 이를 면밀히 조사한 뒤 청량사로 서찰을 보내 소승에게 합리적인 판단을 부탁해왔지만 소승은 소림파가 천하 무학의 정종이며 계율이 엄한 곳이라 그런 불초한 제자가 나왔다 해도 자체적으로 처리하고 문호를 정돈할 것이니 남들이 쓸데없는 참견을 할 필요가 없다고 생각했소. 그러나 청량사에서 이에 대한 해명을 눈이 빠지게 기다렸지만 소림에서는 시종 아무 의사표시를 하지 않아 어쩔 수 없이 대상국사와 보도사, 동림사, 정영사의 여러 대사께 청해 방장 대사를 뵙고 어찌 된 연유인지 물어보고자 소림에 오게 된 것이오."

그는 말을 끝내자 두 눈을 반짝이며 현자 방장을 바라보고 계속 깜빡거렸다.

현자는 고개를 돌려 계율원 수좌인 현적대사를 향해 말했다.

"현적 사제, 사제가 여기 여섯 고승께 그 연유를 설명드리도록 하게."

"네."

현적이 답을 하고 자리에서 일어섰다. 그는 계율을 관장하고 있어 평소에도 철면무사鐵面無私 했던 터라 소림사의 모든 승려도 두려워하고 있었다. 허죽은 자기 문제를 얘기하는 것이 아니란 걸 알았지만 여전히 그를 똑바로 쳐다볼 수가 없었다. 현적이 큰 소리로 말했다.

"개방의 서 장로는 지긋한 나이의 덕망이 매우 높으신 분이라 많은 무림 인사가 존경하는 분이십니다. 그 어르신이 위휘의 자택에서 살해당했다는 말을 듣고 저희 역시 무척이나 큰 충격을 받아 심히 애통해했습니다. 방장 사형께서는 곧바로 소승을 비롯해 현도 사형과 현인 사형, 현생玄生 사제 네 사람에게 밤을 달려 위휘의 서 장로부에 가서 진상을 규명하라는 임무를 맡기시고 만일 교봉이 손을 쓴 게 확실하다면 즉시 현구 사형, 현석 사제와 회동하라고 하셨습니다. 그 두 사람은 방장의 명으로 교봉이 현고 사형을 살해한 대역 사건을 조사하던 중이니 우리 여섯 사람이 합심해 교봉을 생포하든 죽이든 엄히 벌하라 명하셨던 것입니다."

관심과 도청, 각현, 융지 등 네 고승이 여기까지 듣고 고개를 끄덕였다.

"그랬었군."

신음대사가 물었다.

"그 후에 어찌 되었소?"

현적이 말했다.

"저희 네 사람이 위휘에 당도했을 때 현구 사형과 현석 사제 두 사람은 아직 도착 전이라 객잔에서 하루를 기다리게 됐습니다. 두 사람은 이튿날인 7월 초이레에 당도했지요. 여섯 명이 모두 모인 자리에서 현구 사형이 이렇게 말씀하셨습니다. '서 장로는 교봉이 죽인 것이 아니네!'"

신산과 신음 등이 모두 깜짝 놀라 일제히 물었다.

"어찌 그리 본 것이오?"

현구가 몸을 일으켜 답했다.

"아미타불! 교봉이 소림사에 난입했던 날 교봉을 사로잡으려 했지만 놓쳐버리고 말았습니다. 소승과 현석 사제 두 사람은 방장 사형의 명을 받들어 암암리에 교봉 뒤를 추적하게 됐지요. 교봉이 취현장에 가서 군웅과 결전을 벌이던 날도 저희 두 사람은 교봉의 행위와 행방에 관해서만 조사하라는 방장 사형의 엄명 때문에 얼굴을 드러내놓고 싸울 수 없었습니다. 해서 저희 두 사람은 취현장 싸움에 참여할 수 없었지요. 말씀드리기 부끄럽지만 교봉의 솜씨를 보고 난 후에는 저희 두 사람과 현난 사형까지 합심한다 해도 기껏해야 백중세에 불과할 뿐 그를 물리치고 사로잡기는 어려워 보였습니다. 후에 교봉이 한 흑의의 대한에게 구출돼 깊은 산중에서 요양을 할 때에도 저희 두 사람은 감히 접근하지 못하고 그저 멀리서 지켜볼 수밖에 없었습니다. 교봉은 스무 날이 넘게 상처를 치료하다 동굴에서 나와 북쪽으로 향했습니다. 그때 저희 두 사람은 승복 대신 평상복으로 갈아입고 쥐도 새도 모르게 그의 뒤를 따라갔지요. 교봉은 워낙 눈치가 빠르고 영리해서 바짝 붙어 따라갈 수는 없었습니다. 다행히 교봉이 큰길을 따라 걸어간 덕에 추적하는 건 그리 어렵지 않았습니다. 반 마장 정도 거리가 벌어져도 나중에 따라잡을 수 있었으니 말입니다. 그는 북쪽으로 안문관을 나서서 한 가녀린 체구의 소낭자와 회합을 했습니다. 그 후 둘이 다시 관문 안으로 들어와 객점에 머물렀는데 이튿날 방에서 나왔을 때는 뜻밖에도 지극히 평범한 대한 두 사람으로 변해 있었습니다. 그 두 사람이 같은 방에서 나오는 걸 직접 목격하지 못했다면 교봉과 그 소낭자인지 전혀 알아보지 못했을 정도였으니 말입니다."

신산이 물었다.

"그 두 사람이 가는 내내 같은 방에서 묵었던 것이오?"

현구가 답했다.

"그렇습니다."

신산이 다시 물었다.

"한 침상에서 묵었소?"

현구가 말했다.

"그건 모릅니다. 출가인은 예가 아니면 보지 말라 했습니다. 저희도 감히 남의 은밀한 사생활까지 훔쳐볼 수는 없었습니다."

신산이 냉랭한 말투로 말했다.

"그럼 밤새 그 두 사람이 몰래 걸어나갔다면 그대들이 몰랐을 수도 있었다는 게로군."

현구가 말했다.

"소승과 현석 사제는 그들 옆방에 묵으면서 번갈아 야경夜警을 서느라 둘 다 잠을 제대로 자지 못했습니다. 그들이 몰래 달아나게 놔둘 수는 없었으니 말입니다. 저희는 방장 사형의 법지를 받은 몸이라 감히 소홀히 할 수 없었습니다."

신산이 말했다.

"현석대사께서 한번 말씀해보시오."

현석이 앞으로 걸어나와 말했다.

"소승 현석은 방장의 법지를 받들어 현구 사형과 교봉의 동정을 감시하는 임무를 맡았습니다. 교봉이 아주라는 소낭자와 회합을 한 후에는 가는 내내 이렇다 할 사고가 없었습니다. 두 사람은 남쪽을 향해 나아갔고 소승과 현구 사형은 멀찌감치 뒤쫓아가면서 최대한 얼굴을 마주하지 않았던 터라 그다지 큰 힘이 들지는 않았습니다. 7월 초사흗날, 우리 네 사람이 위주渭州에 있는 초상객잔招商客棧에서 묵고 있을 때, 옆방에서 그 아주 낭자의 목소리가 들렸습니다. '오늘은 제가 만두를 빚어서 안주로 내드릴게요. 객잔에서 만든 것보다 훨씬 더 맛있게 말이에요!' 그러자 교봉이 좋아하며 말하더군요. '좋소, 아주 좋소!' 아주 낭자는 저자에 나가 고기와 배추를 사와 만두를 빚기 시작했습니다. 교봉은 연신 아주 낭자의 솜씨를 칭찬하면서 그날은 평소보다 많은 술을 마셨지요. 그때 아주 낭자가 교봉에게 술을 권하는 소리가 들렸습니다. '하남에 당도하면 술이 좋지 않아요. 하동河東의 분주汾酒 같은 좋은 술이 없으니까요.'"

현구가 말했다.

"세상사가 그렇습니다. 주의하지 않을 때 뜻밖의 허를 찌르는 일들이 닥치기도 하지요. 저와 현석 사제는 한시도 태만함이 없이 여전히 잠을 줄여가며 경계에 힘썼습니다. 그날 밤은 교봉의 벼락같은 코골이 소리만 들렸고 그 소리는 날이 밝을 때까지 계속됐습니다. 아주 낭자가 일어나 그의 세수 시중을 들고는 콩물과 대병大餠을 가져다 먹이더군요. 교봉은 기분이 매우 좋았던지 하남 사투리로 우스갯소리를 끊임없이 해댔습니다. 아주 낭자가 이해하지 못하면 교봉이 풀어서 얘기해주고는 했지요. 현석 사제가 그중 한 얘기를 듣고 하마터면 웃음소리를 낼 뻔했지만 소승이 재빨리 사제 입을 막은 덕에 큰 문제는 없었습니다. 그날 밤 일을 소승이 아주 똑똑히 기억하는데 그날은 7월 초사흗날이었습니다. 교봉은 7월 초나흗날 위주를 떠났고 우리는 멀찌감치 뒤쫓아가면서 가는 동안 잠시도 뒤떨어진 적이 없었습니다. 그러다 7월 초이렛날에야 위휘에 도착한 것입니다."

신산이 차갑게 말했다.

"그렇게 날짜를 아주 똑똑히 기억하는 건 서 장로가 7월 초사흗날 밤에 살해당했다는 사실 때문 아니오?"

현구가 말했다.

"그렇습니다! 그날 위휘 객잔 안에서 현적 사형이 서 장로가 살해당한 시간을 말씀해주셨습니다. 그때 소승이 말했지요. '만일 7월 초사흗날 밤에 죽었다면 교봉이 죽인 것이 아닙니다. 교봉이 죽였다면 그건 7월 초사흘이 아닙니다!' 그러자 현적 사형이 말씀하셨습니다. '서 장로의 아들과 며느리가 7월 초사흗날 밤에 그 어르신이 침상에 드는 시중을 들고 초나흗날 새벽에 서 장로가 근골이 부러진 채 침상 위에서 죽은 걸 목격했다네.'"

신산이 물었다.

"날짜를 잘못 기억하는 건 아니오?"

현적이 말했다.

"그건 극히 중대한 사건이었기 때문에 저희가 서 장로 집에 가서 상세히 탐문했습니다."

현석이 이어서 말했다.

"7월 초이레인 걸교절乞巧節[25]에 개방이 위휘에서 서 장로를 추도하는 조문을 받기에 저희 두 사람은 무슨 단서라도 얻을까 해서 조문을 했습니다. 저희가 절을 하는 순간, 영패 앞에 선혈이 묻은 굵은 돌절굿공이 하나가 모셔져 있기에 개방 동도들에게 이유를 묻자 그 돌절굿공이는 서 장로 집에서 찾아낸 흉기인데 서 장로 유해의 가슴과 등의 늑골이 바로 그 돌절굿공이에 의해 부러진 것이라 하더군요. 저와 현구 사형은 인사를 마치고 나온 후 생각했습니다. '교봉이 서 장로를 해치려 했다면 항룡이십팔장으로 일격만 날리면 될 텐데 굳이 돌절굿공이 같은 걸 사용할 리가 없다.' 저희 두 사람은 그 집을 나와 다시 교봉 뒤를 좇아갔습니다. 멀리서 바라보니 교봉이 깊은 강가에 정박된 배 안에서 나오는 것이었습니다. 선체가 급속도로 침몰해 거의 절반 이상 빠진 것을 보고 재빨리 선실 안으로 들어가니 그 안에는 담공과 담파 부부와 조전손 세 사람이 숨져 있었습니다. 십중팔구는 교봉이 죽인 것이 확실했습니다. 정말 극악무도한 짓이었지요. 저희는 급히 객잔으로 돌아와 현적 사형 등 네 분께 고했습니다. 그러자 현적 사형께서 이렇게 말씀하셨습니다. '무슨 수를 써서라도 교봉이 더 이상 무고한 살인을 하지 못하게 해야 하네. 우리 사형제 여섯 명이 반드시 그의 악행을 저지하도록 하세.' 저희는 서둘러 산동 태안의 선가장에 먼저 도착해 힘을 비축했다 싸우기로 했습니다. 준마를 타고 간 덕에 교봉보다 조금 일찍 도착할 수 있었지만 저희가 도착했을 때 선가장은 이미 화염으로 뒤덮여 있었습니다. 재빨리 안으로 들어가보니 철면판관 선정과 그의 두 아들이 시신으로 바닥에 널브러져 있고 가속들로 보이는 수십 구의 남녀 시신들은 수급이 잘리거나 어깨와 등에 칼을 맞아 살아남은 자가 하나도 없었습니다. 저희는 선정의 시신을 살펴봤습니다. 선정 역시 가슴과 등의 늑골이 부러지고 내장이 파열된 것으로 보아 극강의 주먹에 맞아 죽은 듯했습니다."

신산이 차가운 목소리로 물었다.

"대금강권大金剛拳이었소?"

현자 방장이 말했다.

"아니오! 소림파 내에서 대금강권을 펼칠 수 있는 사람은 노납뿐이오. 선 판관이 노납에게 당한 건 아니지 않겠소?"

신산이 비웃었다.

"방장께서 해친 것이 아니란 말이오?"

현자가 고개를 가로저으며 말했다.

"아니오! 더구나 대금강권을 펼쳐서 내장이 파열되지는 않소."

현구가 말했다.

"저희는 선 판관의 시신을 잘 모셔놓고 진화를 도왔습니다. 잠시 후

이웃들이 징소리를 울려대며 달려와 진화를 하기 시작했습니다. 저희가 물러나올 때 장원 밖 저 멀리서 교봉과 아주 낭자가 말을 타고 다가오는 모습이 보였습니다. 저희가 목격한 바에 의하면 서 장로를 죽인 또 다른 인물이 교봉이 선가장에 당도하기 두 시진 전에 와서 선씨 부자와 선가의 가솔들 수십 명을 죽인 것입니다. 천태산 지관사의 지광대사를 보호하는 문제에 대해서는 방장 사형께서 다른 사람을 파견했기 때문에 저희는 교봉이 아주 낭자와 남쪽을 향해 가는 모습을 보고 추적을 포기한 채 소림사로 돌아왔습니다."

현적과 현구, 현석 등 승려들은 무림에서 수십 년 동안 명성을 쌓아왔던 터라 정직하고 사심이 없다는 사실을 누구나 알고 있었기 때문에 그들이 한 말에 대해서는 신산 등 승려들도 아무 의심을 가지지 않았다.

신산상인이 물었다.

"지관사 지광대사께선 소림파의 마하지摩訶指[26]에 목숨을 잃으셨는데 방장 사형께서는 어찌 해명하실지 모르겠소."

현자가 가슴에 두 손을 올려 합장을 하고 천천히 말했다.

"아미타불! 지광대사는 독 때문에 원적하신 것이오. 그분이 드신 독약은 흔히 볼 수 있는 비상砒霜으로 그의 제자인 박자 화상이 천태현성天台縣城에 있는 인제仁濟 약방에서 열흘에 나눠 하나하나 가져온 것이오. 그는 지광대사의 분부를 받고 약을 가져온 것이며 약방에도 사부님이 제조해오라 했다고 말했소. 지광대사께서는 절동에서 그 명성이 자자해 사람들의 존경을 받고 있었기 때문에 박자 화상이 약방에 가서 약을 가져올 때도 약방에서는 거절하지 못했고 돈도 받으려 하지 않았다 하오."

현도대사가 자리에서 일어나 말했다.

"방장 사형께서 소승을 천태산에 파견해 조사를 맡기셨소. 지광대사께서는 비상을 드시고 자결한 것이 확실합니다. 소승이 박자 화상에게 캐묻자 그는 눈물을 펑펑 쏟아내며 사부가 자신에게 약을 구해오라 명한 것이 자결을 위한 것임을 몰랐다면서 그런 줄 알았다면 감초분을 가져다 비상이라고 속였을 것이라 말했소. 박자 화상은 교 대협과 완 낭자라는 사람이 사부를 뵈러 온 적이 있는 건 확실하다고 했지요. 사부가 그들에게 예로 대하며 한동안 대화를 나눴는데 그들이 떠나고 난 후에야 사부가 원적에 들었다는 사실을 알게 되었다는 겁니다. 그날 밤 법체의 눈과 코에서 피를 흘리는 걸 보고 나서 말이오. 하지만 놀랍게도 이튿날 새벽, 사부의 눈이 튀어나오고 후두부 두개골이 깨져 있는 걸 발견했다고 합니다. 어떤 악인인지 몰라도 밤새 몰래 사부의 법체를 잔혹하게 해쳤다는 거였지요. 박자 화상은 사부의 법체를 온전하게 보호하지 못한 사실에 대해 사부에게 송구하다며 자기 뺨을 때리면서 자책을 하는 거였소. 그래서 제가 말했지요. 대사의 법체를 해한 사람은 무공 실력이 뛰어나 대사의 법체에 있는 좌우 태양혈을 어마어마한 지력으로 찍었으니 소사부가 목숨을 걸고 싸웠다 해도 당해내지 못했을 것이라고 말입니다. 하지만 박자 화상은 스스로를 원망하고 한탄스러워하다 뜻밖에도 목을 매 자결을 하고 말았소이다."

그는 이 말을 하며 길게 한숨을 내쉬었다.

신산이 말했다.

"교봉이 지광대사를 찾아간 것은 안문관 관외 일전의 선봉장 대형의 이름을 캐묻기 위해서였소. 지광대사가 말하려 하지 않자 마하지를 펼쳐 대사를 해친 것이오. 눈이 튀어나오고 후두부 두개골이 깨졌다는 건 마하지에 당한 정황이 아니오?"

현자가 말했다.

"교봉은 아니오."

신산이 말했다.

"방장 사형께서 그 연유에 대해 가르침을 내려주시오."

현자가 유유히 말했다.

"신산 사형께서는 지광대사가 교봉의 마하지에 맞은 것이 아님을 어찌 아느냐고 하문하신 것 같소이다. 교봉이 소림파에서 배운 무공은 항마장降魔杖이라 다시 마하지를 배울 수는 없소. 그 두 무공은 서로 상극 관계에 있어 한 사람이 동시에 보유할 수 없기 때문이오."

신산이 천천히 고개를 가로저었다.

"소림 무공이 그렇게 정교하게 구분이 되어 있다는 말씀이시오?"

현자가 말했다.

"그 구분은 원래 서책에 기재되어 있는 것이오. 항마장과 마하지는 둘 다 폐사의 72절기에 속하는 무공으로 하나는 부드럽고 하나는 강맹해서 함께 수련하고 배우기가 극히 어렵소. 현생 사제, 장경각藏經閣에 가서 그 두 법공法功이 적힌 심요心要를 가져와 신산상인과 여러 대사께 보여드리도록 하게."

과거 신산상인이 소림사에 수계를 청할 때는 그의 나이가 겨우 열일곱 살이었다. 당시에 소림사 방장이었던 영문 선사는 그와 면담을 한 뒤 그가 자신의 능력을 과시하는 데다 오만방자하기 이를 데 없는 모습을 보이자 '도량이 작으면 교만에 빠지기 쉽다'는 도리에 근거해 불법을 전수할 만한 사람이 못 된다고 느꼈다. 그렇다고 평범한 승려로 받아들이자니 남의 밑에서 만족하며 가만히 있을 사람이 아니었다. 그 때문에 훗날 필시 사고를 일으킬 것이라 여겨 완곡하게 거절을 했던 것이다. 신산은 그 후 청량사에 몸을 담게 됐고 걸출한 재능을 바탕으로 서른 살밖에 되지 않은 나이에 청량사의 방장 자리에 올랐다. 그는 영민한 머리를 지니고 있어 무림의 기재라 할 수 있었지만 청량사라는 곳이 무학의 연원에 있어 소림에 크게 못 미쳤고 절 안에 소장된 권경 검보와 내경에 관한 요결 등등도 수적인 면에서 한계가 있었을 뿐만 아니라 대부분 허술하고 부실해 일류 무공이라 할 수 없었다. 그 때문에 40여 년 동안 그의 내공은 나날이 심후해져 청량사에 전해 내려오는 무학 전적 수준을 한참 뛰어넘었지만 권검 무공 능력에 있어서는 부족함이 있어 늘 소림파의 72절기를 떠올릴 때마다 극히 부러워하면서도 원망스러운 마음을 감추지 못하고 있었다.

때마침 서 장로의 죽음을 빌미로 그는 소림사에 도발을 해야겠다는 생각에 주변에 도움을 청하기로 했다. 그러나 각지의 고승들은 소림사에 죄행을 추궁하러 가자는 그의 말을 듣고 갖가지 구실을 들어 참여하길 꺼렸다. 신산은 오랜 시간 공을 들인 끝에 대상국사와 동림사, 정영사 등 각지 각 사찰의 고승들을 초빙할 수 있었다.

그때 현자 방장이 사람을 시켜 항마장과 마하지 두 절기의 전적을 가져오라 명하는 것을 보고 속으로 기쁜 나머지 오늘 드디어 소림 절기의 진면목을 볼 기회가 왔다고 생각했다. 현생이 답했다.

"네!"

그는 몸을 돌려 대전을 빠져나갔다가 얼마 지나지 않아 전적을 가지고 돌아와 현자에게 바쳤다. 대웅보전과 장경각의 거리는 거의 세 마장에 달했지만 현생이 순식간에 경서를 가져올 수 있었던 건 뛰어난 경공 실력을 지니고 있어 몸놀림이 극히 민첩했기 때문이었다. 외부인들은 그런 내막을 몰라 별로 의아하게 생각지 않았지만 소림사 승려들은 암암리에 찬탄을 금치 못했다.

누런색 종이에 거무스름한 빛을 띠고 있는 그 두 권의 경서는 꽤 오래돼 보였다. 현자는 경서를 사각 탁자에 올려놓고 말했다.

"사형들께서는 살펴보시오. 이 경서 두 권 속에는 각각 무공을 창시한 이력과 공법功法의 요지가 서술돼 있소."

이 말을 하면서 《항마장법降魔掌法》과 《마하지비요摩訶指秘要》 필사본 두 권을 각각 신산상인과 관심대사에게 건네자 두 사람은 공손하게 받아들어 이를 펼쳐봤다. 서문에는 두 신공을 창조하게 된 유래에 관해 서술되어 있었다. 항마장은 소림사 제8대 방장인 원원元元대사에 의해 만들어진 것으로 장력을 뻗어낼 때 마치 뻗는 듯 안 뻗는 듯 매우 가볍고 부드럽기 그지없었다.

반면, 마하지법은 소림사에서 행각승으로 40년을 지낸 칠지七指두타에 의해 만들어진 것으로 그는 외부에서 온 두타였기 때문에 그 공법이 소림파의 전통적인 무공과 크게 달라 순전히 강맹한 길로 들어서야만 했다. 그 때문에 경서 안에 간곡한 경고문을 적어놓았다. 무릇 소림 불문의 부드러운 무공을 연마한 자는 절대 연마해선 안 되고 이를 어길 시에는 내식이 길을 잘못 들 수 있으며 만일 기존에 전수받은 무학을 돌보지 않는다면 토혈을 피하지 못하고 중상을 입게 된다는 내용이었다.

현자 방장은 두 승려가 잠깐 살펴볼 때까지 기다렸다가 필사본을 다시 도청, 각현 두 대사에게 건네줬다. 그는 여섯 승려가 서문을 모두 읽을 때까지 기다렸다 말했다.

"대사 여러분, 폐사에 72항의 절기가 있긴 하지만 각 공법 모두 연마하기가 극히 어려워 천부적으로 자질이 탁월한 사람이라 해도 평생 한 가지도 연성하기 어렵소. 더구나 각 절기들을 정교하고 수준 높게 연마한다 해도 결국에는 무학에 있어 남보다 약간의 우위를 점하는 데 불과할 뿐이오. 그 때문에 갑甲이라는 무공으로 남을 제압할 수 있다면 다시 을乙 무공으로 제압할 필요가 없고, 병丙이나 정丁 무공은 더욱 연마할 필요가 없는 것이오. 폐사의 역대 조사들께서는 제자들에게 불법을 전수하실 때 공히 불법이 우선이며 무학은 말미에 두셨소. 승려들이 무공 연마에 매진하다 보면 불법을 깨닫기 위한 수련에 방해가 되기 때문이오. 설사 속가 제자라 해도 폐사에서는 늘 한 가지 절기 이상은 수련하지 못하게 했소. 그건 탐욕으로 인한 탐독에 깊이 빠져들지 못하게 하기 위함이었소. 교봉이 현고 사제로부터 항마장을 전수받긴 했지만 현고 사제 자신은 마하지법을 펼칠 줄 모르는 데다 교봉 역시 다른 소림승들과 함께 무공을 배운 것이 아니었소. 그 부분은 노납이 아주 잘 알기 때문에 한 치의 착오도 없소이다. 본사의 현 자 항렬 사형제를 비롯해 그 밑의 항렬에서 무공 실력이 고강한 승려들은 대부분 나한권부터 배우기 시작해 항마장이나 반야장을 배우는 데 그쳤소. 노납은 마흔 살의 나이에 손이 근질거려 대금강권을 배웠다가 내력이 강맹한 길로 들어서는 바람에 그때부터 반야장을 연마할 때마다 장애가 생겨 지금까지도 후회를 하고 있소."

난데없이 저 멀리 산문 밖에서 웬 맑고 깨끗한 목소리가 들려왔다.

"여러 고승께서 소림사에 모여 무공에 대해 담론을 하시다니 실로 성대한 행사라 아니 할 수 없소이다. 소승이 불청객이기는 하나 이것도 인연이라 할 수 있으니 옆에서 여러분의 고견을 경청토록 해주실 수 있으시겠소이까?"

이 말은 구구절절 모든 이의 귓속으로 아주 똑똑히 들려왔다. 목소리는 산문 밖에서 들려오는데도 이토록 또렷하게 귀에 들어왔지만 오히려 말투는 차분하고 온화해서 고막조차 떨리지 않을 정도였다. 이것만 봐도 말하는 사람의 내공이 얼마나 고강하고 정교한지 상상할 수 있었다. 한편으로는 그토록 먼 곳에 있음에도 어찌 대웅보전에서 하는 얘기를 들었다는 것인지 도대체 알 수가 없었다.

현자가 살짝 놀랐다가 이내 내력을 돋우며 말했다.

"불문 동도인 듯하니 왕림해주시기 바라겠소이다."

그러고는 사제들을 향해 다시 말했다.

"현명玄鳴, 현석 두 사제가 나 대신 빈객을 영접하도록 하게."

현명과 현석 두 사람이 허리를 굽히며 답했다.

"네!"

이들이 몸을 돌려 대전을 나서려고 하는 순간 외부에 있던 그 사람이 말했다.

"영접이라니 황송한 말씀이시오. 오늘 이런 고매한 현인들을 뵐 수 있어 기쁘기 그지없소이다."

그가 한 마디 할 때마다 목소리는 수 장씩 가까워졌고 '그지없소이다'란 말이 막 끝나자마자 대전문 입구에 이미 한 장엄한 모습의 중년 승려가 두 손으로 합장을 한 채 미소를 짓고 있었다.

"토번국 산사山寺의 화상 구마지가 소림사 방장을 뵙겠소이다."

모든 승려는 그의 솜씨를 보고 경악을 금치 못하다가 그가 자기 이름을 밝히는 소리에 많은 사람이 어 하는 소리를 내며 깜짝 놀랐다.

"이제 보니 토번국 국사인 대륜명왕이 왔구나!"

현자가 몸을 일으켜 앞으로 나아가 합장을 하고 몸을 숙였다.

"국사께서 멀리 동토東土까지 왕림을 하셨으니 실로 인연이외다."

그는 곧 신산, 관심, 도청 등 객으로 온 대사들과 현적, 현도 등 소림의 고위 항렬 승려들을 차례차례 소개시켜주었다.

모든 승려에 대한 상견례를 끝내자 현자는 자리 하나를 마련해 구마지에게 앉을 수 있도록 했다. 구마지는 겸손해하며 현자가 권한 자리에 앉았지만 공교롭게도 신산보다 상석에 앉게 되었다. 다른 사람들은 대수롭지 않게 여겼지만 신산은 속으로 기분이 몹시 나빴다.

'서역승 네놈이 무슨 농간을 부렸는지 몰라도 그리 실력이 뛰어난 것 같지는 않다. 잠시 후에 내가 시험을 해볼 것이다.'

구마지가 빙긋 웃었다.

"방장 대사 말씀에 따르면 소림사에서 속가 제자라 할지라도 한 가지 이상의 절기를 가르치지 않는 것이 깊은 탐독에 빠져들지 못하게 하기 위함이라 하셨는데 소승의 우견으로는 소림사의 그런 규율은 지나치게 완고하다 생각하오. 그건 재능 있고 지혜로운 탁월한 인사들이 수준 높은 무학을 들여다볼 수 있는 길을 가로막는 행위이기 때문이오. 그런 규율하에서라면 소림 72절기는 숱한 세월이 지난다 해도 널리 빛을 발하기 힘들뿐더러 결국 그 자리에 머물 수밖에는 없을 것이오. 마하지와 반야장 두 절기만 놓고 봐도 그렇소이다. 그 두 절기를 겸비하는 것이 어찌 어렵다 하시오? 한 사람이 72절기를 모두 통달하는 것도 결코 불가능한 일은 아니오."

그는 매우 차분하고 온화한 태도로 흥미진진하게 얘기하고 있었지만 그의 말 속에는 소림 무학을 얕보는 의미가 담겨 있었다. 소림 군승이 이를 듣고 모두들 못마땅하게 여겼다.

현생이 큰 소리로 물었다.

"국사 말씀에 따르면 폐파의 72절기 모두를 통달한 누군가가 있다는 겁니까?"

구마지가 고개를 끄덕였다.

"그렇소!"

"그럼 대답해보십시오. 그 대영웅이 누굽니까?"

구마지가 말했다.

"대영웅이란 칭호를 듣기에는 많이 부끄럽다 할 수 있지요."

현생은 안색을 바꿔 물었다.

"국사 본인을 말씀하시는 겁니까?"

구마지가 고개를 끄덕이고 합장을 한 채 엄숙하고 정중한 태도로 말했다.

"그렇소이다."

구마지가 이 말을 내뱉자 모든 승려가 일제히 안색이 확 변하며 생각했다.

'허풍을 떨어도 정도껏 해야지. 혹시 미친 거 아니야?'

소림 72절기는 전적으로 하체만 연마하거나 경공만 연마하는 것이 있는가 하면 권법과 장법을 주 무기로 삼거나 암기로 승부를 거는 것이 있으며 칼이나 봉을 사용하는 등 각 절기마다 각자의 특장점이 있었다. 검을 펼치는 자는 선장을 쓸 수 없고, 강력한 신권에 능한 자는 암기 사용에는 능하지 못하며, 다리 무공에 정통한 자는 권법과 장법의 도에 있어 뒤떨어질 수밖에 없었던 것이다. 물론 서너 가지 절기에 모두 정통한 사람이 있을 수는 있지만 그건 각 절기 상호 간에 저촉되지 않는 한도 내에서 가능한 일이었다. 이는 소림의 여러 고승은 물론 신산과 도청 등 외부인들 역시 명확히 알고 있었다. 그 때문에 한 사람이 72절기를 모두 겸비하고 있다고 말한다면 그건 새빨간 거짓말임이 틀림없었다.

소림 72절기 중 열서너 가지는 특히 더 연마하기가 어려워 천부적인 자질을 가진 사람이 평생 한 가지 절기만 힘들게 수련한다 해도 결코 연성한다는 보장이 없었다. 현재 소림사 전체를 통틀어 1천여 명에 이르는 승려 중 1천여 명이 할 줄 아는 절기를 모두 합친다 해도 72절기가 되지 못할 정도였으니 말이다. 이제 쉰이 갓 넘어 보이는 나이의 구마지가 매년 절기를 한 가지씩 연마할 수 있다 해도 배 속에서 태어날 시점부터 계산하면 72년이란 세월이 걸리지 않는가? 이 72절기는 각 항목마다 복잡하기 이를 데 없는데 그럼 해마다 몇 개 항목을 연성할 수 있단 말이 아닌가?

현생은 속으로 냉소를 머금었지만 겉으로는 공손한 태도를 취했다.

"국사께서는 우리 소림파 제자도 아닌데 마하지와 반야장, 대금강권 등 소림의 각 무공에 정통하시다는 말씀입니까?"

구마지가 미소를 지었다.

"부끄럽기 짝이 없소. 현생대사께서 가르침을 내려주시구려."

그는 몸을 슬쩍 기울여 돌연 왼손을 수평으로 들어올리더니 오른손 주먹을 정면으로 내뻗었다. 그러자 여래불좌상 앞에 향불을 꽂기 위해 놓은 동정銅鼎이 그의 권경에 맞아 땡 하는 굉음 소리와 함께 펄떡 튀어올랐다. 바로 대금강권법 중 일초인 낙종동응洛鐘東應이었다. 주먹이 동정에 닿지 않은 상태에서 소리를 낸다는 것은 그리 어려운 기술이라 할 수 없었다. 하지만 분명 앞으로 일권을 내뻗기만 했는데 동정이 위로 튀어올랐다는 것은 주먹 힘의 정교함을 나타낸 것이기에 대금강권의 비요秘要를 심득心得했다는 뜻으로 볼 수 있었다.

구마지는 동정이 떨어지기도 전에 다시 왼손으로 일장을 후려쳤다. 그 자세는 바로 반야장 중 일초인 섭복외도懾伏外道였다. 그의 일장에 동정이 공중에서 반 바퀴를 돌더니 턱 소리를 내며 뭔지 모를 물건을 바닥에 떨어뜨렸다.

그러나 뒤이어 동정 내에 있던 선향 재들이 흩뿌려지면서 자욱하게 피어오른 안개에 순간 아무것도 보이지 않았다. 그때 낙종동응 일초의 여력이 다하면서 동정은 급속도로 낙하하기 시작했다. 구마지가 다시 무지를 뻗어 앞으로 누르는 시늉을 하자 한 줄기 매서운 지력이 뻗어나가면서 동정은 갑자기 왼쪽으로 반 척 정도 이동했다. 구마지가 연이어 세 번 무지를 눌러 지력을 뻗어내자 동정은 다시 1척 반 정도를 이동한 다음 그제야 바닥에 떨어졌다.

소림 고승들은 속으로 탄복해 마지않았다. 그가 펼친 세 번의 무지 기술은 지극히 평범해서 이상할 것이 없어 보였지만 그 안에 축적된 공력은 실로 범인의 경지를 넘어 성인의 경지에 들어선 것이었기 때문이다. 이는 마하지의 정종 초식인 삼입지옥三入地獄이란 것으로 이 세 번 누르는 기술을 연마할 때는 한 번 누를 때마다 전해지는 고통이 지옥에 한 번 들어가는 것과 같다고 해서 붙여진 이름이었다.

선향 재가 점점이 흩어져 내리면서 바닥에는 손바닥 크기의 물건 하나가 모습을 드러냈다. 군승이 이를 보고 놀라움을 금치 못해 탄성을 내뱉었다. 그 물건은 다름 아닌 다섯 손가락이 완연하게 드러나 있는 황동 손바닥이었다. 손바닥과 손가락 날은 마치 황금처럼 번쩍거리며 빛을 발하고 있었고 손등 부분만 잿빛이 가미된 녹색이었다.

구마지가 도포 자락을 떨치며 웃었다.

"이 가사복마공袈裟伏魔功은 소승이 정교하지 못한 부분이 있으니 방장 사형께서 가르침을 내려주시기 바라겠소."

이 말을 내뱉자마자 그의 몸에서 7척 밖에 떨어져 있던 동정이 마치 살아 움직이듯 갑자기 몇 바퀴를 돌았다. 그렇게 자기 혼자 뱅글뱅글 돌다 멈추었을 때는 원래 안쪽을 바라보고 있던 동정이 몸체를 돌려 바깥쪽을 향하게 됐는데 동정 몸체 한가운데가 손바닥 모양으로 도려내져 있었고 도려내진 구멍 부위도 황금빛으로 번뜩거렸다. 항렬이 낮은 승려들은 그제야 깨달았다. 구마지가 조금 전 반야장 중 섭복외도 일초를 펼쳤을 때 그 장력이 마치 보도의 예리한 날처럼 변해 동정 몸체를 손바닥 모양으로 도려냈던 것이다.

삽시간에 대전 안은 쥐 죽은 듯 조용해졌다. 사람들 모두 구마지가 펼친 절세 신공의 위세에 굴복당하고 만 것이다.

잠시 후 현자가 긴 한숨을 내쉬었다.

"노납은 오늘 '뛰는 놈 위에 나는 놈 있다'는 진리를 다시 한번 느끼게 됐소. 노납이 수십 년 동안 힘들게 연마한 것들이 국사 눈에는 실로 우습게 보일 수도 있을 것 같소. 소림사의 옛 규율을 대대적으로 수정할 여지가 있을 것 같소이다."

구마지가 담담하게 합장을 했다.

"선재로다, 선재로다! 방장 사형께서는 어찌 그리 겸손하신지요?"

소림 군승은 하나같이 고개를 숙인 채 의기소침해했다. 방장 입에서 그런 소리가 나오게 만들었다는 것은 소림파의 무공이 그에 미치지 못한다는 사실을 자인하는 것일 뿐만 아니라 줄곧 최고라 자부하던 소림 72절기가 그저 그런 것으로 평가절하되고 자체적으로 정한 규율마저 합리적인 것이 못 된다는 뜻이었기 때문이다. 소림파는 수백 년 동안 천하에 명성을 떨치며 중원 무학의 거봉으로 자리 잡고 있지 않았던가? 이리되자 소림사는 일패도지하게 되는 것은 물론 중원의 무인들이 서역인 앞에서 체면을 크게 구기는 상황이 되어버렸다. 신산과 관심, 도청, 각현, 융지, 신음 등 여러 승려들 역시 위신이 떨어지기는 매한가지였다.

대전에서 벌어진 일련의 사태를 일일이 지켜보던 허죽은 방장이 한 몇 마디를 듣고 본사의 선배 승려들 안색이 참담해지고 있다는 생각이 들었다. 그는 사부인 혜륜의 얼굴을 힐끗 쳐다봤다. 그는 상심이 매우 큰 듯 눈물을 흘리고 있었다. 허죽은 그 안에 내포된 의미를 자세히 알 수 없었지만 조금 전 구마지가 펼쳐낸 무공 실력으로 미루어 본사에서 당해낼 사람이 없어 보였기에 방장도 어쩔 도리 없이 자인했을 것이라 여겼다.

그러나 풀리지 않는 의혹이 한 가지 있었다. 구마지가 대금강권 권법과 반야장 장법, 마하지 지법을 펼쳤지만 구마지의 초식이 맞는지 틀린지 허죽 역시 그 무공을 배워본 적이 없어 알아낼 도리가 없었다. 다만 그 권법과 장법, 지법의 내공 운용법을 지켜보면서 그게 소무상공이 틀림없다고 생각한 것이다.

소무상공은 그가 무애자로부터 득한 것이다. 후에 천산동모는 그에게 천산절매수 가결을 전수해줄 때 허죽이 이미 그 무공을 지니고 있다는 걸 알아차리고 크게 분노하며 상심한 적이 있다. 그 무공을 그녀 사부가 이추수 한 사람에게만 전수했고 허죽은 무애자의 몸으로부터 전수받았기에 곧바로 무애자와 이추수 사이의 관계를 묻지 않고도 알 수 있었던 것이다. 천산동모가 화를 가라앉히고 난 후 그에게 소무상공의 운용법을 말한 적이 있지만 동모가 아는 바에도 역시 한계가 있었다. 후에 그는 영취궁 지하 석실 벽에 있는 원형 속 그림을 접하고 나서야 소무상공의 깊고 오묘한 신비를 깨달을 수 있었다.

도가의 무학인 소무상공은 청정무위清靜無爲[27]와 신유태허神游太虛[28]를 중시한다는 점에서 불가 무공 중 '무주무착無住無着'과 비교될 수 있는 것으로 이름은 비슷하지만 실질적으로 큰 차이가 있었다. 허죽은 구마지가 본 파의 72절기에 정통하다고 자처하는 말을 들었지만 막상 시전을 할 때는 그저 소무상공에 불과할 뿐이라는 사실을 알아차렸다. 펼쳐내는 위력이 대단하다 보니 이 내공을 모르는 사람 눈에는 정말 소림파 각 항의 절기에 정통한 것처럼 보였지만 실제로는 72절기 안에서도 반야장은 반야장만의 내공이 있고, 마하지는 마하지 내공, 대금강권은 대금강권 내공이 있어 구분이 매우 확실하고 절대 서로 섞일 수가 없다는 점을 알고 있었기 때문이다.

가짜를 진짜라고 속이는 건 아니었다. 사실 소무상공의 위력은 그 어떤 소림 절기보다 못하지 않았다. 다만 지록위마指鹿爲馬란 옛말처럼 시비를 뒤섞어 분간할 수 없게 만든 것이었다. 허죽이 이상하게 여긴 것은 그 사실이 명약관화함에도 불구하고 소림사의 방장 이하 1천여 승려들 가운데 그 잘못을 질책하는 이가 한 사람도 없었다는 점이다.

그는 소무상공이 그토록 정교하고 심오한지, 또한 도가의 무학에 대해 모르고 있었다. 대전에 모인 사람들 역시 불문 제자들뿐인 데다 무공이 아무리 고강하다 해도 도가의 내공까지 수련한 사람은 없었다. 더구나 소무상공은 '무상無相'이란 두 글자를 요지로 삼고 있어 형상이라고는 흔적조차 없다 보니 자기 자신마저 이 분야의 고수가 아니었다면 절대 알아보지 못했을 것이다. 현자와 현적, 현도 등은 구마지의 내공이 소림 내공과 많이 다르다는 걸 알아차렸다.

하지만 소림 무학이 천축에서 유래됐기 때문에 천축과 중원에서 전해진 내용에 약간의 차이가 있는 건 인지상정이라 생각했다. 지리적으로 멀리 떨어져 있고 수백 년이란 시차가 있는 데다 소림 절기 역시 역대 수많은 고승에 의해 변혁을 거쳐왔던 터라 양자가 여전히 완벽하게 똑같다 해도 오히려 도리에 맞지 않기 때문에 추호의 의심도 할 수 없었던 것이다.

처음에 허죽은 여러 선배 고승에게 깊은 뜻이 있어 그러는 것이라 생각했다. 그는 항렬이 세 번째나 되는 소화상인데 어찌 감히 함부로 나설 수 있겠는가? 그러나 눈앞에 펼쳐진 형세가 급박하게 돌아가는 데다 여러 고승이 모두 분노와 슬픔을 감추지 못하고 낙심한 채 어찌할 바를 모르고 있었다. 그는 소림사가 중대한 난관에 봉착했다 여겨 당당하게 나서서 구마지가 시진한 것이 소림파 절기가 아니라는 사실을 지적하고자 했다. 그러나 20여 년 동안 절 안의 사람들 앞에 나서서 말을 해본 적이라고는 전혀 없었다. 더구나 대전 안의 삼엄하고 엄숙한 분위기하에 있다 보니 말이 목구멍까지 넘어왔다 다시 삼키지 않을 수 없었다.

그때 구마지의 말소리가 들려왔다.

"방장께서 그리 말씀하신다면 귀 파의 72절기는 커다란 문제점이 있으며 심지어 근본적으로 귀 파에서 창시한 것이 아님을 자인하는 것이니 그 절기란 이름의 '절絶' 자를 바꿔야 하는 것 아니오?"

현자는 아무 말도 하지 않았지만 심장을 칼로 도려내는 듯 아팠다.

현 자 항렬 중 한 건장한 체격의 노승이 매서운 목소리로 호통을 쳤다.

"국사가 펼친 신공을 인정해 방장께서 이미 본사에 전해내려오는 규칙에 대해 개선의 여지가 있다고 자인하셨는데 어찌 그토록 기세등등하게 핍박을 가하며 몰아붙이는 것이오?"

이 말을 한 사람은 바로 현지玄止였다.

구마지가 픽 하고 비웃으며 말했다.

"소승은 방장께 허락을 청해 천하 무림 동도들에게 고하려 했을 뿐이오. 소승이 보기에 소림사는 이제라도 해산하는 것이 좋겠소. 여러 고승은 청량과 보도 등 여러 사원에 나누어 의탁하거나 각자 제 갈 길로 가는 것이오. 토번국에 투신해 밀종密宗[29] 불법으로 개종을 원하는 사람이 있어 상사인 라마喇嘛께 절하고 그 밑에 들어간다면 소승이 대신 잘 봐달라 말해주도록 할 것이오. 어찌 허명으로 가득한 소림사에 묻혀 구차한 삶을 살아가려 하는 것이오?"

그가 이 말을 내뱉자 아무리 품위 있는 소림 승려들도 더 이상 참지 못하고 앞다투어 큰 소리로 질책을 가했다. 소림사 승려들은 그제야 알게 되었다. 구마지가 소실산까지 온 것은 뜻밖에도 혼자 힘으로 소림사에 도발을 하겠다는 의도였다. 그럼 자신의 이름이 천고에 길이 남을 뿐만 아니라 중원 무림의 요충지가 하나 줄어들어 토번국 입장에서 볼 때 커다란 이점이 있으리라는 기대 때문이었다.

그가 큰 소리로 외쳤다.

"소승이 혈혈단신 이곳 중원까지 온 것은 소림사의 품격을 직접 느끼고 중원 무림의 태산북두라는 칭호를 듣는 곳에 얼마나 장엄하고 웅장한 기상이 있나 보기 위해서였소. 허나 여러 고승 말씀을 듣고 각 고승의 행동거지를 보니 흐흐흐, 마치 저 벽지의 남쪽 변방에 있는 대리국 천룡사에도 미치지 못하는 것 같소이다. 에이! 정말 소승도 크게 실망했소."

현 자 항렬의 한 고승이 말했다.

"대리 천룡사의 고영대사와 본인 방장은 불법이 심연하신 것은 물론, 같은 석가모니의 제자들이라 평소에 앙모해오던 분들이오. 출가인은 자고로 남을 이기겠다는 경쟁심 같은 것은 없소. 국사께서 우리 소림이 천룡에 미치지 못한다고 말씀하신들 어찌 신경 쓸 수 있겠소?"

이 말을 하면서 천천히 걸어나오는데 만면에 붉은빛을 띤 노승이었다. 그는 오른손 식지와 중지를 가볍게 펼치고 미소를 띤 채 온화한 표정을 지었다.

구마지 역시 웃음 띤 얼굴로 답했다.

"현도대사의 염화지 절기는 입신의 경지에 들어섰다 하여 오래전부터 앙모해왔는데 오늘 이렇게 뵙게 되니 실로 행운이 아닐 수 없소이다."

그는 이 말과 함께 오른손 식지와 무지 두 손가락을 가볍게 펼치며 꽃을 따는 듯한 염화 형상을 만들었다. 두 승려는 동시에 왼손을 천천히 뻗어내며 상대를 향해 손가락을 세 번 튕겼다.

"팟! 팟! 팟!"

순간 세 번의 소리가 울려퍼지며 지력이 서로 충돌했다. 현도대사의 몸이 휘청하면서 갑자기 가슴팍에서 마치 세 발의 화살 같은 핏줄기가 수 척 밖에까지 뿜어져 나왔다. 지력 대결이 펼쳐지자 현도는 구마지의 상대가 되지 않아 구마지가 뻗어낸 세 줄기 지력에 가슴을 강타당해 예리한 날에 찔린 듯 부상을 입고 만 것이다.

현도대사는 자비롭고 온화한 성격으로 소림사 내의 후배 승려들이 우러러 섬기는 인물이었다. 허죽이 열여섯 살 되는 해 현도대사 밑에 가서 청소를 하고 차를 끓이라는 임무를 맡아 8개월 동안 시중을 든 적이 있는데, 현도대사는 그에게 매우 친절하게 대하며 나한권 권법 일부를 가르쳐준 적이 있었다. 그 후 현도대사가 폐관 참선을 하느라 허죽은 다시 볼 기회가 극히 적었지만 과거의 정은 늘 마음속 깊이 남아 있었다. 그런데 그런 그가 갑자기 지력에 맞아 부상을 당하는 걸 보자 조금 더 지체하다가는 생명이 위태로울 수도 있겠다고 생각했다. 그는 과거 소성하에게 상처 치료법을 전수받았고 후에 다시 생사부를 제거하는 비결을 배워 다친 사람을 치료하거나 죽음에 이른 사람을 살려내는 데 익숙해 있었다. 현도대사가 가슴에서 선혈을 뿜어내자 더 생각할 겨를도 없이 몸을 날려 현도대사 앞으로 달려가 허공에 일장을 날렸다.

그의 이런 행동은 순식간에 벌어진 일이라 현도대사 가슴에서 뿜어져 나오는 세 줄기 선혈이 미처 땅에 닿기도 전이었다. 그가 장력을 내뻗어 압박을 가하자 놀랍게도 뿜어져 나오던 선혈들이 다시 현도대사의 가슴으로 재빨리 되돌아가는 것이 아닌가? 허죽이 왼손으로 비파를 타듯 손가락을 연달아 돌리며 허공을 격하자 순식간에 현도대사의 상처 부위 상하좌우에 있는 열한 곳의 혈도가 막혀 선혈이 더 이상 쏟아져 나오지 않았다. 그는 다시 영취궁의 상처 치료 영약인 구전웅사환 한 알을 그의 입안에 넣어주었다.

과거 허죽이 단연경의 가르침을 받고 무애자가 포진해놓은 진롱 기국을 풀 때 구마지는 그의 얼굴을 한번 본 적이 있었다. 그런데 갑자기 그가 군중 틈에서 나타나 손가락을 연이어 돌려 허공을 격하며 현도의 혈도를 막는데 그 기묘한 수법과 심후한 공력은 자신도 평생 본 적이 없던 터라 깜짝 놀라지 않을 수 없었다.

혜방 등 여섯 고승은 얼마 전 허죽이 일장을 내리쳐 현난을 죽이고 다시 외부의 다른 문파 장문인이 된 것을 본 적이 있던 터였다. 더구나 그 외의 아직 풀리지 않은 이상한 점이 하나둘이 아니었지만 현난의 시신을 업고 소림사로 돌아올 수밖에 없었다. 현자 방장과 여러 고승은 면밀한 조사를 거쳐 현난이 정춘추의 삼소소요산 극독에 중독돼 죽은 것이며 허죽이 내뻗은 장력과는 무관하다는 사실을 알고 있었다. 그 후 허죽이 돌아오지 않자 승려 10여 명을 외부에 파견해 찾도록 했지만 시종 종적조차 발견할 수 없었다.

허죽이 소림사로 돌아오는 날은 마침 소림사에 중대한 변고가 일어났던 날이었다. 개방 방주인 장취현이 사람을 시켜 소림파에게 자신을 중원 무림의 맹주로 받들라는 서찰을 보내왔던 것이다. 현자는 현 자 항렬, 혜 자 항렬 승려들과 연일 대책을 상의했지만 듣도 보도 못한 무명의 장취현이 어떤 인물인지 알 수가 없었다. 개방은 강호의 제일 대방회이며 숫자가 많고 실력도 있어 줄곧 정의를 추구했다고 자부하면서 소림파와 상호 의지해 강호의 정기와 무림의 도리를 이끌어왔던 터였다.

그런데 돌연 소림파 위에 군림하겠다고 나서니 소림 고승들은 이를 어찌 대처해야 할지 모르고 있었다. 허죽의 사부인 혜륜은 방장과 사백, 사숙들과 이런 긴한 일을 논의하고 있었던 터라 허죽이 소림으로 돌아왔으며 갖가지 계율을 어겼다는 사실을 감히 고할 수 없었다. 또한 그가 채소밭에 거름 주는 일을 하고 있다는 사실 역시 여러 고승은 전혀 모르고 있다가 지금 갑자기 그가 오묘하기 이를 데 없는 수법으로 현도의 체내에 선혈을 다시 집어넣는 모습을 보자 놀라지 않을 수 없었다.

허죽이 말했다.

"사백조, 운기를 하지 않아야 출혈을 막을 수 있습니다."

그는 자기 승포를 벗어 그의 가슴에 난 상처 부위를 싸매주었다. 현도가 씁쓸한 웃음을 지었다.

"대륜명왕의… 염화지공이… 이토록… 이토록 뛰어날 줄이야! 노납이… 탄복해 마지않소."

허죽이 재빨리 말했다.

"사백조, 그가 시전한 것은 염화지가 아닙니다. 불문의 무공도 아니고 말입니다."

군승이 이 말을 듣고 모두 속으로 그렇지 않다고 생각했다. 구마지의 지법은 현도와 같은 모습으로 펼쳤을 뿐만 아니라 두 사람이 온화한 미소를 짓는 표정 또한 다르지 않았기 때문이었다. 그러니 소림 72절기 중 하나인 염화지가 아니라면 무엇이란 말인가? 군승 모두 구마지가 토번국의 호국법사이며 대륜명왕에 봉해진 사실을 알고 있었다. 그는 5년에 한 번씩 대설산에 있는 대륜사에서 법회를 열어 설법을 강의하는데 그때가 되면 각지의 고승과 거사들이 강의를 듣기 위해 운집하며 그의 가르침을 받고 찬사를 보내지 않는 사람이 없었다. 불문에서 천하에 그 명성을 떨친 고승인데 그가 펼친 것이 어찌 불문 무공이 아닐 수 있단 말인가?

구마지가 속으로 깜짝 놀랐다.

'저 소화상이 내가 펼친 것이 염화지가 아니며 불문 무공도 아니란 걸 어찌 아는 거지?'

그는 이런저런 생각을 하다 문득 깨달았다.

'맞다! 염화지는 본래 인과 덕을 바탕으로 한 평화로운 무공이라 사람의 혈도만 찍어 부상을 입히지 않는 범위하에서 적을 제압하는 것이다. 난 이겨야겠다는 마음이 앞선 나머지 '화염도'로 운공을 해서 지력을 지나치게 강력히 내뿜는 바람에 저 현도 가슴에 구멍을 내고 말았다. 이는 가섭존자의 염화미소가 가진 본래의 의미에 맞지 않는다. 저 소화상은 필시 이를 알고 있는 거야.'

그는 선천적으로 예지를 지니고 있는 데다 어릴 때부터 수차에 걸친 기연을 만났다. 밀교의 영마파寧瑪派[30] 상사上師[31]에게 화염도를 허공에 격하며 발경發勁[32]하는 신공을 전수받아 대리국 천룡사에서 고영, 본인, 본상 등 고수들에게 연이은 승리를 거두었고 그 후 더한 기연을 만나 소무상공 비급까지 얻어낼 수 있었다. 이번에 그가 소림에 온 것은 원래 자신이 지닌 무공에 의지해 단창필마單槍匹馬로 이 당대 무림에 명성을 떨치고 있는 고찰을 때려 엎을 생각이었다. 이제 스무 살 정도밖에 안 된 허죽이란 소화상이 조금 전에 펼친 윤지봉혈輪指封穴 수법은 무척이나 현묘하긴 했지만 아무리 고강한 무공을 지니고 있다 해도 한계가 있으리라 짐작하고 빙긋 웃으며 말했다.

"소사부는 내 염화지가 불문 무학이 아니라 했는데 그럼 소림 절기는 어디 있다는 말인가?"

워낙 말주변이 없는 허죽은 이렇게 말할 따름이었다.

"우리 현도 사백조의 염화지는 당연히 불문 무학입니다. 하지만 당… 당신… 대사께서 펼친 그건 아닙니다…."

그는 이 말을 하면서 한편으로는 왼손을 들어 현도의 수법을 흉내 내 손가락을 세 번 튕기면서 지력에 소무상공을 실어 펼쳐냈다. 그는 워낙 예의가 바른 사람이라 손가락을 튕기면서도 감히 구마지를 향해 펼쳐내지는 못하고 아무도 없는 곳을 향해 튕길 뿐이었다. 그때 땡, 땡, 땡 하고 세 번의 소리가 울려퍼지며 대전에 있는 동종에서 엄청난 소리가 들려왔다. 허죽이 펼쳐낸 세 번의 지력이 종에 튕기면서 마치 종 망치로 힘껏 종을 치는 것처럼 들린 것이다. 모든 승려가 그 소리를 듣고 놀라움을 감추지 못했다.

구마지가 소리쳤다.

"대단한 무공이로다! 그럼 내 반야장 일초를 받아보게!"

이 말과 동시에 두 손을 세우는데 마치 예를 올리는 것처럼 보였다. 그의 두 손이 채 마주치기도 전에 훅 하는 소리와 함께 한 줄기 장력이 두 손 사이에서 질풍같이 쏟아져 나와 허죽을 향해 질주해갔다. 그건 바로 반야장의 협곡천풍峽谷天風이었다. 그러나 반야장은 '공空, 무無, 비공非空, 비무非無'를 요지로 하지만 그의 일장은 흉맹하고 무겁기 짝이 없어 반야장의 본뜻과는 큰 차이가 있었다.

허죽은 장력의 기세가 흉맹한 것을 보고 막지 않으면 안 되겠다 싶어 당장 천산육양장 일초를 펼쳐 그의 장력을 제거해버렸다.

구마지는 그의 장력 안에 흡입력이 내재되어 있어 자신이 펼쳐낸 장력을 제압하는 모양새가 마치 소무상공을 토대로 한 것처럼 느껴지자 속으로 깜짝 놀라 웃었다.

"소사부, 지금 그게 불문 무공이던가? 내가 오늘 보찰에 온 것은 소림파의 신공을 배우고자 함인데 자넨 어찌 방문좌도의 무공으로 화답을 하는 것인가? 소림 무공은 대송국에서도 손꼽히는 무공 중 하나가 아니던가? 설마 그게 모두 허명일 뿐이라 이역의 무공에 맞서기가 부족해 그러는 것인가?"

그는 허죽의 특이한 내공을 자신이 제압할 수 있다는 확신이 없자 말을 돌려 그가 소림파 무공만 사용하게 만들기 위해 슬쩍 시험을 해본 것이다.

허죽이 그의 속셈을 어찌 알겠는가? 그는 있는 대로 말해버렸다.

"소승은 자질이 부족하여 본 파 무공이라고는 나한권과 위타장韋陀掌밖에 배우지 못했습니다. 그 두 가지는 본 파에서 기본기를 다지는 입문용 무공인데 어찌 국사와 겨룰 수 있겠습니까?"

구마지가 껄껄대고 웃었다.

"그렇다면 내 적수가 되지 못한다는 사실을 스스로 알고 있다는 게로군. 그럼 그만 물러가보게!"

허죽이 말했다.

"네! 소승은 물러가겠습니다."

허죽은 합장을 한 채 예를 올리고 '허' 자 항렬의 군승 틈으로 물러갔다.

현자 방장은 영민하기 이를 데 없는 사람이라 허죽이 펼친 무공의 유래를 정확히 알지는 못했지만 조금 전 그가 보여준 몇 가지 초식은 매우 정교하고 내공이 심후해 구마지에 필적할 만한 것임을 알아차렸다. 그는 소림사가 당장 생사존망의 중요한 고비에 직면했던 터라 차라리 허죽을 내보내 막아내도록 하는 것도 괜찮다는 생각이 들었다. 설사 패하더라도 어쨌든 전기를 마련해내는 것이 속수무책으로 가만히 있는 것보다는 나을 테니 말이다.

"국사께서 소림파 72절기에 정통하다고 자처하시니 그 고명함과 박식함에 탄복을 금치 못하겠소이다. 소림파의 어설픈 입문용 무공은 아마 국사 눈에 더욱 차지 않으실 게요. 허죽, 너도 알겠지만 본사 승려들의 항렬은 현재 '현, 혜, 허, 공' 순으로 이어지고 있으며 넌 본 파의 세 번째 세대 제자에 속한다. 너는 본디 토번국 제일 고수인 국사와 겨룰 자격조차 없으나 국사께서 먼 길을 오셨으니 이런 기회는 흔치가 않다. 네가 나한권과 위타장 무공으로 국사께 몇 수 가르침을 받도록 하거라."

그는 허죽이 소림사의 3세대 '허' 자 항렬의 소승에 불과하며 그가 소림파의 어설픈 입문용 무공만 할 줄 안다고 사전에 못 박아두었다. 그럼 구마지 손에 패하더라도 소림사의 명성은 결코 손상을 입지 않을 것이기 때문이다. 요행히 일주향, 이주향의 시간까지 버텨내 자신이 그 틈을 타서 양쪽을 저지하면 구마지도 더 이상 소란을 일으킬 명분이 없어질 것이라 여긴 것이다.

허죽은 방장의 명을 듣고 감히 거역할 수가 없는지라 허리를 굽혀 답했다.

"네!"

그러고는 앞으로 몇 걸음 나아가 합장을 했다.

"국사께서는 부디 살살 다뤄주시기 바라겠습니다."

그는 상대가 선배 고인이라 절대 먼저 출수할 수 없다는 생각에 두 손을 곧게 들고 절을 했는데 그건 바로 위타장의 기수식인 영산예불靈山禮佛이었다. 그는 소림사 생활을 하면서 반나절은 염불을 외고 반나절은 무공 연마를 했기 때문에 나한권과 위타장만은 능수능란하게 펼쳐낼 수 있었다. 이 영산예불은 본래 상대에게 예로써 대하는 자세였다. 불문 제자이니 예의를 갖춰 상대에게 선수를 양보할 것이며 자신은 절대 싸움을 즐기는 사람이 아니라는 의미였다. 다만 그는 이미 소요파 3대 고수의 심후한 내력을 지니고 있었고 동모의 정성스러운 가르침을 받은 데다 영취궁 지하 석실에서 수십 일 동안 면벽 수련까지 했던 터였다. 그 덕분에 두 손을 들어 절하는 자세를 취하자 그가 입은 승복이 미미하게 부풀어오르며 진기가 돌아 전신을 보호하기 시작했다.

40

어리석은 사랑, 그 끝은 어디인가

돌연 사람 숲 안에서 승려 네 명이 뛰쳐나왔고, 장검 네 자루가 청광을 번뜩이며 동시에 구마지의 인후부를 향해 찔러갔다.
승려 네 명이 동시에 훌쩍 뛰어 출수를 하는데 장검 네 자루가 가리키는 곳은 같은 방향이었다.

구마지는 어린 승려와 겨뤄봐야 이겨도 그뿐이고 지면 망신이란 걸 뻔히 알았지만 상황이 이리된 이상 싸움을 피할 수 없었다. 그는 곧 손을 휘둘러 일장을 뻗어냈다. 장풍에서 은연중에 핏핏, 픗픗 하는 경미한 소리가 일었다. 자세나 수법으로 보아 반야장의 상승무공임이 틀림없었다.

위타장은 소림파의 기본 무공이었다. 소림 제자들이 사부를 모시고 문하에 들어가면 가장 먼저 나한권을 배우고 두 번째로 배우는 것이 바로 이 위타장이었다. 반야장이 소림 절기 중 가장 오묘한 장법이었으니 위타장부터 시작해 반야장까지 차례대로 배우려면 통상 30~40년이란 시간을 필요로 한다. 반야장은 소림 72절기 중 하나로 이 무공을 연성한다는 건 한도 끝도 없었다. 장력은 연마하면 할수록 강해지고 초식도 연마하면 할수록 정교해지기 때문에 최후의 일장인 '일공도저'에 이르려면 배움에 끝이 없다고 말할 수 있다. 이 장법이 처음 만들어진 이래 소림사 안에서 이를 연성한 고승은 고작 몇 명에 불과할 뿐이었다. 소림파 안에서 위타장으로 반야장을 상대해 겨룬 적은 여태껏 한 번도 없었다. 두 장법의 심도나 정교함이 소림 무공의 양극단이었기 때문에 반야장을 할 줄 아는 선배 승려가 위타장만 아는 본문 제자와 겨룰 일은 절대 없었던 것이다. 설사 사도 간에 무공 대련을 할 때

사부가 반야장을 펼친다 해도 제자는 적어도 달마장達摩掌이나 설산장雪山掌, 여래천수법如來千手法 등등의 장법으로 응수할 정도는 돼야만 했다.

허죽은 상대의 일장이 다가오는 걸 보고 몸을 돌려 슬쩍 피하며 쌍장을 뻗어냈다. 이는 위타장 중 일초인 산문호법山門護法이었는데 극히 평범한 초식이었지만 그 안에 실린 힘은 웅후하기 이를 데 없었다.

구마지는 신형을 자연스럽게 회전시키며 변화무쌍하기 이를 데 없는 탁발장托鉢掌을 후려쳐갔다. 허죽이 몸을 기울여 슬쩍 피하려 하자 구마지는 그가 피할 곳을 짐작했다는 듯 이미 대금강권 일권을 뻗어내고 있었다.

"펑!"

무시무시한 굉음과 함께 구마지의 일장이 허죽의 어깨를 강타했다. 허죽은 비틀거리며 뒤로 두 걸음 물러섰다. 구마지가 껄껄대고 웃었다.

"소사부, 이제 승복하겠나?"

그는 자신의 일장이 비석마저 박살내버릴 정도의 위력이 있다는 걸 알고 있기에 그의 어깨뼈가 이미 산산조각 났을 것이라 짐작했다. 그러나 허죽은 북명진기가 몸을 보호해주고 있어 어깨에 가벼운 통증만 느꼈을 뿐이었다. 그는 곧바로 민첩하게 몸을 날려 다시 공격해 들어갔다. 쌍장을 왼쪽에서 오른쪽으로 그어 내리는 항하입해恒河入海라는 이 초식은 쌍장에 엄청난 진기가 실려 있어 마치 홍수가 세차게 굽이쳐 내려와 동쪽 바다에 이르는 모습을 연상케 할 정도로 무시무시했다.

구마지는 그가 자신의 일권에 적중되고도 아무렇지 않다는 듯 두 손을 들고 공격해 들어오는 데다 그 힘이 심후하기 이를 데 없자 속으로 깜짝 놀랐다. 그는 손을 뻗어 막은 다음 손과 함께 몸을 들어올리며 두 다리를 연쇄적으로 날렸다. 삽시간에 여섯 번의 발길질이 날아가 모두 허죽의 가슴에 적중해버렸다. 이는 소림 72절기의 하나인 여영수형퇴如影隨形腿 초식이었다. 첫 번째 발길질이 나가면 두 번째 발길질이 마치 그림자가 따라오는 형태를 이루는데 두 번째 발길질이 곧바로 흰 그림자에서 실물의 형체로 변하고 세 번째 발길질은 다시 그림자처럼 따라와 연이어 발길질을 내뻗는 것이었다. 여섯 번째 발길질에 이르러서야 허죽은 몸을 뒤로 굽혀 피할 수 있었다.

구마지는 숨 쉴 겨를을 주지 않고 연이어 이지二指를 펼쳐냈다.

"피육! 피육!"

이는 다름 아닌 다라지법多羅指法이었다. 허죽은 말에 탄 채 활을 쏘는 듯한 자세로 반격의 일권을 가했는데 이는 나한권 중의 일초인 흑호투심黑虎偸心이었다. 이 권법은 무척이나 얄팍한 수법에 불과했지만 여기에 소무상공이 실리자 놀랍게도 금을 뚫고 돌을 깨부순다는 다라지 지력을 중도에 사라지게 만들 수 있었다.

구마지는 자신의 무공을 과시할 마음에 펼쳐낸 다라지 공격이 순식간에 무위로 돌아가자 곧바로 변초를 해서 한쪽 팔을 깎아내듯 내질렀다. 빈손을 내지른 것이지만 그가 펼쳐낸 것은 다름 아닌 연목도법燃木刀法이었다. 이 도법을 연성한 후에는 마른 나무 한 그루 옆에서 쾌속하게 여든한 번을 베어 나무에 전혀 흔적을 남기지 않고 칼날에서 발열하는 힘만으로 나무에 불을 붙일 수 있어야만 한다. 과거 소봉의 사부인 현고대사가 이 기술에 정통했고 그가 원적에 든 후부터 소림사 내에는 이를 구사할 수 있는 사람이 없었다. 연목도법은 단도의 도법을 응용한 것으로 구마지가 과거 천룡사에서 펼쳐냈던 화염도처럼 허공에 격하는 장력과는 방식이 전혀 달랐다. 지금처럼 손바닥을 계도 삼아 매섭게 베는 이런 방식은 소림파 무공의 한 방법이었다. 그가 일도를 내리치자 퍽 소리와 함께 허죽의 오른쪽 어깨에 적중했다. 허죽이 부르짖었다.

"이렇게 빠를 수가!"

이 말과 동시에 오른쪽 주먹을 후려쳐냈지만 주먹을 내뻗는 사이 오른팔이 다시 그의 일도에 적중되고 말았다. 구마지가 손바닥 날에 진기를 돋우어낸 힘을 집중시킨 이 일도는 실제로 강철 칼이나 다름없어 능히 목을 가르고 팔을 벨 수 있을 정도로 강력했다. 그러나 허죽의 오른팔은 연이어 펼쳐진 양도에 적중됐지만 놀랍게도 아무렇지 않은 듯 보였고 오히려 그 충격으로 인해 구마지의 손바닥 날에 은근한 통증이 밀려왔다.

구마지는 깜짝 놀라지 않을 수 없었다. 순간 머릿속에 번개처럼 스쳐 지나가는 생각이 있었다.

'저 소화상이 금종조金鐘罩나 철포삼鐵布杉 무공을 연마했다 해도 내가 펼친 몇 번의 독수를 감당할 순 없을 터인데 이게 어찌 된 연고란 말인가? 아, 맞다! 승복 안에 호신용 갑옷을 입고 있는 것이 틀림없다.'

생각이 여기까지 미치자 다음 펼치는 일초는 허죽의 얼굴을 향해 뻗어갔다. 대지무정지大智無定指, 거번뇌지去煩惱指, 적멸조寂滅抓, 인타라조因陀羅爪 같은 예닐곱 가지 소림 신공을 연이어 펼쳐 허죽의 목과 인후부를 겨냥해 날린 것이다.

구마지가 펼쳐내는 일련의 쾌속하기 그지없는 맹공에 허죽은 정신없이 허둥대느라 이를 막아내지 못하고 뒤로 물러날 수밖에 없었다. 이리되자 그는 위타장마저 펼쳐낼 수 없는 상황에 이르러 일권 또 일권 내뻗는 것은 모두 흑호투심 초식 한 가지뿐이었다. 그러나 그가 일권을 내뻗을 때마다 구마지 역시 반 척씩 물러날 수밖에 없었고 이렇게 반 척씩 뒤로 물러나다 보니 구마지의 갖가지 신묘한 초식들도 허죽의 몸까지 이르지 않는 결과를 가져왔다.

순간 구마지는 다시 소림 절기 여섯 가지를 연이어 펼쳐냈다. 소림 군승은 이를 지켜보는 것만으로도 어지러워 하나같이 이런 생각을 했다.

'저자는 본 파의 72절기에 모두 능통하다 자처하더니만 72절기를 모두 구사하지는 못하는 것 같구나. 보아하니 30~40가지 정도야.'

하지만 허죽이 응수하는 데 사용한 초식은 오직 나한권 하나뿐이었다. 더구나 상대가 번개처럼 빠르게 공격해 들어오다 보니 변초할 여유조차 없어 흑호투심 일초를 펼치고 다시 또 흑호투심을 펼치면서 오나가나 오로지 흑호투심 일초만 펼쳐낼 수밖에 없었다. 심지어 그 권법의 허술함에 있어서는 시정잡배가 봐도 웃지 않을 수 없을 정도였다. 그러나 흑호투심 속에 실린 경력이 끊임없이 증강되면서 두 사람의 거리는 갈수록 멀어져 구마지의 손가락 끝과 허죽의 얼굴 사이의 거리가 1척을 넘어섰다.

구마지는 별안간 오른손을 늘어뜨렸다 다시 손을 들어 허죽의 팔을 후려쳤다. 허죽이 오른팔을 뻗어 가로막자 구마지는 그의 손목과 교차되며 갑자기 팔에 진동이 느껴졌고 곧이어 팔이 저려오기 시작했다. 황급히 소무상공을 운용해 막았지만 뜻밖에도 상대방 팔의 비노

혈臂臑穴에서 전해져오는 소무상공으로 인해 사라져버리는 것이 아닌가? 구마지는 너무도 놀란 나머지 식은땀이 등줄기를 타고 흘러내려가기 시작했다. 과거 소주의 만타산장에서 겪은 일이 떠오른 것이다.

구마지가 단예를 납치해 강남으로 데려간 것은 대리단씨의 육맥신검을 몰래 살펴보고자 하는 의도도 있었지만 이를 구실로 모용씨가 참합장의 환시수각에 보관해놓은 무공 비급을 훔쳐보기 위함이었다. 모용가의 아주, 아벽은 금슬거에 연회를 열어 구마지와 단예, 과언지, 최백천 네 사람을 청했고, 아벽이 수각 위에서 슬을 튕기자 돌연 바닥판이 꺼지면서 단예와 아주, 아벽 두 낭자가 수각 밑에 숨겨둔 작은 배 안으로 떨어졌다. 이때 세 사람은 배를 타고 도망쳤지만 구마지는 배를 제대로 젓지 못해 따라갈 수가 없었다. 그는 화가 머리끝까지 치밀어올라 모용가의 하인들을 협박해 자신을 참합장으로 안내하도록 했다. 그러나 죽여버리겠다는 위협을 하며 협박해도 이에 굴복하는 하인은 단 하나도 없었다. 구마지는 연자오 참합장이 태호 안의 연꽃과 마름 잎으로 덮여 있는 구름과 물로 가득한 변화무쌍한 모처에 지어져 있어 찾기가 매우 힘들다는 것을 알고 있었다. 그는 좋은 생각이 떠올라 당장 소주부성蘇州府城 안으로 가서 공차公差 하나를 잡아다 그의 목에 칼을 들이대고 안내하라고 협박했다. 관부의 공차는 목에 칼이 들어오자 순순히 배를 타고 그를 데려갔다. 구마지는 그에게 상으로 은자 열 냥을 내리고 속히 떠나라 명한 뒤 뭍에 올라 긴 풀숲 안에 몸을 숙인 채 숨어 있었다. 그리고 이경二更이 될 때까지 기다렸다 장원 안으로 들어갔다.

장원 안에는 과연 주인이 없었다. 서재 안에 들어가 이 잡듯 뒤져봤지만 《십삼경주소十三經注疏》, 《전본입이사殿本廿二史》, 《제자집성諸子集成》 같은 서생들이 보는 서책들뿐 아무런 소득이 없었다. 이튿날 점심때쯤 되자 커다란 배가 한 척 다가왔는데 배 주인으로 보이는 미모의 귀부인이 손에 도검을 든 하녀들 10여 명을 데리고 기세등등하게 장원을 향해 달려왔다. 장원의 나이 든 하녀가 그녀를 '외숙모 어르신'이라고 칭했고 사공을 비롯한 남자 일꾼들은 '왕 부인'이라 불렀다. 왕 부인이라는 여자가 연이어 질문하는 소리가 들렸다.

"우리 아이는 어디 간 게냐? 어서 나오라고 해라!"

"아주, 아벽 두 계집애는? 어디 가서 죽기라도 한 게냐?"

그러고는 수하 하녀에게 명했다.

"어서 가서 아주, 아벽 두 계집애를 끌고 와라. 우선 두 년의 오른손부터 베어버리고 나서 다시 물어봐야겠다."

그러고는 또 물었다.

"너희 공자는 아직 돌아오지 않았더냐? 우리 아이하고 같이 있는 게야?"

대답하는 사람이 없자 손을 뻗어 따귀를 후려갈기는데 남복 여복 가리지 않고 닥치는 대로 때리기 시작했다. 구마지가 그녀의 솜씨를 보니 무공이 그리 고강하진 않지만 하인들을 주먹으로 때리고 발로 차기에는 충분한 실력이었다.

구마지는 그녀가 사람을 못 만나면 다시 배를 타고 돌아갈 것이라 짐작하고 그녀가 배를 타는 틈을 타 배에 올라 육지로 돌아가야겠다고 생각했다. 그는 몰래 배의 측면으로 걸어가 주변에 아무도 없을 때를 기다렸다 선미 쪽으로 슬며시 올라타 한구석에 웅크리고 있었다. 과연 한 시진이 채 되지 않아 왕 부인이 하녀들을 데리고 배로 돌아와 호수로 나아갔다. 왕 부인은 사람을 못 찾자 배 안 바닥과 의자를 후려쳐가면서 화를 내며 욕했지만 감히 그녀 말에 답을 하는 사람이 없었다. 큰 배는 한두 시진을 저어가다 물가의 장원 밖에 있는 한 부두에 당도해 정박했다. 구마지는 날이 어두워질 때까지 기다렸다 그제야 장원 안으로 들어갔다. 어둠 속이라 뭔가 찾을 수는 없었지만 호수에 인접한 자그맣고 정교한 누각 하나가 보여 그 안에 사람이 있는지 엿듣다 인기척이 없자 위층으로 올라가 창문을 가볍게 밀고 안으로 훌쩍 뛰어들어갔다. 사방은 어두컴컴하고 등불 하나 없었다. 그는 곧 이 아무도 없는 방 안 바닥에서 잠이 들어버렸다.

꿈속을 헤매던 중 돌연 아래층에서 바스락거리는 소리가 들리는데 누군가 마른풀을 밟는 소리였다. 구마지가 깜짝 놀라 잠에서 깨어 창살 틈으로 밖을 내다보니 발소리와 함께 누군가 누각으로 걸어 올라오고 있었다. 계단을 올라오는 힘이 매우 가볍고 부드러워 거의 소리가 나지 않는 것으로 보아 내력이 무척이나 고강한 자로 보였다. 구마지는 감히 아무 소리도 낼 수 없었다. 미미한 불빛 아래 바라보니 그의 발걸음은 이상하리만치 빨라 눈 깜짝할 사이에 옆방 안으로 들어갔다. 그자는 곧 화절자의 불을 탁자 위의 촛대에 옮겨 붙였다. 따라락 하는 무슨 장치를 비트는 몇 번의 소리가 들리더니 다시 끼이익 하고 문을 미는 소리가 들렸다. 구마지가 판자벽 틈으로 바라보니 옆방 벽에 구멍이 하나 열리면서 그 구멍 밖에 문이 있는데 그 문에는 담벼락 색이 칠해져 있어 닫아놓으면 전혀 알아차릴 수 없었다. 구멍 안쪽을 바라보니 안은 어두운 방이었다. 방 안에는 겹겹이 쌓인 궤짝들로 가득 차 있었다. 각 궤짝의 궤짝 문에는 글자가 새겨져 있고 글자 안은 남색 안료로 채워져 있었는데 하나같이 '낭환옥동'이란 글자였다. 구마지는 낭환이 선인들의 장서가 있는 곳임을 알고 문득 이런 생각이 들었다.

'혹시 저 궤짝 안에 든 것이 모두 무학 비급이란 말인가?'

그자가 촛대를 손에 들고 서궤 앞을 하나하나 살펴보는데 등 뒤에서 본 그자는 청색 장포를 입고 등에 긴 머리를 늘어뜨리고 있었다. 머리가 반백인 것으로 보아 젊은 나이로 보이지는 않았다. 구마지는 속으로 생각했다.

'나이를 꽤 먹은 자 같은데 내공까지 뛰어나다면 무림 내 어떤 인물인지 알아내는 건 그리 어려운 일이 아니다.'

그가 한 궤짝 앞으로 걸어갔다. 궤짝 문에 횡으로 낭환옥동이란 네 글자가 적혀 있고 세로로 '청우서거靑牛西去 자기동래紫氣東來'[33]란 여덟 글자가 적혀 있었는데 모두 녹색 안료로 채워져 있었다. 구마지는 속으로 생각했다.

'청우니 자기니 하는 말들은 노자의 도가 학문인데 궤짝 속에 들어 있는 것이 《노자도덕경老子道德經》, 《장자남화경庄子南華經》, 《포박자抱朴子》 같은 유의 도가 서적들이라면 더 이상 신경 쓸 것 없지.'

그자가 나무판자로 된 궤짝 문을 뽑아 궤짝 안에 겹겹이 쌓여 있던 장부들을 서탁 위로 옮겨놓았다. 장부는 일고여덟 권쯤 됐는데 모서리가 말려 있는 것으로 보아 아주 오래된 장부 같았다. 그자가 몸을 기울일 때 구마지는 그의 얼굴을 볼 수 있었다. 60~70 정도 되는 나이에 얼굴은 매끄럽고 매우 뽀얀 피부를 지니고 있는 것을 보고 문득 한 사람이 떠올랐다.

'저 정도 되는 나이에 동안을 유지하고 있다면 혹시 화공대법을 펼칠 줄 아는 정춘추가 아닐까?'

그는 숨을 죽인 채 더욱더 꼼짝할 수 없었다.

그 노인이 장부 하나를 뒤적거리다 열심히 뭔가를 읊으며 손가락으로 계산을 하고 심호흡을 하는데 무슨 내공을 연마하는 것처럼 보였다. 한참 후에 아래층에서 한 여자 목소리가 들려왔다.

"아버지, 오셨어요?"

그 노인은 길게 숨을 내쉬고 난 뒤 두 손으로 배를 받쳐 올리고 나서야 답했다.

"그래! 올라오너라!"

발걸음 소리가 들리고 한 사람이 달려왔다. 그는 다름 아닌 조금 전에 구마지를 참합장까지 싣고 온 만타산장의 왕 부인이었다. 구마지는 의아한 생각이 들었다.

'이제 보니 저자는 왕가의 노선생이었구나. 정춘추가 아니었어.'

왕 부인이 그 노인 앞으로 걸어가 말했다.

"아버지, 또 소무상공 연마하세요? 이 책들 다 가져가세요. 어차피 아버지, 어머니가 가져오신 것들이고 어언이는 아버지한테 배우지도 못하는 데다 봐도 잘 몰라요."

구마지는 소무상공이라는 말을 듣자 그게 무시무시한 도가의 내공이란 것을 알고 곧 주의를 집중했다.

그 노인이 말했다.

"내가 가져가면 보관이 어렵다. 그 쓸모없는 제자 놈들이 훔쳐가버리고 말 테니 말이다. 그래도 여기다 두는 게 그나마 안전해."

왕 부인은 노인 옆에 있던 의자에 앉았다.

"소림파에 현비라고 하는 늙은 화상이 대리에서 누군가에게 맞아 죽었대요. 그것도 그 화상이 자랑하는 '대위타저'라는 절기에 맞아 치명상을 입은 채 말이에요. 그런데 소림파에선 그에게 손을 쓴 사람이 고소모용이라고 알고 있다지 뭐예요? 복관이는 자기가 억울한 누명을 썼다며 가장家將 몇 명을 데리고 소림사로 해명을 하러 갔어요. 어언이는 복관이가 제대로 해명하지 못할까 봐 염려된다며 따라갔고 말이에요."

노인이 고개를 가로저었다.

"모용복의 무공 실력으로 어찌 현비 그 늙다리 중을 때려죽일 수 있겠느냐?"

"아버지, 아버지가 그러신 거죠? 그렇죠?"

"아니다! 내가 소림 화상을 뭣 때문에 죽이겠느냐?"

"복관이는 자기 아버지가 일찍 돌아가셨다고 오히려 어언이한테 의지해 몇 초를 배웠지 뭐예요? 여자애한테 무공이나 배우고 앉아 있고 대장부 기개라고는 조금도 없으니 정말 집안 망신이에요! 아버지, 아버지가 좀 가르쳐주세요."

노인이 고개를 가로저었다.

"그 아이는 자신이 가전 무공인 두전성이에 뛰어나다는 걸 알고 우리 성수파를 우습게 보지 않더냐? 내 문하에는 들어올 생각도 안 하는데 내가 어찌 무공을 가르칠 수 있겠느냐?"

구마지는 여기까지 듣고 비로소 그 노인이 과연 정춘추라는 사실을 알게 되었다.

왕 부인은 본래 무애자와 이추수 소생의 딸이었다. 두 사람은 서로 깊은 정을 느껴 사랑하는 딸을 낳은 후 무량산에서 함께 살며 때로는 달빛 아래 검술 대련을 하고 때로는 꽃밭에서 시를 지어가며 환희의 나날을 보내왔다. 그러나 무애자는 금기서화와 의복성상을 섭렵하며 폭넓게 관심을 두다 보니 이추수를 소원하게 대할 수밖에 없었다. 이에 이추수는 외부에서 준수한 소년들을 동굴 안으로 수없이 납치해와서 그들과 공공연하게 놀아났다. 사실 정랑의 관심을 끌기 위한 행동이었지만 이로 인해 무애자의 증오심만 깊어지고 크게 화를 내며 자신을 떠나갈 줄 누가 알았겠는가? 이추수는 너무 실망한 나머지 무애자의 둘째 제자인 정춘추를 끌어들여 정춘추로 하여금 무애자에게 반기를 들도록 하고 무애자를 벼랑 밑으로 떨어뜨려 생사를 알 수 없게 만들었다. 정춘추와 이추수 두 사람은 낭환옥동에 소장된 비급들과 이추수의 딸인 이청라李青蘿를 데리고 소주로 거처를 옮겼다. 이추수는 남들의 이목을 피하기 위해 딸에게 정춘추를 아버지라 부르도록 했다. 왕 부인은 어려서부터 그렇게 부르는 것이 익숙해져 다 크고 난 다음에도 고칠 수 없었다. 몰래 엿듣던 구마지는 이런 사실을 당연히 알지 못했기 때문에 정춘추가 진짜 왕 부인의 부친이라고만 알았다.

왕 부인의 말소리가 들려왔다.

"아버지, 그 소무상공을 어찌 연마해야 하는지 가르쳐주세요. 나중에 제가 어언이한테 잘 가르쳐줄게요."

정춘추가 말했다.

"그것도 좋지! 허나 이 무공은 연마하기가 매우 어려워 나 역시도 완벽하게 연마하지 못했다. 우선 구결을 어찌 파해하는지 가르쳐줄 테니 네가 어언이와 그에 맞춰서 천천히 연마하도록 해라. 음, 어언이가 그 애 사촌 오라비한테 너무 잘해줘서 안심이 안 되는구나."

그는 이 말을 하고 탁자 위의 장부 중에서 한 권을 뽑아 품 안에 넣었다.

정춘추는 또 다른 한 권을 펼치더니 말했다.

"이 내공은 조사祖師께서 네 엄마에게만 전수하고 우리 사부님과 사백에게는 전수하지 않으셨다. 조사께서는 연공 요결을 장부 모양으로 적어놓으셨지. '정월 초하루, 은銀 아홉 전錢 여덟 푼分 수거.' 이렇게 적은 것은 이런 말이다. '첫째 날은 아홉 번 숨을 들이마시고 여덟 번 정신을 집중하라.' '은 여덟 전 일곱 푼을 지불.' 이렇게 적힌 것은 이런 말이야. '여덟 번 숨을 내쉬고 일곱 번 정신을 집중하라.' '정월 초이튿날, 은 여덟 전 아홉 푼 수금, 돼지 허파 하나와 돼지 창자 두 개, 돼지 심장 하나 구매.' 이 말을 풀이하면 이렇게 된다. '둘째 날에는 숨을 들이마시고 정신을 집중한 후에 내식을 폐맥肺脈에서 한 차례 돌리고 장맥腸脈에서 두 번 돌리고 심맥心脈에서 한 번 돌려라.'"

왕 부인이 호호하고 웃었다.

"조사께서도 참 재미있는 분이시네요. 자기 심장과 폐, 장을 모두 돼지 심장, 돼지 허파, 돼지 창자로 쓰다니 말이에요."

정춘추가 싱긋 웃으며 말했다.

"그렇게 써야 이 서책이 관계없는 사람 손에 들어가도 이걸 고기나 채소를 살 때 쓰는 가계부 정도로 알 뿐 무상 내공의 심법을 연마할 수 있는 서책이란 걸 모르지 않겠느냐? 다시 몇 글자 읽어보거라."

왕 부인이 읽었다.

"신新, 인人, 진眞, 균匀, 춘春, 신身…."

정춘추가 말했다.

"다시 읽어, 빨리 읽어라!"

왕 부인이 읽었다.

"곡谷, 복伏, 목牧, 목木, 색索, 곡哭, 옥屋…."

정춘추가 말했다.

"다시 거꾸로 읽어봐라. 단숨에 읽어야 한다. 중간에 쉬지 말고!"

왕 부인은 연속해서 측성仄聲 일곱 글자를 숨을 고르지 않고 읽다가 결국 웃음이 터져 서탁에 엎어져버렸다.

정춘추가 말했다.

"조급해할 필요 없이 매일 한 시진 동안 읽으면서 거꾸로 읽는 것까지 익숙하게 되면 다시 서책의 요결에 따라 기를 연마해라. 두 권을 모두 연마하면 내가 다시 가르쳐주마."

두 사람은 몇 마디 한담을 나누다 왕 부인이 먼저 아래층으로 내려가버렸다.

정춘추는 무공 연마를 끝낸 뒤 서책을 서궤 안에 집어넣고 촛불을 끈 다음 방을 나섰다. 구마지는 정춘추의 발소리가 멀리 사라질 때까지 숨죽이고 있다 아무도 오지 않는 걸 확인하고서야 옆방으로 찾아 들어갔다. 비밀 문을 통해 암실 안으로 들어가보니 낭환옥동 서궤가 한가득 쌓여 있었다. 그는 속으로 생각했다.

'이번에는 소무상공 하나만 배워도 충분하다. 저들이 돼지 심장이니 돼지 창자니 하고 써놨다면 다른 무공들은 뭐라고 적은 건지 알 수 없으니 서책을 훔쳐가봐야 잘못된 무공만 배우게 될 것이다.'

'청우서거'라고 적힌 궤짝 문을 열어 그 안의 서책 몇 권을 모조리 품에 넣고 그대로 담을 넘어 나왔다. 호숫가에 정박 중인 배가 보이자 그는 선미로 숨어들어갔다. 그렇게 큰 배는 젓지도 못할뿐더러 왕 부인에게 소무상공 비급 장부를 도둑맞은 사실이 알려질까 두려워 인내심을 가지고 기다려보기로 했다. 무려 사흘을 기다린 뒤에야 소주성으로 장사를 하기 위해 누군가 배를 저어 나갔다. 그는 배 안에 숨어 있다가 배가 뭍에 이르러 사공과 일꾼들이 뭍에 오른 다음에야 배에서 빠져나와 자기 갈 길로 갔다.

서책 숫자를 세어보니 모두 일곱 권이었다. 그중 한 권은 이미 정춘추가 가져갔기 때문에 전권을 다 볼 수 없는 점이 옥에 티라는 생각이 들었다. 서책 표지 위에는 각각 갑甲, 을乙, 병丙, 정丁 등의 순서를 매기는 글이 적혀 있었는데 기己와 신辛 사이의 경庚 권이 없는 것을 보고 정춘추가 가져간 것이 제7권이란 사실을 알게 되었다. '갑' 권을 펼쳐보자 첫 쪽에 몇 줄의 글이 적혀 있었다.

'예로부터 도를 닦는 사람은 미묘하고도 정통함이 있기에 보통 사람은 그 깊이를 알지 못한다. 무릇 그 도를 닦는 사람을 이해할 순 없지만 억지로나마 형용해보도록 하겠다. 신중함에 있어서는 겨울철 냇가의 살얼음을 걷는 듯하고 경계에 있어서는 주변국의 공격에 대비하는 것 같다.'

'누가 능히 혼탁한 것을 안정시켜 나아가 천천히 정화시킬 수 있을 것인가? 누가 능히 안정된 것을 변화시켜 활력을 만들어낼 수 있을 것인가? 도를 유지하는 사람은 자만하지 않는다. 자만함이 없기 때문에 더욱 새로운 것을 만들어갈 수 있는 것이다.'

한참을 생각해봤지만 그 의미를 알 수 없었다. 두 번째 쪽을 펼치니 맨 윗줄마다 '모월모일某月某日' '은 몇 전 몇 푼 수금, 돼지 심장과 돼지 폐 몇 조각 구매'라는 글자들이 적혀 있었다. 그는 당장 화로에 맑은 향을 태워 조용히 토납을 했다. 그러고는 서책에 기재된 대로 연마를 하기 시작했다. 처음에는 아무 동정도 보이지 않았지만 인내심을 가지고 토납으로 각각의 맥에서 돌려가며 한 달여를 계속해봤다. 그러자 점점 정신이 상쾌해지면서 내력이 증강되는 느낌을 받았다.

이렇게 몇 달 동안 열심히 연마를 하자 내식이 경맥 여러 곳을 돌아다닌다는 느낌이 들었다. 그는 토번국 밀교 영마파의 상사에게 화염도 신공을 전수받은 후부터 토번 내의 흑교를 소탕하고 그 위세가 서쪽 변경 지역에 진동할 정도로 그의 공력과 견식은 극히 고강한 경지에 이른 상태였다. 그러나 소무상공을 읽고 난 뒤에는 무학에 있어 또 다른 신천지에 발을 들여놓은 느낌을 받게 되었다.

불학 무공은 '공空'을 절정의 요지로 삼고, 도가의 내공은 '무체無滯, 무애無碍'에서 '무분별無分別'의 경지를 향해 나아가는 것이다. 양자가 길은 다르지만 목적지는 같기에 극히 고강한 경지에 이른다면 매우 비슷하다 할 수 있다. 그러나 입문 수법이나 운용 요결은 크게 다른 것이 분명했다.

구마지는 이때부터 소무상공 연마에 깊이 미혹돼 밤낮을 가리지 않고 꾸준하게 정진해나갔다. 제6권인 '기' 권과 제8권인 '신' 권 사이를 세밀히 살펴보니 빠진 부분은 주로 충맥과 대맥, 양유, 음유 등 기경사맥奇經四脈[34]에 관한 것이었다. 인체의 상맥常脈인 십이경맥十二經脈은 깊이 헤아려 모두 연성했지만 제8권 안에 기재된 양교와 음교 및 가장 중요한 독맥과 임맥 등 나머지 사맥의 기경과 빠져 있는 기경사맥의 연마법이 대동소이했기 때문에 나머지는 제7권에 기재된 요결로 미루어 짐작해 그 사맥을 연마하는 공행功行 방법을 찾아낼 수 있었다.

그는 토번으로 돌아온 뒤 우선 무공 요결에 따라 제8권에 기재된 기경사맥을 연성했다. 그러나 다시 뒤로 돌아가 빠져 있는 제7권에 기재된 기경사맥을 연마하던 중 막히는 부분을 만나게 되었다. 다행히 충맥과 대맥의 공행은 자주 사용하지 않는 것이었던 터라 그 역시 크게 개의치는 않았다. 이미 연성한 상기常奇 16맥의 공행에 통달하기만 하면 나머지 기경사맥의 공행은 조건이 될 때 자연히 연마할 수 있을 것이니 언젠가 통달할 수 있을 것이라 생각한 것이다.

그때 그는 개방이 소림사에 선전포고를 하고 중원 무림의 맹주를 쟁취하려 한다는 소식을 듣게 되었다. 그는 중원 무림의 인물들이 하나로 결맹한다면 토번에 매우 불리할 것이라 생각했다. 사실 본인 스스로도 소림사 72절기를 완벽하게 구사하지 못한다고 여겼다. 하지만 소무상공을 연성한 이후에는 과거 혈혈단신 대리 천룡사에 가서 화염도 신공으로 단씨 육맥신검을 패퇴시키고 단예를 동쪽으로 납치했던 당시보다는 공력에 커다란 진전이 있었기에 소무상공으로 소림사의 여러 절기들을 펼쳐낸다면 소림사 승려들을 모두 물리쳐 소림파를 일패도지시킬 수 있으리라 생각했다. 중원 무림이 결맹만 하지 않는다면 자신은 토번에 불세출의 공적을 세우게 되는 것이니 국사라는 명성에 한 치의 부끄러움도 없는 셈이 아닌가?

소림에 당도한 후 구마지는 방장인 현자와 신산, 관심 등 외부에서 온 고승들이 권법과 장법 등 무학에 관해 담론하는 소리를 대전 밖에서 몰래 엿들었다. 강맹한 무공과 부드러운 무공은 서로 상반되는 성질 때문에 소림 승려들이 항마장과 마하지를 동시에 연마할 수 없다는 현자의 얘기를 듣자 그는 곧바로 경공을 시전해 산문 밖으로 내달려갔다. 그리고 내력으로 목소리를 전송하며 '강맹하고 부드러운 무공을 동시에 연마할 수 없다'는 이론이 옳지 않다는 사실을 지적했다. 모든 고승은 먼 곳에서 들려오는 전음의 내력이 심후하긴 해도 그리 이상할 건 없다고 느꼈다. 그러나 수많은 사람이 대전에서 담론을 하는데 뜻밖에도 한 마장 밖에서 들었다는 사실에 대해 이런 천이통天耳通 무공은 실로 그 어떤 무학에서도 듣도 보도 못한 것이라 경이로우면서도 탄복해하지 않을 수 없었다. 대전 밖의 그 먼 곳에서 몰래 듣다가 전음을 보내며 내달려올 줄은 상상도 하지 못했던 것이다. 더구나 구마지가 소무상공을 기반으로 소림 절기인 대금강권과 반야장, 마하지 등 무공들을 연이어 펼쳐내자 군승은 이에 굴복할 수밖에 없었고 현자 방장 역시 구마지로부터 자신의 주장이 옳지 않다는 것을 강요받는 상황에까지 이르게 되었다. 이렇게 구마지가 득의양양해하는 사이 군승 중에 허죽이라는 일개 소화상이 달려나와 놀랍게도 소무상공을 펼쳐내는 것이 아닌가? 심지어 실력도 자신에 필적할 만한 것이라 구마지는 놀라지 않을 수 없었다.

두 사람의 팔이 교차하자 충맥의 모든 혈도가 부딪쳤다. 그곳은 바로 구마지의 내공 중 약점이 있는 곳이었다. 순간 만타산장에서 소무상공 비급을 훔칠 때 제7권이 빠져 있던 지난 일이 떠올라 식은땀이 흐르고 머리카락이 곤두섰다. 구마지는 사람이 꼼꼼하고 섬세해서 무공을 연마할 때 기로에 놓이면 아주 철저하게 미루어 계산한 뒤에 일일이 피하고는 했지만 적과 대치 상태에 있다 보니 번개처럼 빨리 날아드는 초식으로 인해 생각할 겨를이 없었다. 두 줄기 소무상공이 서로 부딪치자 제7권에 기재된 충맥 기경을 연마하지 않은 구마지는 팔의 경력이 뜻밖에도 허죽의 소무상공에 의해 사라져버리고 말았다. 소무상공을 연성하게 되면 원래 그 위력이 어마어마해야 맞지만 이 무공의 칭호인 '소무상小無相'에 '소小'라는 한 글자가 붙었다는 것은 필경 도가의 심오한 내공에 있어 기초 단계에 불과하다는 뜻이었다. 도가의 공법으로 펼쳐낸다면 마음먹은 대로 되지만 다른 사상하에 있는 공법으로 펼쳐낸다면 조화가 이루어지지 않아 오묘한 경지에 이를 수가 없는 것이다. 더욱이 구마지가 연마한 소무상공은 제7권 내용이 빠져 있던 터라 공법 내에 존재하는 결함으로 인해 허죽의 완전무결한 동일 공법에 부족함을 드러낼 수밖에 없었던 것이다.

구마지는 속으로 깜짝 놀란 나머지 허죽이 다시 흑호투심 일초로 공격해 들어오는 것을 보고 갑자기 손을 늘어뜨렸다가 느닷없이 두 손을 내밀어 허죽의 오른쪽 주먹을 움켜쥐었다. 이건 바로 소림 절기인 용조공龍爪功 중 일초였다. 그는 왼손으로 허죽의 소지를 쥐고 오른손으로는 그의 무지를 잡은 채 힘을 돋우어 재빨리 비틀어 꺾었다. 이 초식으로 그의 두 손가락을 부러뜨리겠다는 심산이었다.

허죽은 두 손가락이 벌려지게 되자 더 이상 흑호투심을 펼쳐낼 수가 없었다. 손가락에 극심한 통증을 느낀 그는 자연스럽게 천산절매수를 펼쳐냈다. 오른팔로 작은 원을 그리면서 돌리고 뒤집어 구마지의 왼팔을 움켜쥔 것이다.

구마지는 손쉽게 상대 손가락을 움켜쥐고 기뻐하는 순간, 상대의 손에 돌연 한 가닥 기이한 힘이 생겨 오히려 자신의 팔이 잡힐 줄은 생각지도 못했다. 무학에 박식한 그 역시도 천산절매수라는 무공 내력에 대해서는 전혀 알지 못했기 때문이다. 그는 속으로 깜짝 놀랐다. 왼팔이 이미 쇠테에 묶인 것처럼 더 이상 벗어날 길이 없었던 것이다. 허죽은 경황이 없는 상황에서 스스로 빠져나오기 위해 펼쳐낸 것이라 다시 반격을 가할 겨를이 없었다. 더구나 그는 구마지가 자기 손가락을 더 이상 꺾지 못하게 할 의도로 손목을 꽉 잡았을 뿐 그의 맥문까지 움켜쥐지는 않았다. 이렇게 다소 허술한 허죽의 공격 덕에 구마지는 내력이 다시 살아나 슬며시 팔을 거두어들일 수 있게 됐고, 그 틈을 타서 내력을 격렬하게 뿜어내며 허죽의 손아귀를 찢어버리려 했다.

허죽은 손에 마비가 오자 상대가 팔을 빼낸 뒤에 다시 무시무시한 수법을 펼칠까 두려워 황급히 운경을 했다. 그러자 체내의 북명진기가 물밀듯이 솟구쳐오르기 시작했다. 그와 단예가 연마한 무공은 동일한 근원에서 나온 것이었지만 단예처럼 상대의 내력을 흡수하는 요결을 연마한 것이 아니기 때문에 구마지의 손목을 움켜쥐긴 했지만 그의 내력을 흡수할 수는 없었다. 구마지는 세 차례에 걸쳐 운경을 했음에도 빠져나올 수 없자 속으로 놀라지 않을 수 없었다. 급한 김에 당장 오른손 손바닥 날로 비스듬히 허죽의 목을 베어갔다. 너무 다급한 나머지 소림파 무공을 펼쳐야 했지만 뜻밖에도 그의 일초는 토번의 본문 무학이었다. 허죽은 왼손으로 천산육양장 초식을 펼쳐 이를 제거해버렸다. 구마지의 다음 일장이 이르자 허죽은 천산육양장을 끊임없이 펼쳐내며 광풍처럼 몰아쳐오는 상대 공격을 일일이 제거해버렸다.

그때 두 사람은 근접 상태에서 육박전을 펼치고 있던 터라 서로 숨 쉬는 소리마저 들을 수 있었다. 또한 장력을 펼쳐낼 때도 팔을 구부리고 팔꿈치를 돌려야만 가능했다. 일장을 펼칠 때마다 거리가 7~8촌밖에 되지 않았지만 아무리 가까이 있어도 장력만은 여전히 강경하기 이를 데 없었다. 구마지가 손에서 휙휙 소리를 내자 군승은 모두 그 장력이 마치 칼로 얼굴을 깎아내고 몸에 한기가 침투하는 듯한 느낌을 받았다. 마치 높은 산 정상에 올라 사방에서 몰아치는 광풍을 맞는 기분이었던 것이다. 소림사에서 항렬이 비교적 낮은 승려들은 이를 견디지 못하고 하나둘씩 몸을 움츠리며 뒤로 물러나 벽에 기대어 섰다. 현자 항렬의 고승들은 휘몰아치는 장력 따위에 두려움을 느끼지 않았지만 그래도 각자 내력을 돋우어 이에 맞섰다.

허죽은 삼십육동, 칠십이도 군호의 생사부를 제거해주면서 천산육양장에 공을 많이 들였던 터라 갖가지 정교한 변화에 대해 이미 훤히 꿰뚫고 있었다. 더구나 영취궁 지하 석벽의 도보는 그 오묘함을 더욱 깊이 깨닫게 해주었다. 그러나 그는 이를 남과 직접 대결을 벌이며 사용해본 적이 없는 데다 연습이 많이 부족한 상태에서 이를 처음 사용하는 순간이 바로 당금의 손꼽히는 고수와 벌이는 생사의 결전이다 보니 장법이 아무리 고강하고 내력이 웅후하다 해도 펼쳐낼 수 있는 공력은 그저 2, 3성에 불과할 뿐이었다.

구마지의 장력이 점점 더 매서워지자 허죽은 자신을 보호하는 데 집중하느라 매 일초 모두 수세에 몰릴 수밖에 없었다. 그가 상대의 손목을 꽉 움켜쥐고 있는 것은 결코 상대를 잡을 생각이 아니었다. 그저 상대의 무공이 자신보다 강하다는 걸 알고 한 손 장력이 그토록 대단한데 두 손으로 동시에 펼쳐내기라도 한다면 자신은 당장 목숨을 잃고 말 것이라 여긴 것이다. 그는 견식이 부족해 상대의 충맥에 있는 공행에 큰 허점이 있다는 사실을 알아차리지 못했다. 만일 거기에 초점을 맞추어 반격을 가했다면 진작 승리를 거뒀을 테지만 이런 바보 같은 방법을 고집하느라 그의 왼손을 필사적으로 움켜쥐어 그가 왼손으로 초식을 펼칠 수 없도록 만들 뿐이었다.

구마지는 왼손을 잡히는 바람에 쌍장을 연쇄적으로 변화시키고 교차시켜가며 사용하는 제반 묘수들을 펼쳐낼 수가 없었다. 허죽은 본래 장법 사용에 익숙하지 않아 한 손만 사용하는 것이 쌍장을 펼치는 것보다 편했다. 그 때문에 한 사람은 반쪽만 사용하는 꼴이라 10할 장법을 5할밖에 사용하지 못하게 됐고 상대는 오히려 2, 3성에 불과한 공력을 4, 5성까지 끌어올리는 결과를 가져오게 되었다. 이로 인해 일주향의 시간 동안 두 사람은 수백 초를 주고받았지만 여전히 대치 국면을 벗어나지 못했다.

현자와 현도, 신산, 관심, 도청 등 여러 고승은 구마지가 왼손을 제압당해 빠져나오지 못하고 있었지만 오히려 허죽의 왼손도 수세에 몰려 방어 자세만 취할 뿐 반격할 힘이 전혀 없어 두 사람 모두 '오른손은 우세하고 왼손이 열세'인 상황임을 알아차렸다. 이런 타법은 아무리 견식이 넓은 고승들도 평생 처음 보는 광경이었다. 소림 군승은 더더욱 경이롭고도 걱정스럽게 바라보고 있었다. 어려서부터 소림사에서 자라온 허죽이 하산한 지 반년 만에 어디서 배운지 모르지만 놀라운 기예를 무장한 채 돌아온 데다 그가 적을 움켜쥐어놓고도 제압을 하지 못하고 있지 않은가? 더구나 구마지가 펼쳐내는 매 일장 속에는 근골을 부러뜨리고 내가진기內家眞氣를 파괴시킬 만한 엄청난 위력이 실려 있어 단 일장만 적중당해도 목숨을 부지하지 못하는 상황이 아닌가?

다시 100여 초를 더 교환하자 허죽은 점차 두려운 마음이 사라져버렸다. 천산육양장의 정교하고 오묘한 점에 대한 깨달음이 점점 더 깊어져 십초 중 구초를 방어에 집중하고 나머지 일초는 반격할 수 있게 된 것이다. 그가 나머지 일초로 반격을 하면 구마지는 이를 방어하지 않을 수 없는지라 그의 공격은 기세가 꺾일 수밖에 없었다. 그 차이는 아주 미세했지만 대세는 점차 허죽에게 유리한 쪽으로 흘러갔다. 다시 한 식경이 지나자 허죽은 십초 중 이삼초를 반격할 수 있게 되었다. 소림 군승은 그가 점차 곤경에서 빠져나오는 것을 보고 기뻐하지 않을 수 없었다.

이때 허죽은 이미 4할의 공세를 점할 수 있게 되었다. 여전히 방어에 주력하고 공격을 적게 하긴 했지만 내력이 발휘되면서 소요파 무학의 여러 악랄한 초식들이 자연스럽게 펼쳐져 나오기 시작했다. 소림파는 불문 무공에 속해 있기에 적을 제압하되 살인을 하지 않는 것이 출수의 의도여서 동모와 이추수의 출수와는 명백하게 상반된다. 현자 등 소림 고승들은 허죽이 펼쳐내는 초식이 겉으로 드러나진 않지만 점점 흉악하고 매서워지는 것을 보고 눈살을 찌푸리지 않을 수 없었다.

구마지는 강한 경력을 연달아 세 차례 돋우어 허죽의 오른손을 뿌리치고 화염도 절기를 펼치려 했지만 자신이 힘을 강화시키면 상대의 지력 역시 그에 상응하게 증가되는 터라 다급한 나머지 별안간 살기가 솟구쳐올랐다.

"훽! 훽! 훽!"

연이어 왼손 삼장을 후려치자 허죽은 손을 휘둘러 이를 제거시켰다. 순간 구마지가 손을 빼고 허리를 굽혀 버선 속에서 비수 한 자루를 꺼내 들더니 별안간 허죽의 어깨를 향해 찔러갔다.

허죽이 배운 것이라고는 모두 빈손으로 대결하는 방법뿐이었던 터라 갑자기 백광이 번뜩이며 비수가 날아오자 어찌 막아야 할지 몰라 재빨리 구마지의 오른팔을 움켜쥘 수밖에 없었다. 그의 이 일조一抓는 천산절매수의 금나수법으로 매우 빠르고 정확했다. 그는 손가락 세 개를 그의 손목에 얹은 다음 곧바로 무지와 소지로 감싸쥐었다. 바로 그때 구마지는 손바닥 경력이 약화되면서 비수가 손에서 빠져나갔다. 허죽은 두 손으로 상대의 손목을 단단히 잡고 있었지만 푹 하는 소리와 함께 비수가 손잡이까지 그의 어깨에 깊이 꽂혀버리고 말았다.

옆에서 지켜보던 군승이 일제히 비명을 질렀다. 신산과 관심 등은 모두 고개를 가로젓지 않을 수 없었다.

'구마지 같은 신분을 지닌 사람이 소림사의 일개 젊은 승려를 이기지 못한 것만 해도 이미 명성이 땅에 떨어진 셈인데 거기에 무기까지 써서 기습을 펼치다니 정말 꼴이 말이 아니로구나.'

돌연 사람 숲 안에서 승려 네 명이 뛰쳐나왔다. 순간 청광을 번뜩이며 동시에 장검 네 자루가 구마지의 인후부를 향해 찔러갔다. 네 명의 승려가 동시에 훌쩍 뛰어 출수를 하는데 장검 네 자루가 가리키는 곳은 같은 방향이었으며 검법이 무척이나 빠르고 매섭기 이를 데 없었다. 구마지는 두 발에 힘을 주어 뒤쪽으로 피하려고 힘껏 잡아당겼지만 허죽이 꼼짝도 하지 않자 순간 목 부위가 뭔가에 찔리는 통증이 느껴졌다. 장검 네 자루의 검끝이 이미 살갗에 닿은 것이다. 승려 넷이 일제히 호통을 쳤다.

"뻔뻔스러운 놈! 어서 투항해라!"

그 목소리는 놀랍게도 소녀의 음성처럼 가냘팠다.

허죽이 고개를 돌려보니 네 명의 승려는 다름 아닌 매란죽국 사검이었다. 머리에 승모를 써서 머리카락을 가렸고 몸에는 소림사 승복을 입고 있었다. 그는 놀랍고도 의아한 나머지 소리쳤다.

"해치지 마세요!"

사검이 일제히 답했다.

"네!"

그러나 검끝은 여전히 구마지의 인후부를 떠나지 않았다.

구마지가 껄껄대고 웃었다.

"소림사는 사람 수에 의지해 이기려 하는 것도 모자라 이런 젊은 여인들까지 몰래 숨겨놓고 있었다니 수백 년 소림의 명예가 바로 이런 것이었구먼! 정말 대단한 가르침이오!"

허죽은 속으로 당황해서 어찌하면 좋을지 몰라 곧바로 구마지의 손목을 풀어주고 말았다. 국검이 그의 어깨에 꽂힌 비수를 뽑아내주자 선혈이 뿜어져 나왔다. 국검은 황급히 장검을 내려놓고 품에서 손수건을 꺼내 그의 상처를 싸매주었다. 매란죽 세 자매의 장검은 여전히 구마지의 목을 겨누고 있었다. 허죽이 물었다.

"그… 그대들이 어찌 온 겁니까?"

구마지가 오른손을 횡으로 가르며 화염도 신공을 펼쳐냈다.

"챙! 챙! 챙!"

세 번의 파열음과 함께 장검 세 자루가 두 동강이 났다. 세 자매는 깜짝 놀라 1장가량 뒤로 물러서서 손을 바라보니 장검은 반 토막밖에 남지 않았다. 구마지가 앙천대소하며 현자를 향해 소리쳤다.

"방장 대사, 이제 어찌 설명할 테요?"

현자는 얼굴이 새파랗게 변해 말했다.

"어찌 된 연유인지는 노납도 정확히 모르겠소. 당장 조사를 펼쳐 본사의 계율에 따라 처리할 것이오. 국사와 여러 사형들께서는 먼 길을 오시느라 고생하셨을 테니 객사로 가 계시면 소반을 좀 올려드리겠소이다."

구마지가 말했다.

"그렇다면 폐 좀 끼치겠소."

이 말을 하면서 합장으로 예를 올리자 현자가 답례를 했다.

구마지는 두 손을 모았다 옆으로 떼면서 암암리에 화염도 신공을 펼쳤다.

"피육! 피육! 피육! 피육!"

연이어 네 번의 소리가 울려퍼지며 매란죽국 네 자매가 일제히 비명을 질렀다. 머리에 쓰고 있던 승모가 바람이 없는 와중에 벗겨진 것이다. 네 자매 머리에 아름다운 머리카락이 수북이 드러나고 수백 가닥의 잘린 머리카락이 승모와 함께 흩날리며 떨어졌다.

구마지가 이 수를 펼친 것은 사람을 해치지 않고 머리카락만 잘라내는 자신의 능력을 과시해 자신이 아량을 베풀었다는 걸 보여주고 동시에 군중에게는 네 자매가 비구니가 아닌 속세의 여인이라는 사실을 보여주어 소림승들이 발뺌하지 못하게 하려는 의도였다.

현자의 안색은 더욱 굳어졌다.

"사형들, 가시지요."

신산과 관심, 도청, 융지 등 여러 고승은 소림사에 승려로 가장한 여자가 나타나자 크게 놀라지 않을 수 없었다. 이들은 현자 방장이 가자고 하는 말을 듣고 모두 몸을 일으켰다. 지객승이 이들을 각각 객사로 안내한 뒤 소반을 올렸다.

외부에서 온 객들이 몸을 돌려나가며 아직 대전을 빠져나가기도 전에 매검이 말했다.

"주인님, 저희 자매들이 사사로이 하산한 것은 주인님의 시중을 들기 위함이니 질책은 하지 말아주십시오."

난검이 말했다.

"그 연근이란 화상이 주인님께 무례하게 대하기에 저희 자매들이 가서 혼쭐을 내줬습니다. 그랬더니 그제야 옳고 그름을 이해하더군요. 에이, 근데 그 서역승이 또 주인님을 해칠지는 생각지도 못했습니다."

허죽은 문득 깨달았다. 거만했던 연근이 갑자기 공손한 모습으로 바뀐 것은 알고 보니 이들 네 자매가 협박을 했기 때문이었던 것이다. 그렇다면 이 네 사람이 승려로 가장해 소림사에 숨어들어온 지가 하루 이틀이 아니라는 얘기 아닌가? 그는 자기도 모르게 발을 동동 구르며 외쳤다.

"막무가내로군. 막무가내야!"

그는 곧바로 여래불상 앞에 무릎을 꿇고 엎드렸다.

"제자는 전생에 죄업이 중함에도 현세에 다시 또 청규계율을 준수하지 못해 본사에 무궁한 우환을 야기하기에 이르렀으니 방장께서 중한 벌을 내려주십시오."

국검이 말했다.

"주인님, 시시한 화상 따위 같은 건 이제 그만두시고 함께 표묘봉으로 돌아가시지요. 이곳에는 풀떼기에다 두부같이 기름기라곤 없는 음식뿐이고 남한테 구속만 당하는데 뭐가 좋아 그러십니까?"

죽검이 손가락으로 현자를 가리켰다.

"노화상! 우리 주인님께 무례한 언사를 늘어놓는다면 우리 네 자매가 용서치 않을 것이다. 조심하는 게 신상에 좋을 거란 말이다!"

허죽이 연이어 큰 소리로 제지를 했다.

"무례한 짓은 하지 마세요! 어찌 절 안에 들어와 허튼짓을 하는 겁니까? 에이! 모두 입들 다무세요!"

네 자매는 저마다 한 마디씩 하며 조잘조잘 떠들어대면서 현자 등 고승들을 대수롭지 않게 보는 듯했다. 소림 군승은 서로의 얼굴을 쳐다보며 놀라워했다. 네 자매의 겉모습이 어쩌면 저리도 똑같이 생겼으며 아름다운 외모에 천진난만하고 활달할 수 있단 말인가? 게다가 하나같이 하늘 높은 줄 모르고 날뛰는 모양새를 보니 도대체 어떤 내력을 지닌 여인들인지 알 수가 없었다.

원래 네 자매는 대설산 밑의 빈곤한 가정에서 태어났다. 그 모친은 이미 일곱 명의 딸을 낳아 기르고 있던 터라 다시 네쌍둥이를 회임하자 양육할 방법이 없어 아이들을 낳자마자 눈밭에 버렸다. 때마침 설산에서 약재를 채취하던 동모가 이들의 울음소리를 듣게 됐고 서로 생김새가 같은 네쌍둥이에 호기심을 느껴 이들을 영취궁으로 데려와 기르며 무공까지 전수해주게 된 것이다. 네 자매는 표묘봉 아래로 단 한 발짝도 내려간 적이 없는데 어찌 세상 물정을 알아 위아래를 구분할 수 있겠는가? 그 때문에 이들은 평생 동모 한 사람 분부만 따랐을 뿐이었다. 허죽이 영취궁 주인 자리를 잇게 되자 그녀들은 그를 변함없이 주인으로 받들어 모시게 되었다. 허죽은 온화하고 겸손한 성격이라 동모처럼 수하들에게 위엄 있는 태도를 보이지 않았기 때문에 그녀들 역시 그리 두려움을 느끼지 않았다. 주인에 대해 충성을 해야 된다는 것만 알 뿐 이렇게 막무가내로 하는 행동이 뭐가 잘못됐는지에 관해서는 전혀 알지 못했던 것이다.

현자가 말했다.

"현 자 항렬 사형제들 외에 나머지 승려들은 각자 승방으로 돌아가고 혜륜만 남아 있도록 해라."

군승이 일제히 대답하고 항렬에 따라 줄을 맞춰 떠났다. 순식간에 대웅보전에는 30여 명의 현 자 항렬 노승들과 허죽의 사부인 혜륜 그리고 허죽과 영취궁 사검만이 남게 되었다.

혜륜 역시 불상 앞에 무릎을 꿇고 엎드렸다.

"제자의 가르침이 부족하여 휘하에서 이런 불초한 제자를 배출했으니 방장께서 중벌을 내려주십시오."

죽검이 피식하고 비웃었다.

"너같이 보잘것없는 무공을 지닌 화상이 어찌 우리 주인의 사부가 될 수 있단 말이냐? 그저께 밤 소나무 숲에서 여덟 번 연속 널 곤두박

질치게 만든 복면인이 바로 우리 둘째 언니다. 아무리 봐도 네 무공은 정말 형편없어!"

허죽은 속으로 난감해하지 않을 수 없었다.

'야단났구나, 야단났어! 사검이 우리 사부님마저 희롱을 했구나!'

다시 난검의 비웃는 소리가 들려왔다.

"내가 연근한테 우리 주인의 사부가 너라는 말을 듣고 시험해본 것이다. 삼매三妹가 오늘 말하지 않았다면 아마 어젯밤에 네가 어찌 연달아 여덟 번을 곤두박질쳤는지 영원히 몰랐을 것이다. 하하, 재미있구나, 재미있어!"

현자가 말했다.

"현참玄慚, 현괴玄愧, 현념玄念, 현정玄淨 네 사제는 네 분 여시주가 함부로 말하고 행동하지 못하도록 하게!"

노승 네 명이 허리를 굽히며 답했다.

"네!"

그러고는 몸을 돌려 사검을 향해 말했다.

"방장의 법지가 계시니 네 분 시주께서는 경거망동하지 마시오!"

매검이 피식 웃으며 말했다.

"우리가 경거망동하겠다면 어쩔 건데?"

네 승려가 일제히 답했다.

"그렇다면 실례할 수밖에 없소이다!"

이 말을 하고 승포를 휘날리며 옷소매에서 두 손을 꺼내 네 소녀의 손목을 잡으려 했다. 현참이 펼친 것은 용조공이었고 현괴는 호조수虎爪手, 현념은 응조공應爪功, 현정은 소림금나십팔타少林擒拿十八打로 초식은 각자 달랐지만 모두 소림파의 정묘한 무공이었다. 네 소녀 중 국검을 제외한 나머지 세 소녀의 장검은 모두 구마지에게 두 동강이 난 상태였다. 국검은 장검을 떨쳐내며 세 자매를 보호했다. 매란죽 세 소녀는 각자 토막 난 검을 들고 국검의 검광 아래 공격해 들어갔다.

허죽이 소리쳤다.

"검을 버리세요! 검을 버려요! 함부로 나서지 마세요!"

네 자매는 주인이 호통치는 소리에 모두 깜짝 놀라 손에 든 무기를 감히 전력으로 내뻗을 수 없었다. 네 소녀의 무공은 사실 네 명의 현자 항렬 고승들에 한참 미치지 못했다. 그녀들은 기선 제압에 실패하자 곧바로 네 승려에게 각각 잡혀버리고 말았다. 매검이 발버둥을 치며 힘을 써봤지만 빠져나올 수 없자 버럭 화를 냈다.

"주인님 분부가 있어 이리 얌전히 있는지 알아라! 아야! 아파죽겠네! 왜 이리 세게 붙잡는 거야?"

난검이 소리쳤다.

"이 까까중아! 이거 놓지 못해?"

그녀의 손목을 잡고 있던 현괴대사는 수염과 눈썹이 모두 허연 이미 일흔 가까운 나이의 고승이었음에도 그런 그에게 그녀는 감히 '까까중'이라는 표현을 쓴 것이다. 죽검이 말했다.

"그래도 놓지 않는다면 네놈의 마누라를 욕해줄 테다!"

국검이 말했다.

"이거나 먹어라."

이 말을 하면서 침을 한가득 물어 현정을 향해 퉤 뱉었다. 현정이 고개를 비스듬히 돌려 피하며 손가락에 힘을 가하자 국검은 아파서 아야아야 하며 연신 비명을 내질렀다. 장엄한 불가의 성지라 할 수 있는 곳인 대웅보전은 삽시간에 소녀들의 비명 소리로 가득 차버렸다.

현자가 말했다.

"네 분 여시주께서는 조용히 해주시기 바라겠소. 계속 시끄럽게 군다면 우리 사제 넷이 여러분의 아혈을 찍을 것이오."

네 자매는 아혈을 찍겠다는 말을 듣자 농으로 한 소리가 아니라 여겨 감히 아무 말도 하지 못했다. 그러자 현괴 등 네 고승은 소녀들의 손목을 풀어주었다.

현자가 말했다.

"허죽, 그간에 있었던 사연을 처음부터 말해보거라. 추호의 거짓이 있어선 아니 될 것이다."

허죽이 말했다.

"네! 제자가 있는 대로 고하겠습니다."

그는 곧 방장의 명을 받들어 영웅첩을 돌리러 하산했다가 어찌 현난과 혜방 등 승려들을 만나게 됐고, 어찌 무심코 진롱 기국을 풀게 되어 소요파 장문인이 됐으며, 또한 현난이 어찌 정춘추의 극독 아래 목숨을 잃게 됐고, 아자가 어찌 장난을 쳐서 육식을 하지 말라는 계율을 어기게 됐는지 사실대로 낱낱이 고하고 다시 어찌 천산동모를 만나 어찌 서하국 황궁의 빙고에 들어가게 됐고, 어찌 영취궁의 주인이 됐는지 여러 정황들을 일일이 늘어놓았다. 그가 겪은 일련의 과정은 복잡하기 이를 데 없는 데다 원래 말주변이라고는 없고 더듬거리는 말투로 얘기하다 보니 많은 시간이 소요되었다. 비록 말솜씨가 없어 어수선하게 말을 내뱉었지만 사실을 있는 대로 빠짐없이 고하다 보니 빙고 안에서 꿈속의 여랑에게 음계를 범한 일에 대해서도 우물쭈물하며 모두 털어놓기에 이르렀다.

여러 고승은 들으면 들을수록 놀라움을 금치 못했다. 이 어린 소제자가 맞닥뜨린 기이하고도 우연한 일들이 무림에서는 실로 듣도 보도 못한 일이었기 때문이었다. 모두들 조금 전 그가 구마지와 대결을 벌이는 솜씨를 보았고 그가 서술한 내용에 의심의 여지가 없었기에 다들 이런 생각에 잠겼다.

'이 녀석이 몸에 소요파 3대 고수의 신공을 집대성하지 않았다면 어찌 영취궁 석벽에서 상승무공을 깨우칠 수 있으며 어찌 토번국 국사의 절세 신공을 당해낼 수 있었겠는가?'

허죽은 말을 끝내자 불상을 향해 오체투지[35]를 하며 머리를 조아려 절을 했다.

"제자는 무명無明[36]의 소치로 그 죄과가 매우 중합니다. 속세의 유혹을 벗어나지 못해 외마를 만나자 스스로 절제를 하지 못하고 연이어 훈계와 주계, 살계, 음계를 범했으며 본문을 등지고 방문좌도의 무공을 연마했습니다. 또한 네 낭자를 본사로 끌어들여 본사의 청수한 명예를 더럽혔으니 그 죄가 극악무도하여 그 어떤 벌로도 용서받을 수 없습니다. 오로지 부처님의 자비가 있어 방장께서 자비를 내려주시기만 바랄 뿐입니다."

매검과 국검이 동시에 비웃으며 더 이상 화상 같은 건 그만두라고 말하려는 순간 현괴와 현정 두 승려가 당장 손을 뻗어 옷소매 위로 두 소녀의 맥문을 움켜쥐었다. 두 소녀는 목구멍까지 올라온 말을 삼켜버릴 수밖에 없었다. 그러고는 두 승려를 매섭게 째려보며 속으로 욕을 해댔다.

'이 죽일 놈의 화상, 더러운 땡중 같으니!'

현자가 한참을 곰곰이 생각하다 말했다.

"여러 사형, 사제들! 허죽이 이번에 실로 범상치 않은 일을 겪은 것 같소. 이 일은 본사의 수백 년 명예와도 관계가 있기에 본좌 혼자 함부로 결정을 내릴 수 없으니 여러분과 함께 심사숙고를 해야 하겠소."

현생이 큰 소리로 말했다.

"방장께 고합니다. 허죽은 과실이 크긴 하나 공로 역시 적지 않습니다. 위기의 순간에 허죽이 나서서 그 서역승을 제압하지 않았다면 무림에서 본사의 입지가 어찌 됐겠습니까? 그 서역승은 우리에게 모두 흩어져 청량과 보도 등 다른 절에 신세를 지거나 아니면 토번의 라마 사찰에 의탁하라 하지 않았습니까? 이런 엄청난 치욕을 허죽 한 명에게 의지해 벗어날 수 있었습니다. 아무래도 본사가 재난을 맞게 될 운명이었으나 소림사가 그간 공덕을 많이 쌓아 복연이 심후한 덕에 허죽이 특별한 인연을 만나도록 만들어 본사를 재난에서 구해낸 것 같습니다. 소승이 보기에는 허죽이 과오를 뉘우쳐 죄업을 사하도록 한 다음 달마원에서 무공을 깊이 연구토록 하여 앞으로 산문 밖에 출타하지도 못하고 바깥일에 관여하지도 못하게 하는 명을 내리면 될 것입니다."

달마원에 들어가 무공을 연구하는 일은 소림승에게는 극히 존경받는 직무 중 하나였기에 반드시 무공에 있어 극고極高의 경지에 도달해야만 입원入院할 수 있었다. 현 자 항렬의 20여 고승 중 달마원으로 들어갈 수 있는 사람은 열한두 명에 불과할 뿐이라 현생 자신조차도 아직 들어가지 못하고 있었다. 그가 허죽을 달마원에 들여보내자고 건의한 것은 징벌이 아닐 뿐만 아니라 오히려 커다란 상을 내리는 셈이었다.

달마원 수좌는 본래 현난대사였지만 지금은 현인玄因 대사가 대신 맡고 있었다. 그는 순간 결정을 내리지 못하고 머뭇거리며 가타부타 말을 하지 못했다.

계율원 수좌인 현적이 나서서 말했다.

"허죽의 무공 실력만 두고 보면 달마원에 들어갈 만합니다. 다만 허죽이 배운 것은 방문좌도의 무공인데 소림 달마원에서 어찌 방문좌도의 고수를 받아들일 수 있겠습니까? 현생 사제, 이 점에 대해 숙고해 본 적이 있는가?"

이 말이 나오자 군승은 모두 현생의 건의가 타당치 않다는 생각이 들었다. 현생이 말했다.

"사형이 보시기엔 어떻습니까?"

현적이 말했다.

"음, 그게… 나 역시 어찌 결정을 내릴지 모르겠네. 허죽은 공이 있긴 하지만 과도 있습니다. 공이 있으면 당연히 상을 내려야 할 것이고 과가 있다면 벌을 내려야 마땅합니다. 저 네 낭자가 승려로 가장해 본사에 난입한 것은 결코 허죽이 시켜서 한 일이 아니니 우리가 구마지와 신산을 비롯한 여러 고승께 진상을 허심탄회하게 설명해준다면 그걸로 끝이며 그들이 믿어도 그만이고 믿지 않아도 그뿐입니다. 우리 스스로 마음에 부끄러움이 없다면 남이 함부로 짐작하는 부분까지 이해시킬 필요 없으니 전혀 문제 될 것은 없지요. 다만 허죽이 거듭해서 계율을 어겼고 본문을 등지고 방문좌도의 무공을 배웠으니 소림사에서는 더 이상 받아들이기 어렵습니다."

그의 이 말은 뜻밖에도 허죽을 사문에서 내쫓겠다는 뜻이었다. 파문출교破门出教는 불교에서 가장 중한 징벌이었다. 군승은 그 말을 듣고 모두 놀라서 서로 얼굴만 쳐다볼 뿐이었다.

현적이 다시 말했다.

"허죽은 무공만을 믿고 연이어 제반 계율을 어겼기에 본디 그의 무공을 제거한 다음 산문 밖으로 축출해야만 합니다. 다만 그가 원래 연마했던 무공은 이미 누군가에게 모두 제거돼버렸기에 그가 현재 지니고 있는 무공은 결코 본문에서 배운 것이 아니니 우리가 제거할 권리는 없다고 할 수 있습니다."

허죽은 고개를 푹 숙이고 사정했다.

"방장 그리고 사백조, 사숙조 여러분! 부처님 체면을 생각해서라도 자비를 베풀어주시어 제자가 개과천선할 수 있는 길을 만들어주십시오. 이 제자는 그 어떤 징벌도 감수할 것입니다. 부디 사문에서 축출하지만 말아주십시오!"

그는 흐느껴 우는 목소리로 매우 간절하게 사정했다.

여러 노승은 서로의 얼굴만 쳐다볼 뿐 대안을 내지 못했지만 간곡하게 사정하는 허죽의 말을 들어보니 깊이 뉘우치는 건 확실하다고 느꼈다. 이른바 '칼을 내려놓으면 그 자리에서 성불할 수 있다'라고 했고, 또한 '고해는 끝이 없지만 뉘우치면 구원을 받을 수 있다'라는 말도 있지 않은가! 불문에서는 폭넓게 중생을 구제하는 것이 근본이념이기에 극악무도하고 잘못을 깨닫지 못하는 사람이라 해도 천방백

계千方百計로 교화를 시키는 것이 도리인데 하물며 길을 잃었다 바른길로 되돌아온, 그것도 어려서부터 출가한 본사의 제자가 바른길로 가겠다는 것을 어찌 막을 수 있겠는가? 소림사는 선종에 속해 예로부터 불교의 참뜻을 문득 깨닫는다는 돈오頓悟를 중시했기 때문에 부처를 꾸짖고 조사를 매도하는 가불매조呵佛罵祖를 서슴지 않았으며, 율종律宗 등 다른 종파처럼 계율을 엄수하는 데 급급해하지 않았다. 다만 당장 눈앞에 벌어진 일이 토번 대륜사와 중원의 청량, 보도 등 여러 큰 사찰의 고승들이 지켜보는 자리에 있었기 때문에 허죽에게 엄한 벌을 가하지 않는다면 소림파가 잘못을 두둔하고 문호만 중시하는 것은 물론 시비를 가리기보다 무공만을 논하며 계율을 등한시한다는 천하 세력들의 비난을 면치 못하게 될 것이었다. 이런 논조가 혹시라도 외부로 흘러나가기라도 한다면 소림사의 명예는 크게 실추되고 말 상황이었던 것이다.

바로 그때 한 노승이 제자 두 명의 부축 아래 후전으로부터 천천히 걸어나오는데 다름 아닌 현도였다. 그는 구마지의 지력에 부상을 입고 승방에 돌아가 휴식을 취하고 있었으나 대전에서 벌어지는 쌍방 간의 쟁투 결과에 관심을 끊지 못하고 제자들을 보내 계속해서 보고를 받고 있었다. 그런데 구마지가 패퇴하고 군승이 허죽을 심문하며 큰 벌을 내리려 한다는 말을 전해듣고는 당장 부축을 받아가며 대웅보전에 당도한 것이다.

"방장, 내 목숨은 허죽이 구한 겁니다. 드릴 말씀이 있는데 해도 될지 모르겠습니다."

현도는 나이가 비교적 많은 편으로 품덕이 높아 평소에도 사내 승려들로부터 존경을 받고 있었다. 현자 방장이 다급하게 말했다.

"사형, 자리에 앉아 천천히 말씀하십시오. 상처에 무리가 가면 아니 됩니다."

현도가 말했다.

"이 한 목숨을 구한 건 별일 아닙니다. 허나 눈앞에 여섯 건의 대사가 있어 아직 해결하지 못하고 있으니 허죽이 소림에 남게 된다면 큰 도움이 되겠지만 사문에서 축출을 한다면 아마… 아마… 크게 어려워질 것입니다."

현적이 말했다.

"사형께서 말씀하신 여섯 건의 대사라는 것이 첫째, 구마지가 물러가지 않았다는 것. 둘째, 신산상인이 본사에서 소림 제자인 교봉이 악행을 저지르는 것을 방임했다고 지적한 것. 셋째는 개방의 신임 방주인 장취현이 무림 맹주를 노린다는 사실이겠지요. 그럼 그 나머지 세 가지는 무엇입니까?"

현도가 장탄식을 하며 말했다.

"현비, 현고, 현난, 현통 네 사제의 목숨이오."

그가 네 승려를 거론하자 모든 승려가 일제히 합장을 하고 염불을 외었다.

"아미타불!"

많은 승려가 처음에는 교봉이 현고대사를 죽였다고 인정하고 있었지만 그 후 고수들을 파견해 조사한 결과 교봉의 혐의는 사라지고 진범이 누구인지에 대해 갈피를 잡지 못하고 있었다. 또한 현통과 현난이 정춘추에 의해 해를 입었지만 이 대원수에 대해서는 시종 원수를 갚지 못하고 있었다. 그 밖에 현비대사를 살해한 흉수가 누구인지 역시 전혀 단서가 없어 모두들 현비가 대위타저에 가슴을 적중당해 죽었다는 것만 알고 있을 뿐이었다. 대위타저는 소림 72절기 중 하나로 현비가 수십 년 동안 힘들게 연마한 바로 그 무공이었다. 이전까지만 해도 모두들 고소모용씨가 '상대가 쓴 방법을 상대에게 펼치는 독수'를 쓴 것이라 여겼지만 후에 혜방과 혜경 등이 등백천과 공야건 등 모용복의 수하들과 교분을 맺었다는 얘기를 듣고 모용씨 수하의 인물들이 간악한 무리가 아니라 느꼈다. 더구나 소림승과 손을 잡고 정춘추에 맞섰다는 것은 공동의 적을 가지고 있는 셈이었다. 조금 전 구마지의 솜씨로 보아 그가 제반 소림 절기들을 능히 펼쳐낼 수 있다는 건 그 대위타저 초식 일초는 그에 의한 것일 가능성이 있었고 설사 제삼자가 또 있다 해도 그리 이상할 건 없었다. 이들 네 명의 고승은 각각 극강의 적수 세 명 손에 죽은 것이라 현도가 세 가지 대사라고 말했던 것이다.

현자가 말했다.

"노납은 분에 넘치는 본사 방장 자리에 있으면서도 그 여섯 가지 대사에 대해 단 하나도 제대로 처리하지 못했으니 실로 부끄럽기 짝이 없습니다. 허나 허죽이 지닌 무공은 모두가 소요파의 무학인데 그럼, 소림사의 대사를…."

그는 여기까지 얘기하다 말을 잇지 못했다. 군승 모두 그 말의 의미를 이해할 수 있었다.

'허죽의 무공 실력이 고강하긴 하지만 그건 방문좌도의 무공인데 설사 그가 그 여섯 건의 대사를 모두 처리할 수 있다 해도 식견이 있는 사람이라면 소림사가 남의 힘을 빌려 일처리를 한다는 비난을 받게 될 것이다. 더구나 소요파 무공에 의지하지 않으면 안 된다고 여긴다면 이는 소림파의 수치로 남게 될 것은 불을 보듯 뻔한 일이다. 남들이 알지 못하게 이를 덮어둘 수도 있겠지만 이 어찌 스스로를 기만하는 행동이 되지 않겠는가?'

한참 후에 현도가 물었다.

"방장의 고견은 어떠하신지 모르겠습니다."

현자가 말했다.

"아미타불! 우리는 역대 조종의 의발衣鉢[37]을 이어받은 사람들입니다. 오늘날 우리가 크나큰 난관에 봉착했지만 노납의 견해로는 정도正道에 따라 일처리를 하는 것이 옳습니다. 가치 있게 죽을지언정 비굴하게 목숨을 부지해선 안 되는 것입니다. 만일 모두가 전력을 다해 소림의 명예를 지킬 수 있게 된다면 그건 우리 부처님의 자비이자 역대 조종들의 보우保佑라 할 수 있습니다. 만일 마도가 성하고 정도가 쇠했을 때 노납과 모든 사형제가 목숨으로 불가를 지키고 본사에 몸을 바친다면 양심에 부끄러움이 없을 것이며 불문의 이치를 저버리는 일도 없을 것입니다. 소림사는 수백 년 동안 천하에 적지 않은 복을 가져왔으며 선한 인연을 두텁게 맺어왔기에 설사 한순간 좌절을 겪는다 해도 절대 일패도지하거나 영원히 부흥하지 못하는 날이 오진 않을 것입니다."

그의 이 말은 매우 차분하고 온화했지만 정기가 서려 있었다.

군승은 일제히 몸을 굽혀 말했다.

"방장의 고견에 따라 법지를 받들고자 합니다."

현자가 현적을 향해 말했다.

"사제, 본사의 계율을 집행해주시오."

현적이 말했다.

"네!"

그는 고개를 돌려 지객승을 향해 분부했다.

"토번국 국사와 여타 고승들을 모셔와라."

지객승이 몸을 굽혀 답하고는 객사를 향해 달려갔다.

현도와 현생 등이 속으로 탄식을 했다. 허죽을 옹호하겠다는 의지가 있긴 했지만 방장의 말은 대의를 중시한 것으로 일시적인 이해득실만을 따져 본사의 계율과 명예를 훼손시킬 수 없다는 뜻이 아닌가? 이는 모두가 충분히 이해할 만한 결정이었다. 만일 허죽의 죄과를 사면한다면 그건 이긴다 해도 지는 것이나 마찬가지지만 공평무사하게 법을 집행한다면 진다고 해도 영예로운 일이 되는 것이다. 방장이 거론한 '목숨으로 불가를 지키고 본사에 몸을 바친다'는 말은 파부침주破釜沈舟의 마음으로 그 어떤 요행도 바라지 않겠다는 생각이니 허죽이 어떤 벌을 받는 것은 오히려 그리 중요한 문제가 아니었다.

허죽도 이 문제는 이제 돌이킬 수 없어 눈물을 흘리며 간청해도 소용이 없다는 걸 알고 있었다.

'본사가 명예를 중시한다는 건 누구나 알고 있다. 이는 자업자득이니 외부인이 보는 앞에서 동정을 구걸하거나 주눅이 든 태도를 보여 소림사 화상을 업신여기게 만들어서는 안 된다.'

얼마 지나지 않아 구마지와 신산, 관심 등 객사에 머물던 고승들이 대전으로 속속 모여들었다. 종소리가 울려퍼지고 혜 자 항렬, 허 자 항렬, 공 자 항렬의 승려들이 줄을 지어 들어와 양옆으로 나누어 섰다.

현자가 합장을 하고 입을 열었다.

"토번국 국사 그리고 여러 사형들께서는 들으시오. 소림사의 허 자 항렬 제자인 허죽은 살계와 음계, 훈계, 주계 등 네 가지 계율을 범하고 사사로이 방문좌도인 다른 문파 무공을 배워 독단적으로 방문의 장문인 자리에 올랐소. 소림사 계율원 수좌인 현적은 이에 율법에 따른 징벌을 가할 것이며 관용이란 없을 것이오."

구마지와 신산 등은 이 말을 듣고 무척이나 의외라는 표정을 지었다. 매란죽국 네 소녀가 승려로 가장한 것만 보고 허죽이 겁도 없이 함부로 행동해 사사로이 절 안에 소녀를 숨겨두어 음계를 범한 걸로만 알았는데 방장이 선포한 죄상을 들어보니 그보다 더하지 않은가?

보도사의 도청대사는 중년에 출가를 해서 세상 물정에 통달해 있는 사람으로 자상한 성격을 지니고 있어 평소에도 남에게 선의를 베풀기를 좋아했다. 그가 방장을 향해 말했다.

"방장 사형, 저 네 낭자는 미간을 찡그린 모습이나 꼿꼿한 허리, 가는 목과 곧게 편 등으로 보아 옥처럼 순결하게 정절을 지킨 처녀들로 볼 수 있소. 조금 전 국사를 향해 출수를 할 때 펼쳐낸 것도 바로 동정공童貞功 검법으로 무예를 배운 사람이라면 단번에 알 수 있는 것이오. 허죽 소사형은 행동거지가 적절치 못했다 할 수 있으나 음계를 범했다고 하기에는 과한 면이 있소."

현자가 말했다.

"사형의 지적에 감사드리겠소. 허죽이 음계를 범한 것은 저 네 소녀를 지칭하는 것이 아니오. 허죽은 다른 문파에 의탁해 천산 표묘봉 영취궁의 주인이 됐소. 저 네 소녀는 영취궁 옛 주인의 시녀들이오. 저들이 본사에 사사로이 잠입한 의도는 새 주인의 시중을 들기 위함이었기에 허죽이 사전에 몰랐던 것은 확실하오. 이는 소림사의 경계가 허술한 탓이니 실로 부끄럽기 짝이 없을 뿐 그 점 때문에 벌을 내리려는 것은 아니오."

동모는 무공이 고강하긴 했지만 중원에 발을 들여놓은 적이 없었다. 다만 변경 지역과 바다 멀리 여러 동굴과 섬에 있는 방문좌도 인물들과 내왕을 했을 뿐이었다. 이 때문에 영취궁이라는 이름은 군승 모두 처음 듣게 되었다. 구마지 역시 토번국에서 들어본 적이 있긴 했지만 자세한 내막은 알지 못했다.

도청대사가 말했다.

"그렇다면 외부인들이 나서는 건 적당치 않은 것 같소."

구마지와 신산상인은 소림사에 대해 호의를 품고 있지 않았지만 현자가 공평무사한 처리로 문하 제자의 잘못을 두둔하지도 않는 데다 허죽이 범한 계율에 관해 외부인에게 알리지 않는 것이 통례임에도 오히려 모든 이들 앞에서 공개적으로 선포를 하니 속으로 탄복하지 않을 수 없었다.

현적이 앞으로 한 걸음 나와 큰 소리로 물었다.

"허죽, 방장께서 지적하신 죄업을 모두 인정하느냐? 변명할 것이 더 있더냐?"

허죽이 말했다.

"제자는 인정합니다. 죄과가 중한지라 변명의 여지가 없습니다. 사숙조께서 벌을 내리시면 기꺼이 받들겠습니다."

군승은 속으로 소름이 끼쳐 현적을 바라보며 어떤 처벌을 내릴지 귀를 기울였다.

현적이 큰 소리로 말했다.

"허죽은 사사로이 살, 음, 훈, 주 4대 계율을 범했으며 그중 살계가 특히 중한 죄과이므로 공개적으로 곤장 100대를 치는 벌을 내릴 것이다. 허죽, 승복하겠느냐?"

허죽은 곤장 100대를 벌로 내린다는 말을 듣자 자신이 범한 4대 계율을 따져볼 때 그리 중한 벌인 것 같지 않다는 생각이 들어 다급하게 말했다.

"사백조의 자비에 감사드립니다. 이 제자 허죽이 승복합니다."

현적이 다시 말했다.

"넌 장문 방장과 수업 사부의 허가를 받지 않고 함부로 방문좌도의 무예를 배웠으니 그 벌로 전신에 있는 소림파 무공을 제거할 것이며 오늘 이후로 다시는 소림파 제자가 되지 못할 것이다. 승복하겠느냐?"

허죽은 다시 돌이킬 수 없는 일임을 알기에 가슴이 저려왔다.

"이 제자 죽어 마땅합니다. 사숙조의 선처에 감사드릴 따름입니다."

다른 문파의 고승들은 조금 전 그가 구마지와 격투를 벌이며 위타장과 나한권 등 소림 무공으로 신비한 위력을 떨치는 모습을 봤던 터라 허죽의 진정한 무공이 소림파 본연의 무공이 아니라는 사실을 모르고 있었다. 구마지는 자신의 입으로 72절기를 통달했다고 했지만 실제로 그가 능통한 것은 23절기의 표면적인 초식에 불과할 뿐이며 진정한 소림파 내공에 대해서는 아는 바가 극히 적었다. 허죽이 그와 상대하면서 펼쳐낸 소무상공에 대해서는 당연히 알긴 했지만 북명진기나 천산육양장, 천산절매수 등의 심오한 무공을 소림파 무공으로만 알고 있었기에 현적이 그의 소림파 무공을 제거하겠다는 말을 듣고 기쁘기 그지없었다. 그는 속으로 이런 생각을 했다.

'너희가 화를 자초하는구나. 골칫덩어리를 제거해준다면 그보다 더 좋을 수는 없지.'

관심과 각현, 도청 등 고승들은 속으로 연신 탄식을 했다.

'애석하구나, 애석해!'

현적이 다시 말했다.

"넌 이미 소요파 장문인으로 표묘봉 영취궁의 주인이니 응당 불문을 떠나 환속을 하거나 도교로 개종을 하거라. 만일 여전히 불가에 귀의할 의향이 있다면 재가거사在家居士[38]로 남도록 하고 오늘 이후로 다시는 소림사 승려가 아닌 것이다. 이 같은 조치에 승복하겠느냐?"

허죽은 부모라고는 없이 영아 시절에 절에 들어와 소림사에서 자랐기 때문에 불법의 요지에 대해 깨달음이 그리 많지는 않았지만 그가 이 세상에서 유일하게 발을 붙이고 살아온 곳이 바로 소림사였다. 그런데 하루아침에 절에서 축출된다고 생각하니 자기도 모르게 슬픔이 밀려와 눈물을 비 오듯 쏟아내고 말았다. 그는 바닥에 엎드려 흐느껴 울었다.

"소림사의 방장 대사를 비롯한 여러 사백조, 사숙조, 사백, 사숙 및 은사께서는 하나같이 이 제자에게 깊은 은정과 도의를 베풀어주셨으나 제자가 불초하여 여러분의 가르침을 저버리고 말았습니다."

도청대사가 참다못해 다시 사정을 했다.

"방장 사형, 현적 사형. 노납이 보기에 저 소사형은 잘못을 깨닫고 고칠 줄 아는지라 크게 뉘우치고 있는 것 같소. 한데 어찌 새로운 길을 터주려 하지 않는 것이오?"

현자가 말했다.

"사형의 지적이 옳소이다. 허나 불문이 그토록 넓은데 어찌 몸 둘 곳이 없겠소? 허죽, 널 파문하고 절에서 축출하는 벌을 내린 것은 너에게 악의가 남아 그런 것도, 부처님께 귀의할 길을 막고자 하는 것도 아니다. 천하에 장엄한 보찰이 어디 수천, 수만뿐이겠느냐? 만일 네가 삼보三寶[39]에 귀의할 의향이 있다면 환속한 이후 다시 출가를 할 수 있다. 네가 다른 명보찰에 의탁해서 고승을 스승으로 모시고 원대한 심원으로 심신을 청정하게 수련해 조속히 깨달음을 얻게 되길 바란다. 설사 더 이상 승려로 출가하지 않고 재가거사로 남는다 해도 열심히 육도만행六度萬行[40]을 수련하면 증도證道에 이를 수도 있고 대보살로 성불할 수도 있을 것이다."

그가 뒷부분을 말할 때는 말 속에 자비롭고 온화하며 간절함이 묻어 있어 성심성의껏 타이르고자 하는 뜻이 담겨 있었다.

허죽은 더욱 비통해하며 예를 올렸다.

"방장 사백조의 가르침을 이 제자는 결코 잊지 않을 것입니다."

현적이 다시 말했다.

"혜륜은 들어라!"

혜륜이 앞으로 몇 걸음 나와 합장을 하고 무릎을 꿇었다. 현적이 말했다.

"혜륜, 넌 허죽의 수업 사부인 몸으로 평소에 가르침을 게을리한 탓에 삼독이 육근에 미치는 해를 제대로 가르치지 않아 오늘의 화를 자초하게 만들었다. 그 벌로 너에게 곤장 30대를 내리고 계율원에 들어가 3년간 면벽 참회를 하도록 할 것이다. 승복하겠느냐?"

혜륜이 떨리는 목소리로 말했다.

"제… 제자 승복합니다."

허죽이 나서서 말했다.

"사백조, 제자가 사부님을 대신해 곤장 30대를 맞겠습니다."

현적이 고개를 끄덕였다.

"그렇다면 허죽이 곤장 130대를 맞아야 한다. 장형掌刑 제자는 들어라, 곤장을 대령해라! 지금 허죽은 아직 소림 승려이니 형 집행을 사해줄 수 없다. 절에서 나간 뒤 허죽은 다른 문파의 장문이라 본사와 아무 연고도 없는 셈이니 본 파의 상하 제자들이 필히 예로써 대해야 한다."

장형 제자 네 명이 명을 받들어 나갔다 얼마 지나지 않아 손에 각각 단목 곤장을 하나씩 쥐고 대전으로 돌아왔다.

현적이 형을 집행하라는 명을 내리려 하는 순간 갑자기 한 승려가 손에 겹겹이 쌓인 명첩 꾸러미를 들고 황급히 대전으로 들어와 두 손을 쳐들어 현자에게 바쳤다.

"방장께 고합니다. 하삭河朔의 군웅이 찾아와 뵙고자 합니다."

현자가 명첩을 살펴보니 모두 합쳐 서른 장이 넘었는데 명첩에 적힌 이름은 모두 북방 일대에서 이름난 영웅호걸들이었다. 이들이 갑자기 이렇게 동시에 찾아온 것으로 보아 개방 문제와 연관이 있는 것으로 보였다. 절 밖에서 떠드는 소리가 끊임없이 들리며 군호가 이미 문 앞에 당도했다. 현자가 명했다.

"현생 사제, 사제가 나가서 영접을 하시오."

그러고는 다시 말했다.

"여러 사형들, 빈객들이 왕림하셨으니 본 파의 문호 정리 문제는 잠시 후에 다시 진행해야 할 수밖에 없겠소. 멀리서 오신 객들에 대해 소홀히 할 수는 없는 일이니 말이오."

그는 당장 몸을 일으켜 대전의 처마 밑으로 걸어나갔다.

얼마 지나지 않아 수십 명의 호걸이 현생과 지객승의 안내하에 대전 앞으로 걸어왔다.

현자와 현적, 현생 등은 열심히 불법을 수련한 고승들이지만 어쨌든 무학의 고수들이었던 터라 무림 동도들을 만나면 서로를 인정하는 친근감을 느끼고 있었다. 그때 갑자기 명성이 자자한 수많은 영웅호걸이 온 것을 보자 문호를 정리하느라 무거웠던 마음이 사라지고 정신이 번쩍 들지 않을 수 없었다. 소림 군승은 밖에서 도를 행하면서 외부에서 교제한 친구들이 매우 많았다. 지금 온 영웅호걸 중에도 현 자 항렬과 혜 자 항렬 승려들과 지교를 맺은 사람들이 적지 않았다. 신산과 관심 등 평소 위엄과 명망이 있는 사람들도 군호와 오래 알고 지내는 사이는 아니었어도 전부터 앙모하는 마음을 가지고 있었다.

현자가 이들이 온 이유를 물어보려는 순간, 지객승이 다시 들어와 산동과 회남에서 수십 명의 무림 인사들이 또 찾아왔다는 소식을 고했다.

현참이 나가 이들을 영접해 대전으로 들어왔다. 흑의를 걸친 사내 하나가 큰 소리로 말했다.

"개방의 장 방주는 우리더러 구경하러 오라고 해놓고 어찌 자신은 아직 안 왔단 말이오?"

한 음산하고 가는 목소리의 사내가 말했다.

"노형, 뭐가 그리 급하시오? 이왕에 오지 않았소? 구경하고 싶으면 하면 되는 것이지 구경거리가 줄어들기라도 한단 말이오? 당연히 우리 같은 들러리들이 먼저 와야 하지 않겠소? 주인공들은 천천히 나타나고 말이오."

현자가 큰 소리로 외쳤다.

"여러분께서 약속이나 한 듯이 폐사에 왕림해주셨으니 이는 우리 소림사의 무한한 영광이오. 다만 대접이 변변치 못한 점에 대해서는 부디 양해해주시기 바라오."

군호가 모두 말했다.

"별말씀을 다 하십니다. 지나친 겸손은 접어두시오."

이때 소림승과 교분이 있는 호걸 하나가 이들이 소림에 온 경위를 털어놨다. 이들은 각자 개방 방주인 장취현의 영웅첩을 받고 왔는데 내용인즉슨 소림사와 개방이 줄곧 중원에서 대치해왔으나 개방의 신임 방주인 장취현은 중원 무림의 맹주가 되고자 하여 약간의 규칙을 제정할 것이니 동도들이 이를 준수하길 원한다면서 시월 초열흘날에 직접 소림사로 와서 현자 방장과 상의를 하기로 했다는 것이다. 영웅첩에는 이날이 갑술년甲戌年 동지冬至로 길일이니 출문해서 벗들과 모이기 좋은 날이라고 명시돼 있었고 내용은 매우 겸손했지만 자신이 무림 맹주가 되지 않는다면 누가 하겠느냐는 뜻을 명확히 밝히고 있었다고 했다. 장취현이 소림사에 오겠다는 건 무공 실력으로 소림 군승을 격퇴하고 수백 년 동안 지켜온 무림 내 소림파의 위엄과 명성을 제압하겠다는 것으로 보였다.

영웅첩 안에는 군웅을 소림사로 초빙한다는 말이 없었다. 그러나 하나같이 가만히 앉아 있지를 못하는 성격인 무림 인사들이 개방과 소림파가 패권 다툼을 벌이는 성대한 대사를 앞에 두고 자기 눈으로 구경하지 않을 이가 어디 있겠는가? 그 때문에 모두들 약속이나 한 듯 앞다투어 모여들게 된 것이다. 대전에 모인 사람들은 하나같이 이런 말을 내뱉었다.

"그런데 장취현이 누구야?"

하지만 그 질문에 답할 수 있는 사람은 그 누구도 없었다.

현자 방장과 사형제들은 수일간 상의를 거친 끝에 장취현이 교봉의 가명일 것이라 추측했다. 그의 무공 실력과 지모로 볼 때 개방에서 그를 적대시하는 장로를 죽이고 방주 자리를 되찾는 건 그리 어렵지 않은 일이었기 때문이다. 그게 아니라면 평소 개방은 소림사와 우호적인 관계에 있었는데 어찌 난데없이 이런 행동을 할 수 있겠는가? 교봉이 취현장에서 대전을 벌인 일은 천하가 다 아는 사실이니 장취현이란 가명을 사용한다는 건 자신의 내력을 명확히 밝히는 셈이었다.

얼마 지나지 않아 호광湖廣 그리고 강남 각지의 영웅들이 당도했고, 천섬川陝과 양광兩廣 지역 영웅들까지 속속 모여들었다. 남북으로 천 리 먼 곳에 있는 군웅이 이날에 맞춰 연이어 도착을 했다는 건 개방이 이를 오래전부터 준비했으며 한두 달 전쯤에 영웅첩을 미리 보내놨다는 뜻이다. 현자와 군승은 겉으로 아무 내색도 하지 않았지만 속으로는 화가 치밀어오르면서도 한편으로는 걱정이 태산 같았다. 고작 수일 전에야 자칭 개방 방주인 장취현이란 자가 서찰을 보내와 무림 맹주 선정 문제로 수일 안에 현자 방장을 직접 만나 가르침을 청하겠다고 했지만 서찰에는 그게 언제라고 밝히지도 않았고 천하 영웅들을 초청했다는 얘기도 없지 않았던가? 그런데 갑자기 군웅이 이리 운집할 줄 누가 알았겠는가? 소림사 군승은 도저히 갈피를 잡을 수가 없었다. 소림파는 강호에서 폭넓은 소식통을 보유하고 있었지만 사전에 그 어떤 소식도 듣지 못했으니 대결을 벌이기도 전에 이미 열세에 놓인 셈이 돼버렸다. 개방의 이런 행동은 엄연히 승리에 대한 확신이 있다는 증거였다. 영웅첩에는 군웅을 초청한다는 말이 명확히 적혀 있지 않고 주제넘게 함부로 나설 수 없어 주관을 소림사에 맡기겠다고 했지만 영웅첩을 여기저기 뿌렸다는 것은 초청하지 않은 척하며 초청한 것이나 마찬가지가 아닌가? 군승 모두 이런 생각을 했다.

'개방이 우리를 자신들의 총타로 청하지 않은 것은 체면상 우리에게 예를 표한 것처럼 보이지만 방주가 직접 여기로 온다는 건 우리 소림파가 사전 대비를 못하고 속수무책인 틈을 타서 공격하겠다는 의도가 아닌가?'

현생은 그의 지기인 하북에서 온 신탄자神彈子 제갈중諸葛中을 향해 말했다.

"옳아, 제갈 영감! 소식을 들었으면 나한테 전갈이라도 해야 할 것 아닌가? 우리 30년 우정은 이제 이것으로 끝이네."

제갈중은 쭈글쭈글한 얼굴이 벌겋게 달아올라 연신 해명을 했다.

"나… 나도 사흘 전에야 영웅첩을 받고 끼니까지 걸러가며 밤낮으로 달려온 것이네. 오는 도중 준마 두 필이 지쳐 죽어버릴 정도로 말이야. 시간을 맞추지 못했다가 자네 늙다리 땡추중을 돕지 못할까 봐 얼마나 걱정했는지 아나? 한데 어찌 날 탓할 수 있나?"

현생이 비웃으며 말했다.

"그래도 호의는 있었던 게로군."

제갈중이 말했다.

"어찌 호의가 없을 수 있겠나? 그쪽 소림파 무공이 아무리 고강하다 해도 이 형이 와서 호통을 치며 돕는다면 그게 악의는 아니지 않은가! 자네 방장은 본래 나한테 영웅첩을 돌려 섣달 초이렛날 소림사로 와서 고소모용씨와 만나자고 했는데 지금 이 형이 한 달 빨리 왔으니 잘못한 것도 없지."

현생은 그제야 의문이 풀려 다른 영웅호걸들에게도 물어봤다. 멀리 있는 사람은 영웅첩을 일찍 받고 가까이 있는 사람은 늦게 받았느냐는 그의 물음에 모두들 영웅첩을 받자마자 쉼 없이 말을 달려와야 가까스로 당도할 수 있는 시간이었다고 했다. 한마디로 그 수많은 친구는 사전에 소림사에 서찰을 보낼 생각을 하지 않은 게 아니었다. 군웅이 소림사에 도착하는 일정을 정확히 헤아려 그들이 하루라도 먼저 오거나 사람을 시켜 통보하지 못하게 한 개방의 철저한 계책이었던 것이다. 군승은 이 점을 들어 개방이 철저한 계략에 따라 움직여 방주와 개방 제자들이 도착도 하기 전에 이미 기선을 제압했으니 무시무시한 후수後手가 기다리고 있을 것이라 짐작했다.

이날은 바로 11월 초열흘날이었다. 소림 군승은 앞서 신산상인 등 고승 무리를 상대해야만 했고 이어서 구마지와 결투를 벌이다 허죽을 심문하느라 이미 적지 않은 기력을 소모한 상태였다. 그런데 별안간 사방팔방에서 각지의 영웅호걸들이 앞다투어 당도하니 소림 승려들이 숫자가 많기는 했지만 창졸간에 벌어진 일이라 허둥지둥할 수밖에 없었던 것이다. 다행히 지객원 수좌인 현정대사가 사찰 관리에 뛰어난 데다 사찰 안은 채소가 풍족하고 갖가지 물자들도 넉넉히 쌓여 있어 군승은 현정의 지시하에 군호를 접대하는 데 부족함 없이 예를 다할 수 있었다.

현자 등은 빈객들을 영접하느라 따로 상의할 겨를이 없어 각자 속으로 전전긍긍할 뿐이었다. 돌연 지객승이 고했다.

"대리국 진남왕 단전하께서 납시었습니다."

소림사 현비대사가 대위타저에 맞고 목숨을 잃은 사건 때문에 단정순이 황형인 단정명의 명을 받들어 현자 방장을 만나러 온 것이었다. 대리단씨는 소림사 입장에서 친구라 할 수 있기에 이 시점에 왔다는 건 실로 천군만마를 얻은 셈인지라 현자는 속으로 기쁜 마음을 감출 수 없었다.

"대리 단왕야께서 아직 중원에 계셨단 말이냐?"

이 말을 하면서 당장 사람들을 인솔해 마중을 나갔다. 현자는 단정순과 그의 시종들인 화혁간, 범화, 파천석, 주단신 등과 두 번째 마주하게 된 터라 몇 마디 의례적인 인사말을 나누고 곧바로 대전으로 돌아와 군웅에게 소개를 하기 시작했다.

가장 처음 인사를 나누게 된 사람은 바로 토번국 국사인 구마지였다. 단정순은 대뜸 안색이 변해 포권을 했다.

"우식愚息인 단예가 명왕의 총애를 받고 동쪽으로 동행했을 때, 우식에게 듣기로는 가는 동안 많은 가르침을 받아 큰 소득이 있었다고 하기에 이 단 모가 감사의 마음을 지니고 있었소. 이제야 감사의 뜻을 표하는 바요."

구마지가 미소를 지었다.

"천만의 말씀입니다! 한데 단 공자는 어찌 전하를 따라나서지 않았나 모르겠군요."

단정순이 말했다.

"우식은 지금 어디 있는지 모르겠소. 어쩌면 또 간악한 승려 손에 잡혀 있을지 몰라 마침 국사께 가르침을 받고자 하던 참이오."

구마지는 연신 고개를 가로저었다.

"단 공자의 행방은 소승이 알고 있소이다. 에이! 애석합니다, 애석해!"

단정순은 가슴이 철렁 내려앉았다. 그는 단예가 예기치 못한 변고를 당한 줄 알고 황급히 물었다.

"무슨 의미로 하시는 말씀이시오?"

그는 평생 수많은 변고를 경험했지만 사랑하는 자식에 대한 안위가 염려돼 자기도 모르게 목소리가 떨렸다.

몇 달 전까지만 해도 그들 부자는 한자리에 있었지만 후에 단예가 농아선생의 기회에 참가한다며 떠났다가 돌아오는 도중 혼자 사라져 버렸다. 그 후 몇 달이 지나도 아무런 소식을 듣지 못해 단연경과 구마지 혹은 정춘추 같은 자들에게 독수를 입지는 않았을까 줄곧 걱정해오고 있었다. 이날도 개방의 신임 방주 장취현이 소림파와 무림 맹주 자리를 놓고 쟁투를 벌인다는 소식을 듣고 앞뒤 안 가리고 부리나케 달려왔다. 다름 아닌 아들의 행방을 확인하기 위해서였다. 물론 단씨 역시 무림세가인지라 개방과 소림이 중원 맹주 자리를 놓고 싸우는 문제에 대해서도 관심이 있긴 했다.

구마지가 말했다.

"소승이 천룡 보찰에서 고영대사와 본인 방장 그리고 영형令兄을 뵌 적이 있는데 그분들께선 하나같이 원기가 충만하고 정신적으로 안정이 되신 분들이셨소. 한마디로 장엄하고 차분한 유도지사有道之士라 할 수 있는 분들이셨지요. 진남왕께서는 그 위대한 명성이 천하에 진동하고 있건만 어찌 자식 문제에 대해서만은 그런 아녀자 같은 태도를 보이시는지 모르겠소이다."

단정순은 정신을 가다듬고 곰곰이 생각해봤다.

'예아가 예기치 못한 일을 당했다면 지금 당장 놀라고 당황스러워한다 해도 득 될 것이 없다. 공연히 이 서역승한테 얕보이는 결과만 가져올 것이야.'

"자식을 아끼는 마음은 인지상정이라 할 수 있소. 세인들이 자식들을 낳아 애지중지 기르지 않는다면 온 세상 사람이 어찌 존재할 수 있겠소? 우리 같은 범부인 속인이 어찌 국사처럼 출가를 한 후사가 없고 근심 걱정도 없는 고승과 비할 수 있겠소?"

구마지가 빙긋 웃으며 말했다.

"소승이 처음 영랑令郎을 만났을 때 그의 재능을 보고 그가 단씨 가문을 빛내는 것은 물론 훗날 대리국의 덕이 있는 명군이 되어 천남의 백만 백성에게 큰 복을 가져다줄 것이라 믿었소."

구마지는 곧이어 장탄식을 하며 말했다.

"에이, 한데 애석하기 짝이 없소이다. 단 공자는 복록이 그리 많은 사람이 아니었소."

구마지는 단정순의 안색이 변하는 것을 보고 빙긋 웃으며 말했다.

"영랑이 중원에 와서 한 미모의 낭자를 만났는데 그때부터 무슨 거북이 등딱지처럼 딱 붙어 쫓아다니며 원대한 포부 같은 건 조금도 남아 있는 것 같지 않더군요. 그 낭자가 동쪽으로 가면 단 공자 역시 동쪽으로 가고, 그 낭자가 서쪽으로 가면 단 공자도 서쪽으로 따라가니 말이오. 누가 봐도 할 일 없이 빈둥거리는 경박스러운 자제로만 보일 뿐이니 어찌 애석하지 않을 수가 있겠소?"

호호하는 소리와 함께 누군가 웃기 시작하는데 여자 목소리였다. 사람들이 목소리가 들리는 곳을 바라보니, 추한 용모를 지닌 중년의 사내가 서 있었는데 다름 아닌 완성죽이었다. 지난 2년 동안 줄곧 단정순과 함께 지내온 그녀는 단정순이 소림사에 온다고 하자 그를 따라온 것이었다. 그녀는 소림사가 여자 출입을 금한다는 규율을 알고 남자로 변장을 했는데 겉모습과 행동거지에 빈틈이 없어 영취궁의 사검이 변장했을 때처럼 도저히 알아차릴 수 없었다. 다만 간드러지는 목소리만은 그녀의 딸인 아주가 남자로 변장해 말할 때처럼 흉내를 내지 못했다. 그녀는 사람들의 시선이 자신을 향하자 곧 투박하고 거친 목소리로 말했다.

"단가의 소황자는 역시 가전 학문이 깊은 장수 가문의 후예로군요. 대단합니다. 대단해!"

단정순이 도처에 정을 주고 다닌다는 명성은 강호에 널리 알려져 있던 터였다. 군웅은 단예가 왕어언을 짝사랑하는 것을 두고 '가전 학문이 깊은 장수 가문의 후예'라 표현한 그녀의 말에 서로 얼굴을 마주보며 킥킥 웃어대기 시작했다.

단정순 역시 껄껄대고 웃다가 구마지를 향해 말했다.

"그 불초한 자식이…."

구마지가 말했다.

"불초하다 할 수 없지요. 닮았소이다. 많이 닮았소. 아주 많이 말이오!"

단정순은 그가 자신의 풍류적인 기질을 풍자하는 것임을 알면서도 대수롭게 여기지 않고 말을 이었다.

"그 아이가 지금 어디로 갔는지 국사께서 행방을 알고 계시다면 가르침을 내려주시기 바라겠소."

구마지가 고개를 가로저었다.

"단 공자는 감정의 늪을 빠져나오지 못하고 온종일 그리움에 젖어 있어 극히 초췌해진 상태요. 소승이 영랑을 만났을 때는 이미 피골이 상접한 채 얼굴이 누렇게 뜨고 비쩍 말라 있어 지금은 죽었는지 살았는지조차 말씀드리기 어렵소이다."

별안간 한 젊은 승려가 앞으로 걸어나와 단정순을 향해 공손하게 예를 올렸다.

"왕야, 염려하지 마십시오. 셋째 아우는 생기가 넘치고 몸 상태도 매우 좋습니다."

단정순은 답례를 하며 속으로 의아한 생각이 들었다. 그의 용모와 차림새로 보아 소림사 소화상으로 보이는데 어찌 단예를 셋째 아우라 칭하는지 알 수 없는 노릇이었다. 그는 당장 물었다.

"소사부께서는 근자에 우리 아이를 본 적이 있으시오?"

그 젊은 승려는 바로 허죽이었다.

"예, 얼마 전 소승과 셋째 아우가 영취궁에서 만취하도록 술을 마셔….”

그때 돌연 대전 밖에서 단예의 목소리가 들려왔다.

“아버지, 소자는 여기 있습니다. 그간 별고 없으셨습니까?”

말소리가 채 끝나기도 전에 누군가 대전으로 내달려와 단정순 품에 덥석 안기는데 다름 아닌 단예였다. 그는 심후한 내공 덕에 청력이 남다르게 좋아 절 안으로 들어오자마자 부친과 허죽의 대화를 듣게 됐는데 두 사람 대화를 듣고 일각도 지체할 수 없다는 생각이 들어 당장 능파미보를 전개해 내달려온 것이었다.

부자 두 사람은 오래간만에 상봉을 하자 말할 수 없이 기뻤다. 단정순은 아들을 이리저리 훑어봤다. 모진 고초를 겪은 것 같기는 했지만 얼굴에 생기가 넘쳐 구마지의 말처럼 ‘피골이 상접한 채 얼굴이 누렇게 뜨고 비쩍 말라 있어 지금은 죽었는지 살았는지조차 말씀드리기 어렵다’고 말할 정도는 아니었다.

단예는 고개를 돌려 허죽을 바라보며 말했다.

“둘째 형님, 또 화상이 된 건가요?”

허죽은 불상 앞에서 이미 반나절이나 무릎 꿇고 앉아 지난 과오를 참회하고 있었다. 그러나 단예를 보자 문득 ‘꿈속의 낭자’가 떠올라 자기도 모르게 얼굴이 귀밑까지 붉게 물들면서 부끄러운 기색을 보이고 말았다. 하지만 지금 상황에서 물어볼 수도 없는 노릇이었다.

구마지는 속으로 지금쯤 왕어언도 필시 근방에 있으리라 생각했다. 그렇지 않다면 소림사에 아무리 큰 사달이 났다 해도 단예라는 저 ‘치정공자痴情公子’를 소실산까지 끌어들일 수는 없었을 테니 말이다. 더구나 사촌 오라버니에 대한 왕어언의 한결같은 정을 생각했을 때 그녀가 모용복과 떨어져 있을 리는 만무하지 않은가? 그는 기를 돋우어 큰 소리로 말했다.

"모용 공자, 이왕 소실산에 올라왔는데 어찌 안에 들어와 예불을 드리지 않는 게요?"

고소모용이 왔다는 소리를 들은 군웅 모두가 깜짝 놀라 생각했다.

'이제 보니 고소의 모용 공자도 와 있었구나. 저 서역승과 사전에 약속이라도 한 모양인데 둘이 소림사를 힘들게 하려고 온 건가?'

그러나 사찰문 밖에서는 아무 소리도 들리지 않았다. 잠시 후 저 멀리 산간에서 메아리 소리가 울려퍼졌다.

"모용 공자… 소실산에 올라왔는데 예불을 드리지 않는 게요?"

구마지가 생각했다.

'내 예상이 빗나간 모양이로군. 모용복은 소실산에 오지 않았구나. 아니라면 내 목소리를 듣고 답을 하지 않을 리가 없지.'

그가 하늘을 향해 껄껄대고 웃으며 자기 실수를 덮으려 하는 순간 갑자기 문밖에서 음산하기 짝이 없는 목소리가 들려왔다.

"모용 공자와 정 노괴는 지금 한창 결투를 벌이고 있소. 그가 정 노괴를 없애버릴 수 있다면 자연히 예불을 드리러 올 것이오."

단정순과 단예 부자는 이 목소리를 듣고 순간 안색이 확 변했다. 다름 아닌 악관만영 단연경의 목소리였기 때문이다.

바로 그때 청포를 입고 양손에 철장을 든 단연경이 대전 안으로 성큼성큼 들어왔다. 그 뒤로는 무악부작 섭이랑과 흉신악살 남해악신, 궁흉극악 운중학이 차례로 들어왔다. 사대악인이 동시에 당도한 것이다.

현자 방장은 객에 대해서는 일반적으로 선악을 상관하지 않고 예로써 대해왔다. 소림사가 비록 여객女客을 받지는 않지만 현자 방장은 섭이랑을 보고도 멍하니 쳐다만 볼 뿐 신경도 쓰지 않았다. 군승은 하나같이 생각했다.

'오늘처럼 피아 쌍방에 여영웅 수가 적지 않고 여객을 접대하지 않는다는 규율은 그저 사소한 사안일 뿐이니 괜한 분규를 일으킬 필요는 없지.'

남해악신은 단예를 보자마자 얼굴이 시뻘겋게 달아오르더니 몸을 돌려 자리를 피하려 했다. 단예가 싱글벙글 웃으며 말했다.

"착한 제자야, 그간 별고 없었느냐?"

남해악신은 그가 자신을 '착한 제자'라 부르는 소리를 듣고 도망을 치긴 글렀다는 생각에 매서운 목소리로 대꾸했다.

"이 빌어먹을 사부야, 아직 살아 있었구나."

대전에 모인 군웅 대부분은 자세한 내막을 알지 못해 흉악하기 짝이 없는 그를 향해 단아하고 품위 넘치는 단예가 제자라 부르는 것을 보고 의아하게 생각하는 와중에 그가 단예를 사부라고 부르면서도 무례한 언사로 대하자 더욱 이상하게 생각했다.

섭이랑이 미소를 지었다.

"정춘추가 조화를 부려 모용 공자도 전혀 당해내지 못하게 만들었더군요. 다 함께 가서 구경이나 하는 게 어떻겠어요?"

단예가 비명을 질렀다.

"아이고!"

그러고는 가장 먼저 대전을 나섰다.

그날 모용복과 등백천, 공야건, 포부동, 풍파악, 왕어언 여섯 사람이 표묘봉에서 내려온 이후 아무 이유 없이 영취궁의 내분에 끼어들면서 도모하던 바도 이루지 못하고 체면만 구기는 결과를 가져오게 된 데 대해 모용복 등 다섯 명은 무척이나 분개하고 있었지만 왕어언만은 아무렇지 않은 듯 웃음꽃을 피우고 있었다. 사촌 오라버니 옆에 있을 수만 있다면 더없이 즐거웠기 때문이었다.

여섯 사람은 동쪽에서 다시 중원으로 돌아왔다. 그날 오후 나무들로 빽빽이 들어선 숲을 가로질러가다 갑자기 풍파악이 큰 소리로 외쳤다.

"피비린내가 납니다."

그는 단도를 뽑아 들어 그 냄새를 따라 쏜살같이 내달려가며 생각했다.

'피비린내가 나는 곳에서 싸움이 벌어지고 있을 것이다.'

다급하게 달려가는 동안 피비린내는 더욱 진동했다. 순간 눈앞에 어수선하게 널려 있는 10여 구의 시신들이 보였다. 무기들이 사방에 흩어져 있고 선혈이 채 마르지 않은 것으로 보아 죽은 지 얼마 되지 않은 듯했다. 그러나 싸움은 이미 끝난 것 같았다. 풍파악이 발을 동동 구르며 말했다.

"젠장, 한발 늦었구나."

곧이어 모용복 등이 당도했다. 그들은 시신들 옷이 남루한 데다 포대 자루를 지고 있는 것을 보고 이들 모두가 개방 제자라고 짐작했다. 공야건이 말했다.

"사대 제자들도 보이고 심지어 오대 제자들도 있는데 어쩌다 독수를 당했는지 모르겠군요."

등백천이 말했다.

"맞습니다. 공자, 왕 낭자! 두 분께서는 저쪽에 가서 좀 쉬십시오."

그러고는 바닥에 떨어져 있던 쇠몽둥이 하나를 집어 땅을 파기 시작했다.

홀연히 시체 더미 속에서 신음 소리가 들려왔다. 왕어언이 깜짝 놀라 모용복의 왼손을 꽉 움켜쥐었다.

풍파악이 황급히 달려가며 소리쳤다.

"노형, 아직 살아 있는 것이오?"

시체 더미 속에서 한 사람이 천천히 일어나 앉더니 말했다.

"아직 안 죽었소. 허나… 얼마… 얼마 남지 않았소."

그 사람은 쉰가량의 노걸개로 반백의 머리에 얼굴과 가슴이 온통 핏자국으로 얼룩진 채 무시무시한 표정을 짓고 있었다. 풍파악이 상약傷藥 한 알을 꺼내 그의 입에 넣어주었다.

그 노걸개는 상약을 삼켰다.

"소… 소용없소. 배에 칼을 두 번이나 맞아 사… 살아남기 힘들 것이오."

풍파악이 말했다.

"누가 당신들을 해친 거요?"

그 노걸개가 고개를 가로저었다.

"말하자면 부끄럽소. 우… 우리 개방에 내분…."

풍파악과 포부동 등이 '어?' 하는 소리를 내며 깜짝 놀라자 그 노걸개가 말했다.

"이 문제는… 사실 외부인에게 말하기 불편하오. 허… 허나 이미 이

지경이 된 이상 숨길 수가 없겠소. 여러분 존성대명이 어찌 되는지 모르겠지만 구… 구해줘서 고맙소. 에이! 개방 제자들끼리 서로를 죽이고 있으니 생면부지의 무림 동도보다 못하구나. 조금… 조금 전 여러분이 우리 시신을 묻어주려 하는 소리를 듣고 인의와 협의를 품은 그 모습에 이 늙은이가 무척 감동했소….”

포부동이 말했다.

“아니로소이다, 아니로소이다! 당신은 아직 죽지 않았으니 시신이라 할 수 없소. 더구나 우린 아직 당신을 묻지 않았으니 감동할 필요도 없소.”

그 노걸개가 말했다.

“개방의 우리 형제들도 우리를 죽이고 시… 시신조차 묻어주려 하지 않았소. 하… 한데 어찌 형제라 할 수 있겠소? 그야말로 금수보다 못하다 할 수 있을 뿐이지….”

포부동이 금수는 시신을 묻지 못한다는 궤변을 늘어놓으려다 모용복이 눈짓으로 제지를 하자 곧바로 입을 다물었다.

그 노걸개가 말했다.

“부디 여러분께서 이 전갈을 폐… 폐방의 오 장로에게 가져가 신임 방주인 장취현 그 녀석은 꼭두각시에 불과할 뿐 모든 게 전… 전관청 그 간적에 의해 조종되고 있다 전해주기 바라겠소. 우리가 장가 그놈을 방주로 인정하지 않자 전관청이 사… 사람을 보내 우리를 죽인 것이오. 놈들은 오 장로에 대항할 것이니 그 어르신께 부디… 조심하시라 일러주시오.”

모용복이 고개를 끄덕이며 생각했다.

'그랬었군.'

그는 노걸개를 향해 말했다.

"노형, 안심하시오. 우리가 그 전갈을 전할 방법을 강구해보겠소. 한데 귀 방의 오 장로는 지금 어디 있는지 모르겠소?"

노걸개는 두 눈에 힘이 풀리더니 멍하니 먼 곳만 바라보다 천천히 고개를 가로저었다.

"나… 나도 모르겠소."

모용복이 말했다.

"상관없소. 우리가 그 소식을 강호에 널리 퍼뜨리기만 하면 자연히 오 장로 귀에 들어갈 것이오. 아마 전관청이 그 얘기를 듣는다면 오히려 오 장로에게 감히 손을 쓰지 못할 수도 있을 것이오."

노걸개가 연신 고개를 끄덕였다.

"그렇소, 옳은 말씀이오! 정말 고맙소이다!"

모용복이 물었다.

"귀 방의 신임 방주 장취현은 어떤 내력을 지닌 자요? 우리가 견문이 좁은 터라 그 이름은 오늘 처음 들었소."

노걸개가 몹시 분개했다.

"철두인 그 녀석이…."

모용복 등은 모두 깜짝 놀라 일제히 소리쳤다.

"철두괴인을 말하는 것이오?"

노걸개가 말했다.

"난 서하에서 돌아온 지 얼마 되지 않아 그 자식을 처음 봤지만 방내 형제들 말을 들어보니 그 자식은 본래… 본래 머리에 철가면을 덮어쓰고 있다가 후에 전관청이 방법을 강구해 그걸 제거했다 들었소. 한데 얼굴이… 에이! 무슨 괴물보다 더 흉측하게 보이는 데다 굉장한 무공을 지니고 있었소. 몇 달 전 군산君山에서 열린 개방 대회에서 방주를 추천받고 선출하기로 했지만 서로 팽팽하게 맞서다 결정을 내리지 못하고 결국 무공 실력을 겨뤄 정하기에 이르렀소. 한데 그 철두인 녀석이 방내의 고수 열한 명을 때려죽이고 방주 자리에… 오르게 된 것이오. 수많은 형제가 불복했지만 전관청 그 간적이… 전관청 그 간적이….”

그의 목소리는 점점 작아지며 금방이라도 숨이 끊어질 것 같았다.

등백천이 말했다.

“노형, 우리 형제가 상처 부위를 살펴볼 테니 일단 치료부터 하고 얘기합시다.”

노걸개가 말했다.

“뱃가죽이 뚫려 창자가 흘러나왔소. 고맙지만….”

그는 이 말을 하고 손을 뻗어 품속을 더듬거리며 무언가를 꺼내려 했지만 기력이 딸리는 듯 마음대로 안 되자 말했다.

“수… 수고스럽지만….”

공야건이 그의 의도를 알아차렸다.

“어르신, 뭘 꺼내려 하시는 것이오?”

노걸개가 고개를 끄덕였다. 공야건이 곧 그의 품속에 있는 물건을 모두 꺼내 두 손바닥 위에 늘어놓았다. 부시와 화절자, 암기, 약물, 건량, 은자 부스러기 같은 것들이었는데 꽤 많은 양의 이 물건들은 모두 피로 범벅이 되어 있었다.

노걸개가 말했다.

"나… 난 안 되겠소. 이 방… 이 방문榜文은 매우 중요한 것이니 은공께서 강호의 전통을 생각해서라도 부디… 개방의 어떤 장로라도 괜찮으니 그분께 전해주시오. 개방이 절대 철두인 녀석과… 전관청 그 간적 손에 넘어가지 않게 해주시오. 그럼 이 늙은이가 구천에 가서라도 감사해할 것이오."

그는 이 말을 하면서 끊임없이 떨리는 오른손을 뻗어 공야건의 손 위에 있던 접혀 있는 누런 종이 한 장을 집어들었다.

모용복이 말했다.

"귀하께선 안심하시오. 노형 상처를 치료하지 못하면 이 물건은 우리가 귀 방의 장로에게 전해주겠다고 약속하겠소."

그는 이 말을 하며 누런 종이를 건네받았다.

노걸개가 나지막이 말했다.

"재하의 성은 역이며 이름은 대표라고 하오! 귀… 귀찮겠지만… 이 말도 전해주시오. 난 서하국에서 왔으며 이건… 서하국 국왕이 사위를 모집한다는 내용의 방문이오. 이는… 이는 보통 사안이 아니라 대송의 안위와 운명이 걸린 일이오. 허나 내가 중원에 돌아오자마자 이런 간악한 음모와 맞닥뜨리게 되는 바람에 오 장로를 만나 그에게 전하려… 했지만 더 이상… 보지 못하게 될 줄 누가 알았겠소? 귀하가 천하의 수많은 백성을 생각해서라도… 백성… 백성…."

'백성'이란 말을 연이어 세 번 내뱉고는 시종 호흡을 잇지 못했다. 그는 가슴이 답답해오는 듯 말을 잇지 못하다 별안간 선혈을 한 모금 뿜어내고 눈이 뒤집어지기 시작했다. 순간 모용복의 준수한 외모를 보자 누군가가 생각난 듯 말했다.

"귀하… 귀하는 누구요? 혹시 고소… 고소…."

모용복이 말했다.

"그렇소, 재하가 고소모용복이오."

노걸개가 깜짝 놀라 말했다.

"다… 당신은 본방의 대원수인데…."

그는 손을 뻗어 모용복이 쥐고 있던 누런 종이를 움켜쥐고 힘주어 뺏으려 했다.

모용복은 그가 빼앗아가게 내버려두며 생각했다.

'개방에서는 줄곧 내가 그들의 부방주인 마대원을 죽였다고 의심해 왔다. 최근 그 헛소문이 잠잠해지긴 했지만 이자는 여전히 내가 개방의 대원수라고 인정하고 있구나. 죽음을 앞둔 자인데 굳이 따질 필요 없지.'

노걸개는 두 손에 힘을 주어 누런 종이를 찢어버리려다 별안간 두 발이 쭉 펴지면서 선혈을 미친 듯이 뿜어내다 그 자리에서 죽어버리고 말았다.

풍파악은 노걸개의 손가락을 젖혀 누런 종이를 집어들었다. 종이 위에는 붉은 글씨로 복잡하고 어려운 다른 나라 문자가 수없이 적혀 있고 글 말미에 커다란 인장이 하나 찍혀 있었다. 각국 문자에 능통한 공야건이 처음부터 끝까지 한번 읽어보고 말했다.

"과연 서하 국왕이 부마를 모집한다는 방문이로군요. 글 중에 이런 말이 있습니다. '서하국의 은천銀川공주가 열다섯이 되어 배필을 맞아들여야 하는바, 서하 국왕께서는 문무를 겸비하고 준수하고 위엄 있는 미혼 남자를 부마로 간택하고자 하여 내년 3월 청명절에 부마를 선발할 것이다. 어느 국적 인사를 막론하고 천하 최고의 인재라면 그날 전까지 글로써 알현을 한다면 국왕을 접견할 수 있을 것이다. 또한 부마에 간택되지 않더라도 재능에 따라 임용하고 관작을 부여할 것이며 2등 자리에 오른 사람에게는 금은을 상으로 내릴….'"

공야건의 말이 채 끝나기도 전에 풍파악이 큰 소리로 웃었다.

"이 개방의 노형도 웃긴 사람이군요. 다급하게 서하국에서 이 방문을 가져온 것이 설마 개방 내 장로더러 지원하게 해서 서하국의 부마로 만들겠다는 건가요?"

포부동이 말했다.

"아니로소이다, 아니로소이다! 넷째 아우가 모르는 게 있네. 개방 장로들이 물론 늙고 못나긴 했지만 개방 내 젊은 제자들 중에는 문무를 겸비하고 준수한 외모에 영민하기까지 한 인물들이 적지 않네. 누가 됐건 개방 제자 중 하나가 서하국의 부마가 된다면 개방은 엄청난 세력으로 변모할 것이 아니겠나?"

등백천이 눈살을 찌푸렸다.

"듣기로는 개방 호한들이 부귀공명에는 관심이 없다고 하던데 어찌 이 역대표란 노인은 이런 이익을 도모하는 일에 마음을 빼앗겼을까?"

공야건이 말했다.

"큰형님, 이자가 그랬소. '이는 보통 사안이 아니라 대송의 안위와 운명이 걸린 일이오'라고 말이오. 더구나 천하 백성들을 봐서라도 그래야 한다고 했으니 개방의 부귀공명을 위해 그러는 건 아닐 것이오."

포부동이 고개를 가로저으며 말했다.

"아니로소이다, 아니로소이다!"

공야건이 말했다.

"셋째 아우한테 또 무슨 고견이 있나?"

포부동이 말했다.

"둘째 형님, 저한테 '또' 무슨 고견이 있느냐고 하셨는데 그 '또'란 말은 제가 이미 고견을 밝혔을 때 하는 말이오. 허나 전 고견 같은 건 말한 적이 없으니 형님께선 저한테 무슨 고견이 있다는 건지 못 믿겠다는 것 같소. 저한테 또 무슨 고견이 있느냐고 묻는 진정한 의미는 바로 이거겠지요. '셋째 아우는 또 무슨 헛소리를 하려는 건가?' 안 그렇소?"

풍파악은 남과 싸우길 좋아하긴 해도 자기 형제들과는 절대 싸우지 않았지만 포부동은 남과 싸우는 데 있어 친하고 안 친하고, 존귀하고 비천하고를 가리지 않았다. 자기 뜻과 맞지 않으면 끝까지 말다툼을 벌였던 것이다. 공야건은 그의 성격을 잘 알고 있던 터라 빙긋 웃으며 말했다.

"셋째 아우가 과거에도 많은 고견을 내지 않았던가? 내가 '또'라고 말한 것은 자네가 또 고견을 내줬으면 하는 바람에서 한 말이네."

포부동이 고개를 가로저었다.

"아니로소이다, 아니로소이다! 둘째 형님이 말할 때 입가에 웃음을 띠고 있는 것으로 봐선 그 의미가 그다지…."

그가 말을 계속하려 하자 등백천이 그의 말을 막았다.

"셋째 아우, 역대표가 서하국에서 부마를 모집한다는 방문을 가져와서 이토록 정중하게 개방의 장로에게 전달해달라고 청하는데 자네가 보기에는 어떤 의도인 것 같은가?"

포부동이 말했다.

"그건, 제가 역대표도 아닌데 의도가 뭔지 어찌 알겠소?"

모용복의 눈빛이 공야건을 향했다. 그의 의견을 구하기 위해서였다.

공야건이 미소를 지으며 말했다.

"제 생각은 셋째 아우와 많이 다릅니다."

그는 자신이 무슨 말을 하든 간에 포부동이 반대할 것이라 생각해 아예 말머리에 이리해두는 게 낫다는 걸 잘 알고 있었다. 포부동이 말했다.

"아니로소이다, 아니로소이다! 이번에는 둘째 형님이 잘못 짐작한 것이오. 내 생각이 공교롭게도 둘째 형님과 아주 똑같습니다. 전혀 차이가 없소."

공야건이 씨익 웃었다.

"그것 참 묘하기 이를 데 없구먼."

모용복이 말했다.

"공야 이형二兄, 이형은 어찌 생각하시오?"

공야건이 말했다.

"당금의 천하는 대요와 대송, 토번, 서하, 대리 5국이 대치하고 있는데 외진 남쪽 변방에 위치해 있어 세상사에 무심한 대리국 외에 나머지 4개국은 한 지붕 아래 있기 때문에 천하를 삼키겠다는 의지가…."

포부동이 끼어들며 말했다.

"둘째 형님, 틀린 말씀이시오. 우리 대연이 비록 강토를 잃긴 했지만 공자 나리께서 시시각각 부흥을 염두에 두고 있으니 대연이 훗날 조종의 위대한 기세를 떨쳐 나라를 다시 일으킬지 어찌 알겠소?"

모용복과 등백천, 공야건, 풍파악 등은 일제히 숙연한 자세로 서서 장중한 표정으로 말했다.

"부국의 의지는 한시도 잊은 적이 없소!"

다섯 사람은 허리에 차고 있던 칼과 장검을 뽑아 들어 각자 무기를 가슴 앞에 세워 들었다.

모용복의 선조인 모용씨는 선비족이었다. 과거 오호난화 시대에 선비족인 모용씨가 중원을 침략하고 위세를 떨쳐 전연前燕과 후연後燕, 남연南燕, 서연西燕 등 여러 왕조를 세운 적이 있었다. 그 후 모용씨는 북위北魏에게 멸망되고 자손들이 사방으로 흩어졌지만 대대손손 이어진 후예들이 시종 나라를 부흥시키겠다는 포부를 가슴에 품고 있었다. 중원이 수와 당 왕조를 거치는 동안 모용씨도 날이 갈수록 쇠약해졌지만 '대연 재건'이란 웅대한 포부는 여전히 사라지지 않고 이어졌다. 다만 그 실현 가능성은 점점 묘연해져만 갔을 뿐이었다.

5대 10국 시대 말년에 이르러 모용씨 중에 모용언초慕容彦超라는 장군이 배출되면서 그 위세가 사방에 퍼졌고 또한 무학의 기재인 모용룡성慕容龍城이란 사람이 두전성이란 고묘한 무공을 창시해 천하무적으로 그 이름을 천하에 떨쳤다. 그는 조종의 유훈을 잊지 않고 호한들을 규합해 나라를 재건하고자 했다. 그러나 천하가 장기간 나뉘어 있으면 다시 합쳐지기 마련인지라 조광윤이 송나라를 세워 사해를 평정하자 백성들도 나라의 안정을 원하게 됐고 모용룡성은 무공이 강하긴 했지만 끝내 결과를 얻지 못하고 쓸쓸한 최후를 맞을 수밖에 없었다.

수 대가 지난 후 모용복의 부친인 모용박 대에 이르러 모용룡성의 무공과 웅대한 포부가 모용복에게 모두 전수되었다. 대연이 나라 재건을 도모하는 것이 송나라 왕조에 있어서는 대역부도하고 반역을 꾀하는 일이었던 터라 모용박은 암암리에 동지를 규합하고 재물과 양식을 모으면서 추호의 소문도 노출시키지 않았다. 모용씨는 이렇듯 웅대한 포부를 품고 있어 일반 강호의 인물들과 행동거지가 크게 달랐다. 그 때문에 강호의 보통 무인들 눈에는 무척이나 거슬리는 상대였다. 더구나 '상대가 쓴 방법을 상대에게 펼친다'는 명성이 널리 퍼지자 점점 악명으로 되돌아오는 결과를 낳게 되었다.

선비인들은 북쪽 지역에서 왔기 때문에 기백이 있고 용맹하기로 정평이 나 있었다. 모용씨는 풍파를 피하기 위해 물이 많은 지역인 강남의 소주로 이동해왔는데 그곳은 예로부터 한적하고 조용한 곳이라 사람들의 이목을 피할 수 있었다. 등백천 등 호위들은 모두 한인이었지만 수대에 걸쳐 모용씨의 가신으로 살아오다 보니 모용복과 똑같이 대연을 부흥시키고자 하는 포부를 지니고 있었다.

이때는 광야에 있어 주변에 사람이라고는 없다 보니 잠시 감정을 억제하지 못하고 검을 뽑아 들어 격앙된 어조로 가슴에 품은 의지를 표출해냈던 것이다.

왕어언은 살며시 몸을 돌려 사람들 곁에서 멀찌감치 떨어진 곳까지 천천히 걸어갔다. 그녀의 모친인 왕 부인은 늘 모용씨의 반란 도모에 대해 반대해왔다. 왕이나 황제를 칭하는 것은 모용씨가 수백 년 동안 품어온 헛된 망상일 뿐이며 나라 재건에 대한 희망은커녕 오히려 멸족이 될 수도 있다고 여겼던 것이다. 더구나 두 집안이 친척이라고는 하지만 왕 부인과 모용 부인은 상호 간 말다툼으로 인해 감정의 골이 깊은 상태였다. 왕 부인은 최근 들어 모용복의 출입을 불허하고 자신은 능호菱湖 깊은 곳에 은거하며 모용가와의 갈등을 피해왔다.

공야건이 왕어언의 뒷모습을 바라보며 말했다.

"송요 양국이 매년 교전을 벌여 요나라가 우세를 점하고 있긴 하지만 대송을 멸하는 건 절대 불가능합니다. 서하와 토번은 서쪽 변경 지역에 기세 좋게 자리하고 있고 각자 수십만 정병을 보유하고 있기 때문에 서하든 토번이든 간에 대요를 돕는다면 대송이 위험에 빠지게 될 것이고 대송을 돕는다면 요나라는 머지않아 멸망하게 될 겁니다."

풍파악이 큰 소리로 말했다.

"둘째 형님 말씀에 일리가 있소. 개방은 대송 조정에 줄곧 충성을 해왔소. 역대표는 대송에 젊은 영웅이 나타나 서하의 부마 모집에 응하길 바라는 마음에서 이 방문을 가져온 것이오. 만일 대송과 서하가 혼약 관계를 맺는다면 천하무적이 될 테니 말입니다."

공야건이 고개를 끄덕였다.

"꼭 천하무적이 될 거라 말할 수는 없지. 하지만 대송은 인구가 많고 재물과 양식이 풍족하며 서하는 정예 군마가 있고 싸움에 능하니 두 나라가 손을 잡는다면 대요와 토번은 결코 적수가 될 수 없을 것이네. 하찮은 대리는 더 말할 가치도 없고 말이야. 내 추측으로는 대송과 서하가 연합을 하면 가장 먼저 대리를 집어삼키고 두 번째로 요나라로 진군할 걸세."

등백천이 말했다.

"역대표도 그런 속셈을 가지고 있었던 것이 틀림없네. 다만 대송과 서하의 혼약은 그렇게 순조롭지만은 않을 것이야. 대요와 토번, 대리

각국이 그 소식을 알고 필히 타개책을 마련할 테니 말이야."

공야건이 말했다.

"타개책을 마련할 뿐만 아니라 각국이 모두 그 서하 공주를 맞아들이려 할 겁니다."

등백천이 말했다.

"서하 공주가 아름다운지 추한지, 성격이 온순한지 아니면 교활하고 난폭한지 알 수 없지."

포부동이 껄껄대고 웃었다.

"큰형님은 어찌 그런 염려를 하시는 거요? 서하의 부마 초빙에 응해 부마가 되기라도 할 작정이시오?"

등백천이 껄껄대고 웃었다.

"이 등백천이 스무 살만 어리고 무공이 열 배만 고강하며 인물이 백 배만 좋았어도 당장 서하로 날아갔을 것이네."

그는 곧 정색을 하며 말했다.

"우리 대연은 나라의 재건을 수백 년 동안 도모해왔지만 시종 경화수월鏡花水月[41]인지라 성공하기가 힘들었네. 그 바탕에는 필경 강하고 세력이 있는 외부의 원조가 적었기 때문일 것이네. 만일 서하가 우리 대연 모용씨와 혼인을 맺는다면 모용씨가 중원에서 의병을 일으켰을 때 서하에서 즉시 원군을 보낼 테니 대사를 이룰 가능성이 있지 않겠는가?"

공야건이 말했다.

"맞습니다. 과거 춘추시대에 진秦과 진晉 두 나라는 대대로 혼약을 맺었습니다. 진晉나라 공자 중이重耳가 나라를 잃어 다른 나라로 망명을 하자 진秦 목공穆公이 군사를 일으켜 진晉을 점령해 결국 중이가 진晉 문공文公이 되어 패왕을 달성할 수 있지 않았습니까?"

포부동은 본래 사사건건 터무니없는 말을 늘어놓으며 반박하기 일쑤였지만 지금 등백천과 공야건의 말을 들을 때는 연신 고개를 끄덕이며 수긍하기만 했다.

"맞소! 이번 일이 우리 대연의 부흥에 도움이 되기만 한다면 서하 공주가 아름답든 추하든, 선하건 악하건 아무 상관 없수다. 그저 이 포부동한테 시집을 오겠다고 하면 공주가 늙어빠진 암퇘지라 해도 이 포부동이 기꺼이 맞아들이도록 할 것이오."

모두가 껄껄대고 웃으면서도 눈은 모용복의 얼굴을 주시하고 있었다.

모용복은 이 네 사람이 자신에게 서하로 가서 부마 선발에 참여하라는 뜻이란 걸 잘 알고 있었다. 용모와 인품, 글재주와 무공 실력에 있어서는 당대에 그 어떤 젊은이도 자신을 능가하지 못할 것이라 여기고 있기에 자신이 서하로 가서 혼인을 청한다면 십 중 칠팔은 자신이 있었다. 다만 서하국 국왕이 신분과 가문을 고려한다고 볼 때 자신은 대연의 왕손 귀족이긴 하지만 어쨌든 오래전에 몰락한 집안이고 대송에서는 일개 평민에 불과하니 만일 대송과 대리, 요, 토번 등 네 나라에서 왕자나 공후公侯들을 보내 구혼을 한다면 자신처럼 아무 작위도 없는 백성은 그들과 비교조차 되지 못할 것이 아니겠는가? 그는 여기까지 생각하다 그 방문을 뚫어지게 쳐다봤다.

공야건은 그를 따른 지 이미 오래라 그의 의도를 짐작할 수 있었다.

"방문에 명백하게 적혀 있습니다. 선발에 응하는 자는 작위와 가문을 막론하며 인품과 실력만을 논한다고 말입니다. 부마가 되면 작위와 가문은 응당 따라오는 것이지만 인품과 실력은 제왕의 성지聖旨로 하사받을 수 있는 것이 아닙니다. 공자, 모용씨가 도모해온 수백 년 동안의 원대한 포부는 바로, 공자한테 달려 있습니다."

그는 뒷부분을 말할 때 격동을 한 탓인지 목소리마저 크게 떨렸다.

포부동이 말했다.

"공자 나리께서 진의 문공이라면 우리 사형제는 호모狐毛[42]와 호언狐偃[43], 개자추介子推[44]…."

그는 갑자기 개자추가 후에 진 문공을 위해 불에 타 죽은 사실을 떠올리며 상서롭지 못하다는 생각이 들자 곧 웃음을 보이며 입을 다물었다.

모용복은 안색이 창백해지며 손가락을 가볍게 떨었다. 그 역시 이번이 천재일우의 기회라는 것을 알고 있었다. 예로부터 공주가 공개구혼을 할 때에는 언제나 군주가 대신에게 중매를 서도록 명하고 공신功臣이나 혹은 명문 세가의 자제들을 택해 부마로 봉했으며 절대 방문을 붙여 천하에 알리고 공개적으로 부마를 택하는 경우는 드물었다. 그는 자기도 모르게 왕어언의 뒷모습을 바라봤다. 그녀는 버드나무 밑에 서서 오른손으로 축 늘어진 버드나무 가지 하나를 잡고 강물을 바라보고 있었는데 얇고 가벼운 옷을 입고 있는 그녀의 모습이 무척이나 애처롭고 가련해 보였다.

모용복은 사촌 누이가 어려서부터 자신에게 연정을 품고 있었다는 사실을 알고 있었다. 비록 외숙모가 자신의 부모와 불화를 겪은 탓에 갖은 방법을 모두 동원해 그녀와 만나는 걸 방해해왔지만 무공도 모르는 연약한 소녀의 몸으로 의연하게 집을 떠나 강호를 유랑하는 자신을 찾아온 그녀의 깊은 정은 실로 보기 드문 일이라 할 수 있었다. 모용복은 사방을 돌아다니며 나라를 부흥시키겠다는 일념하에 무공 연마에도 전력을 쏟지 못하고 있던 상황인지라 남녀 간의 정은 더더욱 냉담하게 바라볼 수밖에 없었다. 하지만 사촌 누이는 미모를 지닌 정숙한 여인임에도 무학에 대해 박식하기 이를 데 없고 자신에게 그토록 정이 깊은데 어찌 무관심할 수 있겠는가? 이제 와서 돌연 그녀를 버리고 떠나 여태껏 한 번도 본 적 없는 공주를 찾아가 구혼을 한다는 것은 당연한 이치라 느끼기는 해도 마음으로는 차마 그럴 수가 없었다.

공야건이 가볍게 기침을 하며 말했다.

"공자, 자고로 큰일을 도모하는 자는 사소한 일에 구애받지 말아야 한다 했습니다. 대영웅과 대호걸은 반드시 '정'이란 고비를 타개해야 합니다."

포부동이 말했다.

"대연이 나라를 되찾을 수 있다면 공자께서는 한 나라의 주인이 되어 삼궁육원을 거느릴 텐데 뭐가 더 필요하겠습니까? 서하 공주는 정궁낭랑이니 왕 낭자는 귀비나 숙비로 봉하면 될 것입니다. 공자께서 속으로 왕 낭자를 좀 더 중시하고 총애한다고 누가 간섭하겠습니까?"

그는 평소 남과 언쟁을 하는 데 전문이었지만 이번 대사를 논할 때는 뜻밖에도 도리에 맞는 말만 하고 있었다.

모용복이 고개를 끄덕였다. 부친이 생전에 끊임없이 자신에게 당부했던 말이 떠오른 것이다. 대연을 부흥시키는 일 외에는 천하에 그보다 더 큰 일은 없으며 대업을 이루기 위해서라면 부친과 형은 물론 자식과 아우 그리고 가까운 친척과 친구도 제거할 수 있고 남녀 간의 정 따위는 더더욱 마음에 담아둘 필요가 없다고 하지 않으셨던가? 왕어언이 비록 자신에게 줄곧 깊은 정을 품고 있었지만 자신은 평소에 그녀를 누이동생으로 여겼을 뿐 특별하게 정을 품고 있는 것은 아니었다. 그의 마음속에는 이미 훗날 사촌 누이를 처로 맞을 것이라 인정해 왔지만 평상시에는 그런 생각을 한 적이 거의 없었다. 그건 의당한 일이기에 더 이상 생각할 필요조차 없었다. 대업을 이룰 수만 있다면 포부동이 언급한 것처럼 장차 사촌 누이를 비빈으로 삼아 자신이 더욱 총애하면 그뿐인 것이다. 그는 한참을 곰곰이 생각하다 더 이상 왕어언에게 의미를 두지 않고 말했다.

"여러분 말에 일리가 있소. 이는 필시 대연을 재건할 좋은 기회요. 다만 대장부는 한번 내뱉은 말에 신의가 있어야 하는 법, 이 방문은 개방 수중에 보내야만 할 것이오."

등백천이 말했다.

"맞습니다. 물론 개방 내에 공자를 능가하는 그 어떤 인물도 없지만 설사 강적이 있다 해도 우리가 이 방문을 사사로이 숨기는 후안무치한 짓을 할 순 없습니다."

풍파악이 말했다.

"당연합니다. 큰형님과 둘째 형님은 공자를 보호해 서하로 구혼을 하러 떠나고 셋째 형님과 전 이 방문을 개방에 전해주도록 하겠습니다. 내년 청명절까지는 아직 시간이 많이 남았습니다. 개방에서 사람을 뽑으려 한다면 충분한 여유가 있을 테니 우리가 우세를 점한다 말할 수는 없을 것입니다."

모용복이 말했다.

"우린 만사에 정정당당해야만 하오. 아예 내가 직접 방문을 개방 장로 수중에 전해준 다음 서하로 가는 것이 좋겠소."

등백천이 손뼉을 치며 말했다.

"지당하신 말씀입니다. 남들이 우리 뒤에서 헛소리를 하게 놔둘 수는 없습니다."

공야건과 포부동, 풍파악 세 사람은 일제히 고개를 끄덕이며 동조를 하고 당장 개방 사람들 시신을 안장했다.

모용복은 왕어언을 불러 말했다.

"사촌 누이, 개방 제자들이 누군가에게 목숨을 잃은 이 사건 뒤에는 큰 사안이 연관되어 있소. 우리가 직접 개방 총타로 가봐야 하니 누이를 먼저 만타산장까지 보내주도록 하겠소."

왕어언이 깜짝 놀라며 다급하게 말했다.

"저… 전 집에 못 갑니다. 어머니께서 절 보시면 죽일 거예요."

모용복이 웃으며 말했다.

"외숙모 성격이 불같기는 해도 슬하에 사촌 누이 단 하나뿐인데 어찌 죽일 수 있겠소? 기껏해야 잔소리만 몇 마디 들으면 끝날 것이오."

왕어언이 말했다.

"아… 아니요! 전 돌아가지 않을래요. 오라버니와 개방에 가겠어요."

모용복은 이미 서하의 부마 모집에 참가하기로 결심을 했던 터라 그녀에게 무척 미안한 마음을 가지고 있었다. 그는 속으로 곰곰이 생각해봤다.

'일단은 누이 말대로 하고 나중에 얘기하자.'

이런 생각을 하고 말했다.

"그럼 이럽시다! 누이는 여자의 몸이니 우리를 따라 강호에 가서 얼굴을 드러낸다는 건 있을 수 없는 얘기요. 개방 총타는 가지 마시오. 누이가 만타산장에 가길 원치 않는다면 연자오 우리 집에 잠시 머물러 계시오. 일을 마치면 곧 갈 것이오. 어떻소?"

왕어언은 얼굴이 빨갛게 달아올라 기뻐서 어쩔 줄 몰랐다. 그녀의 평생 소망이 사촌 오라버니에게 시집가서 연자오에 사는 것이었는데 모용복이 그녀에게 연자오에 머물러 있으라고 하니 정식 청혼은 아니었지만 앞뒤 사정을 두고 볼 때 이보다 더 명백한 청혼은 없지 않은가? 그녀는 가타부타 말도 없이 천천히 고개를 숙이더니 눈에서 야릇한 광채를 발했다.

등백천과 공야건은 서로를 바라보며 이처럼 천진난만한 낭자를 속인다는 생각에 양심의 가책이 느껴졌다. 갑자기 철썩 하는 소리와 함께 풍파악이 자신의 뺨을 세차게 후려쳤다. 왕어언이 고개를 들어 이상한 듯 물었다.

"풍 넷째 오라버니, 어찌 그러세요?"

풍파악이 말했다.

"모… 모기가 입을 물어서…."

여섯 사람은 곧장 동쪽을 향해 걸어갔다. 이틀이 채 되지 않아 단예가 히죽히죽 웃으면서 그들 뒤를 쫓아오며 말했다.

"아이고, 공교롭기 짝이 없군요. 모용 공자, 등 형, 공야 형, 포 형, 풍 형, 왕 낭자! 또 만났군요. 다들 동쪽으로 가시는 것 같은데 함께 가시지요. 이런저런 얘기나 하면서 말입니다."

포부동은 그에 대해 감정이 좋지 않았지만 그가 연이어 풍파악과 모용복, 왕어언의 목숨을 구해주기도 했던 데다 공공연히 쫓아내가며 동행을 거절할 수도 없는 노릇이었다. 가는 동안 냉대를 해보기도 하고 빈정대는 말로 윽박질러보기도 했지만 단예는 못 들은 척 무시하는가 하면 천연덕스럽게도 엉뚱한 말로 화제를 돌려버렸다.

일행은 가는 도중 개방과 소림파가 무림 맹주를 놓고 다툰다는 소식을 듣게 되었다. 모용복과 등백천 등이 남몰래 상의를 했다. 개방과 소림파가 공멸을 하게 된다면 모용씨는 어부지리나 마찬가지라 어쩌면 무림 맹주라는 호칭을 얻게 될 수도 있을 것이며 그럼 강호의 호걸들을 호령해 기치를 세워 봉기할 수 있는 절호의 기회이니 이를 절대 놓칠 수 없다는 생각이 들었다. 이들은 당장 소림사로 달려갔지만 뜻밖에도 소실산 밑에서 성수노괴 정춘추와 맞닥뜨리게 되었다.

몇 달 동안 정춘추는 문호를 개방해 제자들을 폭넓게 거두어들였다. 산적이나 도적 떼들은 물론이고 방문좌도의 요사스러운 자들도 성수파 문하에 투항해 그의 호령에 따르기만 하면 누구든 받아들였던 것이다. 이로 인해 단 몇 달 만에 중원 강호의 비적들이 앞다투어 몰려들다 보니 그 세력이 엄청나게 강성해졌다.

등백천과 공야건, 포부동 세 사람 모두 과거 정춘추 본인이나 문하 제자들에게 해를 입은 적이 있었던 터라 그들과 다시 맞닥뜨렸을 때 상대 제자들이 구름처럼 모여 있는 것을 보고 속으로 두려움을 금할 수 없었다. 천지를 두려워하지 않는 성격을 지닌 풍파악이 몇 마디 말을 주고받다 곧바로 적진으로 뛰어들어 성수파 제자들과 결투를 벌이기 시작했다. 단예는 왕어언과 함께 자리를 피하려 했지만 왕어언은 사촌 오라버니에 대한 염려 때문에 그 옆을 떠나려 하지 않았다. 성수파 제자들이 물밀듯이 내달려오자 모용복을 비롯한 호위들은 그 안에 파묻혀버리고 말았다.

단예는 능파미보를 전개해 성수파 제자들을 피해다니다 곧이어 부친의 목소리가 들려오자 소림사로 들어가 상봉을 하게 됐는데 모용복이 더 이상 지탱하지 못할 거라는 섭이랑의 말을 듣고 생각했다.

'빨리 가서 왕 낭자를 업고 탈출해야겠다.'

그러고는 나는 듯 내달려 소림사를 빠져나갔다.

〈9권에서 계속〉

미주

▸ 모든 주석은 옮긴이 주이다.

1 어려운 문장을 빠르게 말하는 놀이.

2 한국어의 자음과 모음에 해당하는 중국어를 발음하기 위한 기본 원칙.

3 정원 등을 꾸미기 위해 만든 산의 모형물.

4 불교의 세계관 가운데 하나로, 미혹한 중생이 윤회하는 욕계, 색계, 무색계의 세계를 말한다.

5 깊은 뜻이 담겨 있는 짧은 말.

6 돼지 허벅지 찜 요리.

7 불교에서 말하는 오력五力인 신력信力, 정진력精進力, 염력念力, 정력定力, 혜력慧力 중 하나로 선정에 의하여 마음을 적정寂靜하게 이끄는 힘.

8 선녀를 달리 이르는 말.

9 양陽 오행이 강하고 왕성한 상태로 음유陰柔의 반대되는 의미.

10 염주를 만드는 데 쓰이는 보리수의 열매.

11 하늘에 올라 신선이 된다는 뜻으로 귀한 사람의 죽음을 뜻한다.

12 미남자를 대표하는 의미로 쓰이는 이름이다. '무반안'은 원래 1963년 홍콩에서 제작된 영화 제목이지만 본서를 연재하던 당시 현실 작품을 책 속에 반영한 것으로

보인다. 반안潘安은 반악潘嶽으로 불리는 서진 시대 문학가로 중국의 고대 4대 미남자 중 하나로 알려진 인물.

13 귀신을 잡는다는 신. 민간에서는 종규의 화상으로 요물이나 악령을 쫓아냈다.

14 몸과 마음은 모두 색色, 수受, 상想, 행行, 식識, 즉 오온으로 이루어진 것으로 일정한 본체가 없어 무아인 것.

15 깨달은 사람을 의미하며, 위로는 부처님의 진리를 구하고 아래로는 중생을 교화하는 대승불교의 수도자.

16 관청에서 승려에게 발급하는 출가 증명서.

17 한 변에 두 명씩 여덟 사람이 둘러앉을 만한 크기로 네모반듯하게 만든 큰 중국식 탁자.

18 여자를 지키기 위해 힘쓰는 사람.

19 지극한 곤경에 이르거나 참혹한 죽음이라도 두려워하지 아니한다는 말.

20 육식을 하지 말라는 계율.

21 비구나 비구니가 승단을 떠나야 하는 무거운 죄.

22 지게 대신 어깨에 걸치는 막대로, 양 끝에 물통이나 바구니를 달아 운반하는 기구.

23 상인上人은 지덕智德을 갖춘 승려를 높여 부르는 말.

24 많은 계문 중에서도 특히 경계하고 조심해야 될 무거운 계. 대승불교에는 보살이 지켜야 할 열 가지 엄중한 계율인 십중계가 있다.

25 음력 7월 7일 밤 여자들이 직녀에게 지혜와 손재주를 달라고 기도한다고 하여 재주를 구걸한다는 의미의 민간 풍습. 후에 칠석절七夕節로 변모했다.

26 범어인 '마하maha'를 음역한 것으로 불교에서는 불가사의한 일이란 의미로 쓰인다.

27 사념과 사심이 없고 인위를 가하지 않는다는 도가의 도.

28 수행자가 심신이 안정된 상태에 이르러 정신이 육체를 이탈해 제2의 공간으로 진

입하게 되고 이탈이 된 이후에도 자주성을 가지며 외부의 힘에 간섭을 받지 않는 경지에 이르는 것.

29 불교 종파의 하나로, 옛날 인도 불교의 밀교에서 기원했다.

30 살가파薩迦派, 갈거파噶擧派, 격노파格魯派와 함께 밀교의 4대 교파 중 하나.

31 밀교에서 덕망과 도력이 높은 승려를 칭하는 말.

32 힘을 집중해 큰 위력을 쏘아내는 것.

33 노자가 서쪽을 유람하기 위해 함곡관을 지나는데 관령인 윤희尹喜가 푸른 소를 타고 서쪽으로 가는 노자의 모습을 보고 동쪽에서 자줏빛의 상서로운 기운이 온다고 말했다는 고사에서 나온 말.

34 12경맥과는 별도로 고유한 경혈을 가지고 있는 독맥과 임맥을 비롯하여 고유한 경혈이 없는 충맥, 대맥, 양교맥, 음교맥, 양유맥, 음유맥 등 8개의 맥 중 4가지.

35 온몸을 던져 부처님께 절을 하는 형태로 몸의 다섯 부분인 이마와 두 팔, 두 무릎이 땅에 닿도록 절을 하는 예법.

36 그릇된 의견이나 고집 때문에 진리를 어지럽게 만드는 것.

37 가사와 바릿대란 승려의 수용품을 뜻하는 말로 스승이 제자에게 법을 전해주는데 표시가 되는 물건.

38 출가하지 않고 집에서 불도를 수행하는 사람.

39 불佛, 법法, 승僧.

40 보살이 육바라밀을 수행하는 것.

41 거울에 비친 꽃과 물에 비친 달이라는 뜻으로, 눈으로 볼 수는 있으나 잡을 수는 없다는 뜻이다.

42 춘추시대 진晉나라 대부. 진나라의 충신 호돌狐突의 장자로 중이가 진 문공文公에 오를 때 보좌를 한 가신.

43 호모의 동생. 진 문공이 주周 왕실의 내란을 평정하고 패자霸者가 되었을 때 대단한 지략을 펼쳤다.

44 진 문공이 망명할 때 자신의 허벅지 살을 베어내 문공의 허기를 면하게 할 정도로 충정을 바친 인물이다.

작가 주

37장(133쪽) 불교에서는 사람에게 고통과 번뇌가 있으면 해탈에 이를 수 없다고 여긴다. 그 근원은 '삼독三毒, Trini Akusalamulani'에 있다. '삼불선三不善'이라고도 해석할 수 있는 이것은 곧 '탐貪, Ragah', '진瞋, Dosah', '치癡, Mohah'다. '탐'은 욕망, 욕심, 각종 물질과 정신상의 욕구, 사랑, 명리와 권력에 대한 추구 등을 말한다. '진'은 원한, 증오심 그리고 남에 대해 공격, 손상, 상해, 살상을 가하려는 심리와 남을 미워하고 시기하며 남의 재앙을 즐기는 것을 말한다. '치'는 몰이해, 인식 착오, 망상, 환각, 그릇된 견해로 치정痴情, 치심痴心의 '치'가 아니라 백치白痴의 치다.

불가에서는 '불교도가 아닌 사람'을 '무지한 범부凡夫'라고 칭하는데 이는 일종의 자비심에서 나온 것으로 그들을 응당 적시敵視해야 할 이교도異教徒가 아니라 불법을 듣지 못하고 진리를 깨닫지 못해 진정한 도리를 알지 못하는 사람으로 여겼는데 이것이 바로 '치痴'다. 중국의 학자들은 보통 중문의 '치'를 이해할 때 삼독의 '치'를 '심취하는 마음'이라는 뜻인 '치심痴心'이나 '미련迷戀'으로 여기지만 사실 중문의 '치' 자를 오해해서 생긴 이론이다. 불교 내의 미련과 집착, 염념불망念念不忘 등은 이해하기 어렵다. 예를 들어 단예가 왕어언을 대하는 마음은 삼독 중 '탐'에 속하는 것이지 '치'에 속한다고 볼 수는 없다. 다만 사람들은 '치심'과 '정치情痴(사랑에 눈먼 사람)' 역시 '인식 착오', '진리 무지'로 인한 것이라 여기기 때문에 양자의 구분이 그리 크지 않다. 중문의 '탐'은 보통 분수에 맞지 않는 것을 얻는다는 말을 가리킨다. 불학에서의 '탐'은 합리적으로 획득한 것을 포함한다. 예를 들어 고시에 합격하거나 영업으로 돈을 버는 등이 그것으로 '획득의 욕구'에 상응하는 것이다.

불교도들은 삼독의 '치'를 가장 제거하기 힘들어한다. 마음속에 '치'가 없다면 곧 '정견正見', '정사유正思惟(팔정도八正道의 하나로 번뇌에서 벗어난 바른 생각. 노여움 없는 생각 등)'라 할 수 있으며 '실상實相'에 대해 진정한 인식이 있기에 '둔근鈍根(부처님의 가르침을 듣고 그대로 발동할 수 있는 능력에 따라 중생을 분류한 근기根機의 세 종류 중 하나로 둔한 사람을 가리키는 말)'과 '중근中根(근기의 세 종류 중 하나로 보통인 사람)'에서 벗어나 '이근利根(근기의 세 종류 중 하나로 영리하고 날카로운 사람)'에 진입하고 '삼선사三善思'인 '출리出離(감각적 욕망으로 인해 일어나는 탐욕을 극복하는 사유)', '무에無恚(분노를 극복하고 자애로운 마음을 일으키게 하는 사유)', '무해無害(남을 해치려는 마음을 극복하고 연민의 마음을 일으키는 사유)'가 생겨 이로 말미암아 '지혜'가 생기기 때문에 '탐'과 '진'을 제거할 수 있다. 불가의 '치'에 대한 불경의 영문 번역본 중 이런 말이 있다.

"Delusion, ignorance, false thinking, without the right understanding, without the right thoughts(망상, 무지, 그릇된 견해는 올바른 이해가 없는 것이며 올바른 생각이 없는 것이다)."

'진'을 없애는 것은 어렵지 않고 '탐'을 없애는 것은 매우 어렵지만 만일 '치'를 없앨 수 있다면 이는 대오 각성한 것이며 불도를 진정으로 본 것이다. 그 때문에 '불법을 듣지 않는 것'은 인생의 '팔난八難(불법을 듣지 못하는 여덟 가지 어려움. 지옥, 아귀, 축생, 장수천長壽天, 변지邊地, 맹롱음아盲聾音啞, 세지변총世智辯聰, 불전불후佛前佛後)' 중 하나로 귀머거리에 벙어리, 맹인으로 사는 것과 유사한 것이다.